THE FIVE CROWNS

LA COUR DE LA HAUTE MONTAGNE

Slalom, un département d'Édi8
92 avenue de France, 75013 Paris
www.slalom-editions.fr

Correction : Christel Desmaris et Marie Pêcheur-Roos
Couverture : Germain Barthélémy
Carte : Kristen Timofeev
Composition : Facompo

Loi n° 49-956 du 16 juillet 1949 sur les publications destinées à la jeunesse,
modifiée par la loi n° 2011-525 du 17 mai 2011.
ISBN : 978-2-37554-385-6
Achevé d'imprimer en France en août 2023
Dépôt légal : octobre 2023

A.K. MULFORD

THE FIVE CROWNS

LA COUR DE LA HAUTE MONTAGNE

Traduit de l'anglais (Nouvelle-Zélande)
par Alice Delarbre

Slalom

Note de l'éditeur :
Attention, ce roman contient
des scènes de sexe explicite.
Lecture recommandée à partir de 16 ans.

Pour ma mère. Merci d'avoir toujours dit
à la petite fille aux carnets remplis d'histoires
qu'un jour tu tiendrais entre tes mains son livre publié !
(S'il te plaît, ne lis pas les chapitres 23 et 24…)

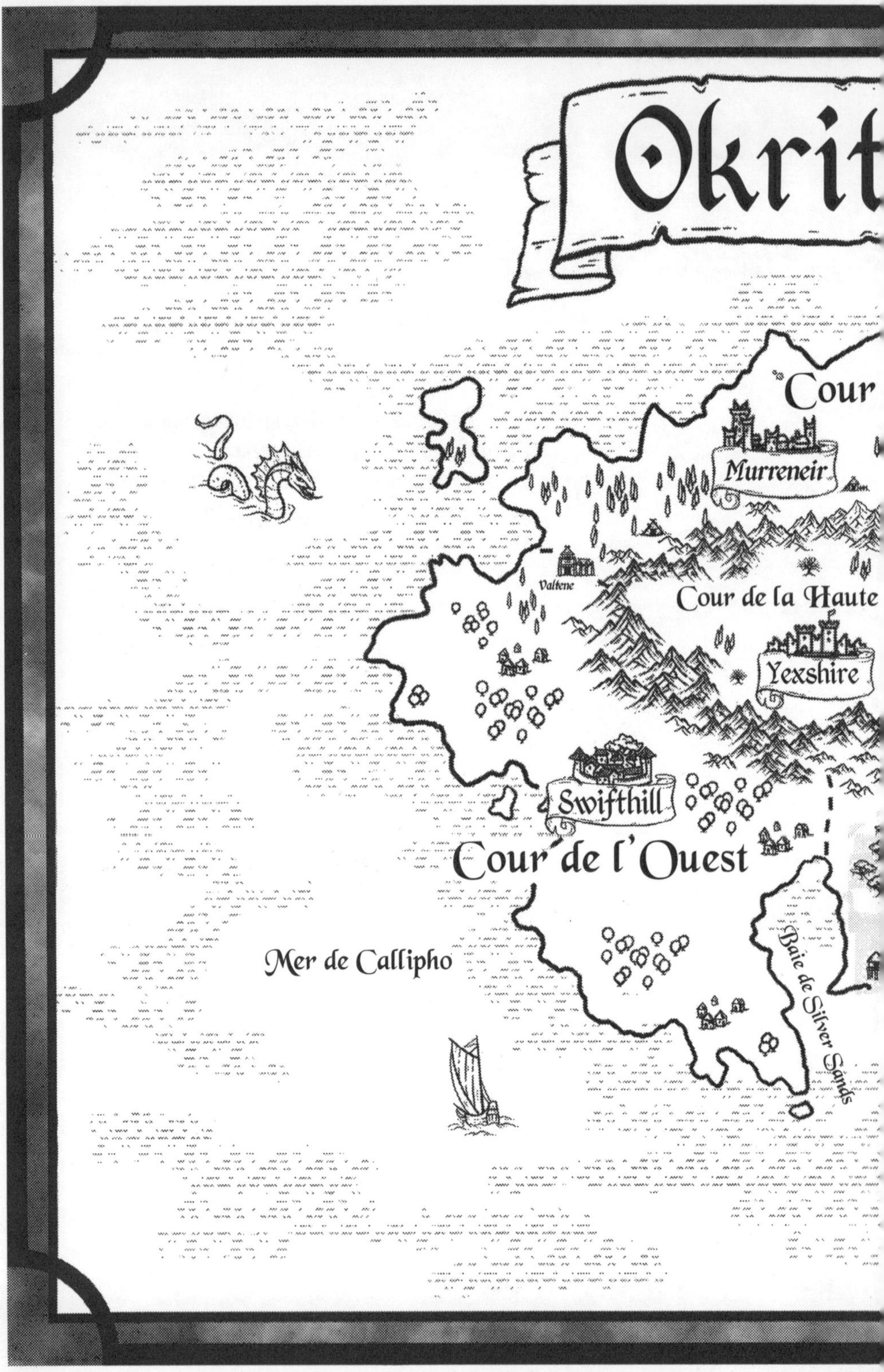
Okrit
Cour
Murreneir
Valtene
Cour de la Haute
Yexshire
Swifthill
Cour de l'Ouest
Mer de Callipho
Baie de Silver Sands

ch
N
O
E
S
du Nord
Mer de Wetamuir
Montagne
Pic Perdu
Wynreach
Cour de l'Est
Crushwold
Cour du Sud
Saxbridge

Chapitre 1

Un chat noir vint s'enrouler autour de ses jambes et Remy poussa un soupir de résignation. Toute la taverne allait savoir qu'elle était une sorcière maintenant.

Un verre se brisa sur le sol derrière elle alors que deux clients dégainaient des poignards, prêts à en venir aux mains. Leur querelle d'ivrognes résonnait dans toute la salle. Sans tressaillir, Remy chassa le chat d'un coup de bottine usée. Elle ne craignait ni les dagues, ni les araignées, ni les débordements de soûlards. Ce qu'elle redoutait, c'était d'être démasquée. Car si un seul des clients de cet établissement découvrait qu'elle était une sorcière rouge, tous se bousculeraient aussitôt pour la décapiter.

Combien de pièces d'or le roi du Nord offrait-il pour la tête d'une sorcière rouge, ces temps-ci ?

Elle poursuivit l'installation des lourdes chaises en bois de l'auberge de Harbruck. Une odeur envahissante de crasse et de bière éventée flottait autour d'elle. Une odeur devenue familière. Une poignée d'employés, comme elle, étaient éparpillés dans la salle et se préparaient à l'afflux de la soirée : les clients du quartier envahiraient bientôt la taverne pour commander des boissons fortes et des viandes épicées.

Remy passa le balai après les quelques voyageurs de la mi-journée. Elle coula un regard en direction du bar, devant lequel deux courtisanes employées par l'établissement s'ennuyaient.

Josephine et Sabine passaient le temps en discutant avec un serveur qui leur faisait les yeux doux, subjugué par leur beauté.

Remy observa avec jalousie leurs robes délicatement brodées qui laissaient deviner leurs formes. Elle aurait aimé pouvoir porter les mêmes colliers de perles et boucles d'oreilles, elle aurait aimé que Heather, sa protectrice, l'autorise à se maquiller, à souligner ses yeux de khôl. Elle aurait aimé pouvoir se mettre en valeur, or elle faisait justement tout le contraire, déployant des efforts constants pour passer inaperçue. De la suie tachait sa peau d'une couleur sombre et chaude. Elle noua, sans soin, ses boucles noires en un chignon bas et veilla à conserver un comportement anodin.

Échangeant son seau plein contre un vide, elle leva les yeux vers les gouttelettes qui tombaient du toit de chaume. En dépit des apparences, cet établissement était bien moins décrépit que le précédent. Remy y était arrivée depuis près d'une année avec ses compagnons de fortune, Heather et un jeune sorcier, et il y avait très longtemps qu'ils n'avaient pas travaillé dans une aussi bonne auberge.

C'était les seuls endroits qui acceptaient encore d'engager des sorciers, de toute façon. Heather tenait à ce qu'ils changent d'employeur tous les trois ans. Ils passaient ainsi d'une région reculée de la cour de l'Ouest à une autre, en suivant les contreforts des Hautes Montagnes. Remy avait tenté de convaincre sa protectrice que les tavernes plus proches de la côte seraient plus accueillante, mais Heather soutenait qu'en se rendant dans des lieux aussi fréquentés ils risquaient de croiser beaucoup plus de faes et que le jeu n'en valait pas la chandelle.

Dans leur monde, les faes se trouvaient au sommet de l'échelle sociale, à la tête de chacune des cinq cours du continent d'Okrith... enfin quatre à présent que la cour de la Haute Montagne était tombée aux mains du roi du Nord.

Une voix énergique s'éleva derrière elle.

— Tu te charges des casseroles ou des draps ?

Elle jeta un coup d'œil par-dessus son épaule. Fenrin avait le même âge qu'elle. Ils se connaissaient depuis leurs douze ans. Heather et lui appartenaient tous deux à l'Ordre des sorciers bruns, dépendant de la cour de l'Ouest. Fenrin, orphelin, vivait dans la rue quand Heather l'avait recueilli. Elle lui avait offert un toit temporaire. Et, sept ans plus tard, il faisait partie intégrante de leur famille de fortune.

Il était suffisamment grand pour attirer l'attention dans une foule. Mangeant deux fois plus que ses deux compagnes réunies, il ne semblait pourtant pas prendre un gramme. Bâti comme une cigogne, il n'en était pas moins doté d'une force impressionnante, et avait une tignasse jaune paille et des yeux bleu océan.

— Je ferai le service en salle, répondit Remy.

— Il y a beaucoup d'étrangers ce soir, dit-il. Mieux vaut travailler en cuisine.

Les épaules de la jeune sorcière s'affaissèrent alors qu'elle essuyait ses mains sur son tablier crème. À une époque, elle aurait protesté, refusant de rester cachée. Mais plus maintenant. La probabilité que l'un de ces voyageurs soit un chasseur de sorciers était mince – c'était l'avantage de se terrer dans des bourgades miteuses –, mais Remy préférait écouter son ami. Elle avait commis tant d'erreurs par le passé... Des erreurs qui les avaient contraints à fuir plusieurs fois en pleine nuit, tout ça afin de la protéger elle et son identité secrète de sorcière rouge.

Lorsque le roi Vostemur de la cour du Nord avait assassiné les faes de la Haute Montagne, il avait aussi éliminé l'Ordre rouge, qui y était rattaché. Les rescapés s'étaient dispersés dans les autres cours, contraints de se cacher des chasseurs de sorciers qui gagnaient leur vie en rapportant leurs têtes au roi. Ils n'étaient plus qu'une poignée désormais. Ceux que Remy connaissait étaient la propriété de faes de sang royal, qui les protégeaient contre l'ire du souverain du Nord. Et ceux qui restaient libres étaient soit très bien dissimulés, soit morts. Elle n'avait pas eu vent de l'exécution d'un sorcier rouge depuis des années. Peut-être était-elle la seule survivante ?

— Casseroles, lâcha-t-elle avec un grognement de résignation.

De toute façon, elle tacherait à nouveau ses vêtements, quoi qu'elle choisisse. Elle en était réduite à ce type de décision : casseroles ou draps, serpillière ou plumeau, cuisine ou service.

Remy préférait gratter les restes et le gras que s'attaquer aux marques sur la literie, de nature plus douteuse. Elle en avait appris davantage sur ce qui se passait dans les chambres à coucher en s'occupant des lessives de taverne qu'en écoutant les leçons de Heather. Tout le reste, elle le tenait du fils d'un cordonnier et des récits de courtisanes, même si sa tutrice s'efforçait de la maintenir à distance de celles-ci. Les sorciers devaient rester entre eux.

Ni les humains ni les faes n'étaient fiables, voilà ce que Heather rappelait quotidiennement à sa protégée. Leur monde était régi par une nouvelle hiérarchie, qui avait changé après le massacre de Yexshire et la mutinerie ayant conduit à la tuerie de tous les habitants de la capitale de la Haute Montagne. Remy avait six ans. Désormais, les sorciers rouges se trouvaient relégués tout au bas de l'échelle.

— Tu choisis toujours les casseroles, maugréa Fenrin.

Remy ne put retenir un sourire.

— Je sais combien tu aimes frotter les draps sales, Fen.

Des rires d'ivrognes retentirent plus fort dans la taverne. Le chat noir continuait à geindre aux pieds du jeune homme, qui le considéra d'un air renfrogné.

— Va embêter un humain, lui dit-il en roulant les yeux, avant de pousser la porte de la cuisine.

*

Remy appliquait un baume âcre sur ses mains gercées et douloureuses, abîmées par la vaisselle. Par chance, Heather était une sorcière habile. Elle possédait une potion, un élixir ou un baume pour chaque maladie répertoriée. De nombreux humains venaient la trouver en secret et échangeaient des pièces contre ses remèdes. Entre leurs emplois à la taverne et la vente des potions à côté, ils avaient de quoi entretenir leur petit trio et payer leurs fréquents déménagements.

— Bière !

L'éclat de voix grave dans la salle parvint jusqu'à elle.

Matilda, la patronne de l'auberge, fit irruption dans la cuisine par les doubles portes battantes.

Les cheveux blancs, massive, elle pestait dans sa barbe contre le client qui avait hurlé. Elle jeta un torchon en travers de son épaule et empoigna un plateau de verres propres et secs, qu'elle souleva aisément. Elle inclina la tête vers les quatre plats en attente.

— Remy, tu peux nous filer un coup de main ? demanda-t-elle d'un ton exaspéré. Ces assiettes sont pour les braillards dans le box du fond.

— Oui, Matilda.

La matrone s'affaissa sous l'effet du soulagement, comme si la réponse de son employée était un acte de bonté et non d'obéissance. Remy appréciait Matilda. Elle n'avait jamais eu de patronne plus aimable qu'elle. Elle donnait à ses subordonnés une paie honnête et des pauses raisonnables. Remy avait fini son service pour la soirée mais l'établissement était tellement bondé et animé qu'elle décida d'aider en salle, au mépris des mises en garde de Fenrin. Rester dans les petits papiers de Matilda méritait bien quelques minutes supplémentaires de travail.

Elle se saisit des quatre assiettes d'un coup, en plaça deux, en équilibre, sur son avant-bras gauche, puis elle en prit une dans chaque main. De sa hanche, elle poussa la porte en bois. Une clameur enjouée et les airs guillerets d'un violon et d'un tambour l'accueillirent. Elle longea le bar où étaient accoudés une foule de soûlards joyeux. Se frayant un chemin à travers la marée de clients du coin, elle ne laissa pourtant pas tomber un seul petit pois des assiettes. Elle assurait le service dans des établissements à la clientèle tapageuse depuis son enfance. Elle dépassa les musiciens, jetant un regard de biais au violoniste. Il portait une tunique foncée sur ses larges épaules et une casquette cachait ses cheveux roux. Comme la plupart des habitants de cette ville, c'était un humain. Il n'existait aucune différence visible entre les humains et les sorciers, sauf lorsque ces derniers exerçaient leurs pouvoirs. La lueur de leur magie les trahissait, ils irradiaient de la couleur de leur Ordre d'origine : bleu, vert, brun ou rouge.

Le violoniste adressa un clin d'œil à la jeune femme, dont le cou s'embrasa. Elle se félicita que Heather et Fenrin aient déjà regagné leur chambre pour savourer tout son soûl l'attention du musicien. Même si, au fil des ans, elle avait eu de nombreuses occasions d'apprendre que les marques d'affection d'un homme à demi ivre ne valaient pas grand-chose.

Elle dirigea ses pas vers le box situé dans l'angle le plus éloigné, sous l'escalier de la taverne. Les poils de ses bras se hérissèrent. Une brise invisible lui glaça le visage. Une vibration était palpable dans l'atmosphère ; il y avait de la magie quelque part sous ce toit. Avec suffisamment de temps et de calme, Remy aurait sans doute pu déterminer de qui elle émanait, mais elle était trop fatiguée.

Elle voulait servir ses clients, et rejoindre enfin sa couche dans le grenier au-dessus des écuries.

La lampe qui brillait habituellement au-dessus du box était éteinte. La chandelle sur la table n'était pas éclairée non plus. Les quatre hommes qui l'occupaient étaient assis dans le noir. Nombre d'accords secrets se concluaient ainsi dans ce genre de recoins isolés. Peut-être s'agissait-il de politiciens et de bandits, ou de prévôts et de crapules. Remy se fichait bien de connaître leurs affaires, et elle ne chercherait pas à les dévisager sous leurs capuchons.

— Votre nourriture, messieurs, annonça-t-elle en déposant les assiettes devant eux.

Alors qu'elle s'écartait de la table, une main surgit tel un serpent qui lui enserra le poignet. À ce contact, une décharge brûlante parcourut ses veines. L'homme retourna l'avant-bras de Remy pour placer deux druni d'argent dans sa paume.

Elle observa les lunes croissantes et décroissantes gravées sur les pièces. Les différentes monnaies d'Okrith étaient mélangées, mais chaque espèce avait sa préférence. Les faes privilégiaient les pièces d'or, les humains, celles en cuivre, et les sorciers, les druni en argent. Ces hommes appartenaient peut-être à cette dernière caste.

— Nous avons commandé de la bière, lança un autre des convives sans se découvrir.

Remy lui trouva une voix étonnamment fluette pour quelqu'un d'aussi imposant et inquiétant.

Elle ne quittait pas des yeux le visage assombri de l'homme qui lui agrippait toujours le poignet. Elle referma le poing sur les pièces et chercha son regard dans le clair-obscur.

— Si vous voulez que j'aille chercher vos bières, demandez donc à votre ami de me lâcher, dit-elle entre ses dents serrées.

L'homme qui la retenait se pencha en avant, exposant son buste au clair-obscur. De sa main libre, il empoigna son capuchon et l'abaissa pour dévoiler ses traits anguleux, sa peau dorée par le soleil et ses cheveux châtains ondulés qui tombaient sur ses yeux gris fumée. Remy n'avait encore jamais vu quelqu'un d'aussi séduisant. D'une beauté presque surnaturelle. Elle sentit ses pouvoirs bourdonner de nouveau en elle. La magie qu'elle avait perçue n'était pas liée à la présence d'autres sorciers dans la taverne, c'était celle d'un fae usant de ses charmes.

Elle se pétrifia.

Elle était face à l'un d'eux qui se faisait passer pour un humain. Ici. Dans cette auberge. Les habitants de Harbruck n'aimaient pas que ces créatures magiques se mêlent à eux, même s'ils étaient incapables de les démasquer, contrairement aux sorciers. Aux yeux de ces simples mortels, ces étrangers n'étaient que des voyageurs de passage, rien de plus.

Remy observa les trois autres silhouettes encapuchonnées, enveloppées de ténèbres profondes. Elle les soupçonnait d'être dotées de pouvoirs, elles aussi, et ravala le cri de surprise qui faillit lui échapper. Elle dompta les traits de son visage, en espérant qu'ils ne sentiraient pas sa peur.

— Mes excuses, dit celui à la beauté saisissante en lui lâchant le bras. Je voulais seulement te prévenir...

Il s'interrompit et passa un long doigt doré sur la joue de la jeune femme. Elle dut faire un immense effort pour ne pas tressaillir.

Il lui montra la trace de suie qu'il venait de retirer.

— J'ai pensé que tu aimerais le savoir.

Elle riva ses yeux sur les lèvres pulpeuses du fae, qui s'incurvaient aux commissures. Il la scrutait, fixait sa bouche. Dieux, elle rougissait lorsqu'un violoniste humain lui faisait un clin d'œil, mais là... on jouait dans une tout autre catégorie.

Elle devait absolument éviter son regard. Il possédait des yeux insondables qui promettaient de l'envoûter.

— Merci, souffla-t-elle en observant le sol.

— Tout le plaisir est pour moi.

Sa voix était une immense vague déferlante qui fit se recroqueviller les orteils de Remy dans ses bottes.

— Passe une bonne soirée, petite sorcière.

Les dieux soient maudits ! Il savait.

Le fae à la beauté exaspérante l'avait démasquée, et il n'était peut-être pas le seul. Si elle s'attardait plus longtemps, il risquait de deviner à quel Ordre elle appartenait et lui poser de sérieux problèmes.

C'était bien toute la difficulté avec eux. Voilà pourquoi elle fuyait ces bougres sournois et séducteurs comme la peste.

On lisait d'ailleurs déjà sur ses traits rusés que rien ne lui avait échappé, même si Remy refusait de penser qu'elle avait été démasquée.

— V... vous aussi.

Ce n'était pas un crime d'être un sorcier... tant qu'on n'appartenait pas à l'Ordre rouge. Remy se faisait passer pour la fille de Heather, et elle avait toutes les chances de se tirer indemne de ce mauvais pas, si elle ne s'attardait pas davantage avec ces clients. Elle jeta un regard en direction de l'homme dans la pénombre, celui qui avait réclamé à boire.

— Je vais vous chercher vos bières tout de suite.

Elle pivota sur ses talons et disparut dans la foule. Elle longea rapidement les musiciens, ignorant cette fois les œillades du violoniste. Elle se précipita dans les cuisines et ressortit par la porte de derrière. Elle affronta le vent humide pour filer tout droit aux écuries. Elle se hâtait sans se lancer pour autant dans une course suspecte. Elle devait prévenir Heather. Elle était certaine que sa protectrice voudrait fuir sans demander son reste. Fenrin allait être furieux. Ils travaillaient ici depuis moins d'un an, et il leur faudrait de nouveau partir.

Elle gravit précipitamment les deux volées de marches grinçantes et fit irruption par la porte basse du grenier. Dès qu'elle avisa l'expression de sa protégée, Heather bondit de sa paillasse.

— Que s'est-il passé ? lui demanda-t-elle tout en attrapant sa besace fatiguée.

— Des faes, quatre hommes..., répondit Remy, pantelante, en mhenbic, la langue maternelle des sorciers. Je viens de leur servir leur dîner. On devrait avoir un peu de temps devant nous.

— Quatre, merde !

Fenrin attrapa un bouquet d'herbes séchées accroché au plafond sans se lever de son tabouret et le posa brutalement sur la table. Des potions et des élixirs en cours d'élaboration en jonchaient la surface, avec des bols remplis de champignons et de graines, fruit de leur cueillette, ainsi qu'une caisse de petites bouteilles marron vides et de bouchons.

— J'aimais bien cet endroit, moi.

Jurant dans sa barbe, il avait malgré tout déjà commencé à emballer le matériel de sorcellerie. Seul ce qui tenait dans leurs besaces de cuir partirait avec eux. Heather avait deux sacoches pour ses potions, et c'était habituellement le jeune homme qui s'en chargeait, car ils étaient toujours partis du principe qu'il était le plus fort des trois et Remy ne les avait jamais détrompés.

— Ils m'ont appelée « sorcière », leur précisa-t-elle.

Fenrin jura encore.

— Ça ne veut rien dire, se reprit-il. Nous appartenons tous à l'Ordre brun ici.

Il prononçait ces mots comme si les murs avaient des oreilles. Peut-être qu'en le répétant suffisamment cela finirait par devenir vrai. Il n'évoquait jamais à voix haute l'identité de son amie, même dans le grenier.

Heather sortit deux druni d'argent de son sac pour les remettre à sa protégée.

— Pour l'adieu des sorciers, ajouta-t-elle.

Remy envisagea d'emporter son arc, posé contre le chambranle de la porte, mais elle risquait de se faire remarquer. Il était vieux et usé, ce qui ne l'empêchait pas de se révéler très utile pour la chasse aux lièvres, et elle était une tireuse hors pair même avec une arme aussi peu maniable.

Elle dévala les marches. Elle ferait une incursion dans les cuisines pour emporter les vivres dont ils auraient besoin pour le voyage : au moins quelques quignons de pain et un morceau de fromage dur. De quoi les dépanner les premiers temps.

Après des années d'entraînement, ils avaient tous trois développé un talent pour les départs précipités. Parfois, ils pouvaient prendre le temps de s'organiser, mais il leur arrivait de déménager en pleine nuit. C'était beaucoup plus fréquent lorsque Remy était petite et qu'elle ne contrôlait pas aussi bien ses pouvoirs. Et ça arrivait encore : ils avaient dû partir précipitamment de la ville précédente quand le premier et unique amant de la jeune sorcière avait découvert ses pouvoirs. Elle n'était pas certaine qu'Edgar méritait vraiment le nom d'« amant », en tout cas, il avait essayé de la tuer à la fin de leur aventure. Accepter d'aller servir ces faes alors que Fenrin le lui avait déconseillé venait s'ajouter à la liste déjà très longue des erreurs de Remy.

Elle traversa la cour pour retourner dans la taverne.

Par chance, les employés pressés continuaient à se bousculer dans les cuisines, et Remy portait toujours ses vêtements de travail tachés de gras. Personne ne remarqua qu'elle empochait quelques pommes. Elle se servit ensuite de pain, de fromage et de lanières de viande séchée, jusqu'à ce que ses poches débordent.

Elle savait précisément ce qu'elle cherchait et où le trouver. Elle faisait le tour du garde-manger dès le jour de son arrivée dans n'importe quelle taverne. Avant de filer par la porte de derrière, elle fourra les deux druni à l'intérieur du livre de comptes de Matilda, ce qui représentait un paiement généreux pour la nourriture. Ces pièces seraient leur seul au revoir ; un adieu de sorciers. Matilda n'appartenait pas à cette espèce, mais elle employait nombre de ses membres. En découvrant la monnaie, elle comprendrait qu'ils avaient fui.

Remy remonta en hâte les escaliers des écuries. Elle perçut le calme dans le grenier au-dessus d'elle. Heather et Fenrin avaient dû terminer d'empaqueter ses affaires à elle aussi.

Bien.

Elle ne comprit son erreur qu'en se précipitant, tête baissée, à l'intérieur.

Ses deux amis étaient assis par terre, entravés et bâillonnés ; au-dessus d'eux se dressaient trois faes encapuchonnés. Heather écarquilla les yeux en apercevant sa protégée, et elle tenta de hurler malgré tout.

Remy savait quel était le message : « Pars ! »

Elle tourna les talons sans une hésitation et percuta de plein fouet le quatrième fae, l'homme qui l'avait retenue plus tôt par le poignet.

— Rebonsoir, petite sorcière.

Il lui souriait de toute sa hauteur.

Chapitre 2

— Vous n'avez aucun droit sur mes amis, cracha Remy. Les sorciers sont libres à l'Ouest.

Le fae n'avait pas encore dévoilé son jeu. Fenrin avait raison ; ils pouvaient passer tous les trois pour des sorciers bruns. Et leurs assaillants n'être que des trafiquants en quête de revenus faciles. Il ne fallait surtout pas dévoiler sa magie rouge ou Remy signerait son arrêt de mort.

— Tu es aussi rusée que jolie, petite sorcière, lui dit l'homme qui la toisait de sa voix grave et charmeuse.

Il balaya de ses yeux le visage de la jeune femme, semblant vouloir apprécier sa beauté. Elle ne put retenir le rouge qui lui monta aux joues. Il était vraiment impressionnant. Une peau lisse et dorée tendue sur de hautes pommettes, une barbe de plusieurs jours sur un menton affirmé. Il dépassait Remy d'une bonne tête et occupait toute l'embrasure de la porte de son grand corps musclé.

Puisqu'il avait décidé de jouer à ce petit jeu, elle s'efforça de ne pas céder à la flatterie. Pour cela, il lui fallait endosser un autre rôle, plus adapté au stratagème de son adversaire. Elle ne serait ni une combattante ni une petite idiote, mais une séductrice. Sabine et Josephine n'étaient pas seulement passées maîtres dans l'art de la chambre à coucher, elles étaient aussi des expertes pour ferrer le client, et Remy apprenait vite.

Elle porta sur le corps du fae un regard appréciateur, sourcils arqués. Elle voulait donner l'illusion d'admirer ce qu'elle voyait alors qu'en réalité, elle l'évaluait. Elle avait l'habitude de jauger des inconnus, et ce, depuis toujours.

Il était évident que celui-ci était un guerrier. Cela se devinait à sa musculature et à son allure. Il portait du cuir sélectionné avec soin. Des lames bien aiguisées étaient ceinturées autour de ses hanches étroites, et elle devina qu'il avait, à la cheville, une dague cachée dans un fourreau.

Elle s'attarda volontairement un instant sur les lèvres pleines de son adversaire avant de remonter vers ses yeux gris enchanteurs. Elle lui adressa un sourire narquois et écarta une mèche sur son propre front, la glissant derrière son oreille.

— Rusée, oui, affirma-t-il.

— Si vous êtes ici pour nos services, je ne m'explique pas comment vous espérez les obtenir en ligotant ma mère et mon frère, se plaignit-elle.

Le fae jeta un coup d'œil aux deux sorciers ficelés à terre. Remy ne possédait aucun trait commun avec eux. Ils avaient le teint clair, quand sa peau, à elle, était foncée. Les cheveux de Heather étaient d'un roux cuivré, ceux de Fenrin aussi blonds que les blés, dans les deux cas raides et bien domptés, alors qu'elle avait d'épaisses boucles sauvages d'un noir presque bleu nuit qui lui descendaient jusqu'au bas du dos. Il était évident qu'ils ne partageaient pas de liens de sang, et la jeune femme redressa le menton, mettant le guerrier au défi de la contredire.

— Et puis, vous ne m'avez pas l'air du genre à avoir besoin d'un philtre d'amour, ajouta-t-elle, toujours avec un sourire moqueur.

La surprise anima les yeux de son interlocuteur.

— Alors j'en déduis, poursuivit-elle, que vous êtes venus nous conduire dans le Nord pour nous vendre comme esclaves. Si c'est le cas, je peux vous garantir qu'un membre de l'Ordre brun ne vous rapportera pas une seule pièce d'or, à peine de quoi couvrir les dépenses pour nous traîner à destination.

— Comment t'appelles-tu ? lui demanda-t-il en souriant de toutes ses dents.

— Remy.

— Remy...

Il marqua un silence, semblant savourer ce nom.

— Et vous ?

Bien qu'elle mesurât une tête de moins, elle continuait à soutenir son regard.

— Tu ignores donc qui je suis ? rétorqua-t-il avec une lueur d'étonnement, avant qu'un nouveau sourire, perfide cette fois, lui fende le visage. Je suppose qu'à la campagne mes traits sont moins connus.

Le ventre de Remy se noua. Il ne s'agissait pas d'un simple fae alors, mais de quelqu'un d'important. Les doigts de la jeune sorcière tressaillaient d'envie de recourir à la magie.

— Permets-moi de me présenter. Je suis Hale Norwood, prince héritier de la cour de l'Est.

Le nœud dans son ventre se resserra. Elle avait déjà entendu ce nom. Bien sûr. Il s'agissait du fils aîné du roi Norwood. La rumeur prétendait qu'il était né bâtard mais avait, malgré tout, reçu un titre royal. On disait de ce prince qu'il était un combattant téméraire. Il avait pris des villages et ravagé des villes au nom de son père. Nul ne savait où il ferait irruption ni quels dégâts il sèmerait sur son passage. Et à présent il était là, dans le minuscule grenier qu'elle occupait, au sein d'une tout autre juridiction, celle de l'Ouest... Il ne pouvait en aucun cas s'agir d'une bonne nouvelle.

Remy s'inclina aussitôt devant lui.

— Votre Altesse.

Les lèvres du prince s'incurvèrent. La jeune femme était maintenant certaine qu'il voyait clair en elle.

— Êtes-vous ici pour solliciter les services de l'Ordre brun ?

Le fae frotta la barbe naissante sur son menton tout en la jaugeant.

— Je n'ai que faire de l'aide de l'Ordre brun.

Ses yeux couleur de plomb s'éclairèrent lorsqu'il ajouta :

— Mais peut-être que toi, tu peux m'aider, la Rouge.

Argh !

La partie était terminée.

Au diable la séductrice, l'heure de la guerrière avait sonné.

Le prince fit un pas en avant. Remy s'empara de son arc posé non loin d'elle et le projeta de toutes ses forces. Le bois se brisa sur le biceps musclé de son opposant dans un craquement misérable.

Après avoir maudit les dieux, la sorcière recourut à sa magie. Elle lui permit d'ouvrir la porte derrière le fae, qui, déséquilibré, s'écarta en chancelant de l'embrasure. Remy s'élança alors et bondit dans les escaliers, tout en convoquant ses pouvoirs pour claquer la porte et la maintenir close.

Tiens bon, tiens bon, tiens bon.

Elle sentait, à distance, la force des quatre faes qui tentaient de la défoncer à coups de pied.

Elle poussa sur ses jambes, toujours plus fort, jusqu'à la rue. S'autorisant un coup d'œil par-dessus son épaule, elle n'aperçut aucun poursuivant. Alors qu'elle tournait la tête d'un mouvement vif, elle percuta de plein fouet le torse du prince. Il la retint, lui évitant une chute, avec un rire. Elle leva les yeux vers la fenêtre du premier étage, grande ouverte. Il avait sauté ? Elle avait oublié combien les faes étaient rapides.

Il l'agrippa par les avant-bras et l'implora :

— Je ne suis pas ici pour ta tête, sorcière. J'ai besoin de ton aide.

Remy analysa aussitôt ses paroles. Mensonges. Nécessairement. Ça ne répondait à aucune logique. Elle chercha à se libérer. En lui donnant un coup dans le tibia, elle réussit à dégager une de ses mains, mais il la rattrapa par le poignet et la força à pivoter sur elle-même, avant de lui bloquer les deux bras et de la plaquer dos contre lui. Elle utilisa de nouveau ses pouvoirs, une lueur cramoisie apparut autour de ses mains immobilisées tandis qu'elle faisait léviter un seau à proximité. Celui-ci se déplaça dans les airs pour venir percuter le crâne de son adversaire. Il jura sans pour autant la lâcher, alors qu'elle lui écrasait le pied.

— Nom d'un chien, je suis sérieux, la Rouge. J'ai besoin de ton aide, et je ne te laisserai pas partir tant que tu ne m'auras pas écouté, s'écria-t-il en se démenant pour l'immobiliser, blasphémant derechef. Dieux que tu es forte.

Elle fit venir à elle un balai pour l'attaquer mais il s'y attendait cette fois. Il utilisa un de ses bras pour arrêter le manche en plein vol. Il était si puissant qu'une seule main lui suffisait à maintenir Remy clouée contre lui. Sa poigne faiblissait toutefois, et lorsqu'elle souleva ses deux jambes, il fut contraint de se pencher en avant pour compenser ce brusque changement de poids. Elle n'espérait pas parvenir à se libérer, mais il se baissa, juste assez pour qu'elle s'empare de la dague qu'il dissimulait dans une de ses bottes. Il n'eut pas le temps de comprendre ce qui se passait que, déjà, elle lui enfonçait la lame dans la cuisse.

Il poussa un cri et la lâcha. Elle s'élança aussitôt, se servant de sa magie pour provoquer un tourbillon de débris derrière elle. Seaux, tonneaux et bêches tournoyèrent en sifflant.

Elle traversa la distance qui la séparait de la forêt, juste derrière la taverne, à toute allure. Elle insuffla un soupçon de magie à ses jambes pour accroître sa vitesse. La rapidité du prince était inégalable, néanmoins, et elle l'entendit fondre sur elle.

La blessure à la cuisse n'avait pas réussi à le ralentir. *Les faes guérissent bien trop vite*, songea Remy avec désespoir, se dépêchant de passer en revue ses options et n'en trouvant aucune.

Il était hors de question qu'elle meure dans ces circonstances.

Au moment d'atteindre l'orée de la forêt, elle puisa à nouveau dans ses pouvoirs. Elle convoqua tout ce qu'il lui restait de magie pour la concentrer sur le gigantesque pin devant elle. Dans un craquement retentissant, l'énorme arbre ploya. Elle insista, les mains tremblant sous la difficulté de la tâche.

Allez... Encore un petit effort. Encore un petit effort, oui !

Elle sentit le tronc céder et entendit le sifflement puissant du feuillage alors qu'elle se faufilait dessous. Les grosses branches la manquèrent de peu au moment où le pin s'abattit dans un fracas assourdissant. Le souffle d'air l'atteignit en plein dans le dos mais elle ne s'arrêta pas pour autant. Ses jambes la brûlaient.

Elle n'aurait pas à s'enfoncer trop loin dans les bois pour tomber sur une rivière, elle le savait et elle comptait s'y jeter. Les faes possédaient un odorat surnaturel, qui avait toutefois ses limites. Si elle nageait dans le sens du courant, ce serait un vrai défi pour son adversaire de la retrouver en aval. Elle devait atteindre ce cours d'eau.

Elle pria pour que les compagnons du prince ne punissent pas Heather et Fenrin de l'avoir cachée. Même s'ils avaient conclu un accord depuis bien longtemps : Remy devait fuir quoi qu'il advienne.

Fuir, sans se poser de questions.

Elle n'entendait que le crissement des feuilles sous ses pieds et ses propres halètements. Ses poumons lui rappelaient à chaque foulée qu'elle manquait de pratique. Il fallait qu'elle prenne l'habitude de courir plus souvent, et qu'elle apprenne peut-être quelques techniques de combat rapproché.

Alors que son esprit vagabondait, imaginant ses futurs entraînements, elle entendit un rapide déplacement d'air. Elle plongea vers la droite et pria pour avoir réagi à temps. Elle voulut recourir à ses réserves de magie. À force de laisser ses pouvoirs dormants, l'abattage du pin avait suffi à les épuiser.

Le bruit de course derrière elle était plus proche maintenant. Elle n'osa pas regarder en arrière.

Plus vite, ordonna-t-elle à ses jambes. Dans la panique, elle réussit à convoquer un dernier soupçon de pouvoir. Un bouclier crépitant écartait les branches, qui reprenaient aussitôt leur place après son passage. Elle avançait, le souffle si court que sa gorge était en feu. Les pas étaient juste derrière elle.

Une main lui attrapa le coude. Voulant se dégager, Remy en oublia d'exercer sa magie sur la branche devant elle. Un demi-juron lui échappa comme elle se précipitait, tête la première, contre le bois inflexible.

La chute fut brutale.

Les yeux fascinants du prince brillaient au-dessus d'elle. Haletant, il tendit la main pour essuyer, avec son pouce, une goutte de sang sur la tempe de la jeune femme.

— Tu vas bien ?

Sa voix semblait brouillée et étouffée par une brise invisible.

Remy tenta de se relever, mais le sol tanguait sous ses pieds. Les bras du fae jaillirent pour la retenir juste à temps. Il la maintint sur ses deux jambes, alors qu'elle se débattait.

— Je t'ai dit que je ne te ferais aucun mal, insista-t-il d'un ton qui la glaça autant qu'un vent hivernal.

Il se tenait parfaitement droit, sans la moindre trace de douleur sur son visage, quand bien même l'une des jambes de ses chausses était imbibée de sang. Remy ne ressentait pas une once de remords. Les faes guérissaient si vite que la blessure aurait disparu d'ici quelques jours.

Elle ne lui faisait toujours pas confiance. Elle commanda à une branche de venir s'abattre sur sa tête, mais il ne reçut qu'une petite tape légère.

— Qui es-tu, enfin ? s'étonna-t-il, les yeux emplis de surprise et de ce qui ressemblait à une admiration bien involontaire.

— Personne, répondit-elle alors qu'elle luttait contre l'obscurité qui troublait sa vision et menaçait de l'emporter.

— J'en doute fort, petite sorcière.

Le prince sourit. Ses yeux brillants s'écarquillèrent alors qu'elle poussait un soupir.

Les ténèbres s'emparèrent d'elle.

*

Remy perçut l'écho de bruits furtifs dans une immense salle avant de rouvrir les yeux. Ils ne se trouvaient pas dans le grenier au-dessus des écuries de l'auberge. Non, ils étaient dans une sorte de ruine. Sa tête l'élançait. Sa vue était de moins en moins trouble. On aurait dit, autour d'elle, une vieille cathédrale de pierre. La moitié du toit s'était effondrée. Les fenêtres laissaient entrer l'air nocturne, à l'exception de quelques éclats de vitraux encore présents dans les coins.

La jeune femme jeta un coup d'œil par-dessus son épaule et découvrit le prince. *Il s'appelle Hale,* se souvint-elle. Il était accroupi devant une cheminée en pierre sculptée. Le feu venait d'être allumé, à en juger par les flammes avides qui léchaient le tas de bûches.

Il y eut un mouvement à l'autre bout de la salle plongée dans le noir, puis la voix de Heather s'éleva.

— Remy ! s'écria-t-elle en se précipitant vers sa protégée.

Fenrin était sur ses talons. Ils semblaient tous deux indemnes, et leurs mains étaient libres. La sorcière ne s'expliquait pas pourquoi sa tête était encore attachée à son corps ni pourquoi ses deux amis étaient là, sains et saufs.

Sa tutrice s'agenouilla à son chevet, aussi inquiète que si sa protégée était encore une enfant. Elle approcha une main de la grosse bosse sur son front avant de faire volte-face vers le fae.

— Que lui avez-vous fait ? l'accusa-t-elle.

— Rien, répondit-il avec un haussement d'épaules.

Il se tourna pour l'observer, puis ajouta, avec un sourire félin :

— Elle s'est blessée toute seule.

— Bâtard, cracha Remy.

Heather étouffa un cri. Elle l'agrippa par le bras en guise d'avertissement silencieux et celle-ci roula les yeux. Après tout, Hale était le Prince Bâtard de l'Est.

— Très original, la Rouge.

Il pinça les lèvres et la fixa de ses yeux plissés.

— Ne m'appelez pas comme ça, grogna-t-elle.

Elle n'aimait pas qu'il évoque aussi librement ses origines. Même s'ils se trouvaient dans une ruine en pleine forêt, qui savait quelles oreilles pouvaient traîner dans les parages.

— Alors, ne me traite pas de bâtard, riposta-t-il.

— Les enfants, les enfants, intervint une voix féminine surgie de l'obscurité.

Une fae apparut soudain dans l'embrasure de la porte. Grande et déliée, elle avait une longue tresse blond platine qui se balançait dans son dos lorsqu'elle marchait. Les pans de sa cape révélaient, en s'écartant, des chausses en cuir et une épée ceinturée à son côté. Deux autres faes la suivaient, un homme et une femme.

La jeune sorcière pâlit.

— Vous avez deux soldats femmes ?

— Parce que tu penses que nous ne sommes pas de bonnes guerrières ? lança la seconde avec un rire.

La blonde s'approcha de Remy. Ses grands yeux bleus luisaient à la lueur du feu de cheminée.

— Dit la petite sorcière qui a failli échapper à un prince fae et qui a abattu un gigantesque pin grâce à ses seuls pouvoirs.

Elle parlait d'une voix chaude et veloutée.

— Personne ici ne te sous-estimera au prétexte que tu es une femme.

Elle lui tendit sa main et sa tresse passa à l'avant de son épaule.

— Carys.

Remy accepta la main qu'on lui tendait et se présenta.

— Et voici Talhan et Briata, les Deux Aigles.

Carys inclina la tête en direction des deux faes à l'autre bout de la salle : ils avaient retiré leurs capes et détachaient les matelas fins fixés à leurs sacs.

Leur gémellité était évidente. Tous deux grands et musclés, l'homme légèrement plus que la femme. Le choix de leur surnom n'avait rien de mystérieux, non seulement à cause de leurs cheveux bruns coupés court et de leurs nez busqués, mais aussi de leurs yeux, qui parachevaient la ressemblance avec des oiseaux de proie. Ils avaient en effet des iris dorés, d'un jaune étrange et surnaturel. Remy frissonna lorsqu'ils portèrent leur regard dans sa direction. Ils étaient séduisants, comme n'importe quel fae, et leurs traits étaient si frappants de surcroît que tout le monde devait se retourner sur leur passage. Pas étonnant qu'ils aient gardé leur capuchon à l'intérieur de la taverne.

Les Deux Aigles adressèrent un signe de tête à Remy, puis reprirent le cours de leurs préparatifs.

— J'ai beaucoup de femmes soldats à mon service, répondit le prince, mais il s'agit là de mes trois meilleurs guerriers, et je les ai donc choisis pour m'accompagner pendant cette mission.

— Et quelle mission exactement ? demanda la jeune femme.

Heather lui toucha de nouveau le bras. *Ne le provoque pas,* lui disait-elle du regard.

Hale essuya ses mains l'une contre l'autre avant de s'asseoir, dos au feu. Carys lui apporta une outre d'eau et il la remercia d'un petit mouvement du menton.

— Nous sommes à la recherche du prince Raffiel, expliqua-t-il comme si ça n'avait rien de surprenant qu'ils soient sur la piste de l'héritier légitime de la cour déchue de la Haute Montagne.

Ce fut au tour de Fenrin de s'esclaffer. Au premier regard du fae, il masqua son rire derrière une fausse quinte de toux. Il n'avait jamais paru aussi juvénile qu'à cet instant, comparé au guerrier royal assis face à lui.

— Vous traquez un fantôme... Votre Altesse.

Le sorcier s'empressa d'ajouter ce titre à la fin de sa phrase.

— En es-tu certain ? J'ai connu Raffiel dans mon enfance. Nous avons le même âge.

Le cœur de Remy se serra à cette mention. Elle l'avait connu, elle aussi, il y a bien longtemps, lorsqu'elle était une petite fille. Elle fit le calcul. Hale devait avoir vingt-huit ans.

— Je suis navrée que vous ayez perdu votre ami, Votre Altesse, ajouta Heather avec un peu plus de délicatesse.

— Je ne crois pas l'avoir perdu, pour ma part, insista ce dernier en dévisageant la sorcière brune. Vous avez aussi eu vent des rumeurs, j'en suis sûr. Elles évoquent sa présence un peu partout sur le continent.

— Des rumeurs, répliqua Remy.

— Dis-moi alors, petite sorcière, lui lança-t-il en rivant ses yeux sur elle, si toute la cour de la Haute Montagne a vraiment disparu, pourquoi le roi du Nord ne peut-il pas brandir l'Épée Immortelle ?

Le silence se prolongea entre eux. La question se posait effectivement. Puisque l'ensemble des membres de la cour de la Haute Montagne étaient présumés morts, l'Épée Immortelle était censée être libérée de tout lien de sang avec eux. N'importe quel fae aurait dû être en mesure de contrôler cette arme. Cette faiseuse de rois, à la lame assassine, capable, lorsqu'elle était maîtrisée, de venir à bout d'armées entières en une seule estocade. Capable, aussi, de tuer à distance, sans même toucher l'ennemi. Sa magie était féroce. Bien que n'offrant pas la vie éternelle, contrairement à ce que son nom semblait promettre, elle rendait son détenteur intouchable sur le champ de bataille. Aucune épée ne pouvait le tuer. Si le roi du Nord parvenait à se lier, par le sang, à cette arme, Okrith connaîtrait un massacre tel qu'il n'en avait encore jamais connu.

— La lignée de la Haute Montagne a survécu, affirma le prince avec assurance. De nombreuses personnes ont certifié avoir vu Raffiel fuir les flammes de Yexshire.

Remy frissonna et tenta de chasser les images qui surgissaient de sa mémoire : le palais en feu, des gens martelant frénétiquement des portes barricadées, d'autres sautant par les fenêtres. Certains ne parvenant à s'évader que pour être fauchés par des soldats du Nord à la seconde où leurs poumons se remplissaient d'air frais. La jeune femme se rappelait l'odeur de la fumée et le vacarme des hurlements, elle sentait encore sur elle les vieilles mains ridées de Baba Morganna, la Grande Prêtresse de l'Ordre rouge, qui l'avait sauvée du bain de sang.

— Ça remonte à treize ans, observa Fenrin.

Il se rapprocha de son amie en parlant. Ce que le prince ne manqua pas de remarquer, même si seule la crispation de sa mâchoire le trahit.

— Le roi Vostemur en personne le traque sans relâche, et pourtant il ne l'a pas encore trouvé...

Il n'alla pas au bout de sa pensée : *Qu'est-ce qui vous permet de croire que vous réussirez alors que l'homme le plus puissant du monde a échoué ?*

— Le roi du Nord a de grands pouvoirs, certes, répliqua le prince de l'Est, mais il est aussi arrogant. Raffiel se fait peut-être passer pour un humain ou un sorcier, comment savoir ?

Carys s'assit près de son chef en gloussant. Remy se demanda si elle était sa maîtresse, avant de repousser aussitôt cette pensée.

— Nous ne cherchons pas à capturer Raffiel, il n'a donc aucune raison de nous fuir. Au contraire, nous souhaitons l'aider à remonter sur le trône. Pourquoi ne viendrait-il pas à la rencontre de ses véritables alliés ?

— Comment vos paroles pourraient avoir un sens pour lui après treize ans d'attente ? riposta la jeune femme.

Sa pique fit mouche. Elle le vit sur les traits de Hale. Plus d'une décennie s'était écoulée, et la cour de l'Est n'avait rien fait pour arrêter le roi Vostemur dans sa traque des ultimes faes de la Haute Montagne et des sorciers rouges.

— La colère du Nord était bien trop grande au début, nuança le prince, provoquant un rire amer de Remy. Vostemur avait levé l'armée la plus forte que le monde ait connue. Il a détruit la cour la plus puissante d'Okrith. Vous attendiez-vous sincèrement à ce que nous attirions ces troupes assoiffées de sang à l'Est ?

Remy se renfrogna. Le roi du Nord aurait éliminé toute opposition. Se soumettre à son pouvoir était une stratégie de survie. Même en unissant leurs forces armées, ils n'auraient pas réussi à arrêter la cour du Nord treize ans plus tôt. Ce qui n'empêchait pas la jeune sorcière d'en vouloir à l'Est, au Sud et à l'Ouest pour leur inaction. Pourquoi seuls ses proches avaient-ils été condamnés à brûler ?

— Ses troupes s'affaiblissent, dit Carys dans le silence ténébreux. Il n'a pas assez d'argent ou de victoires à remporter pour conserver une armée de cette taille. Plusieurs légions de Vostemur ont été dissoutes et il emploie désormais ses forces à une autre mission. Puisqu'il ne réussit pas à trouver Raffiel, il cherche plutôt à défaire le lien de sang qui unit le prince à l'Épée Immortelle.

Heather retint un cri.

— C'est possible ?

— Les membres de l'Ordre bleu, réduits en esclavage par le roi du Nord, tentent d'y parvenir. Ce dernier se sert des corps des sorciers rouges pour manipuler leur magie.

Les yeux de Carys glissèrent vers Remy comme pour s'excuser de parler ainsi des siens.

— Mais nous savons que les rescapés de l'Ordre rouge se rassemblent.

Le prince interrompit sa seconde d'un geste de la main, et elle se tut.

— Nous te dirions dans quel lieu ils se réunissent si nous te pensions encline à nous aider.

Il scruta la jeune femme avant d'ajouter :

— Je crains cependant qu'une fois munie de ce savoir tu ne coures rejoindre ton Ordre et nous abandonnes.

Elle sentait les tambourinements de son cœur jusque dans sa gorge.

— L'Ordre rouge se rassemble ? souffla-t-elle.

Chapitre 3

Le corps entier de Remy était pétrifié par la révélation du prince. Si l'Ordre rouge se reformait, cela impliquait qu'un nombre suffisant de ses membres avait survécu... et qu'ils étaient partis en quête les uns des autres. Elle plissa les paupières dans la pénombre tant elle peinait à se représenter une telle chose. Les sorciers et sorcières rouges avaient été dispersés aux quatre vents, puis traqués et elle s'était longtemps demandé si elle était la seule survivante.

— Oui, confirma Hale, la voyant aspirée par le tourbillon de ses pensées. Baba Morganna est toujours à sa tête.

Un poids écrasa la poitrine de la jeune femme. Ça ne pouvait pas être vrai.

— Baba Morganna est en vie ?

Elle se tordit les mains. Elle avait vu la cime d'une montagne s'abattre sur la Grande Prêtresse de l'Ordre rouge. La chute de ces rochers l'avait forcément tuée ! À moins que sa mémoire de fillette de six ans ne soit pas fiable.

— Vous espérez sincèrement que je vais vous croire sur parole ?

— Un de nos amis de la cour l'a vue de ses propres yeux, répondit le prince.

— Ça ne veut rien dire. Votre ami pourrait être de mèche avec Vostemur.

— Bern est digne de confiance. Il a… des liens avec la cour de la Haute Montagne. Jamais il ne trahirait ses membres, lui certifia-t-il.

Ses lèvres s'incurvèrent lorsqu'il poursuivit, comme s'il attendait depuis longtemps de prononcer ces mots :

— Bern m'a chargé de vous dire de vous fier à la chandelle rouge dans votre sac si vous ne le croyez pas, Petit Moineau.

Remy pâlit aussitôt. *Petit Moineau.* Le surnom que Baba Morganna lui avait donné dans son enfance. C'était donc vrai ! La Grande Prêtresse était en vie. La jeune femme pouvait se servir de sa chandelle rouge pour la contacter et obtenir confirmation… mais, dans ce cas, la bougie ne pourrait plus servir. Les informations que détenait Hale étaient trop détaillées pour qu'il s'agisse d'un mensonge. Elle garderait sa chandelle pour le cas où elle viendrait à douter de lui. Si l'Ordre rouge se rassemblait, ça changeait tout. Elle espérait depuis de nombreuses années que Baba Morganna avait survécu, mais en avoir maintenant la certitude… Elle se tordit les mains pour s'empêcher de pleurer.

— Vous ne m'avez toujours pas expliqué pourquoi vous avez besoin de moi, dit-elle en contrôlant ses émotions afin de dévisager le prince une fois de plus.

Elle avait un regard dur qui le fit ricaner.

— Tes pouvoirs te lient à la cour de la Haute Montagne. Tu es capable de percevoir la magie de ses membres, les objets qui y ont été confectionnés.

Il écarta les cheveux ondulés sur son front.

— Puisque vous êtes au courant de la réunion de l'Ordre rouge, pourquoi ne pas approcher ses membres ? Leurs pouvoirs conjugués seront bien plus puissants. Ils pourraient vous être d'une plus grande aide. Je ne savais même pas ce qui se tramait.

— Je doute que ton Ordre accepte de me faire confiance ou de m'aider. Mais ce n'est pas Raffiel en personne que j'aimerais retrouver avec ton secours. La magie rouge est présente dans l'Épée Immortelle, oui, mais aussi dans les deux autres talismans complétant la trinité : l'anneau du Shil-de et l'amulette d'Aelusien.

Shil-de était le terme en mhenbic pour « bouclier éternel ». Les sorciers rouges l'avaient fabriqué pour protéger son porteur, en le rendant indestructible. Il était passé entre de nombreuses mains au fil des ans, et plus personne ne savait où il se trouvait actuellement.

Les anciens faes de la Haute Montagne avaient remisé l'amulette au mont Aelusien. Celle-ci était imprégnée de pouvoirs, et son détenteur pouvait ainsi accéder à ceux de l'Ordre rouge. Ils étaient si nombreux à avoir, dans leur quête du talisman, trouvé la mort sur les pentes de cette montagne qui portait désormais un nom menaçant : le Pic Perdu.

— Vous voulez que je vous aide, moi, à localiser ces objets ?

Remy se tourna vers Fenrin en haussant les sourcils, ce qui fit rire son ami. Le prince se berçait d'illusions.

— J'ai déjà une idée de l'endroit où se trouve l'anneau, poursuivit-il, mais j'ai besoin d'une sorcière rouge pour l'authentifier. Et pour survivre au Pic Perdu, il me faut recourir à cette magie. J'ai l'intention d'apporter ces deux objets à l'Ordre rouge, dans l'espoir que les sorciers accepteront de prévenir Raffiel. Et s'ils refusent de trahir leur prince, les talismans, une fois qu'ils seront en notre possession, devraient l'attirer hors de sa tanière. Il pourra vaincre le roi du Nord avec l'aide de ces précieux emblèmes. Il mettrait ainsi un terme à cette guerre avant qu'elle ait commencé pour de bon.

— Et si risquer nos vies pour ces amulettes ne suffit pas à le faire sortir de sa retraite ? objecta Remy.

Heather continuait à être aux petits soins pour sa protégée. Elle sortit un baume de son sac, qu'elle appliqua sur la bosse, son pouvoir de guérisseuse auréolant le bout de ses doigts d'une lueur marron pâle. La crème piquait, et la jeune femme la repoussa avec une grimace. La grosseur finirait bien par disparaître toute seule.

— Dans ce cas, la cour de l'Est aura deux atouts de choix dans son jeu lors de la guerre inévitable qui l'opposera au Nord, rétorqua Hale avec un degré de nonchalance déconcertant. L'Épée Immortelle aura bien du mal à se frayer un chemin à travers nos terres si elles sont protégées par ces talismans. Nous offrirons refuge aux membres de l'Ordre rouge et rallierons les autres cours à notre cause si nécessaire.

— Vous parlez comme si la guerre entre les royaumes était certaine, marmonna Fenrin.

— Nous avons déjà eu des accrochages avec ces présomptueux du Nord à la frontière, expliqua Carys. Vous croyez vraiment que Vostemur s'arrêtera là ? Ses ambitions sont infinies. Il ne s'estimera pas satisfait tant qu'il y aura d'autres souverains sur le continent.

Le prince hocha la tête.

— Nous avons une occasion à saisir pendant que son attention est accaparée par l'épée.

— Et qu'est-ce que nous avons à tirer de cet arrangement, nous ? intervint Remy. Parce que, jusqu'à présent, il semblerait que vous nous ayez simplement enlevés et menacés.

— Je vous avais bien dit que c'était une mauvaise idée de les attacher, lança la sœur jumelle, Briata, de l'autre bout de la salle.

Elle s'exprimait d'une voix rauque séduisante, qui poussa la sorcière à étudier, une fois de plus, ses traits remarquables.

— Oui, rien de tel qu'un enlèvement pour susciter la confiance, Hale, ajouta Talhan avec un ricanement.

Leur général leur jeta un regard noir, mais ses soldats se contentèrent de lui sourire. C'était étrange de les entendre répondre ainsi à leur souverain. Ils s'adressaient à lui comme des amis et non des fidèles serviteurs.

— Tu devrais peut-être aller faire un tour, lui suggéra Carys, en se penchant vers lui et en parlant si bas que Remy eut du mal à l'entendre. Laisse-moi leur parler.

— Je peux me débrouiller tout seul, affirma-t-il dans un murmure.

— Eh bien, dans ce cas, débrouille-toi mieux, lui rétorqua sa seconde.

La jeune sorcière appréciait cette femme. Et les Deux Aigles. Au magnétisme que possédaient tous les êtres de leur espèce, ils ajoutaient, curieusement, sens de l'humour et décontraction. S'ils n'avaient pas été des faes, placés au service du Prince Bâtard, elle aurait été tentée de se lier à eux.

— Sa question est judicieuse, reprit Carys d'une voix plus forte, dans l'intention évidente d'être entendue de tous. Pour quelle raison nous aiderait-elle ?

— En plus de voir le prince, celui qu'elle a juré de servir, remonter sur le trône qui lui revient de droit ?

Les lèvres de Hale esquissèrent un sourire narquois. Remy plissa les paupières. Les sorciers rouges prêtaient allégeance à la cour de la Haute Montagne, bien sûr, pourtant c'était un coup bas de lui en demander autant. La loyauté était-elle un argument suffisant pour partir en quête des deux talismans perdus ?

Le prince de l'Est parut lire en elle.

— Nous pourrons te ramener saine et sauve à eux. Je suppose que vous n'aurez pas, tous les trois, connu une telle tranquillité en treize ans.

Ce fut Heather qui le jaugea à son tour. Elle se montrait peut-être bienveillante, elle n'en restait pas moins une sorcière des plus rusées. Fenrin et elle n'étaient pas capables de conduire seuls leur compagne à l'Ordre rouge. La jeune femme avait bien failli être capturée ou tuée à de nombreuses reprises, et ce dans de petites villes de campagne. S'il fallait s'aventurer dans les cours, deux sorciers bruns ne suffiraient pas à la protéger. Remy avait compris qu'il lui faudrait rejoindre Baba Morganna à l'instant où son nom avait été prononcé.

Heather hocha la tête d'un air songeur. Elle était la cheffe de leur petite troupe, et la décision lui appartenait donc. Soit elle était convaincue que le prince leur offrait sa protection en toute sincérité, soit elle ne lui faisait pas confiance mais restait persuadée qu'une alliance méritait de prendre un risque. Dans les deux cas, Remy savait que sa tutrice serait prête à tout pour garantir sa sécurité.

La jeune sorcière avait l'impression d'avoir été réveillée d'un sommeil de treize ans pour être aussitôt lancée dans une course effrénée. Tout calme avait déserté son corps. Elle brûlait d'impatience de rejoindre les siens.

Elle frotta son visage endolori. S'ils acceptaient, ils connaîtraient une tout autre existence que celle de clandestins employés dans des tavernes. Pour cela, il fallait prendre un risque colossal, peut-être sur la base d'un mensonge. Elle se demanda si Heather envisageait de l'abandonner. Non, ça n'était pas son genre.

Elle se mordilla la lèvre en considérant tour à tour sa protectrice et Hale. Le prince continuait à la dévisager, attendant sa réponse.

Elle le fit patienter, soutenant son regard jusqu'à prendre, enfin, la parole :

— Alors vous voulez que nous vous aidions à trouver l'anneau du Shil-de et l'amulette d'Aelusien, ainsi qu'un prince disparu de longue date ? C'est beaucoup nous demander.

— Je ne fais que cela, demander, répondit-il en la transperçant de ses yeux couleur fumée. Si tes compagnons souhaitent venir avec nous, j'exige seulement qu'ils ne nous ralentissent pas, même si je pense qu'il vaudrait bien mieux les renvoyer dans cette taverne.

— Non, dit Heather.

Exactement au même moment, Fenrin rétorquait :

— Certainement pas.

— Nous restons avec elle, ajouta la sorcière brune, en jetant à sa compagne un regard d'avertissement, lui interdisant de s'opposer à elle.

Hale avait pourtant raison, Heather et Fenrin prendraient moins de risques en ne les accompagnant pas. Les membres de l'Ordre brun ne possédaient que le pouvoir de guérir, pas celui d'animer des objets, contrairement aux sorciers rouges. Mais Remy devait la vie à Heather. Elle avait perdu le compte du nombre de fois où sa protectrice l'avait sauvée, elle ne pouvait donc rien lui refuser.

Elle considéra le prince une dernière fois. Son plan était au mieux imprudent, au pire désastreux. Elle se refusait à lui accorder sa confiance, et néanmoins une alliance provisoire avec lui semblait judicieuse. Elle pourrait l'aider jusqu'à ce qu'il lui révèle l'endroit où l'Ordre rouge s'était réuni ; ensuite, elle prendrait la fuite avant de se retrouver enrôlée dans la quête insensée d'un prince fantôme.

Elle avait l'impression que leurs vies avaient été figées pendant ces nombreuses années et que, soudain, le nom de Baba Morganna les avait brusquement ranimés, tous les trois.

Sa décision était prise.

Elle observa la lumière des flammes, qui dansait sur les traits fins du fae.

— Les sorciers bruns nous accompagnent, et vous les laisserez tranquilles.

— Entendu.

Hale sourit, comprenant qu'il l'avait convaincue.

— Eh bien, dans ce cas, prince, marché conclu, répondit Remy, scellant son destin.

*

Les forêts de la cour de l'Ouest semblaient sans fin. Le terrain était irrégulier et accidenté, avec de grands blocs de granit qui dépassaient de la terre. Trembles, sapins et érables dominaient la voûte forestière. Des rayons de lumière transperçaient la cime des arbres, permettant à une végétation luxuriante de se développer au milieu des couches de feuilles mortes du sous-bois.

L'équinoxe d'automne se rapprochait. Certains arbres continuaient à se déployer dans les tons verts de l'été, tandis que d'autres avaient déjà abandonné leur parure aux nuits fraîches. Des feuilles rouges, orange et dorées dansaient entre les troncs, flottant telles des plumes.

— Regardez, de l'ail de Naples ! s'exclama Fenrin avec délice en surgissant derrière un arbuste jaunissant.

Il tendit une poignée de pousses vertes à son amie.

— Les feuilles et les tiges se mangent, elles relèvent à merveille les ragoûts, et... Tu t'en fiches.

— Non, pas du tout, je...

Remy lui prit les tiges odorantes de la main et les rangea dans la poche avant du tablier qu'elle avait emprunté à Heather. Les plantes lui laissèrent une odeur puissante sur la paume, qu'elle essuya sur sa tunique bordeaux froissée.

— Remy, tu te fiches de l'ail de Naples, et ce n'est pas grave, lui dit Fenrin dans un éclat de rire.

— Tu as raison, je m'en fiche complètement, concéda-t-elle avec un sourire.

Ils s'étaient éloignés du campement pour partir à la cueillette. À la seconde où leurs sacs avaient touché le sol, la jeune femme s'était débarrassée de ses bottes trop serrées. Elle était certaine d'avoir des ampoules dans les jours à venir.

Ses compagnons étaient tous deux des cueilleurs accomplis, comme la plupart des sorciers bruns. Une balade en forêt pouvait leur fournir assez de plantes médicinales pour garnir leurs poches de druni.

Si les différents Ordres partageaient certains de leurs pouvoirs, chacun avait ses spécificités. Les sorciers bleus possédaient la Vision, les sorciers verts faisaient pousser ce qu'ils voulaient et confectionnaient de délicieux repas, les sorciers rouges pouvaient contrôler les objets, et enfin les sorciers bruns étaient des guérisseurs et des cueilleurs hors pair.

Remy, elle, était incapable de reconnaître les plantes. Elle ne savait pas faire la différence entre un champignon médicinal et un vénéneux. Ce qui ne l'empêchait pas d'accompagner son ami quand il partait à la cueillette.

Par le passé, Heather et lui avaient bien gagné leur vie. Ils auraient pu s'établir dans de plus grandes tavernes, plus près des villes de la cour de l'Ouest, mais ils avaient décidé de s'en tenir à la campagne, où l'existence était plus rude et l'argent plus rare... tout ça parce que leur camarade était une sorcière rouge.

— J'aimerais bien avoir mon arc, gémit celle-ci en faisant la moue et en enfonçant ses orteils dans la mousse froide.

Elle retroussa le bas de ses chausses ardoise jusqu'à ses mollets. C'était agréable de sentir l'air frais sur ses pieds endoloris.

— Peut-être que si tu le demandes très gentiment, le prince t'en achètera un, ironisa Fenrin en lui confiant deux champignons avant de reprendre ses recherches.

— Je préférerais mourir de faim que de m'abaisser à ça, rétorqua-t-elle.

C'était si étrange de retrouver aussi facilement leurs anciennes habitudes. Ils avaient beau être sur la route avec une bande de faes de la haute société, cela ne les empêchait pas de reformer leur petit duo pour la cueillette.

— Tu lui fais confiance ? demanda Fenrin en scrutant la forêt de ses yeux bleus.

— Pas le moins du monde, pouffa-t-elle.

— Bien. Il faut faire preuve de prudence avec lui.

Il s'adressait davantage à lui-même qu'à Remy.

— Les autres, je les aime bien. Leur compagnie est plaisante. Carys m'a dit qu'elle me montrerait l'Est un jour et...

— Tu dois être prudent avec eux aussi, Fen. Ils se conduisent peut-être en amis, mais ils n'en restent pas moins dangereux.

— Je sais.

Il lui passa une autre poignée de champignons.

— Mais c'est toujours mieux que ce qu'on faisait, nous ? poursuivit-il. Je préfère partir à l'aventure avec une bande de guerriers faes que laver des draps dans une auberge à Harbruck.

Son amie sourit bêtement en frictionnant ses mains pleines de terre l'une contre l'autre.

— Oui, moi aussi.

— Notre château à Yexshire possédera une armurerie, s'amusa-t-il en plongeant sous un arbre. Et tu auras le choix entre des dizaines d'arcs.

C'était un jeu auquel ils jouaient pour passer le temps. Ils imaginaient la demeure de leurs rêves, un château qu'ils feraient ériger dans la ville reconstruite de Yexshire. Une chimère qui avait débuté le jour de leur rencontre, l'année de leurs douze ans, et qui durait toujours, sept ans plus tard.

Remy leva les yeux vers la cime des arbres sur sa gauche, comme si elle pouvait apercevoir les Hautes Montagnes à travers la forêt. De l'autre côté de cette ligne de sommets se trouvait son royaume déchu, sa terre natale, qui possédait les plus belles des saisons : des étés chauds et verdoyants, des hivers enneigés et blancs. Même au creux de ceux-ci, le soleil brillait tous les jours, ne serait-ce que quelques minutes. À la cour de l'Ouest, plusieurs semaines pouvaient se succéder interminablement sans qu'un seul rayon de soleil franchisse les sinistres nuages gris.

Remy se remémorait ce royaume comme un lieu magique, aux gigantesques panoramas alpins. Elle se demandait à quel point sa mémoire avait exagéré la beauté de ces lieux. Ces sensations du pays continuaient à vibrer en elle telle une chanson que seule son âme aurait connue.

— Quel était notre plan ? demanda-t-elle, taquinant une feuille rouge avec ses orteils. J'ai l'impression qu'on s'est toujours contentés d'espérer que le roi du Nord serait vaincu, que Yexshire renaîtrait brusquement de ses cendres et qu'on tomberait sur une immense fortune qui...

— Hé ! l'interrompit son ami. Ça ne fait pas partie du jeu.

— Quel était notre plan, Fen ? insista-t-elle.

Cette rêverie ne lui convenait plus.

— J'étais censée rester cachée à tout jamais ou attendre que tout s'arrange sans mon intervention ?

Fenrin se déboîta la mâchoire, signe qu'il réfléchissait. Ils n'avaient pas pour habitude de se livrer autant. Ils se contentaient de travailler à la taverne et d'imaginer une existence meilleure. Tout avait changé maintenant qu'ils faisaient équipe avec les faes. Qu'ils avaient l'impression de pouvoir intervenir dans la marche du monde.

— Je ne sais pas, Remy. Je sais juste que tu es trop importante pour risquer de te faire couper la tête en essayant de sauver le monde.

Heather lui avait donné le même conseil. Tous deux voulaient que la jeune sorcière reste cachée, dissimulée. Elle était, apparemment, si importante qu'elle devait se rendre invisible. Elle en avait assez d'attendre que la situation s'arrange. Même si la quête des talismans ne menait à rien, elle ressentait le besoin brûlant d'agir enfin. La cour de la Haute Montagne méritait sa vengeance.

Chapitre 4

— Raconte-nous une histoire sur l'Ordre rouge.

Ce fut en ces termes que Briata interpella Remy autour du feu de camp. Ils s'étaient arrêtés pour la nuit à dix minutes à l'ouest du sentier, au cas où d'autres voyageurs l'emprunteraient pendant qu'ils dormaient. Il faisait si froid que leur souffle formait des volutes glacées dans l'air chaque fois qu'ils parlaient.

— Je n'en connais pas d'intéressantes.

La jeune femme contempla le ciel étoilé à travers les arbres.

— J'ai passé la plus grande partie de ma vie avec des sorcières brunes.

— Raconte-nous la fois où Baba Morganna a fait tomber une montagne, insista Briata.

— Tu étais là ? Tu l'as vue ? demanda Talhan, accroupi devant les flammes pour remuer le contenu d'une gamelle.

Les Deux Aigles avaient attrapé un lapin et deux écureuils moins d'une minute après leur arrivée au camp. Fenrin avait cueilli des plantes comestibles et des champignons. Les arômes du repas qui mijotait provoquèrent des grognements dans l'estomac de Remy. Les trois sorciers avaient tous été ébahis en voyant Talhan sortir une grosse marmite en fer-blanc de son paquetage. Pas étonnant qu'il ait des jambes aussi épaisses que des troncs d'arbre.

— Elle avait six ans lors du massacre de Yexshire, elle ne peut pas avoir le moindre souvenir, intervint Heather, en resserrant les pans d'une couverture élimée autour de ses épaules.

Remy considérait avec jalousie les faes assis de l'autre côté du feu, avec leurs peaux de bête bien touffues.

La sorcière brune passa ses doigts dans les cheveux de sa protégée pour les démêler et les tresser en prévision de la nuit. Les joues rouges, celle-ci la repoussa et lui jeta un regard. Elle n'avait plus besoin qu'on lui fasse des nattes comme à une enfant. Surtout pas devant une troupe de guerriers faes.

— Raconte-nous quand même l'histoire, insista Briata, affalée sur sa couche. À eux trois, ces imbéciles en connaissent à peine une bonne.

Talhan et Carys rirent. Et un soupçon de sourire fit frémir une joue de Hale.

— D'accord. Mais je ne promets pas qu'elle sera passionnante, dit la jeune femme avant de jeter au feu le bâton avec lequel elle jouait. Il était une fois une sorcière rouge du nom de Morganna Stormfrost. Elle vivait dans le temple de Yexshire avec le reste de son Ordre. C'était une nuit d'hiver comme les autres. Le château de Yexhsire, situé dans les montagnes au-dessus de la vallée, était comble, car le roi du Nord, Hennen Vostemur, était venu rendre visite, avec sa suite, à ses amis des Hautes Montagnes.

Remy ne regardait personne, ses yeux se perdaient dans les flammes dansantes du feu de camp et elle songeait à celles qui avaient détruit sa ville natale.

— Tout semblait aller à merveille, poursuivit-elle, mais Morganna eut son tout premier don de Vision ce soir-là. Elle vit le palais s'embraser alors que la première épée n'avait pas encore été dégainée. Quelques minutes seulement avant le début du carnage, elle poussa les sorciers rouges sur la route de l'Est, mais les soldats du Nord l'avaient bloquée. Comme chacune des quatre artères permettant de quitter la cité, bien sûr. Morganna savait qu'il leur faudrait franchir un col pour réussir à s'échapper. Ils gravirent le versant de la montagne, presque à la verticale, mais les soldats du Nord étaient juste derrière eux et tiraient des flèches. L'une d'elles atteignit Morganna en pleine gorge.

Remy enfonça son index dans son propre cou et Carys retint son souffle.

— Elle allait mourir là, clouée au flanc de la montagne, poursuivit-elle. Baba Theodora, la Grande Prêtresse de l'Ordre rouge à cette époque, était présente. Elle invoqua le *midon brik*, le sort le plus puissant qu'on puisse jeter, et elle échangea sa vie contre celle de Morganna. Baba Theodora savait que celle-ci était destinée à lui succéder. On raconte que c'est en assistant à la mort de sa Baba que Morganna acquit ses immenses pouvoirs. Elle se mit à attraper les flèches en plein vol pour les retourner contre les archers. Elle réussit à conduire les sorciers de l'autre côté du col, puis elle s'y posta pour attendre les soldats du Nord.

La jeune femme remarqua que Briata souriait de l'autre côté des flammes bondissantes.

— Lorsqu'ils furent tous arrivés au col, Morganna décapita le sommet qui les dominait et écrasa la légion du Nord sous les pierres de sa terre natale. Elle détruisit une montagne pour sauver les siens et gagner le titre de Baba, nouvelle Grande Prêtresse de l'Ordre rouge.

Un long silence suivit. Hale finit par le rompre, les yeux rivés sur le feu :

— Alors, les sorciers rouges n'ont pas volé au secours de la cour de la Haute Montagne ?

Remy le foudroya du regard. Osait-il insinuer que les siens n'avaient pas fait assez pour sauver les faes ? Rien d'autre n'importait pour eux, apparemment, que de sacrifier sa vie pour une cause.

— Beaucoup l'ont fait, rétorqua-t-elle d'un ton railleur. Et ils sont tous morts.

Le prince pencha la tête et frotta son menton barbu.

— Comment t'es-tu échappée ?

— Avec les autres. Je ne m'en souviens pas.

— Tu t'es enfuie avec tes parents ? insista-t-il alors qu'une bûche crépitait et que des étincelles montaient en dansant vers les étoiles.

Talhan se pinça le nez, Carys grimaça et Briata leva les yeux au ciel.

— Non. Ils sont morts.

Remy soutint le regard de Hale, le mettant au défi de prononcer un seul autre mot.

— Tu ne t'en souviens pas. Comment le sais-tu ? As-tu essayé de les chercher ? persista-t-il pourtant, l'observant de ses yeux perçants à travers les flammes vacillantes.

— Arrête ça, grommela Carys tout bas.

— Je suis juste curieux, se défendit-il avec un haussement d'épaules.

— Bien sûr que vous l'êtes, nos vies n'ont aucune valeur à vos yeux, notre existence a pour seul but de vous divertir. Les sorciers ne sont précisément pour vous que des curiosités.

Elle était arrivée au terme de sa patience.

— Ce n'est pas ce que j'ai dit, répliqua-t-il en plissant les paupières.

Il avait le toupet de jouer l'indignation après tout ce qu'il venait d'insinuer. Elle le provoqua :

— Est-ce que nos souffrances vous transportent, prince ?

Heather pressa son épaule contre celle de sa protégée, lui intimant en silence de se calmer, ce dont elle était incapable. C'était à cause de cette attitude de supériorité des faes que tout allait mal dans le monde. Ceux de la Haute Montagne avaient toujours traité les sorciers rouges comme leurs égaux, ce qui avait déplu à leurs semblables... et surtout à Hennen Vostemur.

— Tu déformes mes paroles, sorcière, continua-t-il d'un ton grinçant, mâchoire serrée.

— Vous n'avez jamais eu à vous battre pour quoi que ce soit, je me trompe ? Vous êtes réduits à employer des gens pour partager leurs luttes.

Remy ne connaissait pas grand-chose au combat à mains nues, mais elle savait anéantir ses ennemis d'un bon mot.

— Tu es grotesque, lui rétorqua-t-il du tac au tac.

— Et vous, vous n'êtes qu'un bâtard pourri gâté, rugit-elle.

Il écarquilla les yeux et haussa les sourcils un bref instant avant de se composer de nouveau une mine renfrognée.

Là, elle avait mis dans le mille.

— Mieux vaut être un bâtard qu'une lâche planquée.

Le coup inattendu l'atteignit en plein ventre. Voilà ce qu'elle était : une lâche planquée. Et le pire était que tout le monde s'en rendait compte.

Elle regarda ses mains baignées d'une lueur rouge. Elle avait de nouveau perdu le contrôle. Elle se leva et s'éloigna, furieuse, vers la forêt, en lançant une excuse par-dessus son épaule.

— Bravo, Hale, grogna Briata.

La jeune femme entendit Fenrin se lever pour la suivre, et elle marmonna sans ralentir :

— Laisse-moi tranquille.

Pour une fois, il lui obéit.

Elle n'eut que quelques pas à faire pour rejoindre le cours d'eau. À mesure qu'elle s'éloignait du feu, la lueur qui enveloppait ses mains devenait plus visible encore. La douce clarté rubis lui permettait de voir le sol, et elle veilla à éviter les pierres qui saillaient entre les feuilles mortes. La terre lui salissait les pieds, mais au moins la douleur de cette journée de marche s'était apaisée.

Elle atteignit le ruisseau étroit où ils avaient rempli leurs outres et puisé de l'eau pour le ragoût du dîner. Debout sur la rive, elle observa le courant tranquille et ses méandres et inspira profondément. *Lâche planquée*, voilà ce qu'avait dit Hale.

La honte provoquée par ces mots la frappa à nouveau. La lueur autour de ses mains s'amplifia. Si elle avait eu un miroir, elle aurait aussi constaté que ses yeux rougeoyaient. Elle n'avait pas besoin de les voir pour sentir le bourdonnement frémissant derrière ses globes oculaires.

Elle prit une autre inspiration, lente et apaisante. Le bourdonnement décrut. L'obscurité se referma sur elle alors que sa magie refluait.

À la discrétion des bruits de pas dans son dos, elle comprit sans avoir à se retourner qu'il s'agissait de Carys. Remy avait suffisamment cheminé avec ces faes pour être capable d'identifier la démarche de chacun. Talhan se déplaçait comme un ours grognon. Briata avait une foulée lourde, elle aussi, mais moins hargneuse. Hale quant à lui se mouvait avec autant d'assurance et de délicatesse qu'un puma. Carys était la plus légère des quatre, avec l'élégance d'une danseuse.

Elle s'arrêta à côté de la sorcière rouge, défit sa longue natte blonde et passa ses doigts dans ses cheveux. Elles observèrent un instant le ruisseau en silence. Remy se décida finalement à tresser son interminable chevelure bouclée pour la nuit ; après tout, Carys se coiffait juste à côté d'elle. Ses doigts étaient maladroits. Heather donnait pourtant l'impression que c'était facile, mais la jeune femme n'en revenait pas d'avoir laissé sa protectrice s'en occuper à sa place pendant si longtemps.

Carys passa encore quelques fois ses mains dans ses cheveux, puis elle les secoua et ils dévalèrent dans son dos, s'arrêtant juste au-dessus de ses hanches.

— Je n'ai jamais vu personne lui taper sur les nerfs comme tu le fais, lança-t-elle dans le noir. C'est impressionnant.

— Tu es sa maîtresse ?

Remy pinça aussitôt les lèvres après que sa répartie agressive eut franchi ses lèvres.

— Je me demandais quand tu comptais me poser la question.

Avec Carys, même les ricanements étaient délicats. La sorcière se tut et continua à tresser ses cheveux en attendant la réponse de sa compagne.

— Non, je ne suis pas sa maîtresse, et je n'en ai aucune envie.

— Pourquoi ? Il est...

Elle ignorait comment terminer sa phrase. Hale était l'être le plus séduisant qu'elle ait jamais vu. Il lui suffisait de poser les yeux sur lui pour avoir l'impression de perdre pied.

— Beau ? suggéra la fae avec un éclat de rire. Oui, bien sûr, je ne suis pas aveugle, il l'est, et c'est quelqu'un de bien aussi...

Remy manifesta son désaccord, mais Carys insista :

— Si, je t'assure. Il est juste un peu mal dégrossi.

— Alors pourquoi ne veux-tu pas de lui ?

Elle les avait observés. Ils se retrouvaient souvent à l'écart, tous les deux. Hale n'écoutait personne comme il écoutait sa seconde.

Elle ouvrit deux fois de suite la bouche pour parler, puis ses épaules s'affaissèrent.

— Il y en avait une autre...

Elle n'avait pas besoin d'en dire plus, Remy avait déjà entendu cette histoire un nombre incalculable de fois. L'histoire de cœurs brisés en mille morceaux.

— Hale a été prédestiné à une époque.

Les yeux de la jeune femme se rivèrent aussitôt sur la silhouette assombrie de Carys. L'amour prédestiné était un autre des pouvoirs des faes, le plus rare de tous. Certaines âmes se retrouvaient liées bien avant le début de leur existence. La magie de leur Prédestination était si puissante que le lien était parfois détectable alors qu'ils étaient encore dans le ventre de leur mère. Nombre de familles faes, parmi les plus riches, payaient des oracles de l'Ordre bleu pour connaître la Prédestination de leurs enfants. D'autres, superstitieux, croyaient au contraire que ça portait malchance de le savoir, sans pour autant nier cette réalité.

L'esprit de Remy accrocha soudain sur les mots prononcés par Carys.

— « A été » ?

— Elle a quitté ce monde avant même qu'ils puissent se rencontrer. Sa Prédestinée était une princesse fae de la Haute Montagne. Elle a trouvé la mort lors du massacre de Yexshire.

La nuit se refermait de plus en plus sur elles. La poitrine de la sorcière se comprima.

— Pour certains, c'est une destinée plus tragique que la mort, poursuivit-elle. Vivre sans ce lien de Prédestination peut détruire les gens. Pire encore, Hale sait qu'il ne le connaîtra jamais.

Remy ravala le nœud volumineux qui lui serrait la gorge.

— Je ne te demanderai pas d'être gentille avec lui. Il se conduit parfois comme un abruti prétentieux, reprit Carys en riant. Mais il a traversé plus d'épreuves qu'il ne veut bien le montrer.

La sorcière se mordilla la lèvre. Une chouette ulula dans la forêt, provoquant en réponse le silence des grillons.

La fae se tourna vers la lueur du feu de camp. Les échos des rires des Deux Aigles et de Fenrin lui parvinrent. Les jumeaux avaient pris le pli de taquiner le jeune homme, ravi d'être inclus dans leur groupe. De toute évidence, il les admirait.

— Tu viens ? demanda Carys, qui reprit la direction du campement sans attendre sa réponse.

Remy scruta l'obscurité en priant tous les dieux de lui donner la force de supporter ce prince si pénible une nuit de plus.

*

Le lendemain, il y eut une autre journée de marche ardue avant l'installation du camp. Remy lâcha son tablier à côté des flammes naissantes. Le fruit de la cueillette se répandit sur le sol. Elle avait les pieds endoloris après cette nouvelle étape fastidieuse.

Carys ajouta du petit bois dans le feu pendant que Talhan sortait ses casseroles. Heather défit les tissus qui enveloppaient ses flacons fragiles, les inspectant les uns après les autres à la recherche de fissures ou de bouchons mal fixés. Hale avait disparu.

C'était avec Briata, toutefois, que Remy voulait parler. Assise sur son paquetage, la guerrière aiguisait un poignard des plus menaçants sur une pierre.

— Je pourrais t'emprunter un couteau ? lui demanda la jeune sorcière.

Les oreilles effilées de la fae se dressèrent et elle lui sourit.

— Bien sûr.

Elle tira de sa ceinture une dague plus petite.

— Attends, pourquoi en as-tu besoin ? intervint Carys.

— Je voudrais attraper du gibier, répondit-elle en haussant les épaules.

— Notre chasse ne vous suffit pas ? s'étonna la guerrière en cassant un autre bout de bois en deux.

— Si, amplement, mais j'aimerais apporter ma contribution.

Remy était agitée, elle se reprochait sa requête, tout en se sentant inutile.

— Tu n'as pas besoin de couteau, la réprimanda Heather, d'un ton qu'elle détestait.

La sorcière brune pouvait être si dévalorisante parfois... Elle veillait à maintenir sa protégée dans l'état d'impuissance auquel elle était réduite.

— Je doute que tu puisses attraper grand-chose avec cette dague, souligna Briata, en regardant tour à tour les deux compagnes.

D'un petit geste, elle la retourna pour l'offrir par le manche à Remy.

— Mais ça m'amuse de te voir essayer, ajouta-t-elle.

— Je chasse mieux quand je suis seule, rétorqua la jeune femme en acceptant l'arme, avant de hocher la tête en guise de remerciement.

— Tu n'es vraiment pas douée pour te faire des amis, Bri, se moqua Talhan.

La sorcière rouge les observa l'un après l'autre. Était-ce leur façon de se montrer amicaux ? Elle s'éloigna du campement pour se diriger vers la forêt.

— Tu veux que je t'accompagne ? lui cria Fenrin.

Il était accroupi près du feu pour trier la cueillette. Remy secoua la tête. Elle regrettait le temps où elle avait ses moments d'exploration en solitaire, avec pour seule compagnie ses pensées et le silence. Être en permanence l'objet de la surveillance attentive des faes lui mettait les nerfs à vif.

Elle s'enfonça dans le bois. Ses pieds étaient encore plus endoloris après cette nouvelle journée de marche. Elle ne savait pas combien de temps elle supporterait ces maudites bottes, qui finiraient par lui ronger définitivement les orteils. De toute façon, elle n'était jamais aussi à l'aise que pieds nus. C'était sans doute dû à son sang de sorcière. Elle était capable de se déplacer sur les pierres et les feuilles mortes sans produire un seul son. Elle se sentait aussi agile qu'un prédateur lorsqu'elle était seule, comme si sa magie remontait à la surface de sa peau dès que les autres avaient le regard tourné.

L'air frais l'enveloppait. Sa respiration ralentit et un poids invisible disparut de ses épaules qui la fit pousser un soupir.

Elle entendit qu'on dérangeait des feuilles au loin, ainsi que le doux piaillement d'oiseaux. Peut-être du gibier. Elle scruta la forêt et son regard s'arrêta sur un groupe de faisans qui fourrageaient à distance dans un tapis de feuilles. Elle ouvrit de grands yeux. Elle accéderait au rang d'héroïne si elle en rapportait un au campement.

Elle approchait d'eux sur la pointe des pieds quand une voix la retint.

— Alors là, j'aimerais voir ça.

Remy jeta un coup d'œil par-dessus son épaule et découvrit Hale, bras croisés, adossé à un arbre. Ses yeux étain pétillèrent lorsqu'il vit combien elle était renfrognée. Elle s'était certes déplacée sans bruit à travers la forêt, mais il avait été plus silencieux que la mort pour l'avoir suivie sans qu'elle le remarque.

— Tu penses vraiment pouvoir attraper un faisan avec un couteau ?

Ses sourcils remontèrent presque jusqu'à la racine de ses cheveux.

— Oui, rétorqua-t-elle d'un ton bêcheur.

Merveilleux, maintenant elle allait devoir lui donner tort.

— Je relève le pari, dit-il, alors que des fossettes lui creusaient les joues.

— Bien, cracha-t-elle. Si je gagne, vous m'achèterez un nouvel arc et des flèches dans la prochaine ville que nous traverserons.

Le sourire du prince s'élargit.

— Marché conclu, confirma-t-il d'une voix grave, pareille à un grondement. Et puisque c'est moi qui vais gagner, tu devras me faire un compliment.

— Manquez-vous à ce point de louanges pour recourir à de tels stratagèmes afin d'en obtenir ? s'amusa-t-elle.

— En général, non. Uniquement avec toi.

Son regard brumeux s'illumina quand il ajouta :

— Je sais combien ça te ferait horreur.

— Entendu, concéda-t-elle, les yeux mi-clos. Mais interdiction d'effrayer mon gibier.

Hale souleva puis baissa les épaules, seul signe de son accord.

Remy étudia les faisans qui continuaient à fouiller le sol de la forêt. Elle avança discrètement, de pierre en pierre, se rapprochant sans être vue. Elle n'entendait plus le fae derrière elle, cependant elle sentait sa présence.

Si elle avait eu un arc, elle aurait été à la bonne distance pour tirer. Lancer la dague n'aurait servi à rien. Elle était sûre de manquer son coup. La suffisance de Hale était perceptible. Il avait toutefois oublié un détail très important : elle avait des pouvoirs.

Le bourdonnement de la magie afflua progressivement vers ses mains. Ses doigts écartés rougeoyaient lorsqu'elle lança un filet invisible sur trois gros faisans.

Le reste de la portée s'envola par-dessus la butte, mais la magie de Remy avait pris au piège les trois oiseaux, à présent suspendus dans les airs. Elle œuvra vite avec sa dague, et leur trancha le cou. Elle tenait ses proies par les pattes, pour que le sang ne goutte pas sur elle, et sourit au prince.

— Pour une surprise..., souffla-t-il. Que ça me serve de leçon pour t'avoir sous-estimée, sorcière.

— Je suis impatiente d'avoir mon nouvel arc, Votre Altesse.

Les pupilles de Hale se dilatèrent, il semblait hypnotisé par le regard luisant de Remy. Quelle étrange sensation de susciter non pas de la peur mais de l'admiration. Les seules personnes à ne pas fuir ses pouvoirs étaient Heather et Fenrin. Or le fae la considérait avec émerveillement, et non terreur.

Elle regarda ses pieds.

— Arrête, lui dit-il en abaissant sa voix d'une octave.

Elle redressa la tête, pourtant l'intensité de l'attention qu'il lui consacrait la gêna et elle se balança d'un pied sur l'autre.

— Tu n'as pas à me cacher ta magie.

— Oui, vous m'avez déjà bien fait comprendre que j'étais une lâche planquée, se défendit-elle.

— Je n'aurais pas dû dire ça.

À présent, c'était au tour de Hale de s'agiter puis de se raidir.

— C'est pourtant la vérité.

Elle se concentrait pour laisser se dissiper ses pouvoirs. Elle les sentait refluer, le rougeoiement s'estompait enfin.

Il fit un pas supplémentaire dans sa direction et ne fut bientôt plus qu'à un cheveu d'elle. Il lui releva le menton pour qu'elle le regarde. Sa magie rejaillit alors et elle vit la lueur rouge se réfléchir dans les yeux du prince.

— Tu as fait ce qu'il fallait pour survivre.

Sa voix s'était radoucie et son souffle réchauffa la joue de la jeune femme.

— Mais tes pouvoirs, poursuivit-il, sont aussi puissants que beaux.

Le cœur de la sorcière bondit jusqu'à sa gorge. Personne ne l'avait encore jamais complimentée sur ses capacités. Ça avait toujours été une source de honte, pour elle. Alors, de la beauté ? La trouvait-il réellement séduisante avec son regard et ses mains qui rougeoyaient ? Ça ne pouvait pas être vrai. Et cependant, pourquoi lui mentir ?

— Merci, murmura-t-elle, comme pétrifiée par les yeux brillants et le contact ténu du doigt de Hale sur son menton.

Elle semblait aimantée par lui, elle se serait sans doute effondrée dans ses bras si elle ne s'était contrôlée.

Elle se reprocha aussitôt cette pensée. Une pensée non seulement ridicule, mais aussi dangereuse.

Elle se racla la gorge.

— Ne devrions-nous pas rapporter le dîner maintenant ? lança-t-elle, en s'écartant, sans enthousiasme.

Elle ne savait pas quoi dire d'autre. Hale s'était toujours montré brusque et insensible avant cet instant, et elle était déstabilisée par ce nouvel aspect de sa personnalité...

Enfin au moins avait-elle gagné un nouvel arc.

Chapitre 5

Ils traversèrent les forêts de l'Ouest à pied, sur un sentier large et peu fréquenté, les voyageurs à cheval préférant les vraies routes. Ils ne croisèrent qu'une autre troupe itinérante, qui allait dans la direction opposée.

Les faes se déplaçaient si silencieusement que seuls les sorciers troublaient la paix des lieux : brindilles se brisant sous leurs semelles, souffles bruyants résonnant dans l'atmosphère. N'y tenant plus, Fenrin finit par demander d'une voix haletante :

— C'est encore loin ?

Remy aurait parié qu'il regrettait à présent de s'être porté volontaire pour transporter les sacoches de Heather en plus de la sienne. Le soleil était haut dans le ciel, et la promesse d'un temps plus frais avait fondu avec les températures élevées de cette partie de la région.

Hale marchait loin devant, perdu dans ses pensées, et pourtant grâce à son ouïe surdéveloppée, la question de Fenrin ne lui échappa pas. Carys le suivait de près, tandis que les Deux Aigles fermaient la marche, derrière les sorciers qui peinaient.

Le prince se retourna, et tous s'arrêtèrent les uns après les autres. Remy ne sentait pas encore ses courbatures, mais elle avait les pieds en feu. Elle aspirait à s'arrêter depuis un moment, même si elle craignait de ne pas réussir à repartir.

— Plus que quelques heures, répondit Hale.

À l'entendre, ce n'était rien.

— Plusieurs heures ? gémit le jeune homme.

Heather ne dit rien. Elle se pencha en avant pour s'appuyer sur ses genoux le temps de reprendre son souffle. Sa robe myosotis était trempée de sueur.

— Tu as de plus grandes jambes que les miennes, sorcier, lui lança Briata, derrière eux. Tu devrais survivre.

Son frère ricana.

— On peut toujours s'arrêter ici, proposa Carys, plus diplomate, mais dans ce cas, on n'atteindra pas la prochaine ville demain.

Ce fut au tour de Talhan de protester :

— Oh, non ! Je veux dormir dans un lit, moi !

Remy s'affala sur le rocher le plus proche avec un grognement. Elle ne tiendrait pas plusieurs heures de plus. Elle brûlait de retirer ses satanées bottes. Maudit soit Hale ! Elle aurait dû exiger qu'il la porte.

— Faisons une pause pour boire un peu d'eau, suggéra Carys en jetant un regard à la jeune femme. Dix minutes. Puis on décidera de la suite.

La sorcière rouge ne put s'empêcher de remarquer que c'était cette dernière qui avait pris la conduite des opérations. Les autres semblaient se ficher des difficultés de leurs compagnons de route. Leur magie augmentait leurs capacités physiques, tout était plus facile pour eux. Et ça les rendait égoïstes : ils semblaient incapables de se mettre à la place de quiconque. Or Remy aurait bien aimé qu'ils enfilent les bottes dans lesquelles elle saignait tant.

Les quatre faes lâchèrent leur paquetage pour s'asseoir dessus, à l'exception de Carys, qui s'adossa à un arbre. Hale et elle se trouvaient à l'écart du cercle formé par le reste de la troupe. L'aisance avec laquelle ils s'étaient installés suggérait qu'ils avaient l'habitude des déplacements. Ces guerriers nomades ne cessaient de surprendre la jeune sorcière.

— Vous avez l'air de connaître la vie itinérante par cœur, observa Fenrin, exprimant tout haut ce que son amie pensait tout bas.

Briata répondit d'un haussement d'épaules, mais il ne se laissa pas démonter.

— Où sont vos autres camarades ?

— À Falhampton, répondit Briata, comme s'ils étaient tous censés connaître ce lieu.

— À la frontière avec le royaume du Nord, expliqua Talhan.

Seule la teinte rouge de ses joues cuivrées trahissait l'effort qu'il avait fourni.

— Les faes du Nord aiment venir y semer la pagaille. Ça dure depuis des années. L'an dernier, le roi a chargé Hale de débarrasser la ville de ces envahisseurs.

— Et je suppose qu'il a réussi ? lança Fenrin.

— Il ne s'agissait pas seulement de faire fuir une poignée de guerriers, rétorqua Briata.

Talhan explicita la pensée de sa sœur.

— Il a fallu ériger des fortifications, former les habitants, s'assurer que lorsque d'autres soldats du Nord voudraient revenir...

— Ce qui arrivera immanquablement, l'interrompit Briata.

— ... nous leur aurions appris à se défendre seuls, poursuivit-il. Les troupes de Hale sont restées sur place pour défendre la ville jusqu'à ce que le roi ordonne leur retrait.

Fenrin avala une grande gorgée d'eau avant de passer l'outre à son amie.

Elle l'accepta de bonne grâce, et le liquide frais apaisa sa trachée irritée. Après l'avoir tendue à Heather, elle décida de s'occuper de ses pieds et retira ses bottes avec une grimace.

— Tu devrais les garder, lui conseilla aussitôt Briata.

— Tes pieds vont gonfler et tu ne pourras pas les remettre, ajouta son frère avant de donner à sa jumelle une lanière de viande séchée.

— Je préfère marcher pieds nus que de les garder enfermés une seconde de plus, répliqua Remy.

Elle retint un cri en retirant ses épaisses chaussettes en laine et en découvrant les dégâts. Deux ampoules aussi grosses que des œufs s'étaient formées à l'arrière de ses talons. Avec le frottement, elles avaient éclaté, laissant des plaies rouges et suintantes à la place. L'ongle de son gros orteil, quant à lui, bleuissait déjà. Elle allait le perdre d'ici vingt-quatre heures, elle en avait la certitude.

Heather retint un cri.

— Dieux, moi qui croyais que ces chaussures étaient à ta taille...

La jeune femme ne répondit rien. Elle avait cru, à tort, que ses pieds avaient atteint leur taille adulte. Les bottes avaient toujours été serrées et rigides, mais ça faisait l'affaire tant qu'elle passait ses journées à servir à l'auberge. Elle n'avait pas imaginé que marcher avec serait un tel calvaire.

— Ouh là là, observa Talhan en découvrant ses pieds.

Sa sœur abonda dans le même sens.

— C'est pas beau à voir.

Son sourire ironique contrastait avec la franchise de ses paroles.

Les Deux Aigles étaient un étrange mélange : de beaux visages fins sur des corps musclés. Lui était comme les ivrognes joyeux que Remy croisait à la taverne. Et elle, comme les vieillards bourrus qui crachaient sur tout le monde à l'exception de ceux dotés d'un humour bien gras.

Heather s'était déjà mise à fouiller dans l'une des sacoches que transportait Fenrin. Elle sortit deux flacons marron et une fine bande de tissu blanc, propre.

Remy se rendit soudain compte de la disparition de Hale.

— Où est-il ? demanda-t-elle en tendant le menton vers son paquetage abandonné.

— Sans doute se soulager, rétorqua Talhan du tac au tac, avant de mordre dans un morceau de fromage.

Briata donna un coup de coude à son jumeau hilare.

— Il est parti informer le roi.

La sorcière haussa un sourcil interrogateur.

— Les flammes, lui murmura Fenrin.

Mais oui.

Comment avait-elle pu oublier ? La plupart des pouvoirs des faes tournaient autour de leurs capacités physiques : ils possédaient des sens surdéveloppés – vision, ouïe, odorat –, une force et une propension à guérir étonnantes. Leur magie ne s'arrêtait toutefois pas là. Ils pouvaient en effet prendre l'apparence de simples humains et se servir du feu pour communiquer. Dans la plupart des palais royaux, un brasier magique brûlait en permanence, sous la surveillance de serviteurs qui donnaient l'alerte dès qu'un message arrivait par cette voie de communication directe.

Les sorciers rouges avaient d'ailleurs volé ce pouvoir, en envoûtant des bougies pour les relier les unes aux autres. Ces bougies exigeaient cependant une magie très puissante, et étaient à usage unique. Remy posa les yeux sur sa besace, où elle avait caché une de ces chandelles rouges. Mais la plupart des sorciers utilisaient les mêmes moyens de communication que les humains : pigeons voyageurs et lettres.

— Je ne sais pas pourquoi il prend la peine de s'isoler, reprit l'Aigle en se tournant vers les bois. Ce n'est pas comme si vous risquiez de surprendre ses paroles. Seuls les faes peuvent entendre les murmures transmis par les flammes.

— Il cherche à se donner des airs mystérieux, ironisa sa sœur.

Remy se demanda ce que Hale pouvait bien raconter à son père. Le roi Norwood savait-il que son fils avait débusqué une sorcière rouge ? Était-il au courant de l'endroit où se trouvait l'anneau du Shil-de ?

Une vive brûlure à l'arrière de son talon la tira de ses pensées. Elle serra les dents pour étouffer un cri, tandis que sa protectrice tamponnait ses plaies avec une potion cicatrisante.

— Ma pauvre, compatit Briata en secouant la tête pour chasser les quelques mèches brunes et courtes qui lui tombaient dans les yeux.

— Désolée, marmonna Heather, avant de déboucher le second flacon avec ses dents.

Elle versa une goutte de l'épaisse lotion jaune sur son index pour l'appliquer sur la plaie. Celle-ci ne piquait pas, au moins.

— Vous devez avoir des pouvoirs puissants, lui dit Talhan, en posant ses yeux ambre sur les mains habiles de la sorcière brune, puis sur le front de sa patiente. Elle n'a déjà presque plus de traces de la contusion.

Après s'être immobilisés un instant, les doigts de Heather reprirent leur danse.

— Je marque moins que les peaux plus claires, intervint Remy, mais oui, c'est la sorcière brune la plus puissante qu'il m'ait été donné de croiser.

Sa compagne sourit tout en continuant à lui prodiguer des soins.

— Je vais te faire un bandage pour éviter que les plaies ne s'infectent… Mais ça ne sera pas une protection suffisante pour marcher dans la forêt.

— Je ne remettrai pas ces bottes, s'entêta la jeune femme, avant de se reprocher intérieurement sa consommation excessive d'onguents et de bandes : Heather aurait été riche sans ses blessures incessantes…

Elle se fit le serment silencieux qu'une fois arrivés dans la prochaine ville elle rachèterait tout ce qui avait été utilisé pour la soigner.

Hale émergea alors d'entre les arbres. Il échangea un regard avec Carys et hocha la tête. Il tira ensuite un couteau de sa ceinture et découpa la poche en cuir brun de son sac.

Remy l'observait sans comprendre.

Sans un mot, il la rejoignit. Tout en marchant, il coupa le morceau de cuir en deux, avant de s'agenouiller devant elle.

— Qu'est-ce que vous faites ?

Sous les yeux ébahis de la jeune femme, il prit un de ses pieds bandés pour le placer sur son genou. Il retroussa ensuite les chausses grises, de la même teinte que son regard orageux.

— On n'atteindra jamais l'endroit où nous devons passer la nuit si tu es pieds nus. La terre se transforme en gravier un peu plus loin sur le sentier, expliqua-t-il, comme si cela justifiait la destruction de son paquetage.

Après avoir placé un des morceaux de cuir sous la plante du pied de Remy, il récupéra les lacets des bottes qu'elle avait délaissées. Elle sentit des frissons lui parcourir la jambe lorsqu'il lui toucha la peau.

Il transperça le cuir avec un des lacets, aussi facilement que s'il s'agissait de papier. C'était une démonstration minime de la puissance des faes, mais elle n'en était pas moins impressionnante. On aurait dit qu'il avait fabriqué des souliers de fortune des millions de fois. Il enroula le lacet autour de la cheville de Remy et lui fit un nœud bien serré.

Il passa ensuite au second pied. La jeune sorcière ne savait que dire. Il y avait quelque chose de terriblement intime à le voir ainsi agenouillé devant elle. Les autres ne leur prêtaient aucune attention, occupés à discuter, manger et boire de l'eau. Remy, elle, était hypnotisée par les gestes alertes de Hale.

Quand il eut terminé, leurs regards se croisèrent. Quel pouvoir recelaient donc les yeux du prince ? Ils semblaient tellement expressifs, elle détestait ça. En plus du fait que les siens puissent lui répondre malgré elle.

— Ça va ? demanda-t-il de son timbre grave et rocailleux.

Elle répondit d'un simple hochement de tête en retirant son pied pour se mettre debout. Sa peau à vif l'élançait encore, même si les soins de Heather agissaient déjà.

Il retourna à son barda pour le charger sur son épaule.

— C'était le dernier arrêt avant ce soir, annonça-t-il. En route.

Remy fit la moue. Il ne fallait pas oublier qu'il était aussi général d'armée... et qu'il adorait donner des ordres.

En un claquement de doigts, les trois autres faes furent prêts à le suivre.

Fenrin, qui s'était trompé en soulevant le sac le plus proche de lui, faillit en avoir le bras arraché.

— Dieux ! s'écria-t-il en se tournant vers Briata. Il est rempli de pierres ?

La guerrière hissa alors le chargement sur son épaule sans la moindre difficulté. Remy l'observa attentivement. Son ami était loin d'être faible, le sac devait peser une tonne. Sans oublier que leurs compagnons étaient par ailleurs lestés de plusieurs armes.

— Non, c'est juste un paquetage classique, lança-t-elle avec un clin d'œil. Et quelques pierres porte-bonheur.

Les sorciers eurent besoin de plus de temps pour remballer leurs affaires. Talhan aida Heather à placer les siennes sur son dos.

Ils se remirent en route, cheminant sur le sol jonché de feuilles, dont seul le crissement troublait le silence. Remy éprouvait un immense soulagement à ne plus ressentir d'élancement à chacun de ses pas. Elle était reconnaissante envers sa protectrice pour ses talents de guérisseuse, qui lui épargnaient une marche bien pénible. Et elle l'était aussi envers le prince, malgré son charme si exaspérant.

*

Hale se tenait devant eux, à l'entrée d'une clairière. La brise fraîche du matin jouait dans ses cheveux. Carys avait déposé son paquetage dès qu'ils avaient décidé de s'arrêter. Adossée à un arbre, elle regardait dans la même direction que son général.

Lorsque Remy les rejoignit, elle vit apparaître un village. Au pied du sentier, des toits et des cheminées dépassaient de la cime des arbres. Un panneau indiquait en direction de l'Est : Newpond, 15 kilomètres. Quelqu'un avait cloué une petite pancarte miteuse juste en dessous : Guilford, 1,5 kilomètre. Le village qu'ils surplombaient était donc Guilford, et s'ils poursuivaient leur chemin, ils atteindraient la prochaine ville. La jeune sorcière enregistra ces informations dans un coin de son esprit. Une fois au bourg, elle espérait dénicher une carte qui lui permettrait de se repérer.

Ils se dirigeaient sans doute vers la frontière avec le Sud. Avec Heather et Fenrin, ils s'étaient toujours cantonnés aux petits bourgs campagnards perdus au cœur du territoire de l'Ouest.

Des villages paisibles ponctuaient les sentiers de ce royaume. Ils accueillaient les voyageurs pédestres et offraient les services et commerces habituels. Ils trouveraient à Guilford tout ce qui pouvait leur manquer pour la suite de leur périple.

Fenrin, qui avait été à la traîne tout l'après-midi de la veille, rattrapa enfin son amie. Ces deux derniers jours l'avaient éprouvé.

Heather n'était pas loin, talonnée par les Deux Aigles. Talhan sourit en découvrant le hameau. Toute la matinée, il avait parlé de dormir dans un lit. Les jumeaux posèrent leurs affaires et se laissèrent choir dessus, saisissant aussitôt cette occasion de faire une pause.

— De quoi avons-nous besoin ? demanda Hale sans se retourner vers ses compagnons.

— Du ravitaillement habituel, répondit Carys avant de croiser les bras.

— Pierre à fusil et fil pour moi, ajouta Briata avec un sourire narquois. Et peut-être de quoi remplir mon outre.

— Je regarderais bien d'un peu plus près les canifs, lança Talhan.

Après un coup d'œil aux trois sorciers, il poursuivit :

— Il nous faut aussi trois bols et trois cuillères supplémentaires.

C'était lui qui se chargeait de la vaisselle en bois pour ses camarades. Il n'en avait que pour quatre. Jusqu'à présent, les trois sorciers avaient utilisé son bol pendant qu'il partageait celui de sa sœur jumelle, mais c'était loin d'être pratique.

— J'ai besoin de quelques fournitures, intervint Heather.

Elle avait dû utiliser plusieurs bandes pour les pieds de Remy.

— Et moi, de nouvelles chaussures, continua cette dernière.

Hale jeta, par-dessus son épaule, un regard à celles qu'il lui avait confectionnées à la va-vite. Elles avaient tenu bon, même si le gravier avait amplement entamé le mince cuir. Elles ne résisteraient pas une journée de plus.

— L'un de nous devrait l'accompagner à l'auberge, dit Briata en agitant son morceau de fromage en direction de la jeune sorcière. Pendant que les autres se chargent des emplettes. Moins elle se montrera, mieux ce sera.

— Bonne idée, approuva son frère en sortant son outre et une lanière de viande séchée de sa poche.

— Pourquoi ? s'étonna Fenrin.

Heather et lui avaient gardé leurs lourds sacs sur le dos, mais avaient pris appui contre le large tronc d'un conifère pour se soulager. Ils préféraient ça à l'effort qu'il faudrait pour les hisser au moment de repartir.

— Beaucoup de faes prennent ce chemin pour se rendre à Newpond, expliqua Briata. On pourrait très bien en croiser à Guilford. Une sorcière rouge ne serait pas très avisée de faire les boutiques.

— Très juste, conclut le prince.

Il épongea son front trempé de sueur avec le bas de sa tunique, et les yeux de Remy furent attirés par la petite bande de peau dorée que ce geste fit apparaître. Elle dut attendre que celle-ci soit de nouveau cachée sous le vêtement pour se souvenir de ce qu'elle voulait dire.

— Et je suis censée trouver des chaussures en restant enfermée ? lança-t-elle en agitant les bras avec exaspération.

— Bri a l'œil pour ce genre de chose, intervint Carys. Elle s'en chargera pour toi.

Heather se pencha vers Fenrin pour lui chuchoter :

— J'aurai besoin de ton aide pour mes courses.

Remy pinça les lèvres. Ils ne lui disaient pas tout, elle le devinait.

— J'accompagne donc la sorcière à l'auberge, annonça Hale, en observant le village à leurs pieds.

Elle voulut protester, mais Heather la fit taire d'un regard. Les plis autour de sa bouche s'accentuèrent. Elle ne voulait pas que sa protégée prenne le risque de s'aventurer dans un bourg rempli de faes. La jeune femme soupira : la décision était prise et elle suivrait le prince.

— Transformation, ajouta-t-il, alors qu'il se métamorphosait déjà en humain.

L'éclat de ses cheveux bruns et ondulés se ternit. Tous ses reflets roux disparurent. Ses oreilles s'arrondirent et ses yeux gris ne brillèrent plus autant que de l'acier.

Ses trois acolytes l'imitèrent aussitôt et prirent forme humaine. Leur aspect ne changeait presque pas. Ils semblaient simplement plus petits, moins musclés. Leur peau ne resplendissait plus autant. Les jumeaux continuaient à avoir des mouvements surnaturels, mais leurs iris dorés étaient maintenant d'un brun ambré. On les remarquait moins facilement.

Briata étudia un instant Remy et Hale.

— Vous êtes des compagnons de voyage, leur expliqua-t-elle. Inventez l'histoire que vous voulez, du moment qu'elle est crédible. N'attirez pas les soupçons, surtout.

Le prince ne tint pas compte de sa remarque.

— Au fait, Bri, je dois un nouvel arc à la sorcière.

Il s'était rappelé sa promesse. Les coins de la bouche de Remy se soulevèrent pour esquisser un sourire, tant cette perspective la réjouissait.

Fenrin, lui, ne put cacher son inquiétude.

— On est obligés de s'arrêter ici ?

— Oui, lui répondirent les quatre faes à l'unisson.

*

— Avec mon épouse, nous nous rendons à Newpond, annonça Hale d'un ton un peu trop majestueux pour l'humain qu'il était censé incarner. Nous voyageons avec cinq autres compagnons. Nous aurons besoin de trois chambres.

La femme qui se tenait devant eux, à l'entrée de l'auberge, tapa du pied d'un geste plein d'impatience. Petite et acariâtre, elle portait une robe marron usée jusqu'à la trame et un tablier graisseux.

— Newpond, vous dites ? répéta-t-elle en les dévisageant tour à tour.

Elle ne reculait toujours pas pour leur permettre d'entrer.

— Oui, j'ai entendu dire que c'était un endroit idéal pour fonder une famille, répondit-il avec un sourire.

Remy retint une grimace lorsqu'il posa une main affectueuse sur son ventre. Formidable, elle allait devoir se faire passer pour sa femme, enceinte de surcroît.

L'aubergiste arqua l'un de ses minces sourcils. Hale jouait si mal la comédie qu'elle l'avait percé à jour au premier coup d'œil. Il suffit qu'elle rive son regard sur Remy pour que celle-ci comprenne que son sourire de façade ne la dupait pas davantage. Son expression se modifia pendant qu'elle jaugeait la jeune femme, comme si elle avait saisi quelque chose.

— Merveilleux, dit-elle avec sarcasme, soyez les bienvenus.

Elle s'effaça enfin. Elle continua à les détailler de la tête aux pieds, et il était évident que rien ne lui échappait : les bottes bien brillantes et la redingote toute neuve, couleur fauve, du prince, la cape en guenilles et la tunique bordeaux mitée de Remy. Malgré son sortilège, le fae passait difficilement pour un humain. Et il était impossible de croire qu'elle était son épouse.

L'intérieur de l'auberge était accueillant, en dépit de son état de délabrement. Des lanternes étaient suspendues aux poutres en bois et il y avait des bougies absolument partout pour accroître le faible éclairage fourni par les immenses fenêtres. Des peintures poussiéreuses encombraient les murs.

L'aubergiste leur indiqua une table, au centre de la pièce vide. Hale appuya leurs sacs contre le mur, à l'un des rares endroits dépourvus de toiles d'araignées, avant de s'asseoir en face de la jeune femme.

— J'imagine que vous avez faim ? lança l'hôtesse. Je vais demander qu'on vous serve quelque chose.

À mi-chemin de la cuisine, elle s'arrêta. Elle croisa le regard de Remy par-dessus l'épaule de Hale et posa une main au centre de sa poitrine. Le signal de reconnaissance des sorciers. Ils touchaient l'endroit où se trouvaient, autrefois, leurs musettes à fétiches, qu'ils portaient autour du cou. Un geste simple et discret, qui échappait à ceux qui en ignoraient la signification.

Les faes et les humains les appelaient des bourses à sortilèges, or ils se trompaient. Ce petit sac ne contenait aucune potion, mais des objets spécifiques à chacun. Ils avaient pour habitude de les porter autour du cou avant le massacre de Yexshire. Beaucoup avaient conservé ces musettes, cachées dans des poches invisibles de leurs manteaux ou robes – celle de Remy se trouvait justement dans la doublure de sa tunique. La tradition perdurait en secret.

Elle esquissa un mouvement de tête presque imperceptible afin de confirmer qu'elle avait compris le message et l'aubergiste lui sourit du bout des lèvres. Bien. Elle avait percé à jour leur petite comédie du mariage, toutefois en tant que sorcière elle ne vendrait pas la mèche.

— Pourquoi avez-vous décidé de me faire passer pour votre femme ? souffla-t-elle au prince avec irritation. Vous n'avez vraiment rien trouvé d'autre ?

— J'ai pensé qu'une grossesse était une bonne excuse pour expliquer que tu n'ailles pas te promener avec les autres.

Il fronça les sourcils, puis ajouta :

— Pas la peine d'en faire toute une histoire.

Elle ricana.

— Quoi ? demanda-t-il, sur la défensive.

Il serrait les dents si fort que les muscles de sa mâchoire saillaient.

— Rien, répondit-elle. Au moins, on se dispute comme un vrai couple.

Hale s'adossa à sa chaise et la colère s'éteignit dans son regard.

— Tu interprètes à merveille le rôle de la femme enceinte.

— Les compliments à double tranchant glissent si aisément de vos lèvres...

Une petite moue narquoise apparut brièvement sur les traits du prince lorsqu'il rétorqua :

— Parce que tu t'intéresses à mes lèvres ?

Malgré son sortilège, il restait sublime. Remy ne put s'empêcher d'observer le contour parfaitement défini de son visage et sa bouche pulpeuse avant de se focaliser, une fois de plus, sur ses yeux.

Elle sentit son cœur s'emballer. Dieux, ces yeux gris étaient comme la fumée qui précède une flamme et ils lui brûlaient la peau.

Elle regretta que Heather et Fenrin l'aient laissée seule. Leur tendance à l'ingérence permanente, qui pouvait l'agacer, lui aurait bien servi dans l'immédiat. Elle aurait en effet eu besoin qu'on la retienne de monter sur la table, tant elle avait envie de montrer à son compagnon l'intérêt qu'elle portait à ses lèvres.

— Trois chambres ? lança-t-elle plutôt.

— Quoi ?

— Vous avez dit à l'aubergiste que nous avions besoin de trois chambres.

— Une pour les jumeaux, une pour toi et tes... amis, expliqua-t-il en évitant soigneusement de prononcer le terme de « sorcière », et la dernière pour Carys et moi.

— Ah... Parfait, ajouta-t-elle. Enfin, ça risque d'être un peu bizarre que vous partagiez votre chambre avec une autre femme que celle que vous avez présentée comme votre épouse...

— Pas faux, concéda-t-il avec un sourire. Je suis certain que tes amis auront leur avis sur le sujet. Tu voudrais passer la nuit dans la même chambre que moi ?

Le son de sa voix... Remy dut se retenir de se mordiller la lèvre. Un petit frisson la parcourut à la pensée qu'il avait pu inventer cette histoire de mariage pour partager son lit avec elle...

Elle se livra à un débat intérieur. Que signifiait une telle proposition ? Qu'arriverait-il si elle acceptait ? Une de ses jambes fut agitée d'un tic nerveux sous la table.

Elle se rappelait ce que Carys lui avait dit dans la forêt, et pourtant l'idée qu'ils puissent partager une couche, le prince et elle, continuait à la chagriner.

Il posa un coude sur la table, puis appuya son menton dans sa main pour l'observer. À son expression malicieuse, elle sut qu'il lisait dans ses pensées.

Elle piqua aussitôt un fard et se sentit plus que jamais consciente de son apparence. Sa beauté avait été toujours une source d'ennui pour elle, et elle s'efforçait de s'enlaidir avec ses cheveux plaqués en arrière et son visage mal lavé. Des ivrognes lui faisaient des avances depuis des années, et elle n'avait que très rarement eu envie d'attirer l'attention des hommes. Ça ne lui était arrivé qu'une seule fois, en réalité... Deux, maintenant.

Son but dans la vie était de passer inaperçue. Et voilà qu'elle réfléchissait à ce qu'elle aurait aimé porter, à l'apparence qu'elle aurait aimé avoir pour capter le regard du prince. Elle voulait qu'il la trouve belle, et elle se détestait de penser ainsi. Les faes de sexe masculin n'étaient pas des individus recommandables. Elle n'aurait dû avoir qu'une seule préoccupation : savoir à quelle vitesse elle pourrait s'échapper.

L'aubergiste revint avec deux verres d'eau, la sauvant ainsi du regard scrutateur de son compagnon. Une autre petite femme timide la suivait avec deux assiettes de nourriture.

— Ça sent bon, dit Remy en souriant à la cuisinière.

Les fines lèvres roses de celle-ci s'étirèrent à peine avant qu'elle tourne les talons pour retourner aux fourneaux. La jeune femme perçut aussitôt la magie contenue dans ce sourire. C'était également une sorcière. Les dieux soient loués ! Plus il y en avait, mieux ça valait.

Elle étudia Hale pendant qu'il dévorait son repas, ignorant se trouver dans une auberge contenant au moins deux sorcières en plus d'elle.

Elle mordit dans l'une des pommes de terre sautées et poussa un soupir de contentement. Celles-ci étaient dorées à la perfection et assaisonnées avec la quantité idéale de romarin. Elle en avait souvent mangé au fil des années, puisqu'il s'agissait d'une des spécialités des cuisines de tavernes. À en juger par la saveur de ce mets, la cuisinière devait appartenir à l'Ordre vert. Celui-ci était originaire de la cour du Sud, sa magie permettait de préparer des repas exquis et de cultiver de beaux potagers et vergers.

Remy se concentra pour manger et rattraper son compagnon. Elle était impressionnée par la vitesse à laquelle il dévorait, alors qu'il venait d'une famille royale. Elle était habituée à gober ses repas entre deux coups de feu, mais lui... Il avait sans doute pris cette habitude au contact de l'armée. Les histoires qui circulaient au sujet du Prince Bâtard de l'Est se déroulaient un peu partout sur le continent à l'exception de la capitale de son royaume, Wynreach. Avec ses soldats, ils étaient devenus nomades et se déplaçaient de ville en ville sur ordre du roi Norwood.

— Newpond..., reprit-elle en balayant la pièce du regard avant de croiser, sur un mur, une vieille carte du continent d'Okrith. Nous approchons de la baie de Silver Sands à la frontière avec la cour du Sud. Est-ce là que nous allons ?

Silver Sands était un golfe étroit séparant les deux royaumes. Une route unique traversait la frontière. Elle s'enfonçait dans une forêt épaisse au pied de la chaîne des Hautes Montagnes. Remy se concentra sur la carte. Ils allaient s'approcher tout près de la baie. Quel dommage de ne pas en profiter pour pousser jusqu'à l'océan !

Hale se renfrogna.

— Tu sais bien que je ne peux pas te dire où nous allons. Pas encore.

— Qu'est-ce que je pourrais bien faire de cette information ? demanda-t-elle en battant des cils.

— Tu peux continuer à jouer à ce jeu, petite sorcière, tu ne réussiras pas à me faire sous-estimer ton pouvoir, lui expliqua-t-il d'une voix basse et menaçante. La plupart des membres de ton Ordre ont été tués il y a treize ans à cause de leur allégeance au roi déchu. Tu es une exception. Et j'ai tout de suite su, lorsque nous sommes tombés sur toi dans cette auberge, que c'était mon jour de chance. Tu es notre seul moyen de sortir de cette guerre. Et tu es tout sauf une petite serveuse innocente. Alors arrête ta comédie.

Elle lui montra les dents.

— Ah, voilà ! apprécia-t-il avec un sourire.

— Que pouvez-vous me dire, alors ? riposta-t-elle en croisant les bras.

— Rien.

Il porta une cuillère remplie de petits pois à sa bouche.

— Même pas votre nom complet ?

Cette question le déstabilisa.

— Je m'appelle Hale, répondit-il avant de se rappeler qu'on ne parlait pas la bouche pleine.

— Oh, pitié, tous les princes ont dix prénoms au moins. Allez !

Il étouffa un ricanement avec une gorgée d'eau.

— Très bien, je m'appelle Hale Bastion Haast Ashby Norwood. Ce qui fait quatre prénoms, pas dix.

Le rire de Remy tenait du braillement. Les sorciers ne s'esclaffaient pas avec délicatesse ou retenue, ils s'exprimaient de tout leur corps. Il ne put s'empêcher de l'imiter.

— J'aimerais pouvoir dire que ça a été un plaisir de faire votre connaissance, Prince, lança-t-elle avec ironie, en lui jetant son titre à la figure, comme pour le provoquer.

Elle avala une longue gorgée d'eau avant de lui adresser une œillade sous ses longs cils.

— Dans d'autres circonstances, peut-être...

Elle ignorait pourquoi elle avait dit ça, mais elle fut ravie de le voir écarquiller les yeux, puis sourire de nouveau. Il avait beau être un fae, en matière de femmes, il n'était pas différent des humains, visiblement.

— Et quel est ton nom à toi, petite sorcière ?

Sa voix était descendue d'une octave, provoquant toutes sortes de réactions incontrôlables dans le corps de la jeune femme.

— Remy Singer.

— Menteuse, répliqua-t-il.

Peut-être qu'il n'était pas aussi idiot, au fond. En tout cas, il était impressionnant. Ses soldats étaient certes redoutables, mais il possédait un pouvoir qui le classait dans une autre catégorie. Un pouvoir qui irradiait de lui par vagues d'énergie et semblait presque vivant. Elle n'aurait pas aimé être à la place de ceux qui se retrouvaient au bout de son épée.

— Et si on buvait un peu de vin ? proposa-t-elle en posant un regard dépité sur son assiette vide.

Elle avait dû se retenir de la lécher. Elle avait mangé trop de ragoûts de lapin et d'écureuil ces derniers jours.

— Tu attends un enfant, femme, lui rappela-t-il.

— Ah, c'est vrai. Un dessert, alors.

C'était ce dont elle avait réellement envie, de toute façon. Et c'était moins cher que du vin en prime.

— Je suis sûre que vous avez les moyens.

Il émit un rire en sortant une pièce d'or de sa poche – ce qui était le meilleur moyen de trahir sa nature de fae. Remy la récupéra malgré tout sur la table et fit signe à la cuisinière, qui discutait avec le serveur au bar.

— Trois parts de gâteau, s'il vous plaît ! lui cria-t-elle en agitant la pièce du prince.

— Trois ? s'étonna ce dernier.

— Oh, vous en voulez aussi ?

Se retournant de nouveau vers la petite femme, elle rectifia :

— Pardon ! Quatre parts, s'il vous plaît.

La cuisinière lui répondit d'un hochement de tête, qu'elle accompagna d'un sourire entendu. Le gâteau promettait d'être un régal – il avait été préparé par une sorcière verte, après tout !

— Ah, ça vaut bien une pièce d'or de te voir manger quatre parts entières de gâteau !

Cette perspective réjouissait tant Hale qu'il en gloussait d'avance. Remy aima le voir rire d'aussi bon cœur. Celui-ci produisait un son grave et authentique, qui faisait frémir son corps entier. Très différent des rires habituels que Hale lâchait à contrecœur.

— Ainsi que vous me l'avez rappelé, cher époux, je suis enceinte !

Et elle se frotta l'abdomen.

Chapitre 6

Remy avait le ventre si plein qu'elle avait réellement l'air d'une femme enceinte. Hale avait fini par déposer les armes et s'était commandé une bière. La fossette sur sa joue droite tressaillit lorsqu'il la vit attraper la quatrième part de dessert. Elle était bien décidée à ne pas en laisser une miette.

Il s'agissait d'un gâteau aux pommes et aux épices nappé de crème et de sirop d'érable, tout à fait adapté à la saison automnale. La sorcière verte l'avait merveilleusement parfumé avec de la cannelle, du gingembre et des clous de girofle. Le glaçage fondait sur la langue.

— Vous êtes sûr de ne pas en vouloir ? demanda Remy la bouche pleine. C'est votre dernière chance.

Il pinça le rebord de son verre avec ses lèvres et secoua la tête.

— Je veux voir si tu réussiras à aller au bout.

Il lui fit un clin d'œil.

— Vous ne savez pas à qui vous avez affaire, décidément.

Elle plissa les paupières et enfourna un énorme morceau.

— Oh, je crois que je commence à saisir.

Il s'était détendu au fil de leur heure passée à table. Elle aimait cette version-là du prince. Il était toujours dans la retenue habituellement. Il défit le premier bouton de sa tunique et retroussa ses manches olive. Elle avait l'impression qu'il dévoilait un peu plus sa vraie nature, cachée sous son costume d'héritier. Elle se demanda s'il se laissait aller de la sorte avec ses amis.

La cloche de la porte d'entrée tinta. Ils se tournèrent tous les deux vers les nouveaux arrivants, mais il ne s'agissait pas de leurs camarades. Un couple de voyageurs s'installa dans un coin isolé, et deux hommes bourrus et musclés, aux visages burinés, déposèrent leurs bagages contre le mur avant de se diriger vers le bar. Un père et son fils, déjà adulte, franchirent ensuite le seuil de l'auberge, humant avec appétit les arômes de la cuisine. Ils laissèrent leurs sacs avec tous les autres, puis choisirent une table juste derrière celle de Remy et de Hale.

Le prince soupira et se frotta la nuque.

— Qu'est-ce qui ne va pas ? s'inquiéta la jeune femme.

— J'aimerais bien que les autres arrivent, dit-il avant d'agripper son verre.

— Ils avaient beaucoup à faire. Ils en ont encore sans doute pour une heure.

— Tu pourrais terminer ce gâteau pour qu'on puisse enfin monter ?

Remy fut étonnée par ce changement d'humeur. Il remuait la jambe avec impatience sous la table... Soudain, elle comprit ce qui l'embêtait.

— Vous avez besoin d'utiliser les commodités, je me trompe ?

Elle le vit contracter les muscles de sa mâchoire.

— Oui, en effet. Alors, dépêche-toi.

— Filez, je n'ai pas besoin de vous, se moqua-t-elle.

— Je ne veux pas te laisser seule ici.

— Grands dieux ! Combien de temps vous faut-il pour vous soulager ? le provoqua-t-elle.

Le sucre du gâteau lui montait à la tête.

— Très bien, lâcha-t-il avec une grimace.

Il posa sa serviette sur la table et se leva.

— J'en ai pour une minute.

Elle se retint de rire, puis elle s'attaqua de nouveau au gâteau avec sa fourchette.

Des couverts s'entrechoquèrent bruyamment derrière elle ; le père et le fils se levèrent.

Aussitôt, sa chaise bascula en arrière. Par réflexe, elle se retint à la table.

— Oh, pardon mademoiselle, s'excusa le père.

Il repoussa la chaise pour que les quatre pieds retrouvent la terre ferme.

— Je vous en prie.

Elle croisa alors le regard acéré des deux hommes musclés au bar. Sa magie se mit à bourdonner sous sa peau. Ses yeux avaient-ils rougeoyé lorsqu'elle avait perdu l'équilibre ? Elle n'en avait pas l'impression, mais elle savait que ça arrivait quand elle était surprise.

Se détournant, elle vit le père et le fils quitter l'auberge. Elle se rendit alors brusquement compte que l'électricité qu'elle percevait à la pointe de ses doigts n'était pas une manifestation de sa propre magie mais de celle des hommes au bar. Il ne s'agissait pas de vrais humains, non, c'étaient des faes déguisés. Et elle ne trouvait qu'une seule explication au fait qu'ils cherchent à cacher leur véritable nature... Des chasseurs de sorciers. L'homme qui les avait servis disparut dans la cuisine. Remy s'efforçait de garder les yeux rivés sur la table devant elle. Sa respiration demeurait régulière. Hale allait revenir d'un instant à l'autre.

Ne prends pas la fuite. Ne prends pas la fuite.

Elle cacha ses mains sous sa serviette, sur ses genoux, pour le cas où elles se mettraient à luire de peur.

La porte de la cuisine s'ouvrit alors à la volée, et l'aubergiste l'apostropha :

— J'ai trouvé, ma belle.

Les deux faes se figèrent aussitôt et regardèrent la femme se précipiter vers Remy. Elle avait un étrange sourire figé aux lèvres. Elle invita la sorcière rouge à se lever.

— Venez, venez, lui dit-elle, j'ai trouvé le cadeau dont je vous parlais, pour votre bébé.

Elles dépassèrent les deux clients au bar.

— Sam va revenir s'occuper de vous, les gars, leur lança-t-elle.

C'était sa façon de les congédier.

La jeune femme contint un sourire. Elle adorait les sorciers pour ça. Ils étaient capables de neutraliser un homme qui faisait deux fois leur taille, d'un simple regard assassin.

La patronne avait posé une main dans son dos.

— Je ne suis plus aussi douée qu'autrefois avec les aiguilles à tricoter, mais j'ai trouvé un modèle de couverture absolument ravissant...

Elles s'engouffrèrent ensemble dans la cuisine. La femme fourra alors un sac dans les mains de Remy et lui dit :

— Vite. Mère Lune te bénisse, ma sœur.

La cuisinière tenait la porte de derrière ouverte. Elle souffla :

— Va tout droit jusqu'à Bleecher Street, puis tourne à gauche. Au bout de la rue, tu trouveras la forêt. Il y a un sentier qui mène à des collines. Suis-le. En deux heures, tu auras atteint Westdale. Demande Madga à la taverne, elle te trouvera un moyen de rallier la cour du Sud.

Remy répéta mentalement ces instructions. C'était à sa portée.

— Doit-on prévenir le Prince Bâtard ou tu le fuis, lui aussi ? lui demanda l'aubergiste.

— Vous l'avez reconnu ?

— Bien sûr ! Je ne suis pas née de la dernière pluie, répondit-elle avec un sourire entendu.

— Dites-lui où vous m'avez envoyée.

À sa propre surprise, Remy n'avait pas hésité. L'aubergiste se contenta d'un haussement d'épaules sans conviction et l'entraîna vers la porte.

— Nous les retiendrons le plus longtemps possible, ajouta-t-elle.

— Que la Lune vous bénisse toutes les deux.

La sorcière rouge ne savait pas comment les remercier davantage.

— File ! lui souffla la cuisinière en la poussant vers la sortie. Mais ne cours pas, surtout, mêle-toi à la foule.

— Je n'avais jamais mangé un gâteau aussi bon, lança-t-elle *in extremis* par-dessus son épaule, juste avant de disparaître au coin de la taverne.

Le rire de la cuisinière la suivit dans la rue.

Hale la rattraperait d'un moment à l'autre. En attendant, elle devait mettre un maximum de distance entre les chasseurs et elle. Si elle était restée une minute de plus dans cette taverne, elle n'aurait sans doute déjà plus de tête.

*

Elle dut se rappeler, une fois de plus, de ralentir au moment de tourner à gauche dans Bleecher Street. Chacun de ses pas soulevait un petit nuage de poussière. Ce triste village ressemblait à tous ceux de la campagne de l'Ouest. Un endroit pour les gens qui ne voulaient pas qu'on les remarque. Ceux qui n'avaient rien à cacher préféraient sans doute faire halte dans un bourg plus important.

Elle chercha un signe de Heather, Fenrin ou les autres, mais elle avait laissé dans son dos la rue principale, avec toutes ses boutiques, et elle ne pouvait pas prendre le risque de rebrousser chemin et de tomber sur ses poursuivants. Hale devait déjà être parti à sa recherche. Tout en longeant des fenêtres couvertes de toiles d'araignées et des portes à la peinture écaillée, elle chercha à se rassurer une fois de plus : tout irait bien. Il lui suffisait de continuer à avancer. Hale finirait par la rejoindre.

Les boutiques étaient de plus en plus remplacées par des masures. Le soleil était très bas dans le ciel et les ombres s'allongeaient. Avec l'arrivée de l'automne, la nuit tombait à l'heure du dîner.

La forêt semblait lui faire signe d'approcher, lorsqu'elle entendit des bruits de pas dans son dos. Un vieillard exténué qui rentrait chez lui. Elle poussa un lourd soupir de soulagement. Plus que deux maisons et elle atteindrait les bois.

Deux hommes surgirent alors d'une ruelle et la dévisagèrent. Le premier était grand et dégingandé, le second lui ressemblait en plus jeune. Tous deux portaient des vêtements bruns en guenilles. Le père et le fils de l'auberge.

Remy accusa le coup. C'était des chasseurs, eux aussi.

Tout s'expliquait à présent. Le père avait fait exprès de bousculer sa chaise, pour provoquer une poussée de magie – dont leurs complices installés au bar étaient chargés de repérer un signe.

Ça n'augurait rien de bon.

— Je n'ai ni argent ni temps à perdre, lâcha-t-elle d'un ton blasé, en faisant un pas de côté pour les contourner.

Elle continuait à espérer que ses peurs étaient infondées et qu'ils la laisseraient passer.

— C'est vraiment dommage, hein ? lança le père à l'intention de son fils.

Celui-ci affichait un sourire cruel en tirant un petit glaive du fourreau caché dans son dos.

— Ça me fait de la peine de trancher une aussi jolie tête.

Il pointa l'arme sur elle.

— Attrape-la, ordonna-t-il à son père, qui voulut s'exécuter.

Elle recula d'un pas, esquiva sa main et lui décocha un coup dans le genou. Un opposant normal se serait effondré, mais ceux-là n'avaient rien d'humain évidemment.

— Je vous interdis de me toucher ! hurla-t-elle.

Des flammes d'un rouge luisant remontaient déjà le long de ses avant-bras. Alertées par ses cris, plusieurs quidams passèrent la tête par une porte ou une fenêtre, qu'ils s'empressèrent aussitôt de refermer. Tout autour, Remy entendit des verrous coulisser.

Personne ne volerait au secours d'une sorcière.

Elle fit volte-face et vit les deux autres faes de l'auberge s'engager dans la rue. Elle lança un regard paniqué autour d'elle à la recherche d'une issue, mais elle était à présent prise au piège entre les quatre chasseurs.

Son ventre se contracta alors qu'ils avançaient, resserrant l'étau autour d'elle. Ses mains tremblaient.

Où était Hale, enfin ?

Elle devait utiliser ses pouvoirs, mais comment ? Elle avait bien réussi à abattre un immense pin quelques jours plus tôt. Pourquoi n'avait-elle plus aucune idée à présent ? Elle regarda les masures tout autour d'elle. Il y avait des gens à l'intérieur.

Réfléchis.

Sauf qu'elle n'avait pas le temps : les deux hommes du bar fondaient déjà sur elle. Elle fit donc la première chose qui lui passait par la tête et lança une attaque sur le père et le fils, qui se trouvaient derrière elle. Elle les entendit trébucher. La vision de faes perdant l'équilibre l'aurait beaucoup amusée dans d'autres circonstances, mais elle devait se concentrer sur ses deux autres opposants.

Elle visa le plus grand des deux, défaisant les boucles de ses bottes et de sa ceinture. Par réflexe, il voulut retenir ses chausses, qui menaçaient de glisser sur ses cuisses.

— Sérieusement ? Tu n'as rien de mieux ?

Il éclata de rire. Remy n'avait jamais vu de fae aussi laid. Il avait des dents gâtées, des yeux jaunes et injectés de sang. Son comparse était tout aussi répugnant. Ils étaient abîmés par leur vie de tueur.

Les mains rougeoyantes de Remy continuaient à trembler. Elle se focalisa sur la ceinture qui flottait derrière son attaquant. Elle manipulait sa magie avec maladresse, elle manquait de pratique. Son esprit était trop dispersé, mais elle ne pouvait pas faire abstraction des trois autres assaillants.

Elle dirigea une de ses mains écarlates vers l'homme qui retenait ses chausses et la ceinture vint s'enrouler autour de son cou. Il comprit trop tard ce qu'elle faisait. Ses yeux lui sortirent de la tête alors qu'il agrippait le garrot en cuir, le visage prenant une inquiétante teinte cramoisie. Plusieurs vaisseaux sanguins éclatèrent dans ses yeux, alors que son complice tentait de le libérer. Elle serra plus fort encore.

Un coup violent s'abattit alors à l'arrière de son crâne et elle tomba à genoux. Elle ne s'était pas suffisamment concentrée sur les adversaires dans son dos.

— Plaque-la à terre !

Remy voulut regarder celui qui avait crié, mais elle reçut un nouveau coup sur la joue. La terre se mit à tanguer et elle cracha du sang. Une lourde botte l'aplatit au sol. Le père se jeta sur elle, l'écrasant de tout son poids dans la poussière. Elle avait du mal à respirer.

Elle dirigea ce qu'il lui restait de force vers la ceinture, pour la maintenir en place. L'homme en question avait perdu connaissance, pourtant elle continua à serrer la bande de cuir autour de son cou, jusqu'à ce qu'elle sente son dernier souffle le quitter.

— Sale traînée !

Son comparse dégaina deux poignards de sa ceinture.

— Qu'on en finisse ! cria le père à son fils.

Il bloqua la tête de la sorcière avec son avant-bras, et elle reçut un autre coup, sur l'oreille cette fois. Elle vit trente-six chandelles et s'efforça de rester consciente alors que son cœur tambourinait dans sa poitrine. Son esprit était plongé dans une telle confusion qu'elle n'enregistra même pas la douleur. Ses oreilles tintaient, elle n'entendait plus. Elle leva péniblement les yeux vers le plus jeune de ses assaillants, qui brandissait son glaive.

Son heure était venue. Les nombreuses parts de gâteau dans son estomac protestèrent, et elle vomit un jet âcre dans la poussière. Les trois chasseurs prirent le temps de se moquer d'elle.

Elle se prépara à sentir la lame la transpercer. Elle entendit le sifflement du métal dans l'air et serra les paupières de toutes ses forces.

Une pluie de sang lui éclaboussa le visage. Le liquide chaud coula dans ses cheveux. Le père étendu sur elle fut saisi de spasmes avant de rouler sur le flanc.

Elle rouvrit les yeux. Hale se dressait au-dessus d'elle.

Le prince avait une épée dans une main et un poignard dans l'autre. Il jaugeait les deux survivants. Remy jeta un coup d'œil au corps à côté d'elle. Il ne bougeait plus et son regard était vide. Du sang continuait à jaillir de la plaie béante à son cou.

Le prince vérifia brièvement qu'elle respirait encore, puis il contra une attaque du fils.

— File, lui souffla-t-il.

Tous ses muscles étaient bandés, il était comme la spirale d'un ressort, prêt à se jeter sur les deux faes armés.

Une rage dévorante se lisait sur ses traits. Une promesse de mort luisait dans ses yeux.

Remy se redressa péniblement et s'éloigna en courant sur ses jambes chancelantes. Des lames s'entrechoquaient derrière elle, mais elle ne prit pas le temps de regarder la tournure que prenait l'affrontement. Elle courut jusqu'à la forêt.

Au moment d'atteindre les premiers arbres, elle se rendit soudain compte qu'elle avait laissé Hale se battre seul contre deux assaillants et elle hasarda un bref regard par-dessus son épaule. Il voltigeait autour de ses adversaires, se déplaçant à une vitesse étourdissante. Elle regretta de ne pas pouvoir rester pour admirer sa gracieuse danse de mort.

Elle s'enfonça rapidement dans les bois. Elle devait mettre le plus de distance possible entre ces chasseurs et elle, pour le cas où l'un d'eux échapperait au prince. Elle insuffla un peu plus de magie à ses jambes pour tenir la cadence mais son corps pesait une tonne, et ses poumons la brûlaient.

Un hurlement au loin la mit au supplice, pourtant ce n'était pas Hale qui l'avait poussé. C'était un fae qui agonisait sous ses coups.

*

Remy se laissa tomber à genoux au bord d'un ruisseau. Le tremblement dans ses jambes était insoutenable. Elle empestait le vomi et le sang. Un autre cri de détresse lui parvint. Hale avait tué le dernier chasseur.

Elle plongea ses mains dans l'eau glaciale. Elle voulut prendre une profonde inspiration mais ne réussit qu'à avaler de petites goulées d'air frémissantes. Son corps était en état de choc. Le ruisseau emporta des serpentins de sang. Elle recueillit de l'eau au creux d'une main pour asperger son visage endolori. Le froid l'aidait à reprendre peu à peu contact avec ses sensations. Elle s'éclaboussa plusieurs fois le visage jusqu'à ce que l'eau qui s'en écoule soit parfaitement transparente.

Une brindille craqua derrière elle. Elle fit volte-face, les yeux éclairés par sa magie rouge.

Hale. Il tendit les mains devant lui, haletant.

— C'est moi, dit-il.

On aurait dit le dieu de la Guerre en personne. Du sang mouchetait son visage et maculait ses vêtements. Ses cheveux emmêlés et rougis étaient collés sur son front. Il évoquait un conquérant prêt à mettre en pièces une douzaine d'hommes encore. Sa poitrine se soulevait rapidement, et ses muscles se contractaient.

La menace dans son regard s'estompa peu à peu.

— Ça va ? lui demanda-t-il en scrutant tour à tour son oreille et sa bouche.

Elle ravala la boule dans sa gorge avant de hocher la tête. Elle refusait de s'effondrer devant lui. Un étrange désir fit trembler ses mains : elle brûlait qu'il la prenne dans ses bras. Pour une raison inexplicable, elle avait l'impression de déjà savoir ce qu'elle ressentirait.

Elle voulut se mettre debout, mais ses jambes se dérobèrent. En un rien de temps, le prince se précipita pour lui offrir une main pleine de sang. Elle l'accepta – au diable la fierté – et il la releva sans le moindre effort.

Elle vacillait comme un tout jeune faon et il lui agrippa le poignet.

— Prends ton temps, murmura-t-il.

Son regard attendri contrastait avec sa tenue maculée.

Devant tant de gentillesse, Remy sentit les larmes lui monter aux yeux. Elle ne pouvait pas supporter l'idée qu'il perçoive ses fragilités, qu'il la laisse exprimer ses émotions sans la juger. Remy se mordit l'intérieur de la joue au point de se faire presque saigner. Une fois de plus. Elle savait à quel point Heather serait horrifiée et lui ferait la morale.

Ils restèrent ainsi un long moment en silence, le temps que les tremblements s'estompent. Elle avait mal à la tête, sa lèvre l'élançait. Son corps percevait enfin les coups qu'il avait reçus. Après les longues journées de marche et les ressources phénoménales dans lesquelles il lui avait fallu puiser pour abattre le pin, seul un soupçon de magie coulait encore dans ses veines. Elle était même surprise d'avoir réussi à transformer cette ceinture en arme. Elle repensa à l'expression vide du fae. Elle l'avait tué. Elle avait tué quelqu'un.

Hale parut sentir la tension qui s'emparait d'elle.

— Pourquoi faut-il toujours que je te coure après dans la forêt ?

Et il éclata de rire.

Remy chercha une répartie vive, mordante et spirituelle, mais aucune ne lui vint. Elle savait ce qu'il cherchait à faire : l'aider à reprendre contact avec ses sensations, à sortir de son état d'engourdissement.

Avec un sourire tendre, il retira une feuille emmêlée dans ses longs cheveux.

— Tu as affronté quatre faes et tu as survécu, petite sorcière.

Sa voix n'était qu'un murmure et il plongea ses yeux gris dans les siens. Elle fut parcourue d'une vibration. Il la regardait comme s'il la trouvait belle et, surtout, courageuse.

— On devrait chercher les autres, dit-elle en se détournant.

Elle avait la voix éraillée. Avait-elle crié ? Peut-être... Elle ne se souvenait plus.

— Oui, il faut qu'on retrouve les autres, approuva-t-il en continuant à la dévisager. On ne peut pas rester à Guilford. On va marcher toute la nuit. Ces chasseurs ont peut-être d'autres complices.

Elle frissonna.

— Talhan va nous maudire de le priver d'un lit encore une nuit, balbutia-t-elle, la poitrine serrée.

— Laisse-moi me charger de lui.

La voix du prince avait la force d'un coup de tonnerre enveloppé de velours. Elle sentit sa poitrine s'alléger d'un poids. Il avait un regard ardent et un sourire irrésistible. Elle fit un pas avec sa jambe gauche, solide. Il lui lâcha le poignet, mais c'était une erreur. Elle bascula de tout son poids sur sa jambe droite, qui céda aussitôt. Hale la rattrapa. Retenant un cri, elle s'affala dans ses bras. Il buta contre la racine d'un arbre, et ils tombèrent. Il amortit leur chute grâce à ses bras musclés.

— Je savais bien que j'aurais mieux fait de te porter, lui lança-t-il d'un ton moqueur.

Les boucles noires de la sorcière balayaient les épaules du prince.

— J'ai eu une crampe, se défendit-elle. Ma jambe droite a cédé.

— Où ? Là ?

Il glissa une main derrière le genou de Remy, la remonta à l'arrière de sa cuisse. Il exerça une légère pression, qui raviva aussitôt la douleur. Il enfonça alors son pouce dans le muscle, puis le suivit sur toute sa longueur. Elle serra les dents. Il recommença plusieurs fois le geste, et la tension finit par céder. Il lui massa alors la cuisse d'un geste plus ample.

Elle poussa un soupir de soulagement. Laissant sa main à l'arrière de sa jambe, il lui sourit. Elle avait parfaitement conscience que les doigts du prince étaient tout près du sommet de sa cuisse.

Il posa les yeux sur ses lèvres. Son torse se soulevait régulièrement. Elle sentait tous les endroits où leurs corps entraient en contact... Et cette main qu'il ne retirait pas.

Dans la pénombre de la forêt, elle le dévisagea. Les derniers rayons du soleil couchant faisaient ressortir ses reflets roux. Son visage était baigné d'une légère lueur rouge, et elle comprit que celle-ci provenait de ses propres yeux. Ce n'était pourtant pas la peur qui la provoquait. Il plongea son regard dans le sien, envoûté. Il aurait suffi qu'elle approche son visage de deux centimètres pour que leurs lèvres se touchent.

Un cri leur parvint.

— C'est Tal, ils suivent notre piste, expliqua-t-il.

Sa voix était voilée par la frustration et elle ne comprenait que trop bien ce sentiment. Que se serait-il passé s'ils étaient restés seuls une minute de plus ? Elle n'avait aucun mal à imaginer la scène, surtout s'ils avaient été moins vêtus...

Hale se racla la gorge. Tout en se dégageant pour le libérer, Remy se demanda si son esprit suivait les mêmes voies que le sien...

Elle chassa ces pensées. C'était l'adrénaline. Elle était en état de choc. Elle avait reçu plusieurs coups au visage et elle continuait à sentir le vomi. Non, la rêverie à laquelle elle s'était laissé aller tenait du pur délire. L'attirance qu'elle croyait éprouver n'était en réalité que du soulagement. Il l'avait sauvée. Voilà tout. Elle ressentirait tout autre chose d'ici une heure.

Chapitre 7

Remy n'avait jamais été aussi près de l'océan, et pourtant elle ne le voyait toujours pas. Elle entendait le chant cadencé du doux ressac qui venait lécher la grève. La baie de Silver Sands se trouvait sur leur droite, de l'autre côté d'un bosquet. Plusieurs sentiers annexes menaient à la plage. Elle ne cessait de jeter des coups d'œil envieux dans leur direction, espérant apercevoir l'anse, mais l'obscurité était trop épaisse. Elle avait imaginé ces flots si souvent. Elle les avait devinés, de loin, à quelques reprises, lors de leurs périples dans la forêt de l'Ouest, ne discernant qu'une mince bande bleue. Elle rêvait de se tenir enfin sur son rivage... et se demandait ce qu'elle ressentirait face à une étendue azurée infinie. Elle avait vu les lacs de l'Ouest et quelques grands fleuves déjà, mais ce n'était pas comparable. Elle savait nager... ou au moins s'agiter pour maintenir sa tête à la surface, mais elle n'avait jamais eu à affronter des vagues. On racontait que certaines étaient plus grandes que des maisons, capables d'engloutir des navires lors de tempêtes. Elle avait bien du mal à y croire.

Le parfum des embruns, perceptible dans la forêt, lui rappelait le prince fae, à plusieurs mètres devant elle. Il dégageait en permanence des effluves salés.

Ils marchaient en silence. Les autres faes avaient d'abord rebroussé chemin pour aller récupérer les affaires à l'auberge. Leur petit groupe avait ensuite poursuivi sa route vers le Sud, en contournant Newpond. Ils n'avaient fait qu'un seul arrêt, près d'une rivière. Remy n'avait pas réussi à chasser l'odeur de sang dans ses cheveux. Celle-ci s'accrochait à elle. Elle avait laissé Heather panser ses blessures et lui administrer un tonique contre la douleur, mais elle avait insisté pour qu'ils se remettent en chemin en dépit de son état. Les cris choqués de sa protectrice en découvrant son visage meurtri résonnaient encore à ses oreilles. La honte continuait à lui rougir les joues – elle ne parvenait pas à oublier les regards des deux sorciers bruns. Elle gardait les lèvres pincées et tentait de ravaler la boule qui lui serrait la gorge.

Elle avait abandonné ses vêtements ensanglantés et mouillés. Ils étaient rapiécés et usés jusqu'à la corde de toute façon. Carys s'en était acheté de nouveaux et offrit à Remy ses anciennes chausses en cuir. Elles étaient un peu trop longues, mais souples et confortables. Même de seconde main, ces habits étaient les plus beaux qu'elle ait jamais possédés. Le fait de ne plus porter de robe changeait aussi sa démarche. Elle se sentait davantage comme une guerrière. Des souvenirs de l'attaque lui revenaient par flashs et la rendaient nerveuse. Elle tentait de se convaincre qu'avec sa nouvelle tenue, elle était plus à même d'affronter un ennemi invisible. Elle se concentrait sur le balancement des arbres et le bruit des vagues, désireuse d'ignorer coûte que coûte la sensation désagréable dans son ventre.

Grâce à ses nouvelles bottes, choisies par Briata, elle marchait plus facilement. Elle avait cru que la jumelle fae lui en achèterait d'occasion, pourtant elles étaient flambant neuves et sentaient d'ailleurs encore le cirage. Il fallait les assouplir, mais elles semblaient faites pour elle. Il faut croire que Briata avait vraiment l'œil.

Ils avançaient en rangs serrés sur le sentier à présent. Heather et Fenrin étaient un peu à la peine derrière elle. Le clair de lune était si faible qu'ils voyaient à peine où ils posaient les pieds.

Remy leva les yeux vers le ciel, à travers les arbres. C'était pourtant la pleine lune. Autrefois, les sorciers la célébraient. Ils préparaient un repas généreux, allumaient des bougies et se racontaient des histoires toute la nuit. Ils sortaient leurs fétiches pour que l'astre les éclaire et récitaient une prière à Mère Lune, en appelant à son aide pour le nouveau cycle lunaire.

Même sur la route, ils prenaient le temps de sortir une bougie et de prononcer une prière écourtée. La jeune femme en avait toujours une sur elle pour l'occasion.

— Arrêtons-nous, lança-t-elle, sans s'adresser à personne en particulier.

— Il n'y a pas d'endroit pour camper ici, on doit d'abord franchir la baie, lui répondit Hale, par-dessus son épaule, sans ralentir. Il y a une ville minière à l'abandon à quelques minutes du sentier. On s'installera dans l'une des cahutes.

— Je ne proposais pas d'établir notre campement ici, mais de faire une pause.

— Est-ce qu'il y aura des lits dans ces cahutes ? grommela Talhan.

— J'en doute, lâcha Briata.

Un chapelet de jurons échappa à son frère. Tout le monde était de méchante humeur. Même la jovialité habituelle de l'Aigle s'épuisait.

— C'est la pleine lune, insista Remy en regardant le ciel.

Et il ne s'agissait pas de n'importe laquelle. C'était une lune des moissons, bien ronde et bleutée. Les sorciers étaient convaincus que les bougies allumées ces soirs-là leur permettaient d'entrer en contact avec leurs ancêtres.

— Et ? demanda Hale.

Carys lança un regard contrit à Remy.

— Et nous devons allumer une bougie et réciter une prière, répondit cette dernière.

Elle ne se préoccupait pas vraiment des prières ni des bougies à cet instant. Si elle avait pu s'approcher plus près de l'océan, peut-être aurait-elle réussi à respirer, peut-être le tremblement dans ses mains aurait-il enfin reflué et se serait-elle sentie moins chancelante.

— Nous pourrions descendre sur la plage et...

— Non, l'interrompit sèchement le prince, douchant tous ses espoirs de voir enfin l'océan.

— Nous pourrons allumer les cierges à notre arrivée dans une de ces cahutes, Remy, proposa alors Heather.

Elle n'avait pas prononcé un seul mot depuis qu'elle avait découvert les vêtements en sang de sa protégée et son visage tuméfié. Elle était bien plus bouleversée qu'elle ne voulait le montrer.

— Ça ne prendra pas plus de cinq minutes, insista Remy.

— Hors de question d'allumer une bougie que toute la baie pourra voir, gronda Hale. Je me fiche bien que tu veuilles parler à la lune.

— Hé, intervint Fenrin, trop fatigué ou irrité pour contrôler son agressivité. Remy n'est pas responsable de cette attaque. C'est vous qui avez eu cette idée brillante et qui avez voulu qu'on se sépare. Vous étiez censé la protéger.

La suite se déroula à la vitesse de l'éclair. Hale voulut dégainer son épée et en moins de temps qu'il n'en faut pour le dire Carys fut près de lui, une main posée sur son bras.

— Non, lui souffla-t-elle.

Malgré l'obscurité, Remy remarqua que Fenrin écarquillait les yeux. Qu'avait voulu faire le prince ? Tailler en pièces le jeune homme parce qu'il avait eu le malheur de dire la vérité ?

Elle ne supportait plus ces démonstrations de virilité. Hale se pensait supérieur aux autres. Elle avait accepté de son plein gré ce voyage, mais elle n'était pas à son service. Il était temps de le lui rappeler.

Elle s'éloigna du groupe et s'engagea sur un sentier à droite. Celui-ci dévalait en pente abrupte, et elle sentait les grains de sable crisser sous ses semelles.

— Ça suffit. Je vais voir la plage, lança-t-elle.

Plus que quelques pas et elle découvrirait enfin l'océan. Elle sentit un souffle d'air sur son visage, et en un clin d'œil le prince fut là, se dressant de toute sa hauteur pour lui bloquer le passage.

— Continuez, cria-t-il aux autres.

Ses yeux gris perçants restaient rivés sur la sorcière rouge et elle soutint son regard autoritaire.

Les faes obéirent aussitôt, mais pas Fenrin et Heather. Hale répéta alors d'une voix aussi tranchante que l'acier :

— Con-ti-nuez.

— Ils n'ont aucun ordre à recevoir de vous, cingla Remy.

Elle entendit pourtant sa protectrice dire :

— Pourquoi on n'avance pas un peu ? Vous nous rattraperez facilement tous les deux.

La jeune femme l'observa avec étonnement. Peut-être la sorcière brune avait-elle compris qu'il valait mieux la laisser livrer cette bataille seule. Remy rentra le menton pour signifier discrètement son accord. Elle s'en sortirait très bien. Heather prit Fenrin par le bras et l'entraîna à sa suite, malgré ses protestations.

Remy écouta le bruit régulier de leur pas s'éloigner avant de reporter son attention sur Hale, sourcils haussés. Il avait les muscles de la mâchoire crispés. De toute évidence, il n'appréciait pas qu'on lui désobéisse. Toutefois elle devenait de plus en plus puissante, et le jour où elle maîtriserait pleinement ses pouvoirs, le prince aurait tout intérêt à se montrer un peu plus prudent.

— Poussez. Vous. De. Là. Lui commanda-t-elle.

Personne ne pouvait se dresser entre une sorcière et sa magie. Elle entendait les vagues l'appeler. La nuit était bien trop noire pour qu'elle puisse voir si le sable sous ses bottes était argenté au clair de lune.

— Non, répondit Hale en croisant les bras.

Les manches de sa veste se tendirent sur ses épaules musclées.

— Je n'allumerai pas de bougie, concéda Remy du bout des lèvres. Je veux juste voir la lune briller sur l'océan.

Elle voulut le contourner mais le sentier était si étroit qu'il lui barrait le chemin sans mal.

— Il ne s'agit pas de l'océan. Il s'agit de tes stratagèmes pour oublier ce qui s'est passé aujourd'hui.

— Non. Je veux voir l'océan et la pleine lune, gronda-t-elle.

— Ce n'est pas une plaisanterie, sorcière.

Ils se faisaient face comme deux prédateurs prêts à attaquer.

— Je ne plaisante pas, *fae*, riposta-t-elle.

— Rejoins les autres. Tout de suite.

Son corps était aussi immobile qu'une statue, mais son regard brûlait d'un feu incontrôlable.

Remy perdit le peu de sang-froid qu'il lui restait.

— Qu'est-ce qui ne va pas chez vous ? s'emporta-t-elle. Pourquoi vous me malmenez ainsi ?

Il explosa :

— Parce que tu as bien failli perdre ta tête aujourd'hui ! J'aurais dû être plus attentif ! J'aurais dû me rendre compte que ces clients étaient des chasseurs. J'ai été trop distrait. Quand j'ai vu cet assassin avec cette épée, je...

Il déglutit et serra les dents si fort qu'elle crut qu'il allait en faire éclater une. En dépit des efforts qu'il déployait pour se contenir, sa voix s'étrangla lorsqu'il ajouta :

— Dieux, Remy, tu as failli mourir !

Remy. Pas « sorcière ». Pas « la Rouge ». Il l'avait appelée par son prénom.

Le silence se prolongea pendant qu'elle regardait les émotions se succéder dans les yeux du prince à vive allure : panique, peur, tristesse. Il avait cru qu'il n'arriverait pas à temps.

Il se racla la gorge et ces émotions disparurent aussi vite qu'elles étaient apparues. Au point que Remy se demanda si elle n'avait pas tout imaginé.

Il baissa les yeux vers ses pieds, plongés dans l'obscurité, et reprit :

— Disons qu'il me faudrait une éternité pour dénicher une autre sorcière rouge.

Et voilà, il l'avait retrouvé. Ce masque princier et hautain qui lui allait si bien.

Elle savait qu'il érigeait des murs tout autour de lui pour se protéger du monde extérieur, mais il était passé de l'attendrissement à la froideur si rapidement qu'elle se sentait perdue. Elle fut blessée par ses paroles, qu'elles soient vraies ou non. Elle n'avait de valeur à ses yeux que parce qu'elle pouvait lui apporter quelque chose. Il ne craignait de la perdre que parce que cela lui causerait des désagréments.

Elle n'était donc que cela : une jeune femme avec laquelle il appréciait de prendre du bon temps dans les tavernes, parfaite pour le divertir tout au long de sa quête des talismans de la Haute Montagne. Un instrument pour parvenir à ses fins, et non un être vivant.

Le clair de lune traversait les arbres en dansant. Le bruissement des vagues et des feuilles révéla l'orage qui couvait. Malgré elle, Remy avait dévoilé combien l'indifférence de Hale était plus douloureuse que n'importe quelle attaque. Plus violente que les coups de botte de n'importe quel chasseur.

Elle le foudroya du regard.

— Oui, quelle tragédie ce serait pour vous, dit-elle avant de rebrousser chemin pour rejoindre les autres.

— Remy, je...

Elle ne s'arrêta pas. Il l'avait appelée par son prénom à deux reprises, en quelques secondes. Elle ne savait quelle conclusion il fallait tirer de cette familiarité inhabituelle. Elle se sentait plus vulnérable, et cela lui faisait horreur. Pourquoi fallait-il qu'il lui parle comme à une amie et qu'il la traite comme une ennemie ?

Un jour, elle verrait l'océan. Un jour, elle se sentirait aussi puissante que ces immenses vagues. La pleine lune la suivit sur le sentier et elle ravala les larmes qui menaçaient de la submerger.

*

Remy ne savait pas très bien quand elle s'était assoupie. Les flammes dans la cheminée projetaient des ombres vacillantes dans la cahute. Quelqu'un avait dû remettre du bois pendant qu'elle dormait. La nuit n'était plus aussi fraîche maintenant qu'ils avaient traversé la baie et se trouvaient dans la cour du Sud.

Encore tout embrumée par le sommeil, elle s'assit et se frotta les yeux. Lorsqu'elle eut retrouvé une vision plus nette, elle parcourut du regard la masure où ils s'étaient installés. Il y avait deux formes à côté d'elle dans le lit : Heather et Fenrin. Ce dernier avait pris froid pendant le voyage et ses ronflements, habituellement discrets, faisaient trembler le plancher.

Trois personnes étaient allongées le long du mur d'en face : les Deux Aigles et Carys. Quant à Hale, il était couché en travers de l'entrée de la cahute, privée de porte. Une position stratégique pour les protéger contre des visiteurs indésirables. Elle se demanda si les chasseurs lui avaient fait peur à ce point.

Le clair de lune pénétrait par l'ouverture, laissant l'abri à la merci des éléments.

Une forte lumière éclairait l'unique pièce. La lune des moissons. Malédiction ! Elle avait oublié. Ses amis lui avaient proposé d'allumer des bougies dès leur arrivée au campement, mais Remy était si épuisée qu'elle s'était écroulée sur sa paillasse.

Elle traversa la pièce pieds nus, en veillant à ne pas réveiller Hale. Ses plaies avaient déjà cicatrisé. Mais bien sûr, à présent, elle avait une lèvre enflée qui l'élançait au moindre mouvement. Et une contusion qui s'étendait du front au menton, à l'endroit où la botte de l'assassin l'avait atteinte. Elle continuait à avoir un bourdonnement strident dans l'oreille droite, et un claquement chaque fois qu'elle déglutissait.

Elle fureta dans la poche extérieure de son paquetage et trouva, à tâtons, la plus longue des deux bougies. Ses doigts s'attardèrent un instant sur celle en cire rouge, plus trapue. Chaque fois qu'elle la touchait, elle se demandait si elle l'utiliserait un jour. Elle enjamba discrètement le corps endormi du prince. Elle marqua un temps d'arrêt, mais il ne bougea pas. Sa respiration était lente et régulière.

Elle s'était préparée à la fraîcheur nocturne, or les températures étaient encore très douces dans cette partie du continent. Le Sud avait un climat nettement plus chaud que l'Ouest.

Elle ne voulait pas s'éloigner et trouva un endroit au pied de la fenêtre, où le clair de lune rencontrait le sol. Elle s'agenouilla et enfonça un doigt dans la terre pour creuser le trou qui accueillerait la bougie.

Avec la pierre à feu que contenait toujours sa musette, elle alluma la mèche en murmurant :

— Mère Lune, bénis-moi en cette nuit.

Elle sortit alors tous ses fétiches : la plume d'un bébé corbeau, un bout de fil rouge, une coquille d'escargot, un bâton de cannelle et une fleur blanche séchée. Elle les disposa autour de la bougie. Le clair de lune baignait ces amulettes d'une lumière blanche éclatante.

Remy riva son regard sur la base bleutée de la flamme. Elle se demanda si les âmes de ses ancêtres l'entendaient. Qu'aurait-elle dit à ses parents si elle avait eu la certitude d'avoir leur oreille ? Pressant ses lèvres l'une contre l'autre, elle sentit des larmes lui emplir les yeux.

— J'ai failli mourir hier, confia-t-elle tout bas à ce feu.

Une larme coula le long de sa joue jusqu'à son menton.

— J'ai pensé à vous. Je me suis demandé si je vous verrais dans l'au-delà. Je me suis demandé ce que vous me diriez.

Elle prit une inspiration étranglée alors que d'autres larmes tombaient.

— Je ne crois pas que vous seriez très fiers de moi. Je n'ai pas accompli grand-chose dans cette vie. Je ne suis qu'une lâche planquée.

Elle venait de prononcer les mots que Hale avait utilisés pour la qualifier quelques nuits plus tôt, autour du feu de camp. C'était la vérité. Elle avait passé son existence à se cacher.

— Je suis à la recherche de l'anneau du Shil-de et de l'amulette d'Aelusien.

Un coin de sa bouche se souleva à cette évocation.

— Une quête du genre de celles que vous me racontiez le soir pour m'endormir. Et je me suis fait de nouveaux amis aussi. Je crois qu'ils vous plairaient.

Elle imagina son père riant de bon cœur avec les Deux Aigles, échangeant avec eux des récits de combats. Quant à sa mère, elle aurait partagé des souvenirs avec Carys.

— C'est un prince qui m'a sauvée hier. Comme dans vos histoires. Je pense qu'il vous plairait lui aussi, ajouta-t-elle, soudain prise de peur à la mention de Hale, même dans le noir.

Elle aurait tant aimé pouvoir entendre ses parents, recevoir leurs conseils, savoir quelle direction ils lui indiqueraient.

Ses yeux s'emplirent de nouvelles larmes.

— Vous me manquez.

Elle prit la fleur séchée et l'échangea contre une petite feuille rouge voisine. Celle-ci lui servirait de fétiche pour le prochain cycle lunaire.

Elle attendit que Mère Lune la bénisse de sa sagesse, qu'une force supérieure s'adresse à elle, lui fixe une orientation pour le mois à venir. La flamme vacilla dans la nuit sans vent.

La voix qu'elle entendit murmurer dans son esprit n'appartenait pas à la lune. Douce et touchante, elle provenait de sa mémoire. La flamme lui rappelait un souvenir lointain : « Ne laisse jamais personne te dire qui tu es, Remy, pas même moi. C'est à toi de décider de briller comme tu l'entends. À personne d'autre. »

Le cœur de la jeune femme se fendit en deux. Elle se rappelait la nuit où sa mère lui avait adressé ces mots. Emmitouflées dans des couvertures, elles observaient le ciel nocturne de Yexshire. C'était aussi une lune des moissons. De légers flocons de neige saupoudraient leurs cils et les foulards qu'elles portaient sur la tête pour se protéger. Remy avait baissé les yeux vers les lumières clignotantes de la ville en se disant qu'elles étaient le reflet des étoiles dans le ciel. Sa mère l'avait tirée du sommeil juste pour admirer la lune. Pendant que ses frères aînés et sa petite sœur dormaient encore, elle avait contemplé la nuit, seule avec sa mère. Elle pouvait encore sentir la chaleur des bras qui l'enlaçaient et la serraient. Que n'aurait-elle pas donné pour être blottie, à cet instant, tout contre elle ?

Elle se remémora cette scène longuement, la savoura. Puis elle prit une profonde inspiration.

— Merci, chuchota-t-elle à la bougie, avant de prononcer les dernières paroles coutumières, sur le ton de la récitation. *Que le bien ou le meilleur se manifeste dans l'intérêt supérieur de tous.*

Elle souffla la flamme et rassembla ses fétiches, qu'elle rangea avec soin dans sa musette. Elle essuya ensuite ses dernières larmes avec le tissu rêche de sa manche.

Elle gravit les marches du perron et ne trouva aucun corps allongé en travers du seuil.

Balayant la cahute du regard, elle aperçut Hale, assis dans un recoin sombre. Il faisait bien trop noir pour qu'elle puisse distinguer autre chose que ses contours, pourtant elle fut certaine qu'il l'observait. Prenant garde à ne pas réveiller le reste de la troupe, elle le rejoignit. Elle se demandait s'il avait pu, grâce à ses oreilles de fae, entendre ce qu'elle avait dit à la bougie. Elle pria pour que le crépitement de la cheminée ait masqué ses paroles.

— Tu devrais te reposer. Il nous reste une heure avant de lever le camp.

Sa voix était rauque de sommeil.

— Je n'y arrive plus, avoua-t-elle. Je suis surprise d'avoir réussi à dormir tout court.

Des souvenirs des chasseurs de sorciers revinrent l'assaillir. Elle avait l'impression de pouvoir encore sentir leurs doigts sur elle. Il avait vraiment fallu qu'elle soit épuisée par la longue marche jusqu'à la cahute pour réussir à s'abandonner ainsi au sommeil.

Hale marmonna quelque chose dans sa barbe, puis lui tendit son outre d'eau.

Remy s'assit à côté de lui en surveillant ses mouvements pour éviter de réveiller ses blessures.

— Dans quelle direction irons-nous aujourd'hui ? chuchota-t-elle avant d'avaler une gorgée d'eau fraîche.

— Tu sais bien que je ne peux pas te le dire.

— Qu'est-ce que je pourrais faire de cette information selon vous ?

— Bien des choses, justement. Tu pourrais essayer d'aller récupérer l'anneau toute seule. Ou prévenir tes amis sorciers de notre destination pour qu'ils nous tendent une embuscade.

Il se frottait sans relâche l'index en fixant le mur. Signe qu'il était préoccupé.

— D'une, je n'ai pas d'autres amis que Heather et Fenrin. Ce sont les seuls sorciers que je connaisse.

La joue de Hale tressaillit.

— Et de deux, vous semblez vous faire une très haute opinion de notre capacité à vous échapper alors que nous ne sommes que trois sorciers face à quatre faes formés au combat. Dois-je vous rappeler ce qui m'est arrivé la dernière fois que des guerriers se sont ligués contre moi ?

Elle regretta sa pique dès que celle-ci eut franchi ses lèvres. La crispation de la mâchoire du prince ne lui échappa pas.

« Dieux, Remy, tu as failli mourir. »

Elle était certaine d'avoir entendu sa voix s'étrangler. Pendant ce bref instant où il avait baissé son masque, une peur sincère avait transparu. Il avait été ébranlé par l'incident de Newpond, et il avait fallu qu'elle s'emporte pour qu'il se dévoile. Il se sentait responsable de l'attaque dont elle avait été victime, comprit-elle. C'était pour cette raison qu'il s'était couché en travers de l'entrée de la cahute.

— Tu as pris peur, finit-il par dire en haussant les épaules. Tu as oublié d'utiliser tes pouvoirs. Avec un peu plus d'entraînement, tu pourrais devenir une guerrière toi aussi.

— Je sais me servir d'un arc, dit-elle en se renfrognant.

Elle posa les yeux sur celui qui était posé contre le mur. Bri l'avait choisi en bois d'érable sculpté. Remy n'en avait jamais vu de plus beau. Et pourtant, après l'agression des chasseurs, elle ne se sentait pas en état de l'essayer, pas encore.

— Je doute qu'un nouvel arc ou quelques séances d'entraînement auraient changé le cours de cet affrontement si vous n'étiez pas intervenu, ajouta-t-elle.

— C'est une façon de me remercier ?

Malgré l'obscurité, elle sentit qu'il la dévisageait.

— Non.

Il ne put s'empêcher de rire, et son souffle glissa sur le bras de Remy. Elle pinça la bouche.

— Je ne veux pas être sauvée par un prince. Je veux être capable de me défendre toute seule.

— Alors tu devrais t'exercer. Bri pourrait te former. Elle est plus patiente que moi avec les débutants.

— Pourquoi je ne suis pas surprise ? ironisa-t-elle.

Elle devina qu'il contenait un sourire.

— Ruttmore, dit-il.

— Pardon ?

— Nous prenons la direction du Sud pour atteindre Ruttmore. C'est près de Saxbridge.

— Ah, dit-elle en hochant la tête. Je me suis toujours demandé à quoi ressemblait la cour du Sud.

De tous les royaumes, c'était celui qui suscitait les récits les plus excentriques. Des histoires de jungles sauvages, d'oiseaux aux couleurs incroyables et de fêtes qui duraient jusqu'au lever du soleil.

Il y eut un long silence qu'il finit par rompre.

— Écoute, au sujet d'hier, je...

— Je crois que je suis fatiguée finalement, l'interrompit-elle.

Il ne pouvait rien ressortir de bon de ce qu'il s'apprêtait à dire. Elle retourna à sa couche entre ses deux amis et s'y étendit sans trouver le sommeil, mais en songeant à ce qui aurait pu advenir si elle l'avait laissé terminer sa phrase.

Chapitre 8

La pluie tombait dru et la pénombre de l'aube restait accrochée à la terre. Remy sentait la présence de petits nuages dans sa tête. Elle avait toujours du mal à être parfaitement réveillée quand il n'y avait pas de soleil. Elle n'était pas faite pour ce climat gris et humide. Il accablait son âme. Elle savait que le beau temps les attendait dans le Sud. Ils se dirigeaient vers la capitale, Saxbridge, à la pointe méridionale du continent où, à ce qu'on racontait, il faisait chaud toute l'année.

Elle préférait camper dans la forêt. Les ruines en pierre froide offraient des abris moins confortables et susceptibles de leur donner des cauchemars. Les tavernes étaient bruyantes, bondées et pleines de regards curieux. Elle regrettait, cependant, qu'ils n'aient pas passé la nuit dans un endroit pourvu d'un toit la nuit dernière. Malgré la protection des arbres, elle avait senti quelques gouttes. L'humidité du terrain avait transpercé sa paillasse pendant la nuit. Il faisait plus chaud que dans l'Ouest, et plus moite aussi. Ils avaient dû suspendre leurs vêtements gorgés d'eau sur une corde à linge improvisée au-dessus du feu.

Durant ce voyage, Remy s'occupait de rapporter du gibier pour tout le monde. Elle appréciait de se sentir utile. Les autres auraient facilement pu attraper un lièvre ou un écureuil, mais ils semblaient heureux de la laisser s'en charger, et cela lui donnait un but.

Briata la tapota dans le dos avec la pointe de sa botte.

— Debout, lui dit-elle en lui jetant ses vêtements secs.

Remy s'habilla rapidement et la suivit loin du feu et de leurs compagnons endormis. Le soleil avait du mal à percer les épais nuages à l'horizon. Elles atteignirent une petite clairière, dégagée depuis peu par la chute d'un séquoia.

Une fois au centre, la fae se retourna vers elle, bras croisés.

— Pour quelle raison veux-tu apprendre à te battre ?

La jeune femme se mordilla la lèvre le temps de réfléchir à sa réponse.

Ne voulant pas se remémorer l'attaque des chasseurs, elle répondit simplement :

— Je veux être capable de me défendre toute seule. Ne pas avoir besoin qu'on me sauve.

— Bien, approuva Bri avec un hochement de tête.

Elle dégaina le poignard qu'elle portait à la taille, à gauche, et le tendit à son élève. Puis elle lui montra comment le tenir.

— Comme ça, dit-elle en déplaçant les doigts de Remy de sorte que l'articulation de son index soit alignée avec la base de la lame.

Elle lui expliqua ensuite où positionner ses pieds, de quelle façon bouger ses bras. C'était si peu naturel que cela lui procurait des sensations étranges. Son corps n'était pas habitué à exécuter ces gestes-là. Elle lui enseigna également trois positions différentes pour ses pieds : une première pour attaquer, une deuxième pour parer et une troisième pour asséner une série de coups. C'était enfantin, et pourtant la sorcière semblait incapable de coordonner les mouvements de ses pieds et de ses bras. Son esprit en était tout embrouillé. Lorsque Briata lui demandait de changer de posture, elle restait pétrifiée plusieurs secondes avant de pouvoir se mettre en branle. Elle se sentait grotesque. La fae avait beau la ménager, elle n'arrivait à rien.

— Non, tu te tiens toujours mal.

Elle la corrigea pour la deux centième fois en dix minutes.

— Quelle importance ça a, au fond ? demanda Remy en laissant retomber ses bras avec irritation.

La guerrière dégaina l'épée qu'elle portait au côté droit, si vite que la jeune femme n'eut pas le temps de réagir. Le poignard quitta aussitôt sa main.

— Cette importance-là. Va le ramasser et tiens-le comme je te l'ai montré.

— Pourquoi je ne peux pas plutôt me servir d'une épée ?

Remy avait l'impression d'être une enfant qui devait se contenter d'une arme plus petite.

— Parce que tes petits bras d'humaine sont incapables de soulever mon épée.

Elle avisa les biceps impressionnants de la fae et se renfrogna.

— Je ne suis pas humaine, je suis une sorcière.

Elle glissa, derrière son oreille ronde, une mèche de cheveux transpirante qui s'était échappée de son chignon. Sa respiration était déjà laborieuse, pourtant elle avait à peine bougé.

— Oh, vous vous ressemblez, rétorqua Briata en haussant les épaules. Sans ton odeur de magie, je pourrais te prendre pour une simple femme.

— Mes bras ne sont pas petits. Je porte des plateaux chargés de verres depuis que j'ai sept ans.

— Tes muscles tremblent déjà alors que ça fait seulement dix minutes que tu tiens ce poignard, ironisa la fae.

Remy lâcha un juron. Elle avait cru pouvoir masquer cette faiblesse. Rien n'échappait à la fae, décidément.

Briata jeta un regard aux pieds de la sorcière avant de hausser un sourcil. Cette dernière leva les yeux au ciel, puis, sans dire un mot, elle adopta de nouveau la position de combat qu'elle avait apprise. C'était démoralisant. Elle se sentait encore moins capable de se défendre quand elle se tenait ainsi.

— Je suis un cas désespéré, Briata, soupira-t-elle en serrant les dents.

— Appelle-moi Bri.

Les lèvres de Remy frémirent. Elle avait gagné le droit d'utiliser le surnom de la guerrière. C'était au moins ça.

— Ce n'est pas si mal.

La voix de Carys provenait de la forêt. Elle émergea des arbres et se percha sur une épaisse branche du séquoia.

— Tu aurais dû voir certaines de nos recrues à Falhampton. Et je te parle de faes... Tu dois te rappeler qu'un combat, c'est comme une danse...

— Pas du tout, protesta Bri, agacée.

— Mais si, insista Carys en lui souriant.

— Ça n'a rien à voir.

De toute évidence, elles avaient déjà eu cette discussion.

— Peu m'importe à quoi ça ressemble, je veux juste y arriver, intervint la jeune sorcière.

Les deux faes se chamaillaient comme deux sœurs. Ça lui rappelait ses prises de bec avec Fenrin. Elle avait eu une petite sœur aussi, mais celle-ci avait perdu la vie à cinq ans, pendant le massacre de Yexshire. Elle se demandait si elles se seraient disputées, elles aussi.

Bri la tira de ses pensées.

— Le talent naturel n'a aucun poids face au temps et à la persévérance, Rem.

La fae n'avait pas versé une seule goutte de sueur depuis le début de la séance d'entraînement.

— Avec le temps, on finira par introduire ta magie rouge dans nos séances. Tu dois être capable de te battre avec tes mains et tes pouvoirs. Maintenant que nous sommes dans la cour du Sud, tu devrais pouvoir jeter des sorts sans problème.

Dans l'Ouest, les chasseurs de sorciers rouges pullulaient. La reine ne faisait rien pour limiter la traque. Et les assassins de Guilford ne se seraient pas retenus d'attaquer Remy, même si Hale avait décliné sa véritable identité de prince de l'Est. Dans le Sud, c'était différent. Les habitants avaient un sens de la justice plus développé, ils n'aimaient pas que leurs sorciers verts soient enlevés ou assassinés par erreur. Ils avaient déjà traversé deux villes dans lesquelles d'horribles têtes étaient plantées sur des pieux en guise d'avertissement : voilà ce qui attendait un chasseur de sorciers. Vostemur ne pouvait qu'exprimer son mécontentement. Faire davantage serait revenu à déclarer la guerre au royaume du Sud. La menace d'un conflit flottait déjà au-dessus d'Okrith. Vostemur avait commencé par massacrer la cour de la Haute Montagne... allait-il continuer ?

L'entraînement reprit. Bri annonçait une position de combat, et Remy se démenait pour l'exécuter. Carys observait la scène dans un silence serein. Pendant la demi-heure qui suivit, les déplacements de la sorcière rouge gagnèrent en fluidité. Elle avait de moins en moins besoin de réfléchir à l'endroit où poser ses pieds. Son corps se déplaçait de façon plus instinctive. Le souffle court, elle était couverte de sueur. Son bras droit était si endolori qu'elle avait du mal à le soulever, mais elle se sentait bien. Très bien même. Elle avait l'impression de reprendre possession de quelque chose, le contrôle de la situation peut-être. Elle qui avait toujours été si passive... La vie était venue à sa rencontre et elle était prête à l'embrasser.

— Ça suffit pour aujourd'hui, dit la guerrière. On doit lever le camp.

Elle était aussi impeccable qu'au début de la séance. Pas une seule mèche de ses cheveux, châtains et courts, ne dépassait.

— Ça ne fait pas encore une heure, continuons.

Remy leva de nouveau le poignard alors que son bras réclamait à toute force du repos.

— C'est qu'on aime souffrir ! s'esclaffa Carys.

— Tu vas être déjà bien courbaturée, même si tu te remets vite, lui dit Bri en posant les yeux sur ses nouvelles bottes.

La jeune sorcière n'avait déjà plus une seule ampoule, et les contusions sur son visage commençaient à jaunir et à s'estomper.

— On reprendra demain.

— Non, continuons.

— Pourquoi ? lui demanda Bri en inclinant la tête.

Remy dut ravaler la boule dans sa gorge alors que le souvenir de ce fameux jour à Guilford refaisait surface. La peur continuait à lui écraser la poitrine, rendant sa respiration difficile. Elle ne voulait plus jamais connaître de terreur comparable.

— Ils ont failli me tuer, murmura-t-elle.

La douleur de cet aveu rouvrit la plaie mal cicatrisée. Elle se rappelait le visage inerte du chasseur dont elle avait pris la vie.

— Et moi, j'en ai tué un.

— Je sais.

En un quart de seconde, Briata fut à un pas d'elle, rivant sur elle toute l'intensité de son regard doré.

— Ces fantômes seront toujours là, je n'y peux rien, mais tu finiras par accepter leur présence, et ça t'aidera. Et puis, le choix devient plus facile.

— Quel choix ?

— Celui que tu fais chaque fois que tu dégaines une arme. Celui entre ta vie et la leur. Car la tienne prime sur tout, sans la moindre hésitation.

La voix chaude et grave de la fae était enveloppante. Remy baissa la tête. Ça aurait dû être un choix évident, et pourtant... il ne l'était pas encore.

— On s'entraînera tous les matins avant de lever le camp, reprit Bri en rangeant son épée et en prenant le poignard des mains de son élève.

Remy aurait les mains couvertes d'ampoules avant même la tombée de la nuit.

— Tu es déjà très douée avec un arc..., ajouta Carys. Acquiers la même dextérité avec un poignard, et tu seras capable de te protéger.

Elle sauta de la branche sur laquelle elle s'était juchée et lui offrit une outre d'eau.

— C'est simple, observa la jeune sorcière.

— Simple, oui. Facile, non.

Bri lui asséna une forte tape sur l'épaule, qui la fit pencher sur le côté.

— On va faire de toi une guerrière, tu verras.

*

Ils cheminèrent à travers des champs de fleurs sauvages grenat, au parfum entêtant. Le sentier était semé de pollens, qui scintillaient telles des poussières d'or. L'air était si épais qu'il était difficile de respirer. Si leur périple dans la cour de l'Ouest avait été pénible, celui-ci l'était bien plus.

Les bretelles en cuir de son sac cisaillaient les épaules de Remy, sa tunique mouillée de sueur se collait au paquetage à chaque pas. Le visage de Heather était rouge tomate et un film de sueur recouvrait sa peau. Sans parler du torse de Fenrin, marqué d'une auréole de transpiration.

Lorsque la jeune femme aperçut les affaires de Carys et de Hale posées par terre, devant eux, elle remercia les dieux. Ils prenaient enfin une pause bien méritée.

Elle suivit des yeux un sentier, plus petit, qui croisait le leur, et elle dut étouffer un cri. Il menait à une clairière dominée par un vieil arbre noueux. Ses branches nues et tortueuses levées vers le ciel semblaient l'implorer. Ce ne fut pourtant ni sa taille imposante ni sa forme rappelant la posture d'un suppliant qui provoquèrent sa surprise. C'étaient les longs rubans écarlates qui flottaient sur chaque branche, certains décolorés en rose par le soleil. Ils ondulaient dans la douce brise, comme des mèches de cheveux.

— Qu'est-ce que c'est ? murmura-t-elle en déposant son paquetage avant d'avancer d'un pas lent.

Plus elle se rapprochait de la clairière et plus son corps lui semblait léger.

— Un arbre à prières, lui répondit Heather, qui la suivait. Chaque ruban est une supplique pour ceux tombés au combat.

— Je n'avais jamais rien vu de pareil, s'émerveilla Remy.

— C'est un rite du Sud, expliqua la sorcière brune avant de pousser un soupir de soulagement en se débarrassant du poids sur son dos.

Hale était agenouillé devant le tronc. Il effleurait un objet devant lui. Remy finit par découvrir, au bout de quelques pas, un petit bassin en cuivre, qui avait verdi avec le temps. L'eau qu'il contenait débordait tout autour avant d'être aspirée, puis recrachée en cinq jets. Ils représentaient sans doute les cinq Ordres de sorciers, ou peut-être les cinq royaumes d'Okrith.

Le prince suivait du bout du doigt les symboles gravés dans une pierre à côté de la fontaine.

— Qu'est-ce que ça signifie ? demanda-t-il.

— C'est du mhenbic, répondit Fenrin d'une voix haletante. Ça dit : « En souvenir de notre famille ».

Remy observa la fontaine. Le mouvement perpétuel de l'eau était dû à la magie rouge. Ce mémorial était l'œuvre de sorciers du même Ordre qu'elle. Ils étaient les seuls, avec les faes de la Haute Montagne, à être capables d'animer des objets.

Elle ressentit le choc physique de l'émotion dans sa poitrine lorsqu'elle releva les yeux vers les rubans. Des centaines d'entre eux, représentant chacun un souvenir. Accrochés en l'honneur d'un défunt... Elle se rappela le temple de Yexshire. Sur sa plus haute flèche se trouvait un mât et, saison après saison, les sorciers y ajoutaient un ruban rouge symbolisant les prières pour la ville. Ils avaient été autrefois des marques d'espoir pour l'avenir. Aujourd'hui, ils étaient devenus synonymes de deuil. Celui ou ceux qui avaient érigé ce mémorial devaient avoir en tête ce monument si caractéristique de la Haute Montagne, le temple de Yexshire.

Sa gorge se serra et elle ferma les poings. Les défunts étaient innombrables. Tout ça était la conséquence directe du massacre de Yexshire. L'ombre du roi Vostemur était visible jusqu'à la cour du Sud.

Carys s'approcha d'elle avec un très long ruban dans la main. Le rouleau de tissu rouge dégorgeait. Les pluies abondantes de cette région chaude l'avaient abîmé. Depuis combien de temps se trouvait-il ici ? À combien de reprises déjà avait-il été remplacé ?

La guerrière le déroula, puis dégaina son poignard pour en couper une pièce. Elle la lui tendit et répéta son geste jusqu'à ce que chacun en soit pourvu.

Remy ne sentait plus le poids de son corps lorsqu'elle se mit en branle, comme si son âme cherchait à fuir ce décor hanté. Tous les autres se déployèrent autour du large tronc noueux, chacun cherchant une branche.

Elle frotta les bords effilochés de son morceau de ruban entre ses doigts. Heather et Fenrin murmurèrent des prières en mhenbic adressées à la déesse des Sorciers, Mère Lune. Ils ne connaissaient pas d'autre divinité, contrairement aux faes qui en avaient une multitude. Ils semblèrent cette fois en appeler à tous les dieux, en mémoire des sorciers défunts, avant de chuchoter tout bas des promesses de vengeance.

Remy avait si souvent, au fil des ans, récité ces prières mhenbic avec ses compagnons... Tant de sorciers rouges étaient morts pour les préserver, ses secrets et elle. Au moins, Baba Morganna avait survécu. La jeune sorcière sentit un tiraillement dans son ventre, derrière son nombril : la Haute Montagne l'appelait. Elle devait retrouver la Grande Prêtresse et implorer son pardon pour tous ceux qui s'étaient sacrifiés en son nom.

Elle se remémora les visages de tous ces sorciers rouges, une poignée, qui l'avaient protégée dans l'année suivant le massacre de Yexshire. Les mois les plus sanglants de sa vie. Une horreur gravée à tout jamais dans sa mémoire. Et quand le dernier sorcier était tombé, Heather avait surgi, et elle avait pris cette fillette terrifiée de sept ans sous son aile. La sorcière brune s'était montrée stricte mais affectueuse, reprisant sans cesse l'âme de la jeune rouge, qui s'effilochait comme le ruban entre ses doigts. Elle n'aurait pas assez de tissu pour tous les proches qu'elle avait perdus.

Elle ouvrit la bouche pour réciter les paroles en mhenbic, mais une autre prière se précipita sur sa langue. Une prière ancienne, en yexshiri, qu'on n'utilisait que dans la capitale de la Haute Montagne. Remy était surprise que les muscles de sa gorge s'en souviennent.

— Créateurs immortels, gardiens de l'au-delà, ventres qui avez enfanté ce monde, écoutez ma prière, murmura-t-elle.

Elle ne roulait plus aussi bien les « r » du yexshiri qu'autrefois, et les sons mélodieux qu'elle entendait dans sa tête ne correspondaient pas à ceux qui sortaient de sa bouche.

— Soyez les guides de ces esprits dans l'au-delà. Apportez-leur votre bénédiction pour qu'ils se sentent en paix. Emplissez-les de votre lumière éternelle.

Les doigts tremblants, elle noua un ruban autour d'une branche. Raviver ces paroles anciennes lui donnait l'impression de recevoir des coups de tisonnier brûlant dans la poitrine et réveillait le souvenir douloureux des êtres chers qu'elle avait perdus. Elle garda longuement les yeux rivés sur la bande de tissu, qui remuait malgré l'absence de vent, comme si les esprits invoqués soufflaient dessus.

Combien d'autres rubans devraient-ils ajouter si personne n'arrêtait Vostemur ? La cour de la Haute Montagne sombrerait-elle dans l'oubli avec le temps ? Tous les royaumes tomberaient-ils sous le joug du Nord venimeux ?

Le contact d'une main fraîche sur sa nuque fit refluer le picotement dans ses mains. Les yeux noisette de Heather brillaient de larmes. Remy se laissa alors aller et se pendit à son cou. Elle savait que les mêmes images terribles l'assaillaient. Elle s'accrocha à sa protectrice, enfouissant son visage dans ses cheveux cuivrés, respirant son doux parfum de lavande, tandis que celle-ci lui caressait délicatement le dos. Et malgré les minuscules insectes qui bourdonnaient dans ses oreilles, elle ne la lâcha pas.

Fenrin les rejoignit alors à grandes enjambées, pour les enlacer de ses immenses bras et les attirer tout contre lui. Il posa son menton sur le sommet du crâne de Heather. Il avait dû accrocher un ruban en mémoire de ses parents. Son père avait été assassiné par des chasseurs. La soif de sang des soldats du Nord était si extrême qu'ils ne se contentaient pas de l'Ordre rouge. Remy soupçonnait la mère de Fenrin de s'être donné la mort à la suite de cette tragédie, même s'ils n'en avaient pas parlé ensemble. Ils étaient tous deux des victimes de guerre. Elle n'avait jamais vu son ami pleurer ses parents, mais elle savait reconnaître un orphelin au cœur brisé.

Les faes restèrent silencieux pendant que les trois compagnons s'étreignaient. Personne ne les pressa. Cette scène était l'aboutissement d'une amitié longue de treize années.

Remy joignit ses mains tremblantes dans le dos de Heather. Ça ne lui suffisait plus d'accrocher des rubans. Il fallait agir. Elle sentit la colère monter dans sa poitrine, accompagnée de l'onde de chaleur de sa magie. Elle comprit alors qu'elle ferait tout ce qui était en son pouvoir pour retrouver les talismans de la Haute Montagne et qu'elle s'en servirait pour miner le pouvoir de la cour du Nord tant qu'elle n'aurait pas la certitude que plus aucun ruban ne serait accroché à cet arbre.

*

— Son Altesse de Saxbridge organise une partie à Ruttmore, en soirée, dans six jours, annonça Hale en lançant une autre brindille dans le feu. Le prix, à ce qu'en dit la rumeur, serait un anneau unique en son genre.

Fenrin roula les yeux en entendant ce titre ronflant. Remy lui donna un coup d'épaule discret pour le réprimander en silence.

— Son Altesse est en possession de l'anneau ?

Heather plissa les yeux pour observer le prince à travers les flammes.

Comment la cour du Sud avait-elle mis la main sur cet anneau égaré depuis longtemps ?

— De quel type de partie parlons-nous ? J'ai du mal à imaginer une compétition entre gentlemen dans cette région du continent, ironisa Talhan.

Depuis treize ans, la reine du Sud noyait son chagrin dans des fêtes somptueuses arrosées de vin. Elle avait donné naissance à un enfant qui n'était ni masculin ni féminin et préférait le titre d'Altesse de Saxbridge à ceux de prince ou de princesse.

— Une partie de poker, précisa Hale.

— Évidemment, soupira Carys en rejetant sa tresse derrière son épaule.

Le Sud était gangrené de débits de boissons et de lieux de plaisir. Il faut dire que les faes de cette région avaient une prédisposition naturelle à la gaieté. Leurs sorciers verts, eux aussi, avaient la réputation de démultiplier les plaisirs : philtres d'amour, bières magiques, la plus délicieuse et savoureuse des nourritures. Remy était impatiente d'en faire l'expérience. À seulement une demi-journée du château de la reine à Saxbridge, Ruttmore était un lieu aussi décadent que miteux. Les faes les plus riches s'y rendaient pour se livrer à la débauche.

Fenrin se tourna vers le prince.

— Vous êtes bon à ce jeu ?

— Pas particulièrement, répondit-il avec un sourire.

— Fantastique, lança Bri.

— Mais je n'ai nullement l'intention d'obtenir l'anneau du Shil-de en remportant la partie, précisa-t-il en remuant le feu avec un bâton.

— Quel est le plan, alors ? demanda la guerrière, agacée par les digressions de son chef.

Remy lui sourit. Elle avait un don pour aller droit au but.

— Je veux d'abord m'assurer qu'il s'agit de l'anneau authentique.

Des ombres dansaient sur son visage. Il fit alors glisser son regard vers la sorcière rouge.

— C'est là que tu entres en jeu. As-tu besoin de toucher l'anneau pour sentir son pouvoir ou te suffit-il de t'en approcher ?

— Je n'en sais rien. Je n'ai pas souvent été au contact de talismans magiques.

Elle refusait de croiser son regard depuis la nuit de la pleine lune.

— Tu déteins sur elle, grommela Talhan à l'intention de sa sœur jumelle.

Dès son plus jeune âge, Remy avait été contrainte de cacher sa magie, et à présent on l'interrogeait sur des subtilités dont elle ignorait tout.

— J'en serai certaine si je le touche, mais en général je perçois les pouvoirs à distance... Néanmoins, je ne pense pas réussir à le faire sans trahir qui je suis.

Si elle recourait à sa propre magie, d'autres risquaient de s'en rendre compte. Surtout, si elle ne se contrôlait pas suffisamment, elle se mettrait à rougeoyer, et tout serait perdu.

Elle écrasa un insecte qui venait de se poser sur sa peau. Le feu rendait la soirée plus étouffante encore, malheureusement ils en avaient besoin pour faire cuire leur repas.

— C'est pour cette raison que nous dévoilerons ton identité d'entrée de jeu, rétorqua Hale.

Il devint le point de mire général.

— Vous êtes devenu fou ? bafouilla Fenrin. Vous voulez débarquer là-bas et crier sur les toits que c'est une sorcière rouge ?

— Pas n'importe quelle sorcière rouge, répliqua le prince avec un sourire entendu. *Ma* sorcière rouge.

Le cœur de Remy s'arrêta de battre lorsqu'elle le vit sortir de son paquetage un épais lien en cuir avec un pendentif en pierre, sur lequel était gravé le blason de la cour de l'Est : une tête de lion au-dessus de deux vagues.

— Hors de question, cracha Fenrin en découvrant l'objet.

Un collier de sorcière. Pour marquer la possession. On l'imposait aux sorciers du Nord. Et à ceux d'autres royaumes aussi placés au service de faes riches, liés à la famille royale.

— Ce n'est pas grave, Fen, murmura-t-elle.

— Si, ça l'est, riposta-t-il en foudroyant le prince du regard. Remy ne sera jamais votre esclave.

— C'est un faux, dit Hale sans se démonter, avant de sortir deux autres colliers de ses affaires. J'ai demandé à Tal de les graver hier soir... Ils ne passeront pas un examen trop attentif, mais ils devraient suffire à faire taire les plus suspicieux.

— Nous n'appartenons à personne, cracha le sorcier.

— Dieux que tu es simplet ! s'esclaffa le prince.

— Attention, le menaça Remy.

Elle était prête à supporter ses piques, mais n'autorisait personne d'autre qu'elle à insulter Fenrin.

Celui-ci voulut se lever, mais Heather posa une main sur son épaule pour l'en empêcher. Se battre avec un prince fae était une très mauvaise idée. Pour autant Remy ne l'en aurait pas empêché, elle lui aurait même prêté main forte s'il avait tenté sa chance. Ça devait être un vrai plaisir d'envoyer son poing dans ce joli visage.

— Tu préfères vraiment entrer dans Ruttmore et croiser des faes ivres, riches et qui se croient tout permis, sans la protection d'aucun royaume ? lança Carys.

Fenrin se contenta de plisser les yeux sans dire un mot de plus.

Remy se redressa alors sur ses jambes endolories. L'entraînement quotidien au combat commençait à laisser des traces dans son corps surmené. Elle était malgré tout en bien meilleure forme que le premier jour.

Elle s'approcha de Hale pour lui arracher le collier des mains. Un simple tour de cou en cuir avec un fermoir en métal, qui ne se distinguait que par sa plaque en pierre. Combien de sorciers en portaient ? Combien se sentaient protégés par lui ? Pas un seul, sans doute.

— Alors je dois me présenter comme une sorcière rouge au grand jour ? demanda-t-elle.

Son front se plissa tandis qu'elle observait le collier dans ses mains. Il représentait l'exact opposé de ce qu'elle s'était employée à faire depuis toujours. Ne plus avoir à cacher ses pouvoirs, être autorisée à utiliser sa magie en toute impunité... Cette perspective ne manquait pas d'attrait.

— Le roi Vostemur, j'en ai la certitude, garde bien plus de sorciers rouges vivants dans ses donjons qu'il ne veut l'admettre, dit Hale.

Il reprit le collier et se leva.

— Et dans son immense générosité, il a autorisé chacun des trois royaumes restants à devenir propriétaire d'une sorcière rouge, ajouta-t-il en haussant un sourcil – une façon de lui demander sa permission.

Remy savait que Vostemur n'avait pas à dire aux autres cours d'Okrith quoi faire... D'un autre côté, il ne s'était pas gêné pour détruire la ville où elle avait vu le jour. L'Ouest, le Sud et l'Est devaient choisir leurs combats, et les sorciers rouges n'étaient sans doute pas une priorité.

Elle souleva ses cheveux et baissa la tête pour qu'il puisse lui mettre le collier.

— Et tu seras la mienne, murmura Hale d'une voix rauque dans son oreille.

Ses doigts calleux l'effleurèrent. Elle pria pour qu'il n'entende pas le tambourinement de son cœur dans sa poitrine.

Elle se mit à jouer avec le pendentif en pierre et Heather gémit. Sa protectrice perdait tout sang-froid en voyant ce carcan autour du cou de la sorcière.

— Ce n'est que pour quelques jours, la rassura-t-elle. Comment veux-tu qu'on s'approche de l'anneau sinon ? Pense à l'usage que pourraient en faire les faes de la Haute Montagne...

Heather garda sa mine renfrognée mais n'ajouta plus un mot.

— Les sorciers bruns ne devraient pas nous accompagner, intervint soudain Briata.

Fenrin réagit aussitôt :

— Nous...

— Les faes sont souvent accompagnés de sorciers à leur service, objecta Carys.

— Nous ne sommes pas à votre service, tonna le jeune homme en serrant les poings.

— Ils sont accompagnés de sorciers plus dociles, s'amusa Talhan. Les baumes et les potions peuvent être pratiques en voyage. J'ai déjà croisé des faes assistés par des sorciers bruns.

— Je continue à penser que nous devrions nous séparer, insista la guerrière, qui jouait avec son poignard d'un air absent.

Heather paniqua à cette idée.

— Non ! Nous jouerons nos rôles à la perfection, vous verrez.

Elle se tourna vers le prince.

— Nous en sommes capables, tout ira bien.

Bri agita son poignard en direction de Fenrin.

— Et lui ? M'en veux pas, Fen, mais t'es dans un sale état, ça se voit.

Son visage avait en effet rougi ces derniers jours, sa voix s'était voilée. Sans parler de sa toux. Heather sortit une fiole de sa poche. Remy remarqua son geste et se demanda depuis combien de temps elle le soignait. Elle se mordilla l'intérieur de la joue, se reprochant de ne pas avoir été assez attentive.

— Les potions ne peuvent pas tout, ajouta la guerrière avec une expression contrite inhabituelle pour elle. Il a besoin de repos, pas de magie. Vous devriez rester ici, nous reviendrons vous chercher.

— Je vais bien, protesta Fenrin en toussant. C'est juste un rhume. Il aura disparu demain.

Remy savait que Heather n'accepterait jamais de la laisser partir seule, pourtant elle se demandait si la fae n'avait pas raison.

Hale hocha la tête.

— Vous pouvez venir.

Il leur tendit les deux autres colliers, puis il sortit une bourse remplie de pièces et la lança à Bri. Remy retint un cri de surprise. Avec quelle quantité d'argent se déplaçait-il ? Pas étonnant que son paquetage paraisse aussi lourd qu'un rocher lorsqu'il le lâchait sur le sol.

— Trouvez des chevaux et devancez-nous, ordonna-t-il aux jumeaux. Réservez des chambres dans une auberge à l'extérieur de Ruttmore. Je veux que nous puissions partir rapidement si besoin. Pour éviter d'attirer les soupçons nous arriverons la veille de la partie sous le pretexte de faire une brève escapade pour goûter à l'ivresse et à la débauche, compris ? Nous partirons dès la fin de la partie.

Carys esquissa un sourire, une lueur malicieuse dans les yeux.

— Et, ajouta le prince, voyant que les jumeaux se préparaient déjà à partir, trouvez-lui des vêtements plus adaptés.

Il inclina la tête vers Remy, qui plissa le nez.

Bri considéra successivement la lourde bourse dans ses mains et la sorcière rouge. De ses yeux dorés, elle la détailla de haut en bas. Il ne lui en fallait pas plus pour prendre ses mesures. Ses traits trahissaient un soupçon de satisfaction perverse. La sorcière secoua la tête en signe de protestation silencieuse.

D'un regard assassin, elle lui intima : *Ne m'achète rien de trop ridicule.*

— Continue à t'entraîner avec Carys, lui lança Bri avec un sourire mauvais et un clin d'œil.

Talhan hissa son paquetage sur son dos et tourna les talons sans le moindre geste d'adieu. À croire qu'il n'avait pas marché toute la journée pour arriver ici et être presque aussitôt renvoyé sur les routes. Les Aigles feraient le voyage de nuit, sans protester.

Chapitre 9

L'auberge aux abords de Ruttmore était beaucoup plus accueillante que toutes celles que Remy avait pu voir. Sols balayés, fenêtres propres, toit sans la moindre fuite, tables bien alignées. Même les courtisanes accoudées au bar portaient des atours et des bijoux luxueux et affichaient un maquillage impeccable. Elles étaient sans aucun doute au service d'une clientèle fortunée.

La patronne se précipita à leur rencontre pour les accueillir. C'était une petite femme ronde avec une belle peau brune et lisse. Elle portait une robe à fleurs jaunes très décolletée et un corset qui lui faisait une poitrine pigeonnante. Une longue plume blanche ornait ses cheveux teints en roux.

— Votre Altesse.

Elle s'inclina avec un mouvement sophistiqué de la main, ses joncs dorés s'entrechoquant sur son poignet.

— C'est un honneur de vous recevoir sous notre toit.

— Merci, madame, votre établissement est vraiment des plus charmants, lui dit Hale avec la pompe qui convenait à son rang.

Elle rougit et fit une nouvelle révérence.

— Le garçon d'écurie m'a dit que vous étiez arrivés avec un chariot ?

Avait-elle des soupçons ? Le prince semblait beaucoup moins inquiet que Remy, et balaya cette remarque d'un petit rire nonchalant.

— En effet.

Il n'avait pas du tout l'air soucieux.

— Et où sont vos chevaux ? insista la patronne.

— Je suis justement à la recherche de nouvelles montures, si vous connaissez un bon marchand...

Le regard de la femme s'éclaira aussitôt. Tout semblait si facile avec lui.

— J'ai un cousin maquignon, Votre Altesse. Il vend les plus beaux chevaux qui soient.

Remy n'avait aucun doute sur le fait que l'entremetteuse toucherait une commission si une transaction avait lieu. Elle était de celles qui possèdent, dans leur entourage, une personne susceptible de répondre à chaque besoin.

— Souhaitez-vous boire ou manger, Votre Altesse ? La cuisinière vient de mettre un rôti au four mais nous pouvons vous servir quelque chose en attendant...

— Non, ça ira, merci, répondit-il en balayant la salle du regard avec une indifférence nonchalante.

Les quatre courtisanes au bar gloussaient en reluquant le prince. Remy supposa qu'elles devaient espérer réussir à l'entraîner dans un lit. Par réflexe, elle se rapprocha de lui. Tant qu'à jouer le rôle de sa sorcière, elle devait inspirer de la crainte aux autres femmes. Elle montra les dents et les foudroya du regard. Puisqu'elle devait faire semblant de lui appartenir, pourquoi ne pas prétendre le posséder aussi ? Les gloussements se transformèrent en murmures.

— Nous avons eu une longue journée de voyage, et nous souhaiterions nous reposer avant de commencer à profiter de notre séjour ici, reprit Hale.

Il surprit Remy en lui passant un bras autour des épaules. Il avait dû remarquer qu'elle s'était rapprochée.

Elle n'était pas idiote, elle savait tout ce qu'une sorcière rouge faisait pour son maître. La magie n'était pas le seul des services attendus. Elle se dressa néanmoins de toute sa hauteur et s'appuya contre lui avec naturel. *Ce n'est qu'une comédie*, se dit-elle. Mais ça ne signifiait pas pour autant qu'elle ne pouvait pas en profiter.

Elle entendit Carys bouger dans son dos. La guerrière avait dû se placer devant Heather et Fenrin pour cacher l'expression de dégoût suscitée par le geste du prince. Les deux sorciers bruns renvoyaient à la perfection l'image des personnages qu'ils étaient censés incarner : des domestiques chargés de bagages.

Talhan dévala alors les escaliers, suivi de Bri. Il avait un verre de bière à la main. La moitié des boutons de sa chemise étaient ouverts sur son énorme torse musclé. Sur le palier, il vacilla sur ses jambes, pourtant lorsqu'il les rejoignit, Remy remarqua qu'il avait un regard clair. Il jouait un rôle de composition lui aussi, celui d'un soldat en goguette, avec un sourire charmeur d'aventurier téméraire.

Un personnage parfait pour mener à bien leur plan. Hale était, après tout, précédé par sa réputation de prince héritier de l'Est. Des rumeurs de son goût pour la boisson et le batifolage avaient circulé à travers le continent. Le monde entier l'imaginait traversant le Sud, passant de bar en bar, et de lit en lit. Une couverture parfaite pour obtenir l'anneau du Shil-de... tant que le trio de sorciers acceptait de jouer son rôle.

Talhan apostropha d'un ton joyeux ses camarades, et sa bière déborda du verre lorsqu'il le tendit vers les marches.

— Venez ! Je nous ai pris des chambres qui donnent sur le fleuve.

— Je peux vous organiser une petite excursion romantique sur l'eau, Votre Altesse, pour vous et votre sorcière.

La patronne avait accompagné sa proposition de son sourire commercial. Nul doute qu'elle était aussi de mèche avec le batelier. Cette femme correspondait à tous les clichés qui circulaient sur le Sud : de beaux atours, une cascade de bijoux, une couche épaisse de maquillage et un penchant assumé pour la fête. Elle était un tiers aubergiste, un tiers actrice et un tiers tenancière d'un lieu de plaisir. Voilà comment on vivait dans cette cour...

Hale retira son bras des épaules de Remy pour la prendre par la taille et poser une main possessive sur son ventre. Il l'attira contre son torse musclé d'un geste ferme. Elle contint sa surprise et, laissant échapper un gloussement, elle posa sa tête contre son épaule. Elle espérait être aussi convaincante que Talhan. Elle avait besoin que tout le monde la prenne pour un jouet entre les mains d'un prince puissant et imprudent. Elle ne devait plus apparaître comme une proie potentielle pour un chasseur de sorciers.

— Peut-être une autre fois, répondit-il. Ce soir, nous avons prévu d'aller à Saxbridge nous amuser un peu.

Il fit un clin d'œil à l'aubergiste, qui le lui rendit avec un air entendu.

— Si vous le souhaitez, je peux vous conseiller les meilleurs établissements, ajouta-t-elle avec un geste de la main.

À sa façon de prononcer le terme « établissement », Remy comprit aussitôt de quoi elle parlait.

— Je peux aussi me charger de toutes sortes de réservations. Vraiment, je vous en prie, Votre Altesse, n'hésitez pas à me faire savoir comment rendre votre séjour le plus agréable possible.

Elle fit une dernière révérence avant de s'éloigner vers le bar. Toutes les courtisanes se penchèrent vers elle pour discuter à voix basse de l'échange qui venait d'avoir lieu.

De son côté, la petite troupe monta l'escalier puis disparut dans un couloir étroit et mal éclairé. Carys soulagea aussitôt Heather du poids des bagages, et cette dernière soupira. Briata fit pareil avec Fenrin, qui portait ceux de Hale. Après avoir secoué ses bras endoloris, le jeune homme la remercia d'un signe de tête.

Talhan remit une clé à Heather.

— Votre chambre, lui dit-il en lui indiquant la première porte.

Fenrin se renfrogna. Tous les sorciers savaient que la première chambre du premier étage d'une auberge était la pire, amputée d'une partie de sa surface par la cage d'escalier. C'était aussi la plus bruyante, et ils auraient beaucoup de mal à y trouver le sommeil.

— Estime-toi heureux que je ne vous aie pas collés avec les autres domestiques près des écuries, lui dit le fae, qui avait interprété son expression. Je me suis dit que les employés d'un prince méritaient un peu de confort.

— Quelle générosité, pesta le sorcier.

Talhan se tourna vers Carys.

— Tous les trois, on est à gauche, au bout du couloir.

Celle-ci prit aussitôt son paquetage et s'éloigna sans demander son reste. Le fae remit alors une clé à Hale.

— Vous deux, vous êtes deux étages plus haut, dans la chambre d'angle bien sûr.

— « Vous deux » ? répéta Remy, interloquée.

Talhan se contenta d'une moue, espérant qu'elle finirait par comprendre d'elle-même. Il haussa les sourcils d'un air de dire : *Tu es sa sorcière rouge, à quoi tu t'attendais ?* Elle piqua un fard. Elle aurait dû y penser, bien sûr.

Heather s'apprêtait à intervenir lorsque les bruits de pas d'un autre client montèrent vers eux. Remy prit la clé des mains du fae et cria, d'une voix trop aiguë d'une octave :

— Venez, Votre Altesse, montons voir notre vue.

— Avec plaisir, s'esclaffa-t-il avant de la pousser devant lui.

Elle lâcha un petit cri de plaisir feint. Elle avait été témoin de ce genre de parade de séduction si souvent dans les tavernes... elle n'aurait jamais cru un jour devenir une de ces femmes. Pourtant elle était là, à se faire passer pour la maîtresse d'un prince.

Elle jeta un coup d'œil par-dessus son épaule. Fenrin avait les joues rouges et une expression entre la colère et l'amusement passait sur son visage. Lui non plus, il n'aurait jamais cru qu'elle se comporterait un jour ainsi. Elle ne put ignorer la culpabilité qui l'étreignit lorsqu'elle se rendit compte que c'était à cause d'elle qu'il se retrouvait dans cette situation. Bri n'avait peut-être pas tort au fond. Ses amis se porteraient sans doute mieux sans elle...

L'Aigle retint la jeune femme par le bras juste avant qu'elle s'engage dans l'escalier.

— J'ai laissé ta tenue d'aujourd'hui sur le lit. Le reste est dans l'armoire, avec les chaussures, ajouta-t-elle avec un sourire.

— Combien en as-tu acheté ? demanda Remy.

— Ce qu'il faut, répondit Bri avec un haussement d'épaules.

— Tu as dépensé tout mon argent ? lança Hale avec bonhomie.

— Parce que ce n'était pas le but ?

La guerrière tourna alors les talons pour s'éloigner vers le fond du couloir.

*

La chambre d'angle du troisième étage était la plus belle de l'auberge. Ses immenses fenêtres donnaient à la fois sur les eaux turquoise du fleuve et les jardins verdoyants. Contre le mur du fond se trouvait un immense lit à baldaquin, drapé de grands rideaux blancs. Dans un coin étaient disposés un canapé en velours bleu et deux fauteuils assortis. Des bibliothèques encadraient une cheminée, dans laquelle brûlait déjà un feu.

Une porte conduisait à un cabinet de toilette où trônait une gigantesque baignoire en marbre.

L'émerveillement écarquilla les yeux de Remy. Cette chambre était digne d'accueillir une reine. Elle remarqua alors que Hale l'observait avec satisfaction. Pas étonnant que les lieux soient aussi splendides : après tout, il était de sang royal. Et ça n'avait jamais été aussi flagrant qu'à cet instant. Jusqu'à présent, ils n'avaient fait que cheminer à travers la forêt et la campagne. Ils n'avaient croisé personne pour se jeter aux pieds du prince ou le flatter. À présent qu'ils avaient retrouvé la société des faes, il se comportait différemment. Il se montrait réceptif aux marques de respect. Il se tenait plus droit, le menton plus haut. Remy en vint à se demander si elle aurait été vraiment capable de faire la différence entre son véritable visage et le masque qu'il portait si souvent.

Un nouveau paquetage attendait Hale sur une table basse à côté d'une immense armoire, ouverte et débordant de vêtements. Une robe rouge à la jupe longue et bouffante était suspendue à un crochet derrière la porte.

— Tu t'en es bien sortie, observa-t-il en s'asseyant dans l'un des fauteuils en velours.

Il retira ses bottes et les posa près du feu.

— Merci...

Elle ne parvenait pas à détacher ses yeux de l'immense lit.

— Il est probablement aussi confortable que tu l'imagines, ajouta-t-il, ayant suivi son regard, mais nous allons passer l'essentiel de la nuit dehors. Et demain, à notre retour de la partie, que nous ayons ou non réussi notre mission, nous lèverons rapidement le camp.

— Quel gâchis, déplora Remy en avisant les magnifiques draps en lin.

— Je suis bien d'accord !

Elle sentait qu'il l'observait. Il soutint son regard si longuement qu'elle finit par se détourner. C'était la première fois qu'elle se plongeait dans ces yeux gris depuis la nuit de la pleine lune. Elle redoubla d'efforts pour ne pas se laisser attirer par ce visage magnétique.

Hale se leva pour sortir un objet de son ancien paquetage.

— Mets-le sur ton collier, lui dit-il.

Collier. Dans sa bouche, on aurait pu croire qu'il s'agissait d'un bijou et pas d'un symbole d'oppression. La jeune femme tendit néanmoins la main pour accepter l'anneau doré que le prince lui tendait. Elle le retourna entre ses doigts. Les initiales *HN* s'y trouvaient gravées. Elle retira le collier pour y passer l'anneau.

— Est-ce que je ne porte pas déjà le blason de votre famille ? s'étonna-t-elle.

— Oui, mais ce bijou dit que tu m'appartiens à moi.

Il avait parlé d'une voix basse et grave, qui éveilla une chaleur inconnue au creux de son ventre. « Tu m'appartiens. »

— Il dit aussi que je te traite correctement et que je te fais confiance pour ne pas t'enfuir avec mon or.

Elle remit le collier autour de son cou. Puis elle plongea la main sous sa tunique, dans la poche secrète cousue dans la doublure, pour en extraire sa musette à fétiches.

Dans le mouvement, l'anneau s'entrechoqua avec le pendentif en pierre et produisit un son mat. Après avoir sorti un long fil rouge, elle rangea la musette.

— Qu'est-ce que c'est ? lui demanda Hale.

— Donnez-moi votre poignet, lui ordonna-t-elle.

Il fronça les sourcils mais s'exécuta malgré tout. Elle fit trois tours avec le fil avant de former un nœud bien serré.

— Et voilà, souffla-t-elle.

Se refusant à affronter son regard gris fumée, elle ajouta, sans lui lâcher le poignet :

— Ainsi, vous m'appartenez aussi.

Elle sentait le pouls du prince battre contre l'extrémité de ses doigts.

Il agita la tête et lui fit un clin d'œil.

— Bien trouvé, la Rouge.

— Je m'appelle Remy.

— Remy, répéta-t-il tout bas.

Il prit le temps de détailler sa silhouette de haut en bas puis, avec un sourire taquin sur son beau visage, il lança :

— Prête pour tes débuts d'actrice... Remy ?

*

Heather lui ouvrit au premier coup. Découvrant sa protégée, elle sortit dans le couloir et referma derrière elle.

— Qu'est-ce qui se passe ? Vous êtes prêts ? lui demanda Remy, fébrile.

Ils étaient attendus à Saxbridge pour déjeuner avec Son Altesse de la cour du Sud, et elle avait bien du mal à contenir son excitation. Elle avait toujours rêvé de voir la capitale de ce royaume, qui se trouvait à une demi-heure de calèche de Ruttmore.

Le regard noisette de Heather la balaya, et elle sourit. La jeune sorcière portait la robe vert d'eau que Bri avait laissée à son intention sur l'immense lit. Le tissu vaporeux formait un col bateau montant qui masquait en grande partie son collier. Elle aurait bien aimé ne pas avoir à y toucher, mais il fallait au contraire afficher son appartenance au prince et elle l'avait donc placé, à contrecœur, par-dessus la robe. Celle-ci épousait les courbes de son buste avant de s'arrondir à hauteur de la taille pour former une cloche qui lui arrivait aux chevilles. Les manches courtes et transparentes laissaient deviner ses épaules. Elle portait ses cheveux en queue-de-cheval basse – l'humidité du Sud avait augmenté leur volume. Quelques mèches bouclées encadraient son visage. Elle portait des puces d'oreilles argentées rondes qui rappelaient ses mules, de la même couleur. Une tenue sobre en comparaison de la somptuosité qu'elle avait vue chez d'autres, mais c'était idéal pour un membre de la suite d'un prince.

— Tu es tellement belle, lui dit sa protectrice.

Elle caressa avec tendresse la manche courte et transparente.

— Cette robe est magnifique. Tu ressembles à une reine. Tu ressembles à ta mère.

Elle accompagna cette dernière remarque d'un sourire triste. Remy avait oublié que Heather avait vécu à Yexshire un temps. Elle avait connu sa mère, même si elles n'en parlaient jamais ensemble. Elles gardaient, chacune, des secrets bien enfouis.

— Vous ne venez pas ? s'étonna la jeune sorcière en posant les yeux sur la porte close.

— Fenrin n'est pas encore complètement remis.

Elle haussa les épaules : elle n'était pas inquiète.

— Je préfère rester, ajouta-t-elle, et préparer d'autres potions pour lui. Ce n'est pas grave.

— Mais... Tu ne voulais pas voir Saxbridge ?

— J'y suis déjà allée, tu sais.

Heather avait un sourire très doux. Remy se rendit soudain compte qu'elle ne connaissait pas grand-chose de la vie de la sorcière brune avant qu'elle la prenne sous son aile.

— Une fois, dans ma jeunesse. C'était beau. Je suis impatiente pour toi.

Remy joignit ses deux mains devant elle. Elle ne savait rien de sa protectrice au fond. Elle lui reprochait leur existence ennuyeuse, dans des coins perdus, mais Heather aurait pu en mener une bien plus intéressante. Elle avait tout sacrifié pour cacher les secrets de la jeune sorcière rouge.

— Tu ne m'en veux pas d'y aller sans toi ?

— Tu n'as pas cessé de me répéter que tu n'étais plus une enfant, lui rétorqua Heather.

Des fossettes se creusèrent dans ses joues. Elle glissa derrière son oreille une mèche de cheveux cuivrés qui s'était échappée de son chignon.

— Ces dernières semaines me l'ont démontré plus que jamais. Je suis désolée d'avoir mis autant de temps à t'écouter.

Remy avait la gorge nouée tout à coup. Elle ne s'était pas attendue à ce que Heather accepte un jour de la considérer comme une adulte. Elle s'était persuadée que, si ça n'avait tenu qu'à elle, sa protectrice l'aurait choyée jusqu'à la fin des temps.

— Tu n'as aucune inquiétude à te faire, la rassura la jeune femme, même si elle savait que ça ne suffirait pas, parce que c'était ce qu'elle faisait de mieux. Je serai entourée de quatre guerriers faes.

— J'aurais aimé qu'ils soient plus nombreux encore, mais je sais être raisonnable, dit-elle en gloussant.

Elle posa une main sur la joue de Remy avant d'ajouter :

— Tu es un trésor, Remini.

Cette dernière se figea en entendant son prénom en entier.

— N'oublie jamais ton objectif. N'oublie jamais qui tu es vraiment.

Le cœur de la sorcière se mit à battre plus fort. Son objectif jusque-là était simple : se cacher pour rester en vie. Ça s'arrêtait là. Elle aurait voulu demander à Heather ce qui allait suivre. Que se passait-il quand on ne se cachait plus ? Mais elles n'avaient pas ce genre de conversation. Et pourtant, alors qu'elle s'apprêtait à se montrer aux yeux de tous, sa protectrice éprouvait le besoin de lui rappeler qui elle était.

— Je n'oublierai pas, promit Remy en regardant ses mains.

— En route ! cria Talhan, déjà au rez-de-chaussée.

— Je dois filer...

Les quatre faes l'attendaient au bar. Ça lui semblait si étrange de quitter Heather.

— Amuse-toi bien !

C'était peut-être la première fois que sa protectrice lui souhaitait une telle chose.

— Mais sois prudente avec ce prince, ajouta-t-elle.

Ah, voilà ! Fidèle à elle-même !

— Il faut toujours que tu me mettes en garde contre les garçons ! protesta Remy.

— Je ne parle pas de rougir à cause des œillades d'un musicien.

La sorcière brune pinça ses fines lèvres. Alors elle avait remarqué le violoniste...

— J'ai bien vu comment tu regardais le prince. Ce n'est pas un simple jeu de séduction.

Remy se détourna. Ses oreilles palpitaient. Elle détestait être aussi transparente. Sa protectrice n'hésitait pas à formuler tout haut ce qu'elle se refusait à penser, elle, tout bas.

Elle ouvrit la bouche pour protester, mais Talhan l'appela de nouveau.

— Dépêche-toi ! J'ai faim !

Un sourire étira les lèvres de Heather.

— Sois juste... prudente. Rappelle-toi qui tu es, insista-t-elle.

Remy se mordilla la lèvre, puis hocha la tête.

Rappelle-toi qui tu es.

C'était justement la seule chose qu'elle aurait aimé pouvoir oublier.

Chapitre 10

Des dalles blanches chauffaient sous leurs pieds, l'air était brûlant et humide. Il faisait aussi chaud qu'au pic de l'été dans l'Ouest, alors que l'équinoxe d'automne n'était plus qu'à quelques jours. Remy remercia intérieurement Bri de lui avoir choisi une robe aussi ample et légère.

Ses compagnons portaient des chausses dans le même tissu aérien et des tuniques à manches courtes. Ils avaient néanmoins conservé leurs ceinturons en cuir et leurs étuis à poignards dans le dos. Ils étaient armés jusqu'aux dents. Ils ressemblaient moins à des brutes que dans la forêt. Même s'ils restaient des guerriers dangereux, ils avaient tout l'air de faes cultivés en goguette. Les Deux Aigles et Carys portaient des chausses droites gris pâle. Les jumeaux s'étaient choisi des tuniques jaune paille qui donnaient l'impression que leurs yeux luisaient, tandis que Carys avait opté pour une violette, la couleur de la cour de l'Est.

Tout autour d'eux, des faes déambulaient dans ce quartier commerçant, vêtus de toutes les couleurs de l'arc-en-ciel. Leurs teintes éclatantes rappelaient les fleurs tropicales qui débordaient des jardinières suspendues autour d'immenses colonnes de marbre blanc. Dans l'Ouest, tout le monde s'habillait dans des tons brun terne. C'était une vraie fête pour les yeux que de voir cette débauche de tissus et de coloris. Sur le passage de Hale et de sa petite cour, les gens ralentissaient ou se retournaient.

On ne parlerait bientôt plus que d'eux. La rumeur annoncerait la présence du Prince Bâtard à Saxbridge.

Il s'affichait plus que jamais comme un jeune homme bien né et bravache, avec sa tunique légère, étain, et brodée de motifs complexes argentés, dorés et bleu pâle. Elle était assortie à ses chausses ajustées, du même vert d'eau que la robe de Remy. Bri avait coordonné sa tenue à celle du prince qu'elle faisait semblant de servir.

La sorcière rouge attira l'attention de la guerrière, puis posa un regard appuyé sur sa robe. Celle-ci haussa les épaules.

— C'est la couleur à la mode ici, je n'y suis pour rien.

— Et tu espères que je vais te croire, rétorqua-t-elle.

À chacun de ses pas, l'anneau doré de Hale s'entrechoquait avec la plaque en pierre sur son collier.

— Carys, Talhan et toi portez des couleurs différentes, souligna Remy.

— Il n'y avait rien de ta taille dans ces modèles, lui répliqua Bri avec un sourire satisfait.

Ils poursuivirent leur tour de l'immense centre commercial en plein air. Au-delà de son enceinte, on apercevait des coupoles blanches coiffées de tuiles. Et, plus loin, un gigantesque dôme doré, telle une couronne coiffant l'horizon. Un fanion vert forêt flottait à son sommet. Dessus se trouvait le blason de la cour du Sud : un arbre doré en fleurs. Il devait s'agir du château de Saxbridge.

Remy se sentit de nouveau l'objet de plusieurs regards. Ils se montraient insistants, la détaillaient de la tête aux pieds. Ils remarquaient en ricanant ses oreilles rondes et son collier de sorcière. Elle serra les dents et baissa la tête en voûtant un peu les épaules, pour retrouver la posture qu'elle avait adoptée tout au long de son existence.

Alors qu'elle risquait d'être engloutie par ce tourbillon de pensées sombres, Carys lui effleura le coude.

— Relève le menton, lui conseilla-t-elle avec un sourire.

La jeune femme se redressa de toute sa hauteur avant de regarder la guerrière. Contrairement à son habitude, elle n'avait pas tressé sa chevelure blond platine mais la laissait flotter librement dans son dos. Elle impressionnait par son élégance, on aurait dit une princesse. Elle aurait été parfaite au bras de Hale et le ventre de Remy se serra à cette pensée. Il fallait qu'elle cesse de réfléchir ainsi. La fae lui avait bien dit qu'il n'y avait rien de tel entre eux. Elle devait effacer de son esprit l'histoire qu'elle avait inventée à leur sujet. Carys avait toujours été bonne avec elle. Et pourtant... la guerrière était si belle qu'elle n'arrivait pas à ne pas les imaginer ensemble dans un lit – ce qui lui donnait envie de planter son poing dans une des colonnes de marbre.

Ils approchèrent d'un pavillon qui contenait des tables blanches et des chaises. Des arômes plaisants de café, de gingembre, de curcuma et de clous de girofle leur parvinrent, et l'estomac de Remy grogna. Elle avait entendu dire que la nourriture dans ce royaume surpassait celle de tous les autres.

Au moment d'atteindre le café, ils remarquèrent la présence d'un balcon sur le côté. Plusieurs tables vides entouraient une personne assise seule. Elle était penchée sur un livre. Derrière elle s'étendaient de magnifiques jardins parfaitement entretenus. Un long bassin rectangulaire aux eaux cristallines séparait la végétation en deux. Une mince allée de gravier blanc en faisait tout le tour. Des petits groupes de flâneurs s'y trouvaient pour admirer le parc.

— Neelo ! s'exclama Hale.

L'individu isolé qui lisait dans un coin releva la tête.

— Merci d'avoir accepté ce déjeuner.

Le prince tendit la main pour serrer celle de Neelo, qui glissa à contrecœur un marque-page dans son ouvrage avant de le poser sur la table.

Remy prit le temps d'observer ce rat de bibliothèque. Iel ne ressemblait à rien de ce qu'elle s'était imaginé.

Son Altesse de Saxbridge avait des pommettes marquées, d'épais cils et un menton rond. Comme la plupart des gens originaires de la cour du Sud, iel possédait une peau foncée d'un brun tirant sur le rouge. Ses fines oreilles de fae pointaient à travers une épaisse chevelure noire et raide, nouée en chignon dans sa nuque.

Neelo Emberspear, Son Altesse du Sud. Assis, iel semblait avoir une petite silhouette voûtée, en dépit de sa musculature puissante et de sa corpulence. Sa beauté était des plus inhabituelles, mélange androgyne de grâce typique des faes et de force.

Iel observa Remy de ses yeux bruns mi-clos, tandis que les autres prenaient place autour de la table. Hale se chargea des présentations.

— Voici ma sorcière rouge, Remy.

Neelo lui adressa un bref coup d'œil sombre et lâcha un « c'est un plaisir », avant de reporter son attention sur les jardins. Iel portait une veste large, à manches longues, dont la couleur, noire, tranchait avec celles, plus claires, qui avaient la faveur de tous ici. Le vêtement était retenu à la taille par une épaisse corde dorée fermée par un nœud sophistiqué. Cette ceinture, purement décorative, était là pour marquer la richesse du royaume. La tenue était complétée par des chausses charbon, simples et droites, qui épousaient les contours de jambes puissantes, musclées. Des habits beaucoup trop couvrants pour le climat étouffant de la cour du Sud, mais pas une seule goutte de sueur ne coulait sur son visage. Iel devait avoir l'habitude et ne plus souffrir des températures.

Remy s'assit entre Hale et Carys, qui admiraient eux aussi le parc. Les jardins botaniques qui se trouvaient à leurs pieds étaient entretenus par des sorcières vertes. Pas une seule mauvaise herbe n'y poussait. Les meilleurs jardiniers d'Okrith savaient disposer la moindre fleur, le moindre arbuste pour créer un tableau vivant. Des perroquets d'un vert éclatant s'envolaient d'immenses palmiers, en poussant un étrange cri mélodieux que la jeune femme n'avait encore jamais entendu. Ce royaume était enchanteur. Elle sentit le regard du prince sur elle pendant qu'elle se délectait de toute cette beauté, mais elle se refusait toujours à le croiser.

— Où t'es-tu dégoté une sorcière rouge ? lui demanda Neelo sans se détourner du bassin.

— Dans la cour de l'Ouest.

À l'entendre aussi vantard, on aurait pu croire que Remy était un trésor sur lequel il était tombé par hasard.

— Et y en a-t-il d'autres, dans ce royaume, qui se cherchent un maître ?

Les yeux bruns de Neelo glissèrent sur la jeune femme.

— Pas à ma connaissance, répliqua-t-elle.

Iel pinça les lèvres. Remy ne savait pas comment s'adresser à Son Altesse de Saxbridge, qui ne l'accueillait pas avec beaucoup de chaleur.

Les faes qu'elle avait rencontrés jusqu'à présent étaient soit des hommes soit des femmes. Bien sûr, ils ne l'étaient pas au même sens que les sorciers et les humains – ils constituaient une espèce à part entière, différente. Son Altesse n'était d'aucun genre, et Remy se sentait sur la défensive, craignant de se montrer offensante.

Tous les autres semblaient parfaitement à l'aise, eux. Une vague de honte monta en elle à l'idée qu'elle n'avait jamais réfléchi aux personnes non genrées. Elle n'en avait jamais rencontré, à moins que... Elle grimaça intérieurement. Peut-être que ça avait été le cas et qu'elle ne s'en était même pas rendu compte.

— Merci de te joindre à nous, reprit Hale. Tu sais combien j'adore la nourriture ici.

Il leva la main pour attirer l'attention d'un serveur et mima le geste pour boire. Celui-ci saisit aussitôt le message et se précipita.

— J'ai l'obligation de faire plusieurs sorties cette semaine, répondit Neelo en suivant du doigt la dorure représentant un serpent sur la couverture de son livre. Ma mère sera enchantée.

— Elle te force toujours à te montrer en ville alors ? demanda Hale en gloussant.

— C'est encore pire maintenant que je suis en âge de me marier.

Neelo serra la mâchoire en signe d'agacement. Iel devait donc avoir au moins dix-huit ans, et pourtant Remy lui trouvait l'air à la fois plus âgé et plus jeune.

Dans la relation entre la reine de la cour du Sud et son enfant, le rapport était inversé. Elle était une jouisseuse invétérée, alors que son enfant, qui avait la tête bien sur les épaules, avait une préférence pour la réserve. Remy avait entendu tellement d'histoires folles sur la souveraine. Ça ne devait pas être facile d'avoir pour mère une femme aussi libérée sexuellement qui se vantait des fêtes et des orgies auxquelles elle participait autour de la table du dîner. Quelles attentes ce comportement faisait-il peser sur les épaules d'un enfant introverti ?

— Comment ta mère cherche-t-elle à te dévergonder ces mois-ci ? lui demanda Hale, d'un ton d'indifférence.

Ses compagnons tendirent néanmoins tous l'oreille.

— Pfff, tout est un jeu pour elle. Elle a organisé des duels, dont les vainqueurs obtiendront de faire une promenade avec moi dans les jardins, un tournoi de tir à l'arc auquel je dois assister, ah, et aussi une partie de cartes demain soir.

Iel se renfrogna.

— Mère est depuis longtemps en possession d'une bague provenant de la Haute Montagne.

— L'anneau du Shil-de ? lança Hale, d'un ton détaché.

Neelo lui jeta un regard avant de répondre :

— Oui.

— Et pourquoi la reine Emberspear ne le porte-t-elle pas ?

Tous les regards se tournèrent vers Remy, qui regretta aussitôt sa question ; leur objectif n'était pas de convaincre la reine du Sud de garder l'anneau.

— Parce qu'elle ne s'amuserait pas autant si elle savait qu'elle ne risque rien lors d'une danse de feu ou d'un concours de poison, rétorqua Carys d'un air faussement agacé.

— Tu m'avais manqué ! lui dit Neelo avec un rire maussade.

La fae lui décocha un clin d'œil. Alors ils se connaissaient bien eux aussi. La guerrière ne ressemblait pas aux courtisans de ce royaume et pourtant, maintenant que Remy y songeait, elle avait des inflexions du Sud lorsqu'elle parlait ; le dernier mot de chaque phrase semblait accentué.

— Alors elle préfère perdre un talisman inestimable pour s'amuser ?

L'incompréhension plissa le front de Remy. Elle devint de nouveau le point de mire. Il fallait vraiment qu'elle apprenne à se taire. Ils n'avaient qu'un objectif : récupérer cet anneau.

— Plutôt que de le léguer à son unique enfant tu veux dire ?

La voix de Neelo était empreinte d'ironie mordante. Iel poursuivit :

— Oui. La reine ne pense ni à l'avenir ni à celui ou celle qui pourrait entrer en possession de l'anneau s'il quitte notre royaume.

Iel se tourna alors vers Hale.

— Je sais que tu n'es pas doué aux cartes, mais tu es le bienvenu.

Oui ! Une invitation, enfin...

— Je suis toujours partant pour m'amuser, tu me connais.

Le prince lui décocha un de ses sourires enjôleurs, sans réussir pourtant à chasser l'expression sombre de Neelo. Remy savourait ce qu'elle voyait. Son charme n'opérait donc pas sur tout le monde. Pour une fois...

— C'est à vingt et une heures, au salon de Crownwood, à Ruttmore. Viens si ça te chante.

L'allée du parc passait juste en dessous du balcon, et des promeneurs s'attardaient pour les observer. Les héritiers de deux royaumes étaient bien plus fascinants que les jardins. Neelo considéra les badauds avec un visage fermé, de marbre, mais leur adressa un signe de tête. Les faes rougirent et firent aussitôt la révérence à Son Altesse. Un bon résumé de la vie à la cour, avec son lot de courbettes et de curieux prêts à toutes les minauderies.

Un serveur approcha alors de leur table avec un plateau chargé de tasses en céramique peintes. Il en posa une minuscule devant Remy. Elle observa l'épais liquide noir et fumant à l'intérieur. Il avait une odeur de noisette et d'épices, qui ne ressemblait à rien de ce qu'elle connaissait déjà. Ses compagnons de tablée avaient déjà tous commencé à déguster le breuvage. Aucun d'eux n'ajouta ni crème ni sucre, contrairement à leur thé, remarqua-t-elle. Quel était donc cet étrange élixir appelé « café » ?

Elle avala la plus petite des gorgées. Ses sourcils firent aussitôt un bond sur son front. De puissants arômes inattendus explosèrent sur sa langue avant de dévaler dans sa gorge. Bri rit en la voyant boire à nouveau. Remy regretta de ne pas pouvoir ajouter de la crème et du sucre pour masquer l'amertume. Une chaleur plaisante se diffusait malgré tout dans son corps, accompagnée d'une subite poussée d'énergie, pareille à un courant électrique. Elle avala une autre gorgée, aux saveurs plus plaisantes cette fois.

Un autre serveur vint déposer une immense planche aussi longue que leur table. Différents pains et crackers étaient disposés tout autour d'une variété de bols en cuivre martelé.

Talhan indiqua à la sorcière celui qui contenait une sauce rouge au centre.

— Méfie-toi de celui-ci, lui dit-il avec un clin d'œil.

Les Deux Aigles se jetèrent sans attendre sur la nourriture, plongeant des crackers ronds dans le bol contenant un mélange de pommes de terre et de haricots.

Remy, elle, choisit un triangle de pain de mie bien moelleux, avec lequel elle préleva un peu d'une mixture épaisse et chaude. Elle mordit dedans avec précaution. Une explosion épicée de gingembre, cumin et piment se produisit sur son palais. Elle dut ravaler les gémissements de plaisir qui lui venaient. Un régal ! Les sorciers verts n'avaient peut-être l'air de rien, mais leur magie était aussi puissante que celle des autres. Elle avait l'impression de flotter à l'extérieur de son corps : les saveurs qui dansaient sur sa langue la propulsaient vers les nuages bien plus sûrement que n'importe quel alcool.

— C'est bon, hein ? lui lança Talhan, la bouche pleine.

Pour toute réponse, Remy tendit la main vers un cracker avec un fredonnement joyeux.

*

Ils restèrent ainsi plusieurs heures, à manger et à déguster du café dans la splendeur ensoleillée de la cour du Sud. Le temps d'être remarqués par tous les faes bien nés de la capitale. Lorsqu'on vint déposer devant eux une assiette de petits gâteaux saupoudrés de sucre glace, le soleil commençait à disparaître derrière les palmiers au fond du parc. Le ciel se teintait de rose et d'orange, comme si l'astre avait décidé d'ajouter davantage de couleurs au royaume.

Un quatuor à cordes s'était installé sur la pelouse près du café, pour divertir les promeneurs de fin de journée. La musique se mêlait à la délicieuse nourriture et à la douceur ambiante. Les mélodies emportèrent un peu plus Remy dès que le café fut remplacé par de l'hydromel. Elle avait l'impression que son corps entier vibrait, que chacun de ses sens se déployait au maximum de ses capacités. Elle n'oublierait jamais ce moment.

Carys lui prit la main pour la forcer à se lever.

— Viens, lui dit-elle, son regard myosotis pétillant. Allons danser.

— Je ne sais pas danser, protesta-t-elle.

La guerrière se contenta d'affermir sa prise autour de sa main.

— Je vais te montrer, c'est facile.

Elle se balançait déjà en rythme, grisée par l'alcool.

Les deux jeunes femmes descendirent la volée de marches en marbre menant du café à la pelouse, au-delà de l'allée de gravier blanc. Quelques autres faes s'étaient déjà réunis devant le quatuor et dansaient en couple. Carys glissa une main dans le dos de sa cavalière, puis l'attira contre elle. Elle avait les joues roses. La magie de ce royaume agissait sur elle.

— Suis-moi, lui souffla-t-elle en gloussant. Mets ta main sur mon épaule.

La sorcière rouge s'exécuta. Carys lui prit l'autre main et exécuta un pas de base, en carré.

— Je croyais que tu ne savais pas danser !

— Je ne sais pas vraiment, rétorqua Remy, même si elle suivait le rythme lent sans difficulté. J'ai appris quelques rudiments quand j'étais toute petite. Mon corps a dû en garder des souvenirs.

Certains couples de danseurs se rapprochèrent pour les observer. La fae les gratifia d'un sourire naturel teinté d'un soupçon de condescendance.

— Tu les connais ? lui chuchota la jeune femme.

— Certains, oui.

Elle fit tournoyer sa cavalière, l'entraînant à l'écart des curieux, puis la fit basculer à la renverse en riant.

— Ça leur donnera matière à jaser ! ajouta-t-elle avant de la relever.

— Tu as vécu ici ?

— J'y ai grandi. Mes parents étaient originaires du Nord, mais ils ont tous deux passé leur enfance ici, eux aussi... C'est une longue histoire.

Remy fit la moue. Cette histoire n'avait sans doute rien de long, simplement Carys n'avait aucune envie de la raconter. La musique ralentit, et la fae fit tournoyer la sorcière une dernière fois. Elles s'inclinèrent ensuite l'une vers l'autre.

Des applaudissements polis résonnèrent, autour et au-dessus d'elles. Bri, Talhan et Hale s'étaient eux aussi accoudés à la balustrade pour les observer. Les dents blanches et brillantes du prince étaient découvertes par un sourire, pourtant la sorcière rouge voyait bien qu'il la considérait avec une acuité qui n'avait rien de tendre.

Les musiciens entamèrent un air plus rapide, et Carys entraîna Remy loin de ce regard fébrile. Elle la fit tourner en larges cercles au point que celle-ci en eut le tournis. Ses pieds trébuchèrent à quelques reprises, tant la cadence sautillante était alerte. Elle réussit malgré tout à suivre la fae, ce qui ne l'empêcha pas de pousser un soupir de soulagement en entendant les dernières notes du morceau. Le souffle court, elle s'inclina de nouveau devant sa cavalière. Une nouvelle salve d'applaudissements retentit. Elle sentait toujours les yeux de Hale sur elle, mais elle n'osait pas se tourner vers lui.

La voix de Talhan retentit au début de la danse suivante :

— Je pars faire un peu de shopping. À plus tard.

Il accompagna sa sortie d'un clin d'œil à leur intention. Elles savaient très bien ce qu'il devait acheter : un objet utile à la partie du lendemain soir. Il proposa à Neelo de se joindre à lui. Iel avait repris son livre et n'en sortit pas le nez pour répondre :

— Je suis au regret de devoir refuser.

Talhan s'éloigna en haussant les épaules.

— Assez dansé pour aujourd'hui, lança alors Bri.

Prenant appui sur un de ses coudes, elle fit basculer l'ensemble de son poids par-dessus la balustrade, sans le moindre effort, puis atterrit juste devant les deux jeunes femmes.

— Il est temps de s'entraîner.

— Quoi, ici ? Maintenant ?

Remy eut un mouvement de recul en voyant Briata lui tendre une dague et dégainer son épée. Il y avait près d'une semaine qu'elle ne l'avait ni vue ni affrontée. Et les exercices avec Carys, qui avait pris le relais, étaient bien moins éreintants.

— Oui, ici, maintenant, confirma la guerrière avec un sourire narquois.

L'éclat de ses yeux dorés était accentué par une consommation excessive d'hydromel.

— Il est temps d'éliminer tout ce café.

— J'ai été trop gourmande, gémit Remy.

Sa robe ajustée lui cisaillait la taille. Elle aurait dû arrêter de manger quand elle avait commencé à se sentir à l'étroit, mais elle se régalait trop pour cela.

Bri se pencha vers elle et lui dit tout bas.

— Nous sommes là pour nous faire remarquer. Imagine un peu, tout le monde va parler des fripouilles qui entourent le prince de l'Est et qui se battent dans les jardins.

La fae ne laissa pas à son élève le temps de répondre et lança une première attaque, que celle-ci bloqua avec le poignard dans sa main. Les gens alentour retinrent leur souffle et les couples de danseurs s'écartèrent.

L'Aigle bouscula Remy d'un geste taquin, avant de s'éloigner en courant sur l'allée. La sorcière rouge lui emboîta le pas en riant. Carys dégaina sa propre épée et les suivit. Bri se percha d'un bond sur le rebord du bassin et Remy visa ses jambes. La fae esquiva facilement le poignard et répliqua. Carys entra dans la danse, et les trois femmes se succédèrent pour échanger attaques et parades. C'était très différent d'un véritable entraînement. Briata retenait ses coups et les mouvements de Carys étaient deux fois moins rapides que de coutume. Il s'agissait juste d'épater la galerie. Remy ne parvenait pas à contenir les éclats de rire qui lui échappaient. Elle redevenait la petite fille qui pourchassait Fenrin avec un bâton.

Carys sauta à son tour sur la margelle du bassin pour affronter Bri. Elles se livrèrent à un duel, se maintenant en équilibre précaire sur le rebord étroit. Une pensée traversa alors l'esprit de Remy, et elle ne parvint pas à la chasser. Une petite voix en elle l'encourageait à aller au bout de son envie. Elle convoqua sa magie rouge pour attaquer les deux faes, qui tombèrent dans le bassin. Carys fit de grands moulinets des bras pour revenir à la surface. Elle riait si fort qu'elle ne produisait pas le moindre son. Elle mouilla à nouveau sa tête, pour plaquer ses cheveux en arrière. Bri s'écria dans un sourire :

— Sale petite sorcière ! Ça t'amuse ?

Puis elle attira Remy dans l'eau. La fraîcheur du bassin lui fit un bien fou dans cette chaleur suffocante. Elle écarta les mèches de cheveux collés sur son visage. Son corps était agité de soubresauts tant elle riait.

Elles restèrent toutes trois un moment, assises sur le carrelage lisse du bassin, de l'eau jusqu'aux épaules. Une foule de curieux s'était assemblée autour. Bri les foudroya de son regard doré, et ils se dispersèrent.

— Ah, on s'est bien amusées, conclut Carys en balayant l'eau d'un geste ample de ses bras.

Remy avait mal aux joues à force de sourire et aussi mal au ventre que si elle venait d'enchaîner une centaine d'abdominaux. Elle avait utilisé sa magie. En public. Et personne ne s'était enfui en hurlant.

Elle entendit le gravier crisser et découvrit Hale qui les toisait, bras croisés.

— Mesdames, dit-il alors qu'une fossette se creusait dans sa joue, vous nous avez offert un sacré spectacle.

— Vous voulez vous joindre à nous ? le provoqua Carys en lui envoyant un peu d'eau.

— Je suggère plutôt **de** faire une petite promenade dans le parc. Vous pourrez sécher un peu avant que nous appelions une voiture pour rentrer à Ruttmore.

Pendant que le prince parlait, Remy gardait les yeux rivés sur les tourbillons d'eau.

— Je n'ai pas envie de gaspiller une bourse d'or parce que vous aurez abîmé des sièges, ajouta-t-il.

Bri ricana mais se leva malgré tout. Ses deux compagnes l'imitèrent. Hale offrit sa main à Remy pour l'aider à enjamber le rebord et elle l'accepta, à contrecœur. Une fois hors de l'eau, lorsqu'elle voulut la lâcher, il lui murmura :

— Marche un peu avec moi.

Elle ignorait s'il s'agissait d'une invitation ou d'un ordre. Il libéra sa main pour lui offrir son coude. Elle sentit les regards des gens sur elle. Elle ne pouvait pas refuser. Elle se laissa conduire sur la longue allée, et sa robe qui dégouttait d'eau dessina une traînée humide dans son sillage.

Chapitre 11

S'ils avaient été dans l'Ouest, Remy aurait grelotté de froid. Sa robe mouillée épousait chacune de ses formes. Au moindre souffle de vent, elle aurait claqué des dents.

Mais ici, dans la cour du Sud...

La brise chaude, qui s'enroulait autour de ses jambes, lui apportait les parfums des fleurs qui s'épanouissaient à la tombée de la nuit. Et elle sentait la chaleur qui irradiait du prince de l'Est.

Le tissu de la robe, léger, séchait rapidement. Remy se félicita néanmoins de voir le ciel s'assombrir : elle craignait que sa tenue soit devenue transparente à cause de l'eau.

Ils cheminaient dans un silence tendu depuis plusieurs pas. Remy faisait semblant de s'intéresser aux plantes tropicales autour d'eux, mais elle était parfaitement consciente de la paire d'yeux rivés sur son dos. Ils s'engagèrent sur un sentier plus étroit, qui serpentait entre de grands buissons aux feuilles luisantes et aux fleurs bordeaux. Il y faisait encore plus sombre ; les arbres, dont le feuillage formait une voûte, bloquaient les derniers rayons du soleil couchant. Des lanternes éclairaient le chemin à intervalles réguliers. Remy se demanda si quelqu'un les avait précédés pour les allumer. Combien de minuscules bougies étaient consumées chaque nuit ? Les faes ne se posaient sans doute jamais ce genre de question.

Les perroquets perchés dans les palmiers s'étaient tus à présent – ils se préparaient pour la nuit. Dans le silence résonnait la respiration lente et régulière de Hale. Et Remy entendait son propre pouls battre dans ses oreilles. Elle avait une conscience aiguë du fait que personne ne pouvait plus les voir. Ils étaient à l'abri de tous les regards.

— Tu m'évites, finit-il par lâcher dans la pénombre.

La jeune femme avait cru que la tension retomberait une fois que l'un d'eux aurait parlé, mais maintenant elle regrettait leur silence gêné.

— Vous êtes ridicule. Je suis là, pendue à votre bras...

Pour se donner une contenance, elle scruta ostensiblement le massif à feuilles jaunes éclairé par un lampion.

— Tu ne m'as pas regardé dans les yeux une seule fois depuis la pleine lune.

Cette fameuse nuit...

La nuit suivant l'attaque des quatre chasseurs de sorciers... Ces dernières semaines de formation avec Bri et Carys l'avaient aidée à apaiser une partie de ses angoisses, car même si elle n'avait aucune intention d'affronter de sitôt des faes, elle savait au moins tenir une arme correctement à présent. Remy devinait cependant que Hale ne faisait pas allusion à cet instant, mais à ce qui s'était produit après, sur ce sentier contournant la baie de Silver Sands et dans cette cabane, après que la pleine lune lui avait rappelé, dans un murmure, les paroles de sa mère. Quelque chose avait changé entre eux. Plus elle cherchait à saisir quoi, moins elle y parvenait. Elle ignorait la nature exacte de ce sentiment, et cela l'effrayait de savoir qu'il l'éprouvait aussi.

— Est-ce qu'on ne devrait pas retourner avec les autres ? suggéra-t-elle en retirant son bras.

Elle faisait très exactement ce dont il venait de l'accuser : elle l'esquivait. Eh bien, tant pis ! Elle n'eut pas le temps de s'éloigner de plus d'un pas que, déjà, il la retenait par la main.

— Remy.

Il mit tant de gravité dans ses intonations qu'elle sentit comme un poids sur sa poitrine.

— Regarde-moi.

Elle céda et leva ses yeux vers ceux, gris fumée, du prince. Elle fut aussitôt tiraillée par toutes sortes d'émotions. Ce qu'elle éprouvait était à la fois inédit, excitant, terrifiant... mais aussi familier et réconfortant. Son souffle s'emballa. Par combien de sentiments opposés pouvait-elle être traversée simultanément ? Quelqu'un d'autre avait-il déjà ressenti cette impression de tomber en chute libre en se plongeant dans un simple regard ?

Pas dans n'importe quel regard. Celui d'une personne en particulier.

La jeune femme ne savait pas comment se comporter. Elle ignorait ce qu'il voyait exactement. Ce qu'il ressentait lorsqu'il croisait ses yeux marron à elle, s'il avait l'impression de s'abîmer dans les reflets verts qui s'y trouvaient. Remy s'efforçait de conserver une expression neutre, en dépit du trouble qui l'habitait.

Les fossettes de Hale se dessinèrent sur ses joues, pourtant son ton était grave lorsqu'il dit simplement :

— Bonsoir...

Comment se faisait-il qu'elle ressente les syllabes de ce petit mot résonner dans son corps tout entier ? L'effet que cette voix avait sur elle...

— Bonsoir, répondit-elle, le souffle court.

C'était forcément l'effet du Sud et de l'hydromel. La nourriture et les boissons, les odeurs enivrantes, l'air suffocant : elle n'avait plus toute sa tête. Elle avait dansé au crépuscule, elle s'était battue dans un bassin, et maintenant elle désirait embrasser un prince dans un coin reculé de ce parc. Mais elle n'y était pour rien, se rassura-t-elle, c'était la magie du Sud qui œuvrait.

Hale observa leurs deux mains, toujours liées.

— Je te demande pardon, chuchota-t-il. Pour cette nuit-là et ce que j'ai dit. Il n'y a pas un jour où je n'ai pas voulu m'excuser depuis, mais tu étais si distante.

— Je...

Remy avait du mal à trouver les mots.

— J'ai vraiment eu peur ce jour-là, reprit-il. Bien plus que je ne l'ai admis. Je me sentais responsable... je me sens responsable de ta sécurité.

— Je comprends.

Elle libéra enfin son souffle. Il se sentait coupable à cause de l'attaque. Voilà tout ce qu'il tenait à lui dire.

— Je t'ai entraînée dans cette histoire. Je t'ai demandé de nous accompagner, ce qui t'a exposée au danger. Or j'avais promis de te protéger.

— Vous l'avez fait. Vous m'avez protégée.

Hale secoua la tête d'un air incrédule.

— Et Bri et Carys m'apprennent à me défendre toute seule.

— Tu te dévalorises. Tu étais déjà courageuse, déjà forte avant de te former avec elles. Tu as repoussé ces chasseurs. S'ils n'avaient été que trois, tu aurais eu le dessus.

Elle remarqua qu'il employait des périphrases. Il ne voulait pas utiliser le verbe « tuer ». Or c'était bien ce qui s'était passé. Remy avait tué un de leurs assaillants, et Hale, les autres. Cette mort continuait à la tourmenter. Ses entraînements avec Briata n'avaient pas amoindri ce sentiment ; elles lui avaient simplement appris qu'il était naturel. Tous les guerriers étaient accompagnés des fantômes de ceux à qui ils avaient pris la vie. Bri l'aidait à accepter l'idée que c'était une bonne chose de se sentir forte, et qu'elle tuerait de nouveau si elle n'en avait pas le choix.

— Vous feriez mieux de vous méfier, dit-elle d'un ton léger pour détendre l'atmosphère. Je n'aurai plus besoin d'autant de protection quand j'aurai terminé ma formation avec elles.

Il lui décocha un sourire en coin.

— Je n'en doute pas. Elles comptent parmi les guerrières les plus habiles que je connaisse, même si...

Il dirigea son regard vers les arbres derrière elle.

— ... je n'oublierai pas de sitôt le plongeon que tu leur as fait faire dans le bassin.

Remy rosit de la tête aux pieds. Elle avait dû recourir à sa magie pour accomplir cet exploit. Les boucles de ses cheveux, à présent presque secs, étaient plus serrées. Quelques anglaises parfaites encadraient son visage.

— Alors... tu acceptes mes excuses ? lui demanda Hale.

— Vous n'avez aucune excuse à me...

Il ouvrit la bouche pour protester, et elle poursuivit :

— Vous m'avez sauvée ce jour-là et si un incident du même genre venait à se reproduire, ce que je n'espère pas, je vous autorise à me sauver de nouveau.

Elle ponctua sa phrase d'un éclat de rire qu'elle voulait léger, mais qui manquait de naturel.

— Je suis certaine que vous veillez toujours de très près sur les atouts dans votre jeu.

Hale eut un petit mouvement de recul. Il pinça la bouche et plissa le front en soupirant.

— Je n'aurais pas dû dire ça, s'excusa-t-elle.

Il jouait avec le fil rouge noué autour de son poignet.

— Oui, reprit-il, je suis heureux que nous ayons trouvé une sorcière de ton Ordre pour nous épauler. Nous n'aurions aucune chance de mettre la main sur ces talismans sans ton aide, mais... ta vie a plus de valeur que cela à mes yeux.

Remy tourna et retourna ces paroles dans son esprit afin de les décortiquer. Sa vie avait plus de valeur... que quoi ? Voulait-il dire qu'elle n'était pas seulement un outil dans leur quête des talismans de la Haute Montagne ? Quelle valeur avait-elle alors ?

Elle l'ignorait. *Ah*, pesta-t-elle intérieurement, *ces maudits faes et leurs déclarations voilées...*

Elle le dévisagea. Les cheveux de Hale lui tombaient sur le front et elle dut se retenir de les écarter. Elle se mordilla la lèvre, bien consciente de se chercher une excuse pour le toucher. Se faire passer pour une sorcière sur laquelle il avait tous les droits était loin de lui déplaire au fond. Mais où s'arrêtait la comédie ? Remy se sentait comme prise dans une toile d'araignée et elle ignorait comment se libérer de cet entrelacs de vérité et de faux-semblants.

Remy était lasse de ces pensées qui tournaient en boucle. Elle voulait s'abandonner à la musique enivrante et aux parfums entêtants sans avoir à réfléchir. Elle en avait assez de ces désirs jamais accomplis. Elle finit par écarter les cheveux sur le front du prince. Ils étaient aussi soyeux qu'elle l'avait imaginé. Son odeur de brise marine se mêlait aux effluves de jasmin et d'onagre.

— Votre vie aussi a plus de valeur à mes yeux, Hale, dit-elle d'une voix plus éraillée qu'elle ne l'aurait voulu.

Les pupilles du prince se dilatèrent. C'était la première fois qu'elle l'appelait par son prénom. L'expression qui se peignit alors sur son visage provoqua un frisson en elle. Elle voulut retirer sa main mais il la retint et la plaqua contre sa joue dorée.

Remy retint son souffle. Les yeux du fae glissèrent vers ses lèvres pulpeuses. Il dénoua leurs mains enlacées et remonta lentement le bout de ses doigts le long du bras de la jeune sorcière. De petites décharges électriques firent écho à ce contact. Il lui caressa ensuite l'épaule, puis le cou. Son pouce lui effleura la tempe, juste devant l'oreille, tandis que le reste de ses doigts épousaient la courbe de sa nuque.

Elle n'était plus certaine de respirer encore. Il n'eut qu'à exercer une pression presque imperceptible avec ses doigts pour qu'elle s'abandonne contre lui. L'odeur de l'hydromel parfumait l'haleine du prince, elle se sentait prête à...

— Hale !

Le cri de Bri traversa les arbres.

— On va au bar. Tu nous accompagnes ?

Il poussa un grognement, et lâcha la jeune femme.

— Hale ? ajouta Carys d'une voix chantante. Allez, viens ! On va boire encore un peu de vin.

Remy rit tout bas.

— On ferait mieux de les rejoindre, murmura-t-elle.

Il baissa la tête, résigné. Lorsqu'il se redressa, il avait retrouvé son masque impénétrable de prince charmant. Il lui offrit son bras, qu'elle accepta, et ils regagnèrent tous deux l'allée principale du parc. Remy percevait encore des picotements sur tout son corps, provoqués par cette seule petite caresse. Des centaines de lanternes éclairaient le chemin, leurs lueurs vacillantes dansaient sur la surface lisse du bassin.

Les deux guerrières étaient assises sur le rebord. Elles leur lancèrent des sourires espiègles et complices. Carys fit un clin d'œil à la sorcière, qui fronça les sourcils en réponse. La fae n'en sourit que plus largement. Que s'imaginaient-elles exactement ? Remy l'ignorait. Pour sa part, elle rejetait entièrement la faute sur l'atmosphère ensorcelante de ces lieux. Elle se remémora alors la mise en garde de Heather. Si la sorcière brune apprenait ce qui venait de se passer, la jeune femme aurait droit à un sacré sermon.

Elle soupira.

Elle était vraiment dans de beaux draps.

*

Le trajet du retour, à pied, leur avait pris l'essentiel de la nuit. Ils avaient fait de nombreux arrêts dans des tavernes bondées et des salles de concert, afin d'attirer le plus de regards possible.

C'était si étrange d'être ainsi au centre de l'attention. D'abord intimidée, Remy avait fini, au fil du temps, par apprécier de susciter autant d'intérêt. Elle retrouvait les mêmes impressions que lorsqu'ils faisaient de la luge, enfants, avec Fenrin : le tourbillon de la vitesse, la vision périphérique qui se brouillait, l'abandon total de soi. Elle ne s'était jamais sentie aussi vivante. Elle ne s'expliquait pas pourquoi cette nuit de festivités lui semblait aussi cruciale, mais leurs frasques lui inspiraient un étrange sentiment de fierté.

Les heures se succédèrent jusqu'à ce qu'il ne reste plus que des braises dans les cheminées. Ils retournèrent à leur auberge en titubant, alors que les premières lueurs de l'aube éclairaient le ciel. Le tumulte de la nuit continuait à résonner en écho dans le corps de la jeune femme quand elle pénétra avec Hale dans leur grande chambre paisible. Le silence y était tel qu'un sifflement strident retentit dans ses oreilles. Remy était envahie d'une fatigue joyeuse et satisfaite. Des marques rouges s'étaient formées sur le dessus de ses pieds ; gonflés à cause de l'alcool, ils avaient été irrités par les lanières de ses sandales argentées au cours de nombreuses heures de marche. Pourtant ça lui était bien égal. Cette douleur avait des accents de victoire, comme après une dure matinée d'entraînement avec Bri.

Hale retira ses bottes en cuir souple près de la porte et s'affala sans aucune grâce sur le canapé en velours bleu.

— Tu peux utiliser le cabinet de toilette en premier, si tu veux, lui dit-il en se cachant les yeux avec son avant-bras. Je crois que je pourrais m'endormir à la seconde si je le voulais.

Remy considéra tour à tour le prince et l'immense lit. Des femmes de chambre l'avaient ouvert et avaient accroché les voilages sur les poteaux qui l'entouraient. Quatre immenses oreillers blancs bien dodus étaient appuyés contre la tête en bois. C'était encore plus appétissant qu'un gâteau au chocolat.

— Vous ne dormez pas dans le lit ? s'étonna-t-elle.

— Non, répondit-il d'une voix déterminée et néanmoins pleine de sommeil. Ce canapé est suffisamment confortable.

— Mais ce lit...

Le regard de Remy était comme aimanté par celui-ci. Elle pressentait combien ce serait merveilleux de glisser son corps las entre des draps frais et d'abandonner sa tête sur des oreillers moelleux. Hale devait désirer la même chose, non ?

— Tu as peur de te sentir seule ?

Il souleva légèrement le bras pour lui lancer un coup d'œil.

— Non, je...

Il éclata de rire.

— Ne te gêne pas pour moi, Remy, gloussa-t-il. Je suis habitué à dormir dans des lits moelleux, tu sais.

Comment avait-elle pu être aussi bête ? Ça n'avait rien d'exceptionnel pour lui. L'espace d'un instant, elle avait oublié qu'il était un prince, et donc habitué à un grand confort matériel. Dans la forêt, il n'avait été que Hale. Et même pendant cette soirée dans la capitale, où il avait revêtu son masque princier, elle avait eu tendance à oublier qui il était et le poids de son titre. Remy ne devait pas, à son tour, s'oublier.

Elle sortit de l'armoire un panier de linge propre que Bri avait déposé à son attention, en bas. Il y avait trois chemises de nuit, des foulards en soie et assez de sous-vêtements pour une semaine. La sorcière n'en revenait pas que la fae ait fait autant de dépenses. Ça serait infernal de tout emballer et transporter lors de leur départ, le lendemain soir... Enfin, il était hors de question de se plaindre bien que sa camarade lui ait fourni une nouvelle garde-robe parfaitement indécente.

Elle choisit la chemise de nuit en satin noir à manches courtes qui lui arrivait sous le genou. Son tissu était plus léger, mais elle espérait que sa couleur noire, le rendrait plus opaque que les autres, blanches. Son regard croisa alors une robe de chambre dans le même tissu, suspendue à un crochet à l'intérieur de l'armoire. Dieux, l'Aigle avait vraiment pensé à tout !

Munie des deux vêtements ainsi que d'un foulard en satin noir et violet, elle se rendit dans le cabinet de toilette sur la pointe des pieds. Hale avait une respiration lente et profonde. S'il ne dormait pas encore, ça n'allait pas tarder.

Elle était trop fatiguée pour profiter de l'immense baignoire. Ce serait pour le lendemain. Elle se prépara rapidement : elle attacha ses cheveux, se lava le visage puis se brossa les dents. Au moment de nouer la ceinture de sa robe de chambre, elle observa rapidement son reflet dans le miroir et approuva ce qu'elle découvrait. Elle avait l'air... heureuse. Au souvenir de la soirée qui venait de s'écouler, elle échangea un sourire complice avec son double. Elles ne s'étaient jamais senties aussi vivantes, toutes les deux.

Remy retourna sans bruit dans la chambre, souffla toutes les bougies à l'exception de celle sur sa table de chevet. Dans la pénombre, elle retira sa robe de chambre et se coucha dans le gigantesque lit. Un soupir d'aise lui échappa. Le matelas était si douillet qu'elle avait l'impression de flotter, au milieu des oreillers aériens et de l'édredon en plumes. Elle éteignit la bougie sur sa table de chevet et se rallongea. C'était aussi agréable la seconde fois.

Un gloussement lui parvint. Elle ne devinait que les contours du prince dans le noir. Il avait retiré le bras de son visage, et même si elle ne voyait pas ses yeux, elle sentait qu'ils étaient rivés sur elle. Elle se demanda si ceux-ci avaient le pouvoir de transpercer l'obscurité.

— C'est si bon que ça alors ? plaisanta-t-il d'une voix rauque de fatigue.

— C'est...

Elle n'avait pas les mots pour décrire ce qu'elle ressentait. Bercée par la chaleur de l'immense lit, elle était gagnée par la torpeur. Elle était convaincue qu'ils allaient passer l'essentiel de la journée du lendemain à dormir, ne se réveillant que pour l'heure du dîner, avant de se rendre au cercle de jeu.

— Je me suis bien amusée ce soir, murmura-t-elle dans le noir.

— Oui, tu nous as livré un sacré spectacle.

Elle sourit en percevant une pointe d'humour dans le ton du prince. Elle avait joué une comédie folle et exaltante... mais ce n'était que cela, une comédie. Que n'aurait-elle pas donné pour mener véritablement cette existence-là ? Pour que les faes désirent réellement être ses amis... Pour que le prince éprouve le désir de l'embrasser dans un jardin au clair de lune...

— Oui, et je ne suis pas la seule.

Sa réponse lui servait de protection. *Nous avons tous joué la comédie. Ce n'était pas réel.*

Hale ne répondit rien. Qu'y avait-il d'autre à dire ? Ils s'étaient bien amusés... Ce n'était qu'une illusion, mais une illusion divertissante. Et il faudrait encore faire semblant le lendemain. Ils allaient chercher à récupérer l'anneau du Shil-de, ce qui les rapprocherait un peu de la fin de cette quête.

— Bonne nuit, Remy.

Entendre son prénom dans la bouche du prince continuait à lui donner des picotements du sommet du crâne à la pointe des orteils. Elle se demanda si ça changerait un jour.

— Bonne nuit, Hale.

Sentait-il, lui aussi, son pouls s'accélérer lorsqu'elle prononçait son prénom ?

Ce n'est qu'un jeu, se rappela-t-elle. Un jeu qui ne se terminerait pas bien. Pourtant, elle voulait continuait à y jouer, peu importait les conséquences, tant elle trouvait agréable de graviter dans son orbite. Il allait falloir qu'elle mûrisse un peu si elle voulait sortir vivante de ce périple.

Chapitre 12

Pendant que Remy se prélassait dans l'immense baignoire en marbre, Carys était venue chercher le prince.

— On se voit à la partie de cartes ! lui avait-il crié à travers la porte.

La fae avait alors fait une remarque, inaudible de la salle de bains, et Hale avait protesté :

— Tais-toi !

Il entretenait décidément une relation étrange avec ses soldats – tantôt ceux-ci semblaient être des armes fatales à son service, tantôt ils évoquaient davantage des frères et sœurs toujours en train de se chamailler. Remy n'avait jamais vu un tel lien entre des gens. Ça lui faisait regretter la famille qu'elle avait perdue.

La jeune femme prit son temps pour s'habiller. La longue robe écarlate était taillée dans un tissu léger et vaporeux qui bouillonnait à ses pieds. Elle eut un pincement au cœur au moment de l'arranger autour d'elle. Le corsage était pour ainsi dire inexistant. Il se composait de deux bretelles et d'un décolleté plongeant, se terminant juste au-dessus du nombril. Elle retint son souffle. Elle avait vu des déshabillés plus couvrants.

Au pied de l'armoire, Bri avait laissé une bourse remplie de bijoux ainsi qu'une trousse de maquillage à son intention. Remy choisit deux longues chaînes dorées. Elles étaient beaucoup plus belles que le fin collier en cuir autour de son cou, et elles rappelaient l'anneau du prince. Elle se félicita de pouvoir habiller un peu la peau de son décolleté. Elle mit aussi trois bagues, des joncs et des bijoux d'oreilles, tous dorés. Puis elle ajouta des pendants aux pierres rouges aussi scintillantes que des rubis. Une pensée lui traversa soudain l'esprit : ils étaient sans doute vrais. Le prince l'avait donc laissée seule dans cette chambre avec une fortune qui aurait suffi à nourrir un village entier... Une petite voix insistante lui souffla qu'elle pourrait s'enfuir avec. Elle la fit taire.

Elle en avait assez des auberges perdues en pleine campagne, de s'y terrer pour cacher ses pouvoirs, tout en vivant dans la peur. Hale lui avait offert sa protection. Une protection qui lui évitait de cacher celle qu'elle était. C'était si merveilleux d'avoir l'autorisation de vivre pleinement pour une fois... Remy se demanda si la fréquentation du prince avait des chances d'améliorer son existence.

Elle s'étudia dans le miroir en pied à côté de l'armoire et ne reconnut pas la femme qui lui retournait son regard. Elle ressemblait tellement à sa mère... Même si celle-ci n'aurait jamais porté une tenue aussi osée... Remy retrouvait en elle son allure naturellement régalienne. Comme si son élégance avait toujours été là, quelque part en elle, cachée dans son âme. Elle entendit la voix de sa mère, qui remontait de sa mémoire : « Ne laisse jamais personne te dire qui tu es, Remy, pas même moi. C'est à toi de décider de briller à ta façon. À toi et à personne d'autre. »

La jeune femme se rendit soudainement compte que le reflet dans le miroir avait les yeux embués de larmes. Elle renifla.

Ce n'est pas le moment, se réprimanda-t-elle.

Elle ouvrit la trousse à maquillage, poudra son nez rougi et mit un peu de couleur sur ses joues mouillées. Elle souligna ses yeux d'un trait de khôl, puis appliqua sur ses lèvres un rouge de la même teinte que sa robe. Il lui fallut plusieurs essais ; elle n'était pas très douée, même si les courtisanes avaient, parfois, pris le temps de lui montrer quelques rudiments de cet art pendant les moments d'accalmie. Heather lui avait toujours intimé de se débarbouiller juste après. Elle ne tenait pas à ce que sa protégée fasse mauvaise impression aux clients... et c'était précisément ce que Remy recherchait dans l'immédiat.

La jeune femme enfila les chaussures à talons hauts rangées dans l'armoire. Elle fit quelques pas aussi chancelants que ceux d'un veau à la sortie du ventre de sa mère avant de trouver l'équilibre. Elle avait déjà mal aux pieds. Elle ajusta son décolleté une dernière fois devant le miroir, terrifiée à l'idée qu'une partie de sa poitrine puisse s'échapper du tissu léger. Après avoir poussé un soupir irrité, elle se résolut à faire avec. Elle prit sa nouvelle cape noire qui se fermait autour du cou et qui cachait presque entièrement son corps, à l'exception d'une minuscule tache rouge.

Les jumeaux l'attendaient dans le couloir, chacun adossé à un mur. Ils se redressèrent en la découvrant. Talhan arrondit la bouche et ne put s'empêcher de détailler le corps qu'il devinait sous le vêtement noir. Briata lui décocha une tape sévère sur l'épaule. Il détourna le regard en toussant.

— Tu es très belle, Remy, dit-elle avec un sourire approbateur. En route.

*

La partie avait lieu au dernier étage d'un club de Ruttmore. Au rez-de-chaussée se trouvaient plusieurs petits salons, dans lesquels de gros fauteuils en cuir trônaient. Deux tables de bridge étaient placées à chaque extrémité de celui dans lequel ils patientaient. Un lustre en cristal était suspendu au centre. La fumée des cigares montait en volutes dans l'atmosphère à l'éclairage tamisé. Seules quelques appliques ponctuaient les murs vert forêt.

C'était ici que les membres de la haute société se retrouvaient pour boire et pour jouer.

Talhan posa trois verres de bière sur la petite console autour de laquelle Briata et Remy étaient assises. Ils avaient choisi de s'installer dans un coin pour pouvoir observer les lieux, principalement occupés par des faes, parmi les plus grands et les plus grossiers que Remy ait jamais vus. Tous étaient armés jusqu'aux dents et vêtus pour le combat plus que pour le jeu. Elle repéra quelques colliers de sorciers dans la foule. Une sorcière croisa justement son regard et lui adressa un bref signe de tête, comme si elles étaient sœurs et qu'elle savait ce que cela faisait d'appartenir à quelqu'un de puissant.

— Qu'as-tu appris ?

Bri posa cette question à son frère tout en ajustant le poignard à sa taille. Les jumeaux semblaient eux aussi équipés pour le champ de bataille.

— Il y a cinq joueurs en plus de Son Altesse, même si Neelo ne compte pas participer, répondit Talhan avant d'avaler une longue gorgée de bière mousseuse.

Il avait dû interroger le serveur au bar. Après avoir adressé un coup d'œil à sa sœur, l'Aigle ajouta :

— Renwick est là.

— Maudit soit-il, lâcha Bri.

Remy s'était pétrifiée en entendant ce nom. Renwick Vostemur, fils unique du roi du Nord, Hennen Vostemur. Surnommé le Tueur de sorciers, tant il avait rapporté de têtes rouges à son père. Il avait la réputation d'être impitoyable et aussi fourbe que cruel. La sorcière pria pour qu'ils n'aient pas besoin d'elle finalement. Si Hale réussissait à remporter l'anneau rapidement, elle n'aurait pas à intervenir. D'autant qu'elle ignorait si elle était capable de regarder cet assassin dans les yeux. Et s'il menaçait de lui couper la tête une fois qu'il aurait découvert la nature de ses pouvoirs ? Sa gorge se noua.

Bri interrompit cette spirale de panique en lui touchant le bras.

— Hé, Remy, on ne le laissera pas te faire de mal. Tu es en sûreté avec nous.

La jeune femme se força à hocher la tête.

Talhan poussa un verre de bière vers elle.

— Bois, ordonna-t-il, comme s'il s'agissait d'un élixir magique susceptible de guérir tous ses problèmes.

Elle fronça le nez. Elle avait passé sa vie dans des tavernes qui empestaient la bière éventée. Au point qu'elle avait l'impression de porter cette puanteur sur elle. L'odeur continuait à lui soulever le ventre.

— Je ne bois pas de bière, refusa-t-elle en se renfrognant.

Il haussa les épaules avant de prendre le verre. Bri sortit une flasque et la tendit à Remy.

— Tiens. Pour te donner un peu de courage.

La sorcière accepta la petite bouteille. Le liquide lui brûla la gorge, et elle grimaça pour contenir un haut-le-cœur. Les poils de ses bras se hérissèrent.

— Qu'est-ce que c'est ? cracha-t-elle.

La fae lui lança un sourire sournois.

— De l'alcool de contrebande.

— C'est immonde, lâcha Remy en toussant pour chasser le goût sur sa langue.

— On finit par s'habituer, répliqua Bri avec un clin d'œil. Qui participe à la partie ? ajouta-t-elle en se tournant vers son frère.

— La princesse de l'Ouest, Abalina. Et sa cousine, Delta.

— Delta est ici ?

La voix grave de la fae monta d'une octave et elle écarquilla ses yeux dorés. Remy suivit l'échange entre les Deux Aigles.

— Du calme, Bri. On n'est pas ici pour le plaisir.

Elle roula les yeux.

— Je sais bien.

— Et c'est Bern qui occupe la cinquième place.

— Bern ? Pourquoi ce nom me dit quelque chose ? demanda Remy en observant le plafond.

Elle était certaine de l'avoir déjà entendu.

— C'est lui qui a parlé des sorciers à Hale, lui répondit la fae.

Mais bien sûr ! Ce fameux Bern était lié à la cour de la Haute Montagne, même si Hale n'avait jamais précisé dans quelle mesure.

— Je me souviens de son nom, poursuivit Bri en regardant son frère, mais j'oublie toujours à quoi il ressemble.

— Il a des cheveux argentés. Et une cicatrice.

Talhan passa son index dans son cou, pour préciser l'emplacement de la fameuse balafre.

— Oh, ce sale type prétentieux qu'on a croisé aux fêtes de cet été ?

— Lui-même, gloussa son jumeau.

— Et à quelle cour appartient-il ? demanda Bri avant d'avaler une longue gorgée d'alcool.

— Je ne sais pas très bien. Il a l'air d'avoir la bougeotte, mais à en juger par son tempérament, je dirais celle du Sud...

Il fut interrompu par un rugissement de joie. Quelqu'un avait dû remporter une grosse mise.

— Formidable... grommela Briata en se tournant vers Remy. C'est un fêtard inoffensif et il aime les hommes. Au moins, il ne risque pas de te faire des avances éhontées.

— Me voilà rassurée, répondit-elle d'une voix nouée.

Elle n'avait aucune envie de recevoir des avances de quiconque... Enfin, sauf d'une personne. Remy accepta de nouveau la flasque ; la gorgée d'alcool lui incendia la gorge.

— Du calme ! lui intima l'Aigle en la lui reprenant des mains. Si tu continues à ce rythme, tu seras incapable de te lever quand on t'appellera.

Talhan s'esclaffa avant de regarder avec envie la table de bridge autour de laquelle s'était réuni un groupe de faes.

— Non, le morigéna sa sœur sur le même ton que s'il était un chiot intenable. On n'est pas ici pour le plaisir, ajouta-t-elle plus bas.

— Attention, lança Talhan en rivant ses yeux sur la porte au fond de la pièce, devant laquelle Carys était postée.

Elle portait ses habituelles chausses en cuir et sa longue tresse, mais arborait un plastron métallique sur lequel le blason de la cour de l'Est était gravé. Elle était en représentation, ce soir. Elle pencha la tête d'un côté et Talhan ricana.

— Je vous parie que Hale a déjà presque perdu. À toi d'entrer en piste, Rem.

Le cœur battant, elle se leva. Elle oscilla un bref instant sur ses jambes, le mouvement ayant accéléré la circulation de l'alcool dans ses veines. Briata retint un rire. La jeune sorcière sentait son corps plus délié et réchauffé que de coutume. Quant à son cerveau, il était délicieusement embrumé. Au point que si elle continuait à éprouver de la peur, il y avait un peu plus de distance entre ce sentiment et elle.

— Laisse ta cape, lui murmura la guerrière.

Remy ne s'était pas rendu compte qu'elle l'avait gardée. Elle prit une profonde inspiration avant d'ouvrir le fermoir et de laisser les pans de la cape s'écarter, puis tomber sur le fauteuil derrière elle. L'assemblée se figea. De nombreux regards masculins se tournèrent vers elle, et elle sentit combien son corps était exposé dans cette tenue.

— Rappelle-toi le rôle que tu joues, lui souffla Bri, tout bas.

Remy se redressa, roula les épaules en arrière, le tout en s'efforçant d'oublier que cela faisait ressortir davantage sa poitrine. Ses longues boucles noires dévalaient en cascade dans son dos et sur ses flancs. Elle releva le menton et refoula ses émotions. Que ces hommes pleins de désir la regardent. Elle accueillerait leurs œillades avec indifférence. Elle jouait le rôle d'une femme consciente de sa beauté, convaincue d'être supérieure à eux tous.

— Parfait, conclut la fae.

La jeune sorcière fendit la foule, dans un concert de sifflements appréciateurs et de murmures.

— Qui est-ce ?

— Je ne l'avais encore jamais vue dans le Sud...

— Elle appartient à l'Est ou à l'Ouest ?

— Dieux, ce que je donnerais pour pouvoir goûter...

Elle laissa toutes ces remarques glisser sur elle, sur son armure. Elle se remémora les paroles de sa mère, vacillant avec la flamme de la bougie, le soir de la pleine lune. Elle brillerait de tout l'éclat dont elle était capable.

Au moment d'atteindre Carys, celle-ci lui adressa un sourire complice. Ses yeux pétillaient de joie. Elle ne prononça pas un mot avant qu'elles aient trouvé le silence de l'escalier, derrière la porte. À mi-chemin, elle s'arrêta et se retourna.

— J'avais déjà remarqué que tu étais belle, dit-elle dans un éclat de rire, mais là...

Elle balaya l'air de ses mains.

— Je pense que le cœur de notre prince risque bien de s'arrêter dès qu'il te verra.

— Je...

Remy ne savait que répondre. La fae glissa un long doigt élégant sous son menton.

— J'ai peut-être une épée dans mon fourreau, Rem, mais toi aussi, tu as une arme. Ne l'oublie pas.

Ses yeux bleu océan transpercèrent ceux de la jeune femme. Des fossettes creusèrent ses joues.

— Maintenant, allons nous amuser, ajouta-t-elle.

*

Remy suivit Carys. Arrivées au sommet de l'escalier, elles empruntèrent un long couloir jusqu'à une porte gardée par deux faes imposants. Des symboles en mhenbic étaient gravés dessus : un sort de protection. Personne ne pouvait utiliser de pouvoirs magiques dans la pièce qui se trouvait derrière.

La sorcière remarqua que l'un des gardes arborait le blason de la cour du Nord – une épée dont la pointe rencontrait trois flèches et autour desquelles s'enroulait un serpent. Le second était un représentant de la cour de l'Ouest : ses armoiries représentaient une hache d'armes sur laquelle se trouvait un crâne de bélier. Il devait s'agir de la protection rapprochée de deux des joueurs – tout comme Carys qui était là pour garantir celle de Hale. D'ailleurs elle avait, avec les Deux Aigles, ce statut officiel, même si Remy ne les avait jamais considérés ainsi.

La fae parut lire dans ses pensées et lui murmura :

— Les gardes et les armes ne sont pas autorisés dans la salle.

Puis elle annonça aux hommes en faction :

— L'invitée du prince.

Sans ralentir, elle poussa la porte pour que Remy puisse se faufiler entre les deux armoires à glace.

La jeune femme récita une prière silencieuse à Mère Lune au moment de pénétrer dans la salle de jeu, menton altier, telle une reine s'apprêtant à donner audience. La pièce était plus petite et d'un confort plus spartiate qu'elle ne s'y attendait. Le papier peint pelait sur les murs. Les lames du parquet étaient irrégulières. L'atmosphère était chargée de l'odeur capiteuse du cigare et des effluves entêtants de parfums floraux. L'éclairage était fourni par une unique lanterne dorée, suspendue au-dessus d'une grande table de jeu qui occupait la quasi-totalité de l'espace.

Sept regards se rivèrent sur Remy. Tous les joueurs suspendirent leur activité pour la jauger, mais Hale était celui qui avait les yeux les plus exorbités. Sa bouche s'arrondit tandis qu'il la détaillait de la tête aux pieds. Elle eut l'impression d'être un astre nocturne. Un minuscule espoir vacillant s'alluma en elle, celui que l'expression de désir du prince ne soit pas entièrement feinte. Remy soutint son regard comme si elle était habituée à ses œillades.

— Vous m'avez fait appeler ? demanda-t-elle de cette voix suave et enjôleuse qu'utilisaient les courtisanes dans les tavernes.

Elle n'avait certes jamais été formée à l'art de la séduction, mais elle avait pu observer ces cocottes et leurs talents. Son tour était venu de s'y essayer.

Elle se dirigea vers Hale, en veillant à bien balancer les hanches en marchant. Le prince lui adressa un sourire carnassier. Elle s'assit sur ses genoux et passa un bras autour de son cou. Tandis qu'il posait une main chaude sur sa taille, elle prit le temps d'observer la table.

Celle-ci était parsemée de pièces, de papiers et même de quelques pierres précieuses : les paris. Au centre, hors d'atteinte des joueurs, se trouvait un anneau en or avec un petit rubis. La bague n'avait rien de remarquable et pourtant, malgré le sort de protection, Remy sentit le pouvoir que celle-ci dégageait, comme un bourdonnement léger qu'elle semblait être la seule à percevoir.

L'anneau du Shil-de... Il était bien là.

— La partie vient seulement de débuter et vous avez déjà tant perdu ! s'écria-t-elle d'un ton badin et taquin à l'adresse de Hale.

Il caressait sa peau nue d'un geste circulaire du pouce.

— On dirait bien que vous avez besoin d'une sorcière pour vous porter chance, ajouta-t-elle.

— Cette pièce est protégée contre la chance des sorciers.

Remy tourna la tête vers la gauche et la fae assise à côté d'eux. Elle possédait une peau aussi noire que de l'obsidienne et de magnifiques yeux acajou, brillants. Elle portait une robe à col montant et à motifs géométriques bleu myosotis et jaunes, dont la coupe soulignait ses formes, sa généreuse poitrine et son ventre rond. Ses cheveux tressés étaient relevés sur le sommet de son crâne et retenus par une épingle en or ornée de diamants. Elle dégoulinait de bijoux. Le moindre centimètre carré de son corps étincelait d'or. Il devait s'agit d'Abalina Thorne, princesse de la cour de l'Ouest.

À sa gauche se trouvait une femme aux épaules larges avec une peau brun cuivré et des yeux sombres. Dans ses boucles courtes en tire-bouchon se trouvaient de petits anneaux dorés, qui rappelaient les bijoux de la princesse Abalina, en plus modestes. La femme tenait ses cartes devant elle comme une arme. Il s'agissait de la fameuse cousine, Delta, qui avait mis Bri en émoi. Remy comprenait pourquoi. Elle était d'une beauté stupéfiante. Sa tunique bleue à manches longues ne suffisait pas à cacher son corps puissant et musclé.

Sur un tabouret en bois, dans un recoin sombre, se trouvait Son Altesse de Saxbridge, le nez plongé dans un gros livre, différent de celui de la veille. Sur sa couverture, un dragon crachait des flammes orange. Voilà comment iel recevait. La reine Emberspear était réputée pour ses fêtes somptueuses qui duraient plusieurs jours d'affilée, ce qui plaçait la barre très haut pour quelqu'un d'aussi discret et secret que Neelo. Malgré tout, iel était là, perpétuant les traditions de la cour du Sud, bien que de mauvaise grâce, avec une poignée de ses congénères. Iel coula un bref regard à Remy, l'examinant de haut en bas, avant de se replonger dans sa lecture.

Les lèvres de la sorcière frémirent. Elle reporta son attention sur Abalina et se força à adopter un air d'indifférence, comme si elle était l'égale d'une princesse. Elle composait son personnage avec soin, souhaitant être prise pour une idiote lascive et arrogante, soit le genre de femme qu'on était le moins susceptible de soupçonner de crime.

— Je ne suis pas ici pour utiliser mes pouvoirs, reprit Remy en se détournant de la princesse.

Elle caressa la nuque de Hale, puis glissa ses doigts dans ses cheveux pour attirer sa tête vers elle et déposer un baiser juste derrière le lobe de son oreille. Elle respira à pleines narines son parfum d'air marin. Il était enivrant. Elle s'écarta et constata que le prince posait sur elle un regard dévorant, haletant – qui promettait de mener à son terme ce qu'elle venait de commencer. Il retira pourtant la main qu'il avait posée sur sa hanche, lui permettant de pivoter vers la princesse et de déclarer :

— Je suis venue apporter mon soutien moral.

Un ricanement s'éleva de l'autre côté de la table.

— C'est comme ça qu'on dit de nos jours ?

Remy dévisagea le fae railleur assis en face d'elle. Il avala une longue gorgée d'alcool en lui souriant par-dessus le rebord de son verre. Ses cheveux blond platine étaient parsemés de mèches argentées qui tranchaient de façon frappante avec sa peau dorée. Ses prunelles étaient d'un bleu si pâle qu'elles se confondaient presque avec le blanc autour. Remy n'avait jamais vu de beauté aussi étrange. Une vilaine cicatrice prenait naissance sous son menton et disparaissait ensuite sous le col de sa tunique vert forêt. Il devait s'agir de Bern. En dépit de sa singularité, il ne paraissait pas menaçant ; c'était plutôt un joyeux ivrogne.

— Il faut vraiment que je me dégote une sorcière, si elles vous ressemblent toutes, ma chère, ajouta-t-il avec un clin d'œil.

— Seuls les membres des familles royales sont autorisés à en posséder, Bern.

La voix tranchante du cinquième joueur attira enfin le regard de Remy sur lui. Elle l'avait évité.

Renwick Vostemur, prince de la cour du Nord. Le Tueur de sorciers.

Il avait de longs cheveux blond cendré et une peau très blanche, rougie par la boisson. Une couronne toute simple, en argent comme les bagues à ses doigts, lui enserrait la tête. Il n'y avait aucune bonté dans ses yeux verts qu'il posa sur Bern puis sur Remy. Il s'agissait du fils de l'homme qui avait massacré toute sa famille, tout son royaume. Elle pouvait encore sentir l'odeur âcre de la fumée, entendre les cris de détresse.

Remy fut tentée de retenir son souffle, mais Hale lui pressa discrètement la hanche pour lui rappeler le personnage qu'elle devait incarner. Le prince – avait-il perçu son appréhension ? – tourna la tête pour planter un baiser sur son oreille. Elle fut parcourue d'un frisson et ses paupières se fermèrent une seconde. Toutes ses peurs, tous ses souvenirs tumultueux furent repoussés au second plan, car la totalité des cellules de son corps était comme reliée à la sensation de ses lèvres sur son oreille. L'haleine brûlante de Hale lui effleura le visage. Et lorsqu'il s'écarta, elle resta tremblante de désir. Si seulement tous les joueurs avaient pu quitter la pièce pour qu'ils puissent poursuivre ce baiser...

La question du prince du Nord la ramena à l'instant présent.

— Quel type de sorcière es-tu ? lui demanda-t-il d'un ton glacial et égal.

Elle se força à soutenir son regard, malgré le tambourinement de son cœur dans sa poitrine.

— Vous le savez très bien.

Elle ignorait d'où provenait cette voix suave et lascive. Sans le sort de protection, ses yeux se seraient mis à rougeoyer.

Les lèvres froides du prince s'incurvèrent, même si son sourire ne gagna pas son regard. Il se tourna vers Hale.

— C'est un bon numéro, tu l'as bien choisie.

Remy n'était pas certaine de le prendre comme un compliment. Et que valaient les louanges d'un homme aussi diabolique de toute façon ?

— Pourrait-on reprendre la partie, maintenant ? lança Delta, avec un accent rocailleux et gouailleur. Bern, tu suis ou non ?

— Eh non, répondit ce dernier avant de jeter ses cartes et de renverser une pile de pièces.

Une sixième personne était présente autour de la table. Un humain, petit, en chemise noire et nœud papillon blanc. Il ramassa les cartes sur la table à une vitesse fulgurante. Remy avait bien failli ne pas le voir. Assis parmi les faes les plus riches et les plus puissants du continent, il semblait se fondre dans le décor. Elle comprit pourtant que son attitude silencieuse et réservée était aussi calculée que la tenue qu'elle portait.

Le donneur fit signe au Tueur de sorciers. Son tour était venu.

— Je suis, annonça Renwick en ajoutant trois pièces d'or au trésor qui formait déjà une montagne au centre de la table.

Tous les regards se tournèrent vers Hale. Il effleura la tempe de Remy du bout de son nez, puis lui mordilla l'épaule. Ils semblaient tous les deux prendre un peu trop de plaisir à cette petite comédie. Sa main rude et calleuse descendit lentement le long du flanc dénudé de la sorcière, qui se mordit la lèvre. Une onde de chaleur se diffusa dans son ventre.

— Tu joues ou tu préfères retourner dans tes appartements et donner libre cours à tes désirs ? lança Delta, dont l'accent, typique de l'Ouest, était accentué par l'irritation.

Hale balaya sa remarque d'un éclat de rire.

— Désolé, dit-il avec un sourire qui clamait qu'il ne l'était pas le moins du monde.

Il préleva trois pièces dans ses réserves qui diminuaient pour les ajouter au pot.

— Je suis.

— En ce qui me concerne, intervint Bern, dont l'œil frisait, vous pouvez continuer. Ça ne me dérange pas de profiter du spectacle.

— Pourquoi ne suis-je pas surprise ? répondit Remy, du tac au tac, fière de l'aisance avec laquelle elle répliquait à ces faes bien nés.

Bern gloussa dans son verre.

— Tu as décidément eu la main heureuse, Hale.

Il se tourna vers elle pour ajouter, avec un clin d'œil :

— Mais ne t'en fais pas, ma belle, ce n'est pas toi qui m'intéresses.

— Je te l'ai dit, il ne se passera jamais rien entre nous, Bern, répliqua le prince avec malice, même s'il gardait les yeux rivés sur Remy.

Son ami rit de bon cœur.

— Tous les garçons rêvent de rencontrer leur prince charmant.

Il se tourna vers le Tueur de sorciers pour poursuivre son petit numéro, mais Renwick le réduisit au silence d'un acerbe :

— Tais-toi.

Tous s'exprimaient avec tant de décontraction, que Remy en déduisit qu'ils se connaissaient bien, sans doute depuis toujours. Ils avaient assisté aux mêmes bals et banquets, aux mêmes mariages et enterrements importants. Ils fréquentaient les mêmes cercles. Elle se demanda soudain à quoi ressemblait la vie d'un courtisan. Elle s'était toujours figuré une existence d'un grand ennui. Pourtant, la petite comédie à laquelle elle se livrait, avec ce prince qui caressait le tissu fin recouvrant sa cuisse... cette petite comédie lui plaisait beaucoup.

— Je suis, lança Abalina en jetant ses pièces sur le tas.

— Pas moi, enchaîna Delta, avant de remettre ses cartes au donneur.

Abalina se tourna vers le Tueur de sorciers.

— Voyons voir ce que tu as.

Renwick dévoila son jeu : une couleur. Hale montra aussi le sien, et Remy se rendit compte qu'il n'avait rien.

— Je voulais voir s'il bluffait, se justifia-t-il.

Elle pinça les lèvres pour cacher son sourire et secoua la tête.

— Vous n'êtes vraiment pas doué à ce petit jeu.

— Et toi, tu as vraiment la langue bien pendue, sorcière, la provoqua-t-il avant de la presser contre lui.

Elle sentit les syllabes du mot *sorcière* gronder dans son torse.

— Je vais vous montrer comme elle est bien pendue, susurra-t-elle.

De peur de se raviser si elle hésitait, elle attira le visage du prince vers le sien, puis déposa un baiser léger mais sensuel sur ses lèvres. Un grognement lui échappa tandis qu'il la serrait plus fort. Elle sourit contre sa bouche.

Delta toussa bruyamment. Le message était limpide.

— Ignore-les, lui intima sa cousine.

Remy s'écarta voluptueusement du prince pour croiser son regard embrasé. C'était la première fois qu'elle se plongeait dans ses yeux d'un gris hypnotique depuis la veille. Et il le savait.

Abalina posa son jeu elle aussi : une quinte, pas suffisante pour battre Renwick. Le prince du Nord s'autorisa un bref sourire glacial alors que le donneur poussait les gains vers lui, veillant à laisser l'anneau du Shil-de au centre de la table. La récompense suprême.

Le magot du Tueur de sorciers faisait à présent le triple de celui des autres. Il devait être adroit aux cartes, et il lui suffirait de quelques tours supplémentaires pour remporter la mise, cet anneau qui protégeait son porteur contre tous les dangers. Si ce talisman atterrissait entre les mains de son père, le roi Vostemur, plus rien ne pourrait l'empêcher de gagner toute guerre future, surtout s'il trouvait aussi le moyen de maîtriser l'Épée Immortelle.

Hale avait dû arriver aux mêmes conclusions.

— Si je ne remporte pas la prochaine manche, on en restera là, murmura-t-il de sa voix grave.

C'était le signal dont ils avaient convenu, et elle se prépara à l'étape suivante de leur plan.

— Les dieux soient loués, dit Delta en levant les yeux au ciel.

Le prince couvrit la nuque de Remy de baisers avant d'ajouter :

— Nous pourrons enfin explorer tous les talents de cette langue.

Il glissa une main sous la robe de la jeune femme pour venir la poser sur son ventre et la plaquer tout contre lui. Elle poussa un gémissement de plaisir. Bern faillit s'étouffer avec son verre.

— Ça alors ! Tu devrais peut-être miser ta sorcière, lança-t-il en gloussant. Elle mériterait bien quelques manches supplémentaires.

— L'anneau a des attraits, mais à choisir entre l'immortalité et elle, je n'hésiterai pas un seul instant.

Les vibrations de la voix de Hale donnèrent à Remy des frissons de la tête aux pieds.

Il laissait sa seconde main aller et venir le long de la cuisse de la jeune femme d'un air absent. Elle avait la peau parcourue de picotements. Remy avait l'impression que son corps entier chatoyait. Elle changea de nouveau de position sur les genoux du prince et sentit combien il était excité. Il la désirait. Tout n'était donc pas une comédie. Alors qu'elle sentait une chaleur se diffuser dans le bas de son ventre, les narines de Hale se dilatèrent. Il percevait son ardeur à elle aussi. Elle évita de croiser son regard, bien consciente qu'il suffirait de cela pour qu'elle s'embrase.

Le donneur avait déjà distribué les cartes pour la manche suivante. Elle ne s'était rendu compte de rien, tant son désir pour le prince de l'Est était grand. Elle se trémoussa de nouveau sur ses genoux. Il ne put retenir un grognement et écarta ses doigts sur l'abdomen de Remy pour l'immobiliser. Sans réussir à cacher son sourire, elle déposa une traînée de baiser sur sa clavicule. C'était exactement ce dont elle rêvait la nuit quand elle peinait à trouver le sommeil. Et depuis plus longtemps qu'elle n'était prête à l'admettre. Ce plan lui permettait enfin d'exprimer librement son désir. Elle caressa son buste, sentant sous ses mains les muscles puissants de ses bras, de ses épaules et de son torse.

Les autres faes leur jetaient des regards gênés, distraits par leur absence totale de retenue. Bien. Ils rendirent tous quelques cartes au donneur pour en obtenir de nouvelles qui viendraient compléter leur main. Remy remarqua, malgré ses yeux mi-clos, que Delta et Bern souriaient en découvrant leurs dernières cartes. Ils se trahissaient. Un seul joueur se désintéressait de son jeu : Hale, bien trop occupé à mordiller l'oreille de sa sorcière. Elle avait une respiration si haletante à présent que c'en était indécent. Le prince remonta dangereusement sa main près de la poitrine de la jeune femme, tandis que de l'autre il exerçait deux pressions sur sa taille. Le signal. L'heure était venue.

Les yeux consumés par la passion, elle se pencha vers lui et murmura d'une voix assez forte pour que tous les autres faes puissent entendre :

— Je veux vous appartenir entièrement tout de suite.

Ces mots firent céder les dernières résistances de Hale. Il souleva Remy par la taille pour l'allonger sur la table de jeu, envoyant valser pièces et morceaux de papier. Il sauta sur elle. Puis il la bâillonna d'un baiser brûlant.

Elle poussait des gémissements de plus en plus sonores tandis qu'ils se touchaient avec frénésie. Elle voulut s'attaquer à la boucle de la ceinture du prince lorsqu'une voix tranchante les interrompit :

— ASSEZ !

Renwick empoigna Hale par le col de sa tunique et le tint quelques centimètres au-dessus du sol. Tout le monde put constater que ses chausses étaient déformées par la preuve irréfutable de son désir. Il décocha un sourire suffisant et puéril à l'assemblée. Remy ajusta le décolleté de sa robe en riant avec ivresse.

— Tu es sérieux, Hale ? lui cracha le Tueur de sorciers. On n'est plus des gosses, enfin, je pensais que tu avais grandi, au moins un tout petit peu... Maintenant, dégage d'ici !

Tous les regards se focalisaient sur eux, à l'exception de celui de Neelo, qui n'avait pas sorti le nez de son livre. Même si un sourire en coin lui chatouillait les lèvres.

— Gardez l'argent, s'esclaffa le prince. Une bagatelle, de toute façon, ajouta-t-il comme si la montagne d'or qu'il avait perdue n'était rien.

Remy continuait à rire de façon incontrôlable, pour faire croire que l'alcool avait fini par avoir raison d'elle. Hale la prit par les épaules et ils se dirigèrent vers la sortie en titubant.

— Amusez-vous bien ! leur cria Bern.

— Tais-toi, lui intima Renwick, en retournant s'asseoir derrière la table que le donneur s'empressait d'arranger.

Chapitre 13

Ils ne s'adressèrent pas un seul mot en quittant le cercle de jeu, talonnés par leurs trois gardes. Ce ne fut que lorsqu'ils se furent entassés à l'intérieur d'une voiture que Hale adressa un petit signe de tête à Bri, qui le lui retourna. Il n'en dirait pas plus. Il avait ce qu'il était venu chercher.

Un faux, forgé par des bijoutiers auxquels Talhan avait rendu visite la veille, se trouvait à présent sur la table de jeu. Le pouvoir de l'anneau du Shil-de était parfaitement palpable maintenant qu'ils avaient quitté la salle et son sort de protection. Remy s'enveloppa dans les pans de sa cape noire. Elle repensait à leurs frasques devant tous ces faes. Elle n'en revenait pas d'avoir agi comme elle avait agi, d'avoir dit ce qu'elle avait dit.

Personne n'ouvrit la bouche de tout le trajet.

Ils firent semblant d'être ivres au moment de pénétrer dans l'auberge, et déposèrent des baisers sur la joue de la patronne, qui paraissait bien grisée elle aussi. Hale attendit qu'ils soient dans l'escalier pour chuchoter :

— Préparez-vous. Départ dans vingt minutes.

Ses trois guerriers confirmèrent d'un hochement de tête, puis disparurent dans leur chambre pendant que Remy et Hale regagnaient leur suite. Après avoir refermé la porte derrière lui, il observa la jeune femme un instant et laissa tomber son masque d'arrogance pour lui sourire.

— Tu as été incroyable, lança-t-il en sortant l'anneau de sa poche. Rappelle-moi de ne jamais te trahir.

— C'est vous qui le dites, lui rétorqua-t-elle, les yeux brillants.

Il lui présenta la bague dans sa paume ouverte.

— Tiens, l'encouragea-t-il alors qu'elle reculait d'un pas, comme si elle craignait d'être brûlée par le talisman. Range-le dans ta musette. Mieux vaut que ce soit toi qui le gardes.

Elle saisit l'anneau entre des doigts hésitants. Son pouvoir irradiait jusque dans les os de Remy. Dès qu'elle l'avait touché, le rubis incrusté dans l'or avait rougeoyé.

Hale parut hypnotisé par la lueur magique et un muscle de sa mâchoire tressauta.

— Pourquoi est-ce qu'il brille ?

— Sans doute parce que je suis une sorcière rouge, dit-elle avant de se précipiter vers l'armoire.

Elle avait laissé sa musette dans sa robe verte de la veille. La rouge était beaucoup trop dénudée pour qu'elle puisse espérer l'emporter avec elle.

Remy sortit le sac de sa cachette, pour y glisser l'anneau, heureuse de ne plus tenir un objet aussi puissant dans sa main. Elle en profita pour prendre ensuite la bourse et y ranger tous les bijoux qu'elle portait : chaînes, joncs, bagues et boucles d'oreilles en or. Pour finir, elle retira le collier de sorcier en cuir et retira l'anneau en or avec les initiales du prince.

— Tenez, lui dit-elle en se retournant pour le lui rendre.

Elle se pétrifia. Il était presque nu, ne portant plus qu'un caleçon noir ajusté et sa tunique ouverte sur sa peau lisse et bronzée.

— Ce que tu peux avoir l'esprit mal placé ! se moqua-t-il en retirant sa tunique.

Le vide se fit dans l'esprit de la jeune femme, qui ne voyait plus que le torse et les bras sculptés de Hale. Il était époustouflant.

— Je dois me changer. Tu as oublié qu'on était sur le départ ?

— Non, répondit-elle en se retournant.

Il s'enferma dans le cabinet de toilette en gloussant. La jeune femme se maudit de l'avoir étudié de la sorte, avant de le maudire, lui aussi. Il savait très bien ce qu'il faisait en se déshabillant dans la même pièce qu'elle. Il voulait la provoquer.

Que ce soit dû au clair de lune ou au frisson du larcin qu'ils venaient de commettre, elle se dit que la partie n'était pas terminée.

Elle défit sa robe et laissa le tissu rouge vaporeux tomber à ses pieds avant de l'enjamber. Elle ne portait plus qu'une culotte en dentelle rouge et des chaussures à talons hauts de la même couleur. Bri avait aussi choisi sa lingerie : dans ce domaine-là également, la fae avait eu l'œil...

Remy suspendit la robe à un cintre pour la ranger dans l'armoire. Elle ne comptait pas l'emporter avec elle. Ce n'était pas une tenue faite pour marcher ou traquer l'amulette d'Aelusien. Elle prit appui avec un de ses pieds chaussés sur le rebord de l'armoire pour défaire la minuscule attache à la cheville. Comment fonctionnait-elle déjà ? Ça tenait du miracle qu'elle ait réussi à la fermer. Elle se battit avec, impatiente de retirer ces deux instruments de torture. Elle finit par réussir. La chaussure tomba sur le sol. Remy reposa avec délice son pied nu sur le parquet.

Alors qu'elle s'attaquait à l'attache du second escarpin, elle entendit la porte du cabinet de toilette s'ouvrir.

Silence. Pas un seul bruit de pas.

Elle rejeta sa longue chevelure d'onyx par-dessus son épaule avant de lancer un regard au prince, qui s'était figé sur le seuil de la chambre. Il portait ses chausses de cavalier, en cuir. Sa bouche était grande ouverte. Remy finit par libérer son pied et envoya valser la chaussure.

— Quoi ? lança-t-elle avec un sourire narquois.

Elle se redressa, puis pivota vers Hale en exhibant son buste.

— Je dois me changer, lui dit-elle. Ce que vous pouvez avoir l'esprit mal placé !

— Un point pour toi, exhala-t-il dans un soupir.

Il s'avança vers elle. Elle crut un instant qu'il allait l'empoigner, mais il s'arrêta juste avant et tendit une main, paume ouverte, vers elle.

— Mon anneau ? demanda-t-il en arquant un sourcil.

Son haleine chaude coula sur la peau nue de Remy, sur sa poitrine et son ventre.

Elle ne s'était pas rendu compte qu'elle retenait son souffle. Sans détacher son regard de celui du prince, qui l'avait comme emprisonné, elle se baissa pour sortir le bijou de la bourse au pied de l'armoire et le lui rendre. Il le remit à son doigt.

Il voulut retirer le fil rouge autour de son poignet. Remy lui toucha alors le bras avec beaucoup de douceur.

— Non. Il vous protège.

Elle avait en effet récité un charme de protection en le nouant. Le fil ne pourrait pas grand-chose face à de véritables dangers, mais ça restait un porte-bonheur.

— Tes yeux sont rouges, observa-t-il, fasciné.

Elle vit les flammes écarlates se refléter dans les pupilles du prince et, par réflexe, baissa la tête. Elle s'empourpra.

— Qu'est-ce que je t'ai déjà dit ? murmura-t-il.

Il glissa un de ses longs doigts sous son menton pour la forcer à croiser, de nouveau, son regard. Exactement comme ce jour dans la forêt. Il la dévisagea en serrant et desserrant la mâchoire. Après un long silence, il conclut :

— Tu es la plus belle des créatures qu'il m'ait été donné de voir.

Il l'avait dit d'un ton crispé.

— À vous entendre, c'est un problème, souffla-t-elle.

— C'en est un, répondit-il, frémissant tant il faisait d'efforts pour se contrôler.

— Ça n'a pas à l'être, protesta-t-elle dans un chuchotement.

Les narines de Hale frémirent : il ne semblait pas en croire ses oreilles. Tout en secouant la tête, il se pencha vers elle et approcha lentement ses lèvres des siennes.

Il les effleura.

— Remy...

Il récitait son nom comme une prière. Elle sentit ses bras se couvrir de chair de poule.

Avec une ardeur étourdissante, elle l'imita. Puis elle se serra tout contre lui et lui donna un baiser plus passionné. Avec un soupir, Hale commença à glisser ses mains dans le bas du dos de Remy.

— Quand je t'ai vue ce soir... dans cette maudite robe rouge.

Sa voix n'était plus qu'un grognement carnassier.

Sa bouche se faisait plus pressante contre celle de la jeune femme. Elle écarta les lèvres, accueillant la langue avide et brûlante qui entraîna la sienne dans une danse experte.

Il se recula juste assez longtemps pour retirer sa propre blouse, puis reprit ses baisers. Il la souleva et la plaqua contre la porte de l'armoire alors qu'elle enroulait ses jambes autour de sa taille. Il poussa ses hanches contre elle et elle laissa échapper un gémissement. Elle se délectait de sentir sa peau contre la sienne. Elle aspira les soupirs de désir qui menaçaient de la déborder.

Leur fougue fut malheureusement interrompue.

Les coups répétés à la porte eurent pour effet de les dégriser, tous les deux. Hale remit à la hâte sa blouse tout en se dirigeant à grandes enjambées vers la porte.

— Quoi ? aboya-t-il en l'entrebâillant.

— Désolé de... te déranger.

Une voix masculine rieuse parvint jusqu'à Remy. Elle la reconnut aussitôt : elle appartenait à l'homme aux cheveux d'argent qui avait participé au jeu de cartes.

— Qu'est-ce que tu veux, Bern ? lui demanda Hale avec ce qui ressemblait plus à de l'irritation que de la colère.

— Tu as toujours été un bel escroc, Hale. Ton petit coup était bien monté.

Remy se transforma aussitôt en statue. Il savait.

— Je ne vois pas de quoi tu parles, soupira le prince, en étouffant un bâillement feint.

Remy décida elle aussi de jouer la comédie de l'épuisement et de l'ivrognerie. S'enveloppant dans une peau de bête qu'elle avait trouvée sur le lit, elle dit d'une voix traînante :

— Reviens te coucher...

Elle s'approcha de Hale pour se glisser contre son torse chaud. Bern la regarda droit dans les yeux. Il n'osait pas détailler son corps, en grande partie dénudé.

— Je ne suis pas venu pour te le reprendre, reprit-il en reportant son attention sur Hale. Mon... ami voulait seulement s'assurer qu'il ne finirait pas entre les mains de Renwick.

— Ce mystérieux employeur... Nous en dirais-tu un peu plus sur la personne qui t'entretient en ce moment, Bern ?

— Quelqu'un qui poursuit, je suppose, le même objectif que toi.

— Et quel objectif poursuivrais-je à part boire et m'amuser ?

Hale pencha la tête sur le côté. Sa paume descendit le long du flanc de Remy pour se poser sur sa taille, aussi brûlante qu'un tison. Il enfonça ses doigts calleux dans sa chair.

Bern plissa les paupières. Il n'avait plus envie de rire.

— Mettre un terme au pouvoir grandissant de la cour du Nord, annonça-t-il en s'adressant directement à la jeune femme. Je crois que mon employeur préfère qu'il soit en ta possession.

La gorge de la sorcière se noua. Que voulait-il dire par là ? Que savait-il ?

— Alors que fais-tu ici ? lui demanda Hale avec un calme glaçant.

— Je suis peut-être le premier à avoir repéré l'entourloupe, répondit Bern en les considérant l'un après l'autre, mais les autres ne tarderont pas à te démasquer. Je pense qu'Abalina l'a déjà fait d'ailleurs. Tu ne dois pas t'attarder.

*

Talhan, Briata et Carys étaient prêts à partir lorsque Remy et Hale se présentèrent à leur porte. Les Deux Aigles étaient assis par terre, sur leurs paquetages, et ils discutaient comme s'ils étaient autour d'un feu de camp. Carys, elle, était étendue sur le lit près de la fenêtre. Ils avaient sorti leurs armes, qu'ils nettoyaient et aiguisaient, semblant s'attendre à trouver une armée sur le seuil de l'auberge. Une vie de guerriers. Toujours prêts à se battre ou à prendre la fuite.

Le prince n'eut qu'à faire un geste du menton pour qu'ils se lèvent tous les trois et hissent leurs lourds bagages.

Le porteur de mauvaises nouvelles avait disparu aussi vite qu'il était venu. Ils allèrent chercher Heather et Fenrin. Hale frappa un coup discret. La sorcière brune mit un certain moment à ouvrir et, quand elle le fit, elle avait les traits tirés, presque paniqués.

— Qu'est-ce qui se passe ? demanda Remy en bousculant le prince.

— Fenrin n'est... il n'est pas en forme, répondit sa protectrice en se tordant les mains.

— Si... protesta-t-il d'une voix faible et cassée.

Remy écarta son amie pour entrer dans la chambre. Hale chargea les Deux Aigles de descendre préparer leurs montures. Leurs bottes épaisses firent un boucan du tonnerre dans les escaliers. Carys resta postée dans le couloir, pour monter la garde.

La sorcière rouge retint un cri en approchant du lit de Fenrin. Il était d'une pâleur fantomatique et dégoulinait de sueur. Des cernes sombres et en relief soulignaient ses yeux. Il avait gardé sa tenue de voyage de la veille. Sa chemise était déboutonnée jusqu'au nombril et un cataplasme vert lui recouvrait la poitrine.

— Ça a empiré à ce point au cours des dernières heures ? murmura-t-elle.

Elles s'étaient vues pour le dîner, et Heather semblait encore penser à ce moment-là que Fenrin se remettrait rapidement. Or à présent... il semblait à l'article de la mort.

Le sorcier brun se redressa avec beaucoup de difficulté, la respiration aussi sifflante que si ses poumons étaient remplis de coton. Remy se précipita à son chevet pour le forcer à se rallonger. Elle mit plus de force qu'elle ne le voulait dans son geste.

— Ne bouge pas, lui ordonna-t-elle.

Son ami n'avait plus aucune énergie pour lui résister. Il sentait un mélange de menthe et de plantes astringentes, qui composaient une des préparations de Heather.

— Est-ce qu'il va s'en remettre ? demanda Hale, appuyé contre la porte close, bras croisés.

— Sa fièvre est en train de retomber, répondit la sorcière.

Elle approcha une bouteille en verre de la flamme d'une chandelle pour voir quelle quantité elle contenait encore.

— Il sera sur pied d'ici quelques jours, mais sa convalescence sera longue.

Remy ne craignait pas d'être contaminée par la maladie qui s'était abattue sur Fenrin. En tant que fae, Hale devait aussi être immunisé. C'était Heather qui l'inquiétait. Celle-ci était émaciée et livide. Bientôt elle serait alitée à son tour. Au moins Fenrin serait-il suffisamment remis pour veiller sur elle.

— Tu en as assez ? lui demanda la jeune femme, en désignant la collection de flacons en verre marron sur la table. Pour te soigner, toi aussi ?

— Oui, lâcha son aînée avec une grimace, contrariée d'être démasquée aussi facilement.

Les paupières de Fenrin retombèrent sur ses yeux, le sommeil risquait de l'emporter d'un instant à l'autre.

— Il ne peut pas voyager dans cet état, conclut Hale. Et toi non plus, si tu ne veux pas finir comme lui. Mais nous devons partir avec Remy.

— Non.

Le jeune homme rouvrit aussitôt les yeux.

— On vient avec vous, insista-t-il.

Remy posa une main fraîche et délicate sur son front brûlant.

— Tu ne peux pas venir. Tu dois te reposer.

Elle se tourna vers le prince, qui suivait le moindre de ses mouvements.

— On ne peut pas les laisser ici. Si des gens viennent fouiner... La patronne les prend pour vos serviteurs. On leur ferait courir un risque.

Hale hocha la tête avant de décroiser les bras.

— On va vous trouver une chambre paisible de l'autre côté du fleuve. De toute façon, il vaut mieux que vous évitiez tout contact avec des humains.

Il ouvrit la porte pour transmettre un message à Carys et Remy l'entendit dévaler les escaliers.

— Elle s'en occupe, annonça-t-il.

Il les observa tous trois, l'un après l'autre.

— Elle vous fournira suffisamment de provisions pour que vous n'ayez pas à sortir de votre chambre. Et, quand vous irez mieux, ceux qui risquent de se lancer à nos trousses seront partis depuis longtemps.

— Qui est à vos trousses ? demanda Heather en le dévisageant.

En dépit de son calme apparent, Remy percevait sa colère.

— Ne t'inquiète pas, lui dit-elle, nous avons la situation sous contrôle...

— Nous ? répéta-t-elle en plissant les yeux.

C'était exactement ce que la jeune femme craignait. Surtout après que sa protectrice l'avait mise en garde contre les sentiments grandissants qu'elle avait pour le prince de l'Est. Elle piqua un fard. Si Heather savait à quel point ils seraient devenus proches sans l'intervention de Bern.

— Je peux avoir une minute seule pour leur dire au revoir ? demanda-t-elle à Hale.

— On doit filer.

— Juste une minute, insista-t-elle, ignorant l'urgence dans son ton.

Hale ouvrit la bouche pour protester, et elle ne lui en laissa pas l'occasion.

— C'est vous qui nous faites perdre du temps.

Il lui jeta un regard noir, mais céda.

— Une minute, lui rappela-t-il d'une voix acerbe avant de sortir dans le couloir.

Remy n'était pas certaine que son ouïe de fae ne lui permettrait pas d'écouter aux portes. Il ne lui restait qu'à prier pour que le brouhaha nocturne du rez-de-chaussée couvre ses échanges avec ses amis.

— Tu as bien su lui répondre, pour une fois, lâcha Heather, les yeux rivés sur la porte.

Remy détestait la pointe de reproche qu'elle percevait dans cette observation, comme si la sorcière brune avait conclu que sa protégée ne prendrait pas en compte ses mises en garde.

— Tu vois, tout ira bien pour moi.

Elle se força à sourire, alors que son amie secouait la tête :

— Ça ne me plaît pas.

Heather frictionna ses traits fatigués de ses deux mains.

— Moi non plus, convint la jeune femme avec amertume, mais tu dois bien admettre que j'arrive à suivre le rythme des faes, ce qui n'est pas votre cas à tous les deux.

— Remy...

Heather lui prit les deux mains et les serra, avant de continuer :

— Je sais que ces faes ont l'air...

— Arrête...

— Je veux juste que tu me promettes d'être prudente. Je te connais depuis que tu es toute petite.

Sa voix s'étrangla et ses yeux se remplirent de larmes.

— J'ai juré sur ma vie de te cacher et de te protéger, dit-elle dans un sanglot.

— Et tu l'as fait, Heather, tu l'as fait.

Remy la serra de toutes ses forces contre elle. C'était si doux de se retrouver dans ses bras.

— Merci, lui souffla-t-elle à l'oreille. Tu m'as sauvé la vie si souvent que j'en ai perdu le compte.

À son tour, la jeune sorcière avait des trémolos dans la voix.

— Je te considère comme une mère, Heather, autant que celle qui m'a donné le jour.

Elle sentit la tension de sa protectrice à ces mots. C'était vrai. Cette femme avait été une seconde mère pour elle. Elle avait fait preuve de sévérité et d'exigence, lui apprenant à se montrer discrète, les emmenant, Fen et elle, de ville en ville... Mais elle l'avait aimée. Elle aimait Remy comme une mère aime sa fille. Il n'y avait aucun doute à avoir sur ce point.

— J'irai au temple de Yexshire, et je trouverai d'autres sorciers rouges, reprit-elle en se tamponnant les yeux pour empêcher ses larmes de déborder.

Elle cherchait surtout à se convaincre elle-même.

— Tu me retrouveras là-bas, ajouta-t-elle. Ce n'est pas un adieu, juste une brève séparation.

Heather inclina la tête pour signifier qu'elle acceptait la situation. Elle s'écarta de sa protégée et s'essuya les joues. Elles savaient toutes deux que ce n'était pas temporaire. Elles ne se reverraient peut-être jamais. Remy devait partir en quête de l'amulette d'Aelusien, puis trouver le moyen de se rendre au temple de Yexshire incognito. Deux exploits qui semblaient impossibles. Mais s'il y avait le moindre espoir de réussir, alors il fallait faire vite, et ne pas laisser deux sorciers bruns malades les ralentir.

— Sois prudente, ma chérie, dit Heather en lui caressant la joue avec une tendresse qu'elle n'exprimait que très rarement. Et ne fais confiance à personne.

La jeune femme se détourna et s'approcha du lit. Fenrin respirait bruyamment par la bouche. Ses paupières se rouvrirent en papillonnant quand elle s'assit à côté de lui.

— Remy, souffla-t-il avec un maigre sourire.

Elle prit un linge sur la table de chevet pour éponger la sueur sur son front.

Il lui indiqua le tiroir.

— Ouvre-le.

Remy s'exécuta et en sortit une fiole en verre, de la taille d'un dé à coudre. Elle contenait une poudre brillante et argentée.

— Qu'est-ce que c'est ?

— C'est pour toi, répondit-il dans un râle.

Elle posa sur lui un regard déconcerté.

— Je me la suis procurée lors de l'une de nos étapes. Elle contient du sable de la baie de Silver Sands. Je sais que tu voulais la voir de tes propres yeux, mais j'ai pensé...

Il s'interrompit, pris d'une quinte de toux qui le fit se plier en deux.

— C'est beau, balbutia-t-elle d'une voix altérée par le chagrin.

Elle plongea la main sous sa nouvelle blouse. On y avait déjà cousu une poche secrète pour sa musette à fétiches. Bri avait décidément pensé à tout. Remy glissa la petite fiole de sable dans le sac noir.

— Je ne m'en séparerai jamais, murmura-t-elle.

Fenrin lui adressa un sourire triste.

— On a toujours fait front ensemble face au monde, Fen, lui dit-elle, la gorge nouée par l'émotion. Tu es mon meilleur ami et tu me manqueras.

— Je suis désolé, murmura-t-il du bout de ses lèvres pâles et exsangues.

— Pourquoi ? demanda-t-elle en ajustant l'oreiller contre lequel il était appuyé.

Il leva ses yeux brillants vers le plafond.

— Je suis désolé de ne pas être à ta hauteur.

— Fen...

Elle eut bien du mal à masquer le supplice qu'elle vivait. Une part d'elle avait toujours su qu'il ne l'aimait pas seulement comme un ami. Il n'avait jamais rien cherché à obtenir d'elle, mais elle savait qu'il avait nourri des espoirs. Et que c'était la raison pour laquelle il se mettait en colère chaque fois qu'un homme s'intéressait d'un peu trop près à elle. Ou qu'il rapportait systématiquement à Heather toutes les fois où quelqu'un essayait de la séduire. Ils parlaient si souvent de leurs vies futures, des aventures incroyables qu'ils connaîtraient dans un monde où les sorciers rouges ne seraient plus traqués et où elle n'aurait plus à se cacher. Ils avaient toujours imaginé un avenir commun. Une méchante douleur lui noua le ventre à cette pensée : son meilleur ami ne se sentait pas à sa hauteur. Il était sans doute convaincu qu'elle aspirait à une vie aux côtés d'un homme plus puissant qu'il ne le serait jamais, d'un prince. La déception de Fenrin lui laissait un goût amer.

Conscient de lui avoir fait de la peine, il posa une main sur le bras de son amie.

— Va vivre une grande aventure pour moi.

Son éclat de rire tenait davantage du sifflement et le fit tousser. Remy lui administra de grandes tapes dans le dos pour l'aider à déloger ce qui provoquait une gêne dans sa poitrine.

Hale s'engouffra alors dans la chambre, talonné par Carys.

— La minute est écoulée, on doit se mettre en route.

La guerrière se chargea de réunir les sacs éparpillés dans la pièce pendant que Heather rassemblait les flacons sur la table de chevet. Le prince s'approcha de Fenrin pour le prendre dans ses bras.

— Je peux marcher, protesta-t-il en déployant toute son énergie pour s'asseoir.

— Non, tu ne peux pas.

Il le souleva du lit. Le sorcier brun avait beau dépasser le mètre quatre-vingts, il ne semblait pas peser plus lourd qu'une plume dans les bras musclés du fae. Ils devaient se hâter. Maintenant qu'ils avaient mis la main sur le premier talisman de la Haute Montagne, ils devaient fuir Ruttmore.

Chapitre 14

Ils se dépêchèrent d'installer Heather et Fenrin sur l'autre berge du fleuve, dans un appartement au second étage qui donnait sur le cours d'eau, et se composait d'une cuisine, d'une salle de bains, d'un salon et d'une chambre. C'était de loin le logement le plus confortable qu'ils aient jamais occupé. Les Deux Aigles déposèrent des sacs remplis de victuailles sur la table de la cuisine – Carys les ayant chargés de cette mission. Avant de partir, le prince déposa une bourse d'or à côté en balayant les protestations de Heather d'un geste de la main.

Les adieux entre Remy et le groupe furent brefs ; ils s'étaient déjà dit tout ce qu'ils avaient à se dire à l'auberge.

La sorcière rouge serrait si fort la mâchoire en sortant de l'appartement qu'elle eut peur de se casser plusieurs dents. C'était le seul moyen de retenir ses larmes. Cette séparation la révoltait, d'autant plus qu'elle lui apparaissait inéluctable. Elle avait le sentiment d'avoir su que ça arriverait dès l'instant où Hale l'avait retenue par le poignet. Une décharge électrique la parcourut à cette pensée. Elle avait su, dans les tréfonds de son être, qu'il allait l'entraîner dans une nouvelle aventure. Et elle regrettait simplement de ne pas savoir quelle en serait l'issue.

— Ça va ? lui demanda le prince de sa voix douce et grave.

Il se tenait si près d'elle qu'elle sentait la chaleur que dégageait son bras.

— Très bien, lâcha-t-elle d'un ton grinçant.

Elle refusait de se laisser aller à la tristesse. Elle n'avait pas le temps de pleurer. Ils devaient quitter cette ville avant qu'Abalina parte à leur recherche ou, pire, que les sorciers bleus de Renwick découvrent qu'il avait gagné un faux anneau.

— Menteuse.

La taquinerie de Hale la fit rire malgré elle. C'était donc si évident... Elle prit une profonde inspiration.

— Cette bourse d'or leur permettra de vivre correctement pendant des années. Je ne sais pas comment vous remercier...

— Essaie quand même.

Elle finit par croiser son regard et comprit à son sourire qu'il cherchait uniquement à lui remonter le moral. Bri les interrompit :

— En route !

Elle descendait l'étroit escalier derrière eux, suivie de Carys. Talhan faisait le guet dehors. Il tenait une des cinq montures par les rênes – les autres étaient attachées à un poteau. Il avait défait les bretelles de leurs paquetages pour les transformer en sacs de selle, fixés de part et d'autre des flancs des chevaux. Remy n'en revenait pas d'une telle ingéniosité. La besace qu'elle avait utilisée pendant l'essentiel de sa vie n'était pas aussi modulable.

Ses affaires, notamment celles achetées par Bri, reposaient sur le dos d'une jument caramel.

Voyant qu'elle l'observait, Hale lui dit :

— Tu ne sais pas monter, je me trompe ?

Elle fit non de la tête. Jusqu'à présent, lorsqu'ils ne marchaient pas, ils prenaient des carrioles ou des voitures.

— Désolé, lança Talhan en se maudissant. J'ai été trop vite en besogne, j'aurais dû me renseigner avant.

Il délesta le cheval noir de son barda pour l'ajouter à la charge de la jument de Remy.

— Qu'est-ce que tu fais ? s'étonna-t-elle.

— Tu vas monter avec moi, répliqua Hale.

La sorcière rouge, qui s'apprêtait à protester, fut interrompue par un sifflement de Briata. Tout le monde se pétrifia. Un signal. Ils suivirent son regard, vers l'autre rive. Au début, Remy ne vit rien, puis elle repéra l'auberge, si loin qu'elle n'était pas plus grande qu'un petit point.

— Qu'est-ce qui se passe ? murmura-t-elle, comme si ceux qu'ils surveillaient risquaient de les entendre à cette distance.

— Des gardes du Nord, lui répondit Carys, tout bas également. Six. Et ils n'ont pas l'air d'être là pour boire.

— On doit partir immédiatement, ajouta Talhan.

Au même moment, Hale saisit Remy par la taille et la percha sur son cheval. Elle s'agrippa au pommeau de la selle en sentant la monture remuer. Celle-ci penchait si fort d'un côté qu'une chute lui parut inévitable, pourtant elle se redressa. Le prince monta en selle avec aisance, juste derrière elle. Son torse tout entier était collé contre son dos. Ses cuisses d'acier enserraient les siennes. Elle sentait le rythme régulier de sa respiration contre ses omoplates, quant à ses reins ils étaient plaqués contre... Elle suspendit le fil de cette pensée, mieux valait éviter de s'engager sur ce terrain.

— Tiens-toi bien, lui chuchota-t-il à l'oreille.

Son souffle provoqua des picotements de chaleur dans tout le corps de la jeune femme. Mais elle les oublia dès que les chevaux partirent au galop.

*

Remy fut dérangée par la pointe dure d'une botte dans son dos.

— Quoi, ici ? Sérieusement ?

Ils avaient passé trois jours à traverser les jungles humides du Sud. La nature était si différente de celle de l'Ouest... Dans ce labyrinthe de plantes épineuses, on croisait des araignées grosses comme des assiettes et des essaims d'insectes carnivores. Les sentiers étaient envahis d'une végétation si dense qu'ils devaient se relayer pour les dégager et permettre aux chevaux de passer. Remy avait proposé d'utiliser ses pouvoirs tant elle avait les hanches et les cuisses endolories à force de rester assise sur la selle. C'était plus simple de marcher, même avec l'effort constant requis par la magie. Et cela la distançait de Hale. Ils n'avaient pas croisé âme qui vive en plusieurs jours. Avec un peu de chance, ils avaient semé leurs poursuivants, à moins que ceux-ci soient partis dans la mauvaise direction.

Remy avait entendu Briata se lever de sa paillasse. Elle avait prié pour que la fae ait juste besoin d'aller satisfaire un besoin naturel, mais non, elle était là, déjà habillée et prête pour l'entraînement.

— Non, tu ne peux pas t'exercer seulement quand ça t'arrange.

La guerrière avait une voix à la fois douce et menaçante.

— On ne l'a pas fait à Ruttmore, grommela-t-elle dans son bras.

— Et je suis sûre que tu t'es affaiblie à cause de ça.

Elle lui donna un coup avec son insupportable botte.

Remy tendit le bras vers son arc, posé sur son paquetage. Veillant à éviter le corps endormi de Carys, elle le projeta de toutes ses forces derrière elle, contre la jambe de Bri, qui gloussa.

— Tu vois ? Si tu t'entraînais, tu aurais peut-être réussi à me faire tomber. Allez, viens.

— Il fait trop chaud, Bri, pitié.

La jeune sorcière avait l'impression d'être retombée en enfance, à l'époque où Heather essayait de la tirer de son lit.

— C'est pour ça qu'on doit s'entraîner avant le lever du soleil.

Remy ouvrit enfin les yeux. Il faisait encore nuit. Un soupçon de lumière s'infiltrait à travers le feuillage dense des arbres.

Elle remonta le drap fin jusqu'à son menton. Elle aurait pu s'en passer tant les températures étaient encore élevées, mais il y avait trop d'insectes dans cette jungle et elle se faisait dévorer dans son sommeil.

Remy se redressa sur un coude et posa les yeux, par-dessus l'empilement de paquetages, sur le prince de l'Est, couché sur le flanc. Ses cheveux lui étaient tombés devant les yeux, sa respiration était lente et profonde. Il était différent dans ce moment d'abandon. Les muscles de sa mâchoire étaient détendus, tout comme ses épaules. Elle aimait beaucoup cette version-là. Ces trois derniers jours, elle l'avait souvent observé à la dérobée, dans son sommeil.

Ils n'avaient pas échangé plus de deux mots depuis leur départ de Ruttmore. Elle n'avait pu s'empêcher d'en déduire qu'il regrettait ce qui s'était passé entre eux après la partie de cartes. La cour du Sud leur avait tourné la tête. Ils avaient pris leurs rôles trop au sérieux. Remy balançait constamment entre deux envies opposées le concernant : s'éloigner de lui au maximum et s'en approcher le plus possible.

— Allez !

Bri secoua de nouveau son élève.

— On aura encore moins de temps pour s'entraîner à partir de demain, quand on sera à la cour de l'Est. Il faut qu'on fasse au moins une séance avant que tu perdes tous les muscles que j'ai mis tant d'énergie à faire apparaître.

Remy ne put s'empêcher de ricaner. La fae s'attribuait décidément tous les mérites ! Même la musculature d'une sorcière rouge !

Ils auraient mis trois jours de marche à travers la jungle pour atteindre la ville portuaire de Westdale, sur les rives du fleuve Crushwold. Ils auraient été plus vite en empruntant la grande route, mais Hale avait insisté pour qu'ils fassent profil bas, craignant que des soldats du Nord soient lancés à leurs trousses. Une fois qu'ils auraient traversé le fleuve, ils seraient dans le royaume de l'Est, et Renwick ne pourrait pas s'en prendre à eux.

Un craquement de branches retentit à proximité. La jeune femme se tourna aussitôt vers la paillasse de Talhan, qui était vide. C'était lui qui faisait du bruit en regagnant leur campement.

— Tu as entendu quelque chose ? demanda sa sœur, au moment où il émergeait d'épais fourrés.

On aurait dit qu'il venait d'affronter un monstre pour les rejoindre.

— Oui, haleta-t-il. Ils vont bien.

Remy se redressa aussitôt, désertée par toute fatigue à ces mots.

— Tu as parlé à Heather et Fenrin ? s'enquit-elle, tout à coup pleine d'espoir.

Depuis leur départ de Ruttmore, elle insistait pour qu'ils utilisent le feu des faes et contactent quelqu'un qui pourrait s'assurer que ses amis allaient bien. Talhan avait fini par céder, apparemment.

Elle avait envisagé d'utiliser le cierge rouge rangé dans la poche extérieure de son nouveau paquetage. Elle aurait ainsi pu contacter Heather. Mais alors elle n'aurait plus eu de bougie. Elle avait pensé à l'allumer si souvent au fil des années. Pour appeler ses parents ou ses frères et sœur, dans l'espoir illusoire que l'un d'entre eux eût survécu au massacre de Yexshire. La voix triste et endeuillée dans sa tête lui avait toujours rétorqué que personne ne répondrait et que ce serait du gâchis.

— J'ai parlé à Neelo, expliqua le fae.

Remy haussa les sourcils. L'Aigle était en relation avec Son Altesse de Saxbridge ?

— Ils ont envoyé des gardes à l'appartement de Heather et Fenrin.

— Et ? le pressa-t-elle.

— Fenrin est presque guéri. Ça lui a fait du bien de se reposer pendant trois jours.

La poitrine de la jeune femme s'allégea d'un poids. Son ami allait bien.

La fiole de sable argenté était rangée dans sa musette à fétiches, avec l'anneau du Shil-de. Plus la distance grandissait entre eux, plus ses anciens compagnons lui manquaient. Remy s'assit pour enfiler ses bottes. Elle avait gardé ses vêtements pour dormir, car ils étaient épais et protégeaient ses jambes des piqûres des insectes.

— Et Heather ?

— Heather est tombée malade, lui répondit Talhan. Mais ça va, elle ne va pas aussi mal que Fenrin. Elle a dit aux gardes qu'elle serait remise d'ici quelques jours.

— Bien.

Remy retint le sourire qui naissait sur ses lèvres en voyant l'expression de son interlocuteur.

— Quoi ? ajouta-t-elle.

Il donna un coup de pied dans un petit buisson. Il rechignait à parler.

— Elle leur a aussi annoncé qu'ils repartiraient vers l'Ouest lorsqu'elle serait guérie.

Il semblait contenir sa gaieté coutumière, comme s'il attendait de voir la réaction de la sorcière.

Ce fut Carys qui prit la parole, la tête enfouie dans son oreiller.

— Vous savez bien que j'ai de l'affection pour ces deux-là, grogna-t-elle, mais rien ne presse, on pourra en discuter dans trois heures. Si vous ne la fermez pas tous, je vais attraper un de ces serpents jaunes et vous planter ses crocs dans le cou.

L'Aigle retira ses bottes en riant, puis se recoucha. Remy était surprise qu'il se soit levé si tôt pour prendre des nouvelles de ses amis. Ou plutôt de *leurs* amis désormais, sans doute. Il était évident que les faes s'étaient attachés aux deux sorciers bruns, eux aussi. Et ils savaient à présent qu'ils ne les reverraient sans doute jamais.

Remy attendit pour se lever d'être certaine que sa tristesse ne se lisait pas dans ses yeux. Heather et Fenrin allaient rentrer dans la cour de l'Ouest au lieu de les suivre vers celle de l'Est. Ça se tenait. Et dans la partie rationnelle de son cerveau, la jeune femme savait qu'ils seraient plus en sécurité là-bas. C'était leur terre natale au fond. Peut-être qu'un jour ils viendraient à Yexshire pour la retrouver. Mais avant, la petite troupe devait mettre la main sur l'amulette d'Aelusien. Gravir le mont où il était caché, le Pic Perdu, serait dangereux. Une part de Remy se félicitait que ses amis ne veuillent pas les accompagner. Elle se serait fait plus de souci pour eux sur les pentes ensorcelées de cette montagne que pour le fameux talisman. Elle se demanda néanmoins s'ils avaient pris cette décision à cause de ce que Fenrin lui avait avoué. Elle ressentit de nouveau la morsure du regret. Elle avait tout gâché. Ils avaient consacré leurs vies à la cacher, et voilà comment elle les avait remerciés. Elle n'avait jamais découragé son ami et elle avait fait la sourde oreille aux avertissements de Heather. Finalement, elle les avait tous deux laissé tomber.

Bri perçut peut-être le chagrin qui la tourmentait, car elle l'empoigna par le bras et la releva.

— Entraînement, ordonna-t-elle, comme si c'était la réponse à tout.

Chapitre 15

Remy n'était encore jamais montée à bord d'un bateau. Elle agrippait le garde-fou au point d'en avoir les articulations blanches. La barge en bois traversait le fleuve Crushwold, laissant la cour du Sud dans son dos et voguant vers un tout petit point à l'horizon, droit devant elle. Les berges de la cour de l'Est. L'odeur désagréable de la jungle humide restait accrochée sur sa peau. L'atmosphère étouffante de la semaine écoulée l'avait éprouvée. Remy aurait dû accueillir la brise fluviale avec bonheur... mais l'embarcation tanguait trop pour ça.

La magie rouge pouvait animer des objets et, quand elle était assez puissante, les maintenir en mouvement, comme la fontaine au pied de l'arbre de prière. Le sort qui avait été jeté à la barge était ancien. Il avait dû requérir les pouvoirs combinés d'une centaine de sorciers rouges pour que l'embarcation puisse ainsi traverser le cours d'eau dans un sens et dans l'autre sans voiles ni rames. Et la jeune femme avait été surprise de constater que leurs pouvoirs subsistaient alors que tant d'entre eux avaient été tués. Elle se demanda combien d'années encore la barge continuerait ses allers et retours avant de connaître des dégradations irréparables. Il restait si peu de membres de son Ordre... Un jour, il n'y aurait plus d'objets magiques.

Carys et Hale s'étaient retirés de l'autre côté de l'embarcation pour discuter, tandis que Remy était agrippée au garde-corps entre les Deux Aigles.

— Tu as le mal de mer ? lui demanda Talhan, qui avait remarqué son visage pâle et tendu.

La barge se balançait violemment sur l'eau agitée. Le vent avait au moins le mérite d'apaiser son estomac contrarié par les remous.

— Je ne me sens pas en sécurité, admit-elle entre ses dents serrées.

Elle était convaincue que le bois du bastingage allait finir par se casser si elle le serrait plus fort.

— Le seul risque, c'est quand on ne sait pas nager, dit Bri, en l'observant à la dérobée. Tu sais nager ?

— Quoi ?!

Le roulis faisait trembler ses jambes.

— Elle plaisante, intervint Talhan en ricanant. Cette barge est parfaitement sûre. On traverse souvent ici, dans l'autre sens, pour venir à la cour du Sud.

Ses paroles ne réussirent pas à apaiser la jeune femme. Elle avait appris à nager dans son enfance, chaque fois qu'elles faisaient étape, Heather et elle, dans un endroit où il y avait une rivière, une mare, n'importe quoi, mais elle ne s'était jamais aventurée dans un endroit où elle n'avait pas pied, et certainement pas dans des eaux agitées de vagues et de courants aussi puissants.

— Vous êtes contents de rentrer chez vous ? demanda Remy aux jumeaux, désireuse de penser à autre chose.

— Aucun de nous n'a de très bonnes relations avec la cour de l'Est, souffla Briata.

— Vous avez encore de la famille à...

— Non.

Le message de la guerrière était limpide : non, ils n'avaient plus de famille dans ce royaume, point. Il n'y aurait pas davantage d'explications.

— Je suis impatient de manger les gâteaux à la broche de cette boulangerie dans le quartier des jardins, reprit Talhan. Son Altesse Royale nous laissera peut-être quelques jours de répit pour profiter de la ville avant de repartir dans les montagnes.

— J'en doute, rétorqua sa sœur. Il n'a pas encore accompli la mission que lui a confiée son père. À mon avis, on ne fait que passer.

Elle rogna un de ses ongles avec ses dents et le cracha dans l'eau.

— Avec un peu de chance, ajouta-t-elle, on n'aura même pas à voir la famille royale.

La voix de Carys retentit alors dans leur dos.

— Hale veut s'entretenir avec toi à l'arrière de la barge.

— Tant que ce n'est pas dans la cale... répondit Remy.

Découvrant sa mine livide, la fae ricana.

— Garde un œil sur l'horizon, lui conseilla Bri avant de lui tapoter la main.

La sorcière rouge se rendit d'un pas fébrile à la poupe. Il n'y avait aucun autre passager à cet endroit – tous étaient tournés vers l'Est, qu'ils guettaient. Le prince était accoudé au bastingage, pieds bien ancrés dans le sol.

Remy le rejoignit sur des jambes aussi tremblantes que celles d'un jeune faon. Se tournant vers elle, Hale s'apprêtait à faire une remarque désobligeante et elle l'interrompit.

— Taisez-vous.

Il garda le silence, mais son insupportable sourire narquois étira ses lèvres.

Elle s'agrippa à la rambarde de toutes ses forces tandis que le prince perdait son regard en direction de Westdale. Il tournait et retournait une fleur violette entre ses doigts. Il avait dû la cueillir avant d'embarquer.

— Qu'est-ce que c'est ? demanda-t-elle en haussant un sourcil, intriguée par cette fleur délicate.

Le fae la lui tendit d'un air grave. Elle respira à pleines narines le parfum sucré et fruité.

— Elle sent délicieusement bon. Ça me rappelle quelque chose... mais je n'arrive pas à savoir quoi exactement.

— Il s'agit d'une variété de passiflores. Une fleur sauvage qu'on ne trouve que sur les berges du fleuve Crushwold. Les sorciers violets d'autrefois la portaient aux nues.

Les pensées de Hale semblaient l'avoir entraîné très loin.

— Tu as très bien pu en avoir déjà senti. On la retrouve dans de nombreux parfums. À une époque, elle avait les faveurs de la famille royale de la Haute Montagne. Peut-être que tu l'as suffisamment fréquentée dans ton enfance pour te la rappeler ?

Le cœur de Remy se serra aussitôt. Oui, elle se souvenait d'où venait cette odeur. Et elle la faisait voyager dans le passé d'une façon bien plus puissante que n'importe quel mot ou son. Des larmes commencèrent à lui piquer les yeux alors que le vent plaquait ses cheveux sur ses joues. Ravalant la boule dans sa gorge, la jeune femme huma de nouveau la fleur.

— Son parfum est vraiment délicieux, murmura-t-elle.

— C'était la fleur préférée de ma mère, ajouta Hale en regardant les pétales violets tourner dans la main de Remy.

— C'était ? Je suis désolée...

— Elle n'est pas morte, rectifia le prince, même si on se voit si peu qu'elle pourrait aussi bien l'être.

— Elle ne vit pas dans la capitale ?

La sorcière fit de nouveau virevolter la tige entre ses doigts. Elle se rendit soudain compte qu'elle avait lâché le garde-corps pour la tenir. Ses jambes étaient plus solides quand elle se trouvait près de Hale.

— Je vois que les ragots de la cour de l'Est ne sont pas parvenus jusqu'à ta petite taverne dans l'Ouest ?

Il laissa échapper un rire qui manquait de conviction. Elle fit non de la tête.

— Ma mère vit sur la côte, dans un village de pêcheurs isolé, Haastmouth Beach. Mon père l'a bannie de la capitale lorsqu'il a épousé la reine actuelle.

Remy retint un cri. Bannie ? Comment le roi pouvait-il se montrer aussi cruel avec la femme qui avait porté son premier enfant ?

— Mais pourquoi ?

— Je crois qu'il l'aimait sincèrement. Malheureusement, elle n'était pas tout à fait de son rang et il avait des ambitions qu'elle risquait de contrecarrer. Dans la famille royale de l'Est, on n'a pas pour habitude de faire des mariages d'amour.

Elle lui rendit la passiflore et il soupira.

— Le jour où il a annoncé à ma mère qu'il allait épouser celle qui deviendrait la reine, quelque chose s'est brisé en elle. On raconte qu'elle est devenue folle. Et que c'était plus charitable de la chasser plutôt que de l'enfermer.

Pour éviter que la surprise ne lui arrondisse la bouche, Remy serra les dents.

— Ils l'auraient vraiment enfermée ?

— Ils m'ont empêché de la voir pendant tellement d'années... J'avais six ans quand elle est partie. Et six années supplémentaires se sont écoulées avant que je m'enfuie pour aller la rejoindre.

Remy avait le même âge que lui l'année où elle avait perdu ses parents.

— Bien sûr, j'ai trouvé une femme parfaitement saine d'esprit. Triste, oui, mais qui avait toute sa tête. Je crois que mon père l'aimait et qu'il préférait l'éloigner de lui.

— C'est terrible, souffla-t-elle en se mordillant la lèvre.

— Je lui ai rendu visite pendant de nombreuses années. J'ai passé tous les étés de mon adolescence dans ce village. Mon père m'autorisait à partir quand mes professeurs particuliers étaient en vacances. Je me suis lié d'amitié avec des gens du coin. J'ai appris à pêcher et à nager dans les vagues immenses de l'océan. J'arrivais toujours avec un énorme bouquet de ces fleurs, cueillies sur la berge orientale du Crushwold. Ces passiflores ne poussent pas au bord de la mer.

— Ces souvenirs ont l'air joyeux...

Remy ignorait comment conclure sa phrase. *Et pourtant, lorsque vous parlez d'elle, vous semblez si triste... Que s'est-il passé ?*

— Cela fait dix ans que je ne l'ai pas revue. Aux dires de mes soldats, elle est toujours en vie.

Hale avait prononcé ces derniers mots si bas qu'elle dut tendre l'oreille à cause du vent.

— P... Pourquoi ?

— Le jour de mes dix-huit ans, mon père m'a confié ma première mission. Former une troupe de soldats pour reprendre le village de Falhampton, tombé sous le contrôle du Nord. En chasser tous les combattants ennemis. Superviser la construction de fortifications plus efficaces, de tours de garde. Entraîner les villageois à se défendre lors de futures attaques. Une tâche qui aurait convenu à un général et qu'il m'avait pourtant confiée, en dépit de mon comportement puéril et de mon goût pour la fête.

Il soupira avant de conclure :

— Je n'ai compris que récemment qu'il pensait que j'échouerais. Il voulait montrer aux yeux du monde qu'il me donnait une chance.

— Et vous avez réussi...

Remy sourit d'un air complice. Les épaules de Hale se redressèrent légèrement.

— Eh oui… Il m'a fallu près d'un an, mais tu aurais dû voir sa tête à mon retour. C'était la première fois que j'avais l'impression d'exister vraiment à ses yeux. Il m'a élevé au rang de général, le plus jeune du royaume.

Il débordait de fierté et bomba brièvement le torse.

— J'avais prévu de rendre visite à ma mère dès mon retour, toutefois mon père me l'a déconseillé. Je devais montrer au peuple que j'étais le vrai prince de l'Est, que je les avais choisis, la couronne et lui, plutôt qu'elle.

— C'est absurde, dit Remy en balayant l'air d'un geste de la main.

Comme si cette remarque l'avait sorti d'un état de transe, il éclata de rire.

— Où étais-tu à l'époque, quand j'avais besoin de l'entendre ?

Il jeta la fleur dans le fleuve, où elle fut engloutie par les eaux tumultueuses.

— Je lui ai écrit une lettre pour m'excuser de ne pas être venu la voir. J'y expliquais que je devais me concentrer sur mon travail de jeune général. Elle m'a répondu.

— Je suppose qu'elle s'est montrée compréhensive…

— En effet.

Les yeux de Hale se plissèrent alors qu'il lui adressait un sourire triste.

— Elle m'a dit qu'elle était fière de moi et que je savais de toute façon où la trouver lorsque je serais prêt. Elle m'a rappelé de ne pas oublier de venir avec un bouquet de fleurs.

Après un soupir, il conclut :

— Et à mesure que les années ont passé, la honte a grandi. Ça devenait de plus en plus difficile pour moi de faire ce voyage. J'étais de moins en moins sûr qu'elle me pardonnerait.

— Elle le fera, le rassura Remy d'un ton déterminé, en pressant son épaule contre celle du prince.

— Tu as l'air bien optimiste !

— C'est le cas.

Elle colla de nouveau son épaule à la sienne.

— Elle vous aime, poursuivit-elle. Et l'amour maternel... ne diminue pas avec les années. Il brille de toutes ses forces, éternellement.

— Où as-tu entendu ça ?

Les fossettes apparurent sur les joues de Hale lorsqu'il la regarda.

— Dans la bouche de la mienne.

À cet instant-là, ils ressemblaient à deux petits enfants qui souffraient d'être loin de leurs mères. Un sentiment profond de vulnérabilité qu'ils ne montraient que rarement aux autres. La douleur de Hale reflétait celle de Remy. Elle le faisait moins ressembler à un prince qu'à une personne normale, un fils, avec une famille qu'il aimait et qui lui manquait. Comme elle.

— Une fois que vous aurez retrouvé le prince de la Haute Montagne et que vous lui aurez permis de remonter sur le trône, vous irez la voir avec un énorme bouquet de fleurs parfumées, et elle vous sourira avant de vous serrer aussi fort que s'il ne s'était écoulé qu'un seul jour.

Perdant son regard au loin, elle imagina qu'elle allait revoir sa propre mère.

Celle de Hale était encore en vie, et elle ne pouvait pas laisser la honte l'empêcher de la revoir. Cela lui transperçait le cœur d'imaginer qu'un enfant qui en avait la possibilité ne le ferait jamais.

— Je te trouve bien sûre de toi... Ça fait quand même beaucoup de conditions à réunir.

Il s'était rapproché plus près et leurs deux flancs se touchaient de l'épaule à la hanche.

— Elles seront réunies.

— Et qu'en sais-tu ?

— J'y veillerai, rétorqua Remy avec assurance.

— Tu comptes rester dans les parages à la fin de cette longue aventure ? Tu es une sorcière rouge... j'imaginais que ta place serait plutôt à Yexshire.

— Les sorciers de mon Ordre servaient différentes cours autrefois, pas seulement celle de la Haute Montagne.

La jeune femme n'en revenait pas de ce qu'elle était en train de proposer, pourtant elle se força à poursuivre :

— Vous et vos sujets, Votre Altesse, auriez bien besoin des conseils avisés d'une sorcière rouge.

Le fae gloussa.

— Oui, tu as sans doute raison.

Il baissa la tête pour la regarder. Il approcha son visage si près du sien qu'elle sentit son haleine chaude sur sa joue.

— C'est la première fois, je crois, que je rencontre une sorcière qui se sent autorisée à parler aussi librement. Les gens qui me disent ce que je veux entendre ne me servent à rien. C'est exactement ce que je recherche chez mes soldats : l'honnêteté. Je veux qu'ils soient capables de me dire quand j'ai dépassé les bornes. Qu'ils ne soient loyaux que parce que je le suis aussi.

— Ils m'ont tout l'air d'être des gens bien...

Si le reste de ses troupes ressemblait à Carys, Talhan et Bri, alors il avait trouvé de bonnes recrues.

— Ils le sont, oui.

Son regard se radoucit.

— Alors tu cherches un poste permanent ? Tu serais prête à me suivre ?

Elle haussa les épaules et il sourit. Elle répondit d'une voix plus suave qu'elle n'en avait l'intention :

— Je prendrai le même engagement que vos soldats : je vous serai loyale tant que vous le serez aussi.

Il lui décocha alors un vrai sourire, immense, puis soupira. Son souffle vint chatouiller ses lèvres.

Elle s'était cachée toute sa vie, sans réussir à se protéger réellement. Peut-être qu'assumer au grand jour ce qu'elle était, une sorcière rouge, en jouissant de la protection d'un prince était une option bien plus sûre pour elle. Elle savait pertinemment que la mission dans laquelle ils s'étaient engagés finirait par échouer, et elle avait besoin d'une garantie de protection pour le jour où cela arriverait. Il y avait une autre raison également. Quelque chose en elle lui soufflait que, même si l'idée la dérangeait, elle aspirait à rester près de lui.

Hale souriait toujours.

— Et en tant que nouvelle conseillère, aurais-tu des recommandations à m'adresser ?

— La première serait d'aller rendre visite à votre mère !

Remy avait un sourire jusqu'aux oreilles, si bien que ses joues lui fermaient à moitié les yeux. Hale se pencha vers elle pour glisser une mèche de cheveux derrière son oreille. Surprise par la tendresse de ce geste, elle leva la tête vers lui et fut prise au piège de ses prunelles grises, qui restèrent longtemps aimantées aux siennes.

Le bateau tangua brusquement et ils furent projetés vers l'avant. Remy agrippa la rambarde le temps que l'embarcation se stabilise. Le fae pinça les lèvres pour retenir un éclat de rire.

— J'ai comme l'impression que vous n'êtes pas impatient de rentrer chez vous, observa-t-elle pour changer de sujet.

— Non, soupira-t-il. La cour de l'Est est un endroit plaisant à ce qu'on m'en dit, pourtant je ne l'ai jamais vue sous ce jour.

— J'en suis navrée pour vous.

— C'est justement le sujet que je voulais aborder avec toi... Lorsque nous accosterons sur l'autre rive du Crushwold, je devrai endosser un autre rôle.

— Plus princier ?

— Non, je...

Il peinait à trouver ses mots, et elle regretta d'avoir parlé avec autant de légèreté.

— Aux yeux du monde, reprit-il, je suis... On me surnomme le Prince Bâtard.

— Je le sais.

Elle avait d'ailleurs déjà utilisé cette arme symbolique contre lui.

— Je ne me pardonnerai jamais de l'avoir fait, moi aussi.

Il l'observa longuement et un coin de sa bouche se souleva.

— Merci.

Remy savait combien ces insultes étaient pourvues de griffes qui se plantaient dans la chair d'un individu. Elle savait que le mot « sorcière » avait évolué au fil du temps pour devenir un terme dévalorisant, désignant une femme dangereuse ou de moindre valeur. Et elle savait enfin qu'en dépit des efforts qu'on faisait pour ne pas se laisser atteindre par ces offenses, elles étaient tenaces. Et qu'on finissait par y croire. C'était douloureux de songer qu'elle l'avait traité de bâtard, qu'elle avait contribué à entretenir cette conviction blessante pour lui.

— Vous voulez donc dire qu'à l'Est vous endossez le rôle qu'ils attendent de vous ? lui lança-t-elle.

— C'est vraiment agréable, dit-il tandis que ses yeux se plissaient.

— Quoi ?

— De discuter avec quelqu'un qui comprend qu'on puisse jouer la comédie.

Remy perdit son regard à la surface du fleuve, puis se racla la gorge.

— Oui, dissimuler mes pouvoirs a longtemps été mon seul objectif dans la vie.

Elle ne distinguait plus les berges sud. La barge magique approchait déjà de l'Est. Ils se déplaçaient à une vitesse impensable.

— J'ai tout organisé, tu suivras Carys à notre arrivée en ville. Tu resteras avec elle jusqu'à notre départ pour le Pic Perdu.

Il baissa les yeux vers ses mains. La question qu'elle n'osait pas poser tout haut devait se lire sur ses traits, car il ajouta :

— Je suis désolé que tu doives de nouveau cacher ta magie.

— Mais pourquoi ? Est-ce que je ne devrais pas plutôt vous accompagner ? Tout le monde doit savoir que vous avez trouvé une sorcière rouge et récupéré l'anneau, non ?

— Je ne veux pas que mon père puisse s'approcher ni de l'anneau, ni de toi.

Sa voix était tendue comme un arc et les muscles de sa mâchoire se contractaient.

— Savoir qui tu es et où se trouve ce bijou lui conférerait un pouvoir que je ne tiens pas à lui donner.

— Vous craignez qu'il se l'approprie ? s'étonna-t-elle. Mais n'était-ce pas son idée à lui de retrouver le prince de la Haute Montagne et de lui rendre les talismans égarés ?

— Si, rétorqua-t-il en la dévisageant. Pour autant, je n'ai confiance ni en lui ni en ses conseillers.

— Et pourquoi ?

Remy regretta aussitôt sa question. Le langage corporel de Hale était éloquent. Le prince ne faisait pas confiance à son père, et ce pour de nombreuses raisons. Il y avait entre eux des tensions dont elle ignorait tout.

— Vous n'avez pas à me répondre, s'empressa-t-elle de répliquer. Je me fie entièrement à votre jugement.

Il soutint de nouveau son regard, plus longuement cette fois-ci. Elle vit son reflet dans ses pupilles. C'était comme un miroir où elle pouvait observer son âme, ses peurs et ses blessures. Cette proximité entre eux tenait de la magie.

— Votre père ne me démasquera-t-il pas si je reste avec Carys ? lui demanda-t-elle.

— Elle a quitté la cour du Sud pour rejoindre nos rangs il y a un an, lors d'un accrochage à la frontière avec le Nord, lui répondit-il. Mon père connaît Bri et Talhan mais pas elle. Toutefois je ne me fais pas d'illusions, il ne faudra pas longtemps pour que ses espions identifient la sorcière rouge que nous avons ramenée au royaume... Avec un peu de chance, le temps que cela arrive, nous aurons déjà repris la route pour nous rendre dans les montagnes.

— Et pour vous, ça ira ?

Sa question sembla prendre Hale au dépourvu, malgré ses tentatives pour le masquer.

— Je suis habitué à ce nid de vipères.

Son éclat de rire était forcé, Remy s'en rendit compte.

— Mais je suis bien content de ne pas avoir à te traîner dans cet endroit, ajouta-t-il.

Elle se mordilla la lèvre.

— Pourtant, je suis plutôt douée dans le rôle de la sorcière dévouée.

— C'est le moins qu'on puisse dire !

Son sourire se fit plus sincère. Il jouait avec le fil rouge autour de son poignet, comme s'il repensait à ce qui s'était passé à la cour du Sud.

— Mais je ne veux pas me livrer au même genre de petit numéro qu'à Ruttmore, lâcha-t-il.

— Ah...

Elle s'efforça de cacher sa déception.

— Mon père est un homme rusé, expliqua-t-il. Il est plus perspicace que la plupart. Au premier regard, je serais démasqué.

— Démasqué ? souffla-t-elle.

— Il saurait que je ne fais pas semblant.

Cet aveu la pétrifia. Il s'était exprimé avec nonchalance, et néanmoins Remy savait combien cela avait dû lui coûter de prononcer ces mots à voix haute. Hale lâcha le bastingage et s'éloigna, la laissant seule avec cette confession. Il voulait la maintenir éloignée du roi parce qu'il tenait à elle et qu'il craignait que celui-ci puisse s'en prendre à elle pour l'atteindre, lui. La jeune femme ouvrit, puis referma la bouche. Que pouvait-elle lui dire ? Qu'elle partageait ses sentiments ? Elle ignorait quelles conséquences cela aurait pour eux.

Des cris lui parvinrent alors de la terre ferme. Ils avaient atteint le royaume de l'Est.

Chapitre 16

Une foule de curieux et de gardes royaux attendaient Hale, Bri et Talhan. Remy observa, depuis la barge, l'aisance avec laquelle le prince retrouvait son masque de prétention nonchalante, tandis qu'il saluait la foule en décochant des clins d'œil. Il distribua quelques pièces d'or aux enfants en riant comme s'il se délectait de leurs applaudissements. Le son de ce rire irrita les oreilles de Remy. Cette petite comédie lui faisait horreur. Heureusement, elle n'eut pas à la regarder trop longtemps. Le comité d'accueil était venu avec des chevaux pour le prince et les Aigles. Ils partirent vers la ville avant que Carys et la sorcière rouge aient pu débarquer avec le reste des passagers.

De très beaux navires étaient au mouillage dans le port de Wynreach. L'un d'eux hissait les voiles, prêt à descendre le Crushwold pour prendre la mer. La cour de l'Est était réputée pour ses navires marchands. Ils transportaient toutes sortes de biens, allant de la laine aux parfums, à travers le continent d'Okrith.

La ville de Wynreach était nichée au milieu de forêts de pins denses et de collines ondoyantes, qui s'étendaient à perte de vue. Remy savait qu'au-delà se trouvait l'océan. L'essentiel des bâtiments, en bois, étaient ornés de motifs complexes et subtils, reflet de l'importance de l'industrie forestière et de la menuiserie dans l'histoire de la capitale. Des odeurs mêlées y flottaient : feux de cheminée, pain frais et la promesse piquante de l'hiver qui approchait.

La cité était dominée, en son cœur, par le château de Wynreach. Ses douze tours étroites, qui ponctuaient de gigantesques murailles de pierre grise, se découpaient dans le ciel. Le mur d'enceinte était percé de meurtrières pour les archers, quand ceux à l'intérieur possédaient d'immenses vitraux. Depuis le fleuve, on les voyait scintiller. Cet édifice réussissait l'exploit d'être à la fois beau et dangereux, ses tours délicates et ses vitraux formant un étrange contraste avec ses remparts de pierre couleur cendre et ses défenses.

Hale et les jumeaux avaient disparu en direction du château en hauteur, engloutis par les routes sinueuses et la foule qui les bordait. Le prince était chez lui dans ce palais. Et Remy se fit la réflexion qu'il combinait d'ailleurs, lui aussi, beauté et dangerosité. Elle repensa à ce qu'il lui avait confié quelques instants plus tôt. Il ne voulait pas d'elle au château, car il craignait que son père devine l'affection qu'il avait pour elle.

Son attachement n'était donc pas feint. Il tenait à elle.

Elle secoua la tête. Elle ne parvenait pas à leur imaginer un avenir radieux, même s'ils réussissaient à calmer les ardeurs guerrières du roi Vostemur. Il n'y aurait jamais de paix. Ils ne pourraient pas vivre heureux jusqu'à la fin de leurs jours dans ce palais. Elle n'était pas ce genre d'héroïne. Elle savait très bien où menait le chemin sur lequel elle s'était engagée, et ça lui était bien égal. Vouloir faire partie de la vie de Hale la conduirait à sa mort. C'était précisément ce contre quoi Heather l'avait mise en garde.

Carys la tira de ce maelström de pensées noires en lui prenant le bras pour la guider à travers la foule.

Elle naviguait avec aisance dans la ville alors que Remy était surprise par le monde. Même lorsqu'elles s'éloignèrent de l'artère principale, elles trouvèrent des voies bondées. Chariots, étals, tentes présentant toutes sortes de marchandises s'entassaient le long de rues étroites. L'odeur de cette multitude de corps tourmentait la jeune femme et lui rappelait celle qui régnait dans les tavernes aux petites heures du jour, quand les fêtards, trop nombreux, avaient dansé trop longtemps.

— Par ici, lui dit la guerrière en lui prenant le coude cette fois.

Remy ajusta son paquetage sur son dos. Carys la conduisait dans une ruelle plus calme, bordée d'une enfilade de maisons à deux étages. Un quartier résidentiel, qui ne respirait pas la richesse. Des cordes à linge étaient tendues très haut au-dessus de leurs têtes. Les vêtements de serviteurs et d'enfants y séchaient. C'était là que les humains au service des faes vivaient.

— Tu te mêles aux humains ? s'étonna Remy.

— Je ne réside pas ici en temps normal, mais ma sœur si, et elle nous hébergera le temps de notre présence en ville.

Elle tourna dans une autre ruelle sans nom.

Dans ce quartier aussi, les habitations possédaient des portes et des cadres de fenêtres en bois sculpté sur lesquels étaient peints des motifs sophistiqués. Il se dégageait de Wynreach une beauté éclatante et colorée si peu en accord avec l'image qu'elle se faisait du roi Norwood.

— Ta sœur vit avec des humains alors ?

Les faes avaient pour habitude de rester entre eux. Ils étaient à la tête de tous les royaumes du continent, et ce grâce à l'aide des sorciers. Les humains, eux, étaient assimilés partout à des serviteurs. À présent, les sorciers leur étaient devenus inférieurs, peu étant autorisés à mener une existence libre, sans dépendre d'un maître. Remy avait, pour l'essentiel de sa vie, été traitée comme une moins que rien. Elle ne l'oublierait jamais. Et elle avait bien du mal à imaginer des humains tolérant la présence d'une fae.

— C'est ma demi-sœur, expliqua Carys, elle n'est que mi-fae.

Sa longue tresse blonde se balançait dans son dos à chacun de ses pas. À cette nouvelle, Remy s'arrêta net. Elle cligna des paupières plusieurs fois avant d'emboîter, de nouveau, le pas à Carys.

— Je n'avais encore jamais entendu parler de demi-fae, avoua-t-elle, perplexe.

Elle n'avait même pas imaginé que c'était possible... et pourquoi ? Elle savait pourtant que les faes de la Haute Montagne avaient du sang de sorciers... C'était la toute première fois qu'elle entendait parler d'unions entre faes et humains.

— Et pourtant ils existent, lui répondit Carys. Même si beaucoup de faes le regrettent. Ils se débarrassent de la plupart des halfelins.

Ces mots transpercèrent Remy. La guerrière les prononçait avec bien trop de désinvolture. Les faes ne voulaient pas de ces êtres hybrides parce qu'ils venaient complexifier la hiérarchie structurée sur laquelle ils faisaient reposer le monde – une hiérarchie au sommet de laquelle ils trônaient bien entendu.

— Vous avez le même père ou la même mère ? demanda-t-elle, même si elle avait déjà sa petite idée.

— Le même père, lui confirma Carys, amère. Lorsque la mère de Morgan a découvert qu'elle était enceinte, elle s'est enfuie de la cour du Sud, redoutant ce que mon père pourrait lui faire.

— Comment as-tu appris son existence ?

Remy crispa les doigts de sa main gauche sur son arc. Pendant leur long périple, elle l'avait accroché à son paquetage mais, dans cette ville, elle avait besoin de le tenir pour se sentir plus en sécurité.

— Mon père l'a avoué sur son lit de mort.

Elle continuait à parler avec l'indifférence froide et la façade de marbre dont Remy savait très bien qu'il s'agissait d'un rôle de composition.

— Il avait appris la naissance de Morgan. Il s'était arrangé pour que sa mère soit protégée, pour qu'elles soient, toutes les deux, bien logées, pour qu'elles ne manquent de rien. Sans qu'elle le sache, bien sûr... Il a réussi à garder le secret jusqu'à sa mort... enfin, si on excepte Ersan, bien sûr.

Remy n'avait jamais entendu ce prénom, et pourtant elle devinait de qui il s'agissait. Carys lui avait déjà confessé qu'elle avait quitté la cour du Sud après avoir eu le cœur brisé. Le fait qu'elle ne précise pas qui il était était éloquent en soi.

— Je suis navrée, reprit-elle, ne parvenant pas à trouver les mots justes. J'ai l'impression qu'il a cherché à faire les choses correctement.

— Non.

La sorcière rouge ne savait plus très bien si la guerrière parlait de son père ou d'Ersan à présent.

— Je n'ai pas d'autre frère ou sœur, et je n'ai découvert son existence que l'année dernière. Ma mère est morte quand je n'étais encore qu'une enfant, et mon père était absent la plupart du temps.

Elle plongea sous une couverture suspendue à une corde à linge.

— J'ignorais que j'avais une famille, ajouta-t-elle.

Remy ne connaissait que trop bien cette souffrance. La sienne avait entièrement disparu. Cependant, elle avait eu Heather et Fenrin. La sorcière brune l'avait recueillie un an après le massacre de Yexshire, et Fenrin, qui les avait rejoints lorsqu'elle en avait douze, était rapidement devenu son meilleur ami. À leur souvenir, Remy sentit son cœur se serrer. Elle se reprochait la façon dont ils s'étaient séparés, la facilité avec laquelle elle avait écarté les inquiétudes de sa protectrice – avec aussi peu de considération que s'il s'était agi d'une miche de pain rassis. Ils avaient été sa famille, et elle n'avait pas apprécié à sa juste valeur ce qu'ils représentaient. Des souvenirs de la cour du Sud lui revinrent alors à l'esprit, portés par la brise. Les jardins luxuriants, la nourriture savoureuse, les vêtements magnifiques... Elle se demanda comment allait son ami, s'il avait repris des forces. Elle espérait qu'ils n'avaient pas changé d'avis et ne chercheraient pas à la rejoindre.

— Nous voici arrivées, annonça Carys, plus pour elle-même que pour sa compagne.

Elle s'était arrêtée devant une petite porte en bois. Des volutes turquoise, violettes et dorées y étaient gravées. La peinture s'écaillait. Le perron, bien balayé, était décoré de quelques pots de fleurs sauvages. La guerrière frappa.

Un humain lui ouvrit.

— Carys ! s'écria-t-il en se jetant sur la fae pour la soulever dans ses bras. Ça faisait des mois ! Comment vas-tu ?

— Je vais bien, gloussa-t-elle lorsqu'il l'eut reposée. Je suis ici pour quelques nuits, et j'espérais que vous pourriez m'héberger. Je suis avec une amie.

Il se décala pour pouvoir jauger Remy, cachée derrière son amie. La quarantaine, il était mince mais puissant. Ses cheveux bruns en bataille et sa barbe épaisse commençaient à grisonner sur ses tempes. Il sourit à la jeune femme, qui s'agita, mal à l'aise, avec son arc.

— Je te présente mon beau-frère, Magnus. Magnus, je te présente Remy.

Il lui tendit la main et elle la serra. Il avait la paume calleuse.

— Enchanté.

— Moi aussi.

Elle restait sur ses gardes. Elle n'avait encore jamais rencontré d'étranger aussi gentil avec elle. Magnus devait la prendre pour une humaine.

— Entrez donc, reprit-il, Morgan vient de mettre de l'eau à bouillir.

Leur maison de ville était modeste, avec son parquet en bois brut, son papier peint qui se décollait par endroits, mais elle était chaleureuse et accueillante. Magnus leur fit emprunter un couloir qui débouchait sur une cuisine de belle taille.

— Carys !

Des éclats de voix retentirent aussitôt et trois jeunes enfants se précipitèrent avec joie vers la guerrière. Elle posa un genou au sol pour pouvoir tous les serrer contre elle.

La femme aux fourneaux se retourna et essuya ses mains sur son tablier. Cette quadragénaire au physique frappant avait les mêmes cheveux blonds et les mêmes yeux bleus que sa sœur. Ses pommettes et son menton étaient plus ronds, cependant. Quant à ses oreilles, plus allongées que celles des humains, elles ne se terminaient pas en pointes contrairement à celles des faes. Morgan était aussi beaucoup plus petite, et sa silhouette ronde aux formes maternelles contrastait avec celle élancée et athlétique de la guerrière. Malgré tout, leur lien familial ne faisait aucun doute : elles étaient bien sœurs.

— Bonjour, lança-t-elle en se tournant vers Remy pour lui serrer la main. Je m'appelle Morgan.

— Et moi, Remy.

— Enchantée de faire ta connaissance.

Il émanait d'elle une grande douceur – encore une différence avec sa sœur – et elle se tourna vers la bande d'enfants qui vociféraient autour de Carys.

— Mon aîné s'appelle Matthew, précisa-t-elle en désignant le garçon blond aux yeux bruns chaleureux. Ensuite, il y a Maxwell, puis Molly.

La jeune femme sourit. Ils avaient tous un prénom commençant par la même lettre. C'était aussi le cas dans sa famille.

Cette tradition faisait lever les yeux au ciel de certains, mais elle l'avait toujours aimée. Ça avait contribué à leur donner le sentiment de former un groupe soudé.

— Tu as des cadeaux pour nous ? demanda Maxwell.

On aurait pu le prendre pour le frère jumeau de Matthew s'il n'avait pas mesuré une bonne tête de moins que lui. Son aîné le bouscula gentiment ; il savait mieux se tenir que lui.

Carys rit aux éclats.

— Bien sûr que j'ai des cadeaux !

Elle leva un sourcil d'un air mystérieux et se mit à fouiller dans son paquetage. L'excitation éclaira la mine des deux garçons. Molly, qui ne devait pas avoir plus de trois ans, observait ses grands frères en jouant avec sa tresse dorée, plus intéressée par leurs réactions que par ce que Carys leur avait apporté.

Le cœur de Remy se serra. Elle ne se rappelait que trop bien ce que Molly ressentait. Elle aussi, elle avait cru que ses grands frères avaient le pouvoir de décrocher la lune ; elle aussi, elle les avait suivis comme un caneton, à leur grande exaspération.

— Des souvenirs de l'Ouest, annonça Carys en produisant un petit ballot de tissu.

Elle en sortit trois disques en argile, qu'on pouvait suspendre par une cordelette. Chacun comportait une petite peinture très détaillée. Elle tendit à Matthew celle d'un faucon qui tenait un poisson dans ses serres, une lune et des étoiles à Maxwell et un chêne éclatant de couleurs automnales à Molly. Les enfants semblaient ravis.

Son amie avait transporté ces présents depuis la cour de l'Ouest. Ils se trouvaient dans son paquetage depuis des semaines et n'avaient pas été abîmés pendant les longues heures de marche et de cheval. C'était donc pour cette raison qu'elle avait toujours veillé à ne pas s'asseoir sur ses affaires autour du feu, contrairement au reste de ses compagnons. Tout ce temps, Carys avait pensé aux disques d'argile.

— Bon, vous trois, allez vous laver les mains pour le dîner.

La voix de Morgan interrompit les glapissements de plaisir de ses enfants. Les deux sœurs purent enfin se prendre dans les bras. Une longue et belle étreinte qui rendit Remy jalouse. Les enfants s'étaient exécutés, s'élançant dans l'escalier pour monter se préparer.

La jeune femme sentit enfin ses muscles se détendre, comme sous l'effet de la chaleur et de la tendresse palpable dans l'atmosphère. De ce sentiment d'être en famille.

*

Une fois les enfants redescendus, ils s'entassèrent tous autour de la table de la cuisine. Une fae, une sorcière, une halfelin et un humain. On aurait dit le début d'une histoire drôle. Deux chaises étaient apparues comme par magie. La maison avait beau être un peu délabrée, on sentait que ses occupants l'aimaient. Une collection de peintures variées en ornait les murs. Des paniers remplis de céréales et de fruits et légumes étaient repoussés dans les coins. Un méli-mélo de tasses à thé décorées était suspendu à des crochets au mur. Les preuves de la présence de trois enfants sous ce toit ne manquaient pas : jouets, dessins et chaussures éparpillés partout. Un chaos joyeux et débordant d'amour.

Morgan leur servit un repas délicieux. Un ragoût savoureux, épicé à la perfection, du pain frais et moelleux. La conversation était agréable, elle aussi, Carys décrivant avec beaucoup de détails farfelus tous les endroits qu'elle avait visités. Morgan et Magnus semblaient avoir compris que Remy ne voulait pas répondre à des questions personnelles, et ils parlaient donc de leur vie. Il était menuisier. Il possédait une boutique dans la rue principale, où il vendait de la vaisselle ouvragée à des faes. Elle était couturière et reprisait les vêtements d'humains le soir, lorsque les enfants dormaient. Ils évoquaient leur existence avec simplicité. Tout en parlant, Magnus ébouriffait les cheveux de Maxwell et Morgan passait une main dans le dos de son mari. Des gestes si anodins et si doux. Ceux d'une famille.

Les ombres s'étirèrent et les bols de ragoût se vidèrent. Remy s'absorba dans une rêverie : elle fantasmait un quotidien autour d'une grande table, avec ses proches et ses amis. Heather et Fenrin étaient là bien sûr, et ses enfants se poursuivaient autour de la table. Elle attendait son troisième enfant et son mari posait une main affectueuse sur son ventre rond, tout en lui souriant avec bonheur. Elle voyait très clairement les traits de ce mari, même si ça lui coûtait de l'admettre. Ils riaient et mangeaient jusqu'à ce que les chandelles soient entièrement consumées.

Peu à peu, les images de ce rêve éveillé furent remplacées par d'autres, pleines de fumée et de cris. Des gardes du Nord pénétrant dans la maison tandis qu'elle s'enfuyait avec ses enfants...

— Remy ?

La voix de Carys la tira de son cauchemar.

— Tu veux encore un peu de pain avant que je mange tout ?

Son amie lui tendait la corbeille. Remy chassa les visions qui continuaient à l'assaillir. Elle s'illusionnait en pensant avoir un jour une telle vie. Tant que le roi du Nord ne serait pas mort, elle ne connaîtrait pas la paix.

— Non merci, répondit-elle en se forçant à sourire. J'ai trop mangé.

Elle se tourna vers Morgan et Magnus.

— C'était déli...

Un coup à la porte l'interrompit. Carys se leva aussitôt.

— J'y vais, dit-elle en s'essuyant la bouche avec sa serviette.

Elle revint rapidement, la mine renfrognée, et empoigna Remy par l'avant-bras.

— La journée a été longue... Nous allons nous coucher.

Elle serrait un morceau de papier crème dans son poing. Elle indiqua, d'un mouvement du menton, le paquetage de son amie dans le couloir.

— Merci pour le dîner, Morg, tu sais que j'adore tes bons petits plats, ajouta-t-elle avec un clin d'œil pour sa sœur.

Remy la suivit dans le couloir, jusqu'à un salon. Là, la guerrière laissa tomber lourdement ses affaires et réunit les deux banquettes étroites, disposées de part et d'autre d'un coffre en bois usé. Elle l'ouvrit pour en sortir des oreillers et des couvertures afin de préparer leur lit. Elle s'affairait en silence, machinalement, sans lâcher le papier froissé.

— Que se passe-t-il ? finit par lui demander Remy en la voyant s'agiter comme une folle.

Carys se laissa choir sur le lit et se prit la tête à deux mains.

— Je savais que ça arriverait.

Ses épaules s'affaissèrent.

— Qu'est-ce qui ne va pas ? insista Remy en s'asseyant à côté de la fae.

— Lors de sa dernière communication avec Hale, grâce au feu, le roi Norwood lui a ordonné de faire un arrêt ici, pour le voir, avant la prochaine étape de sa quête.

Elle lui tendit enfin le morceau de papier froissé.

— Apparemment, le roi est curieux de faire ta connaissance.

Remy défroissa ce qui était en réalité un bristol. Un filigrane représentant le blason de l'Est se trouvait au verso. Au recto, dans une écriture sophistiquée, une invitation.

— Un bal pour célébrer l'équinoxe d'automne, lut-elle.

— Le messager qui me l'a apporté a bien insisté sur le fait que notre présence à toutes les deux était requise.

Une pointe de déception transparut dans sa voix lorsqu'elle ajouta :

— Il ne leur a fallu qu'une poignée d'heures pour nous trouver. Ils ont été bien plus efficaces que ce que Hale ou moi avions prévu. Le roi n'aime pas que son fils ait des secrets pour lui.

— Il est vraiment aussi nuisible que ça ?

— Pire.

Carys gardait un visage fermé. Cette invitation à un bal royal ressemblait à une punition. La poigne de fer du roi de l'Est s'étendait jusqu'à cette masure, dans les faubourgs de la capitale.

— Au moins, il ne nous convie pas à un entretien en privé, tenta la jeune femme, cherchant à voir le verre à moitié plein.

— Au moins, on aura de bonnes choses à boire et à manger, ajouta la fae en se penchant vers elle. Et on pourra aller en ville demain acheter des robes hors de prix qu'on fera payer à Hale.

— Je vais devoir porter le même genre de tenue qu'à Ruttmore ? demanda Remy avec une grimace.

À l'idée de parader devant la cour de l'Est et le roi en personne sans rien d'autre qu'un petit bout de tissu, elle avait la nausée.

— Dieux, non ! Au contraire, même, on essaiera de te couvrir au maximum.

Remy fronça le nez de perplexité, forçant Carys à développer.

— Oh, ne me regarde pas comme ça. Je n'ai pas besoin de t'expliquer que tu es la plus belle sorcière qu'il m'ait été donné de croiser. En te voyant dans cette robe rouge, la quasi-totalité des hommes présents ce soir-là a failli s'embraser.

Remy eut un petit sourire de satisfaction. Elle avait besoin qu'on le lui explique, au contraire.

— Demain soir, on jouera une tout autre partie, poursuivit la fae en penchant la tête d'un côté.

— Je ne comprends pas...

— À Ruttmore, l'objectif était d'attirer tous les regards sur toi. Ici, au contraire, on veut cacher celle que tu es en réalité.

— C'est-à-dire ? continua-t-elle en frottant nerveusement ses mains sur ses cuisses.

— Tu es une arme, Remy. Et beaucoup des membres cupides de cette cour voudront accaparer tes services. Il ne faut surtout pas qu'ils voient en toi une sorcière rouge puissante, et il faut encore moins que le roi découvre l'importance que tu as pour Hale. Je ne serais d'ailleurs pas surprise s'il t'évitait pendant toute la soirée.

Ça recommençait. Carys parlait de l'importance que Remy revêtait aux yeux de Hale, sans expliquer pour quelle raison. La jeune femme aurait tellement aimé qu'ils puissent jouer cartes sur table, sans s'abriter derrière des semi-vérités. Elle aurait aimé pouvoir s'afficher au grand jour sans avoir à cacher, une fois encore, ses pouvoirs.

— Bien, conclut-elle en retirant ses chaussures. Dormons un peu. Une grande journée nous attend demain... avec toutes ces boutiques à faire !

Un immense sourire fendit alors le visage de Carys.

Chapitre 17

Le palais de Wynreach était magnifique au crépuscule. Des ombres magiques dansaient sur ses murs. Des guirlandes de feuilles bordées d'or couvraient les escaliers menant aux immenses portes en bois. Deux citrouilles transformées en lanternes encadraient chaque marche. Elles avaient été sculptées avec une telle sophistication que les invités s'arrêtaient pour les examiner l'une après l'autre.

Les sorciers aussi avaient pour habitude de célébrer l'équinoxe d'automne, même si ce n'était en rien comparable au faste de ce bal. Ils allumaient des cierges, organisaient un festin avec les dernières récoltes estivales et jetaient des sorts de résistance pour les mois d'hiver à venir. Ils se préparaient à leur prochaine hibernation, avec les autres habitants des forêts. Les faes honoraient cette période de l'année d'une tout autre façon. Avec eux, tout devenait excessif, bruyant et décadent.

La cour de l'Est favorisait les couleurs chatoyantes sombres, très différentes des tons vifs du Sud et de ceux neutres de l'Ouest. Carys était sublime dans une robe émeraude sans manches. Celle-ci épousait les formes de son corps jusqu'aux genoux, avant de s'évaser pour former une queue de sirène. Elle portait ses cheveux tressés de façon sophistiquée et relevés – il lui avait fallu plusieurs heures de travail dans l'après-midi pour obtenir ce résultat. Elle devait soulever le bas de sa robe pour ne pas risquer de trébucher à chaque pas. Elle était absolument époustouflante. À côté, Remy se sentait invisible.

Elle portait une robe prune, couleur choisie par de nombreux autres courtisans. Il s'agissait de la teinte emblématique de ce royaume, en hommage aux sorciers violets, même si cet Ordre avait entièrement disparu désormais. Le décolleté rond était très sage, tout comme les manches trois-quarts. De petits cerceaux dissimulés sous le tissu donnaient à la jupe une forme de cloche. Avec tout ce harnachement, elle ignorait si elle pourrait s'approcher de quoi que ce soit sans être gênée. Elle préférait, et de loin, ses chausses en cuir. Ses cheveux, retenus par un élégant peigne en argent sur le côté droit, dévalaient en cascade à gauche. Elle avait laissé Carys s'occuper de son maquillage, et le résultat était sophistiqué mais pas tape-à-l'œil.

Au moment de monter sur la marche supérieure, elles virent surgir une paire de bottes en cuir de qualité.

— Quelle beauté !

La voix amusée, qui provenait du dessus, appartenait à Bri. La guerrière portait une tunique bleu canard ornée d'une délicate dentelle dorée et des chausses bordeaux. Les bijoux placés à la pointe de ses oreilles de fae faisaient ressortir la couleur de ses iris dorés, mis en valeur par un trait de khôl. Elle était à la fois excentrique et sublime. Remy ne put retenir un sourire moqueur. Elle n'imaginait pas Briata avec une robe.

— Merci, répondit Carys en exécutant une petite révérence ironique. J'ai la ferme intention d'attirer le regard de tous les hommes présents ce soir.

— Et de bien des femmes aussi, répondit son acolyte en lui adressant un clin d'œil avant de poser son regard ambré sur Remy. Tu n'es pas mal, toi non plus. Il te manque juste quelque chose...

Elle fit alors apparaître une ceinture en cuir noir. Le manche d'un petit poignard dépassait du fourreau argenté.

— Cadeau, ajouta-t-elle en lui remettant le tout.

La jeune femme sentit ses lèvres peintes s'étirer. Elle caressa le manche du couteau. Il était décoré de tourbillons d'étoiles dorées et de constellations. Sur le revers, il y avait un beau soleil éclatant, aux immenses rayons jaunes disparaissant dans le fourreau.

Remy le saisit ainsi que la fae le lui avait appris. Il se logeait parfaitement dans sa paume. La lame avait le poids idéal et elle était si bien affûtée qu'au moindre contact, même léger, le sang coulerait. Une arme ravissante et dangereuse. Comme ce château. Comme Hale.

— Il est vraiment à moi ? murmura-t-elle en l'observant amoureusement.

— Tu t'es entraînée avec beaucoup d'ardeur. Tu mérites ton propre poignard. Mais méfie-toi. Les gens penseront qu'il est purement décoratif, or il peut causer beaucoup de dégâts.

Remy sourit à la guerrière, à son amie. Elle chérirait ce trésor jusqu'à la fin de ses jours.

— Merci, lui dit-elle en se mordant l'intérieur de la joue pour empêcher les émotions de la submerger.

Bri se contenta de hausser les épaules comme si ce n'était rien.

— Mets-la ! l'encouragea Carys avec un petit glapissement d'excitation.

Remy rengaina la dague et boucla la ceinture autour de sa taille. Le fourreau suivait la courbe de sa jupe. Elle se sentait beaucoup moins en danger, maintenant qu'elle était armée.

— Prête à entrer dans la fosse aux lions ? demanda l'Aigle, en croisant les bras.

Remy leva les yeux vers les deux immenses lions en pierre qui montaient la garde de part et d'autre de l'entrée monumentale. Cet animal constituait l'élément central du blason de l'Est. Elle repéra d'autres motifs léonins : têtes, crinières hérissées et empreintes de pattes gravées dans le bois des portes, comme c'était le cas partout dans Wynreach.

Elle s'agita, rendue fébrile par la présence des sentinelles devant le palais. Un flot constant d'invités les dépassait dans l'escalier ; la plupart d'entre eux ne leur accordaient pas un seul regard. Ce qui était bon signe : elles n'attiraient pas l'attention.

— Non, pas vraiment, confessa-t-elle avant de prendre une profonde inspiration.

— Moi non plus, ajouta Carys, en la prenant par le bras pour l'entraîner. Allons trouver du vin.

*

La grande salle de bal était une explosion de bordeaux, d'orange et d'or. Des buffets de nourriture occupaient le mur droit du gigantesque espace, sur toute sa longueur. Les tables accueillaient un festin, disposé autour de plusieurs cornes d'abondance. Ça sentait la viande épicée et le cidre chaud. Douze musiciens jouaient sur une mezzanine, au-dessus de la nourriture. Le reste de la pièce était envahi de hordes de courtisans. Les danseurs taillaient un large cercle dans la foule, des dizaines de couples tournoyant sur une musique légère. À l'extrémité de la salle se dressait l'estrade depuis laquelle le roi Norwood présidait à la cérémonie.

Les accoudoirs de son trône étaient terminés par des pattes griffues tandis que le dossier était surmonté d'une gigantesque tête de lion rugissant. Il l'occupait avec raideur. Il ne ressemblait en rien à ce que Remy avait pu imaginer. Une chevelure d'un blanc argenté, des yeux noirs creusés sous des sourcils broussailleux. Il était si mince qu'il en paraissait malade. Ses joues étaient creusées et sa silhouette était noyée dans un gigantesque pourpoint de velours noir. Ses longs doigts noueux agrippaient les accoudoirs de son siège. Il était tout l'inverse de Hale : sinistre et figé.

À côté de son trône se trouvait un fauteuil en bois et en tissu violet. Il accueillait une femme blonde et replète, sourcils froncés. Remy en déduisit qu'il devait s'agir de la reine. Elle semblait beaucoup plus jeune que son époux, et affichait un air aussi blasé que lugubre.

Ses lèvres fines n'esquissaient aucun sourire. Les deux jeunes hommes blonds à sa gauche en avaient hérité. Ils avaient de petits nez porcins, des joues rondes et des mentons épais. Leur blondeur formait un contraste frappant avec leurs yeux noirs. C'était sans doute les frères cadets du prince, Belenus et Augustus. Le cadet faisait tourner une fleur violette entre ses doigts. Écrasant un pétale avec l'ongle de son pouce, il le renifla d'un air si menaçant que tous les poils des bras de Remy se dressèrent. Hale n'était pas présent près du trône de son père. Il devait faire des mondanités dans la foule.

Elle fouilla la salle du regard et finit par le découvrir. Il détourna les yeux dès qu'elle posa les siens sur lui. Il était magnifique. Il portait une veste cannelle à col mao qui faisait ressortir les reflets dans ses cheveux. À travers les attaches en bois sophistiquées du vêtement, on apercevait une chemise blanche. Ces vêtements taillés sur mesure lui allaient à merveille, mais c'était surtout sa stature princière, cette façon pompeuse d'agiter son verre de vin tout en parlant, un poing posé sur la taille, qui lui donnait l'air aussi éblouissant. Il incarnait plus qu'à la perfection le prince héritier de retour au royaume.

Talhan se tenait sur sa droite. Son rire tonna par-dessus les notes de musique alors que Hale régalait une bande de femmes grisonnantes d'une anecdote savoureuse. Il adressa un bref regard à Remy avant de se détourner de nouveau. Elle n'aurait pas droit à davantage d'attention.

— Il nous faut à boire, dit Carys en la prenant par la main.

Elle naviguait avec beaucoup d'aisance au milieu de la foule. La jeune sorcière rouge se changea les idées avec la nourriture et la boisson. Son pouls était précipité par la présence d'un si grand nombre de faes. Que risquaient-ils de faire s'ils découvraient qui elle était ? La plupart d'entre eux l'ignoraient. Elle surprit quelques coups d'œil curieux, mais ils étaient toujours brefs. Elle s'autorisa à libérer brièvement sa respiration en mordant dans un grain de raisin.

Bri se servit une cuisse entière de dinde et la dévora sans grand respect des convenances. Carys, pour sa part, vida un verre de vin d'une seule gorgée avant d'en prendre un second.

Une fae blonde passa devant leur trio affamé, et Briata retint son attention. La soldate aux yeux d'or sourit à la belle courtisane et lui fit un clin d'œil. Celle-ci piqua aussitôt un fard et s'éloigna à la hâte. Carys éloigna ses lèvres de son verre le temps de glousser.

— Bonjour.

Une voix nasale et déplaisante venait de résonner dans le dos de Remy. Elle se retourna et découvrit l'un des frères de Hale, le plus grand des deux. Il ne devait pas avoir plus de vingt ans. Elle chercha à se souvenir de son prénom. Belenus, lui semblait-il. De loin, la fine couronne en or sur sa tête se confondait avec ses cheveux. Il la dévisageait avec mépris et mécontentement. Elle sentit le pied de Carys se faufiler sous sa longue jupe pour lui écraser les orteils. Soudain elle comprit : elle était censée faire la révérence. Elle ne l'avait fait qu'une seule fois, devant Hale, juste avant de lui claquer la porte au nez. Ce qui lui semblait risible à présent.

Elle s'inclina très bas avec maladresse et marmonna :

— Votre Altesse.

— Les sorciers n'ont jamais été très réputés pour leurs manières, observa-t-il en se renfrognant.

Il se tourna vers son demi-frère et eut un rictus narquois. Malgré ses efforts, celui-ci ne parvenait pas à s'empêcher de les regarder.

— Toutes mes excuses, Votre Altesse, murmura Remy en regardant ses mains.

Une foule de curieux s'était réunie autour d'eux, attirée par le jeune prince. C'était précisément ce qu'elle avait voulu éviter. Il n'en découlerait rien de bon.

— Sais-tu danser, sorcière ? lui demanda-t-il en lui offrant une longue main maigre.

— Non.

Il lui décocha un sourire cruel.

— Dans ce cas, je vais t'apprendre, lui répliqua-t-il sur le ton d'un ordre.

Des dizaines de paires d'yeux fixèrent Remy. Elle savait qu'elle n'avait pas le choix.

La gorge nouée, elle prit les doigts froids et doux de Belenus. Il la conduisit au centre du cercle de danseurs. Tout le monde s'écarta sur leur passage. Certains cessèrent même de danser pour les regarder. Remy était devenue le point de mire de toute la cour de l'Est à présent. Elle n'osait plus chercher Hale dans la salle. Elle imaginait très bien son expression, de toute façon.

Belenus plaça sa seconde main sur la taille de sa cavalière, qui se félicita de porter une crinoline qui maintiendrait le jeune prince à distance. Il la guida dans une valse lente. Il plongea son regard noir dans le sien, semblant pouvoir lire la moindre des pensées qui tourbillonnaient dans l'esprit de sa cavalière.

— Je vois que nous avons les mêmes goûts en matière de couleur, dit-il en posant de façon appuyée ses yeux sur la poitrine de Remy et sa robe prune.

La veste qu'il portait était exactement de la même teinte.

— Je vous félicite, ajouta-t-il.

Elle aurait aimé lui rétorquer qu'elle avait été tentée par vingt autres robes, mais que Carys l'avait forcée à choisir celle-ci, parce que c'était précisément la moins flatteuse avec son teint. Elle aurait aimé être prévenue qu'il s'agissait de la couleur préférée du prince. Se forçant à garder le silence, elle inclina simplement la tête pour lui dire merci.

Il examina alors son cou nu.

— Je suis surpris que mon frère ne t'ait pas encore proposé de devenir sa sorcière personnelle. Je suis sûr que mon père ne l'y aurait pas autorisé, mais cela m'étonne que Hale n'ait pas essayé.

Remy se mordit l'intérieur de la joue. Si seulement Belenus savait qu'elle avait offert ses services au prince héritier pas plus tard que la veille... Lequel ne l'avait pas informée que son père s'y opposerait. De toute façon, il ne paraissait pas vouloir la mentionner devant le roi. Comment réagirait Gedwin Norwood en apprenant que son fils aîné voulait engager une sorcière rouge ? Il ne pouvait tout de même pas punir trop sévèrement son propre héritier, si ?

Belenus la fit brusquement tourner et ses boucles noires voletèrent. Lors de sa pirouette, elle remarqua que le roi l'observait, lui aussi. Avec un calme si immobile qu'elle dut retenir un frisson. Elle était bien consciente qu'elle ne réussirait pas à s'attirer ses faveurs, et elle pria pour qu'il ne la fasse pas approcher. Il était sans doute à l'origine de cette invitation à danser, espérant ainsi tendre un piège à son fils et le forcer à réagir. Elle en était certaine.

Elle aperçut les cheveux châtains de Hale et sa veste assortie, mais il leur tournait le dos. Tant mieux. Il aurait sûrement été incapable d'avoir une réaction adaptée. Il discutait avec Talhan, qui riait de bon cœur, image vivante du parfait courtisan. Elle se félicita qu'ils soient ensemble. Sa bonhomie décontractée contrebalançait la rigidité du prince.

Belenus suivit le regard de Remy et eut un rire railleur.

Malédiction !

— Tu partages sa couche ?

Elle le dévisagea, puis secoua la tête, s'interdisant de s'attarder sur le sourire en coin, méprisant, de son cavalier.

— Ah, mais tu en as envie.

— Vous avez la langue bien pendue pour un enfant.

Sa voix était pleine de venin, même si elle conservait une expression neutre. Il y avait trop d'observateurs alentour pour qu'elle trahisse le dégoût qu'il lui inspirait.

— Je ne suis pas un enfant, se défendit-il. J'ai dix-neuf ans.

Soit le même âge qu'elle.

— Et on surveille son ton lorsqu'on s'adresse à un prince, ajouta-t-il.

— Pourquoi m'avez-vous invitée à danser, Votre Altesse ? lui demanda-t-elle d'une voix dégoulinante de douceur.

Il se renfrogna, tandis que le morceau de musique atteignait son apogée final.

— Je désirais comprendre pourquoi mon frère a voulu te cacher, expliqua-t-il en la détaillant à nouveau de la tête aux pieds. Je m'attendais à un joyau des plus rares.

— Je suis désolée de vous décevoir, répliqua-t-elle d'un ton monotone.

L'orchestre joua enfin la dernière note.

— Tout ce que Hale touche devient une source de déception, conclut Belenus avant de s'incliner.

Lorsqu'elle se redressa, il avait déjà tourné les talons. Quel homme affreux, haineux même ! Pas étonnant que le prince fuie Wynreach comme la peste... Penser qu'il avait grandi aux côtés d'un frère pareil...

Remy retourna au buffet mais ne trouva ni Carys ni Bri. Elle prit un verre de vin, puis partit à leur recherche. Hale et Talhan semblaient avoir disparu également.

— Danser avec un prince, vous êtes vernie...

La fae qui venait de lui adresser la parole avait la cinquantaine et portait une robe bleu lapis à manches courtes. Son cou ployait sous les diamants. Elle affichait une expression amène bien que légèrement ennuyée.

— Vous allez rendre jalouses beaucoup de jeunes femmes en âge de se marier, ce soir.

Remy voulut rire, mais le son qui lui échappa ressemblait davantage à un grognement. Elle avait du mal à imaginer qu'on puisse se pâmer pour Belenus.

— Le prince est un cavalier hors pair, souligna-t-elle.

C'était la première chose qui lui était venue à l'esprit.

— Pour quelqu'un qui n'est pas habitué à la vie à la cour, vous dansez aussi bien qu'une princesse, poursuivit la femme en souriant, toujours sous le charme de la scène dont elle venait d'être témoin. Quel dommage que vous ne soyez pas une fae !

Elle prit Remy par la main et l'entraîna vers un groupe de quatre hommes, du même âge qu'elle. Elle l'exhibait comme s'il s'agissait d'une curiosité à laquelle ils devaient s'intéresser. La jeune femme les salua tous d'un signe de tête au moment des présentations, oubliant leurs noms à la seconde où ils franchissaient les lèvres de la femme. Conservant le silence, elle continua à guetter un signe de ses amis.

Elle se retrouva soudain au milieu d'un autre groupe d'invités, coincée entre deux hommes d'un certain âge qui parlaient fort. Ils discutaient affaires, changement de saisons et décoration intérieure. Personne ne semblait lui prêter attention. Elle n'était pas une fae, elle était donc invisible.

— Quel gâchis que Gedwin ait reconnu ce bâtard...

Remy dévisagea aussitôt l'homme à sa droite. Elle envisagea même de dégainer son nouveau poignard.

— Ah, mais si sa Prédestinée avait survécu, ça aurait valu le coup, le morigéna la femme qui était venue trouver Remy au buffet.

Le brouhaha ambiant, qui s'ajoutait à la chaleur, oppressait de plus en plus la sorcière.

— Personne n'avait vu venir la rébellion du Nord, lança un autre homme bourru.

— Pour autant, il n'aurait jamais dû lier l'avenir de la cour de l'Est à un amour prédestiné, rétorqua un troisième d'un ton incrédule.

— Comment s'appelait la princesse déjà ? Je me souviens d'un Raffiel et d'un Rivitus... Ruafora ?

La femme remuait la main en l'air tout en parlant. Remy retint son souffle.

— Non, aucun de ces noms, trancha l'homme bourru.

— Risabella ?

— Je ne crois pas... Mais un nom tout aussi étrange, oui, dit un autre en gloussant.

— Ça n'a plus aucune importance, reprit-elle en agitant de nouveau la main, comme pour clore ce chapitre de leur échange.

— Le roi Norwood devrait prêter allégeance à la cour du Nord s'il avait un peu de jugeote, intervint alors le quatrième membre du groupe, d'une grosse voix éraillée.

— C'est un crime de lèse-majesté de dire cela ! protesta la femme.

— Tu veux me faire croire que si Vostemur entrait ici à cet instant tu ne t'inclinerais pas devant lui ?

L'homme haussa les sourcils.

Les pouvoirs de Remy frémirent à la mention du roi du Nord. La suite de la conversation fut noyée par les râles de sa respiration et les battements de son cœur. Elle devait s'échapper, et vite, avant de rougeoyer. Elle joua des coudes dans la foule pour gagner un balcon désert.

Elle était à mi-chemin de la fenêtre ouverte lorsqu'elle perçut un changement dans l'atmosphère. Elle s'était à peine figée une seconde que les premiers cris résonnaient.

*

La salle vibrait de hurlements tandis que la bousculade commençait, la repoussant vers le côté. Tous les regards étaient tournés vers la scène qui se déroulait. Remy se dévissa le cou, car un grand fae lui bouchait la vue.

Elle aperçut d'abord l'éclair argenté d'une cuirasse. Trois hommes se tenaient au centre de la salle. Revêtus d'une armure complète, ils étaient tournés vers l'estrade. Celui au centre brandissait un sac de jute, dont il venait de faire tomber le contenu à ses pieds. Elle sentit son estomac se soulever. Il s'agissait de têtes.

— Quelle est cette farce ? rugit le roi Norwood sans se lever de son trône.

Plusieurs gardes étaient venus se poster au pied de l'estrade pour le protéger.

— Des cadeaux du roi Vostemur, répondit le plus grand des hommes en armure.

Comment avaient-ils pu échapper à Remy dans la foule de courtisans ?

— Le roi Vostemur aimerait vous rappeler, reprit d'une voix menaçante et rocailleuse celui qui tenait le sac, à quoi vous vous exposez en cherchant à reconquérir des territoires disputés. Ces têtes proviennent de Valtene.

Plusieurs cris furent étouffés dans la salle. Les faes se pressèrent davantage contre les murs, troupeau de moutons terrifiés.

Le goût de la peur était encore plus perceptible que le brouillard qui s'abattait parfois sur Saxbridge.

Valtene ? Remy avait déjà entendu ce nom, mais où ?

Il ne lui fallut pas plus d'un quart de seconde pour se souvenir qu'il s'agissait d'une ville de la cour de l'Ouest, à la frontière avec la cour du Nord. Le Nord cherchait-il à décaler sa frontière ?

— Falhampton connaîtra le même sort si vous ne prenez pas en compte cet avertissement, tonna le plus grand.

— Falhampton est une ville de l'Est. Et ce depuis des siècles ! protesta Norwood, avant de se lever enfin.

Il était grand, presque autant que Fenrin, et son épais pourpoint noir orné de fourrure dissimulait sa frêle carrure. Il foudroya du regard les soldats en armure.

— C'est devenu une ville du Nord, persista celui qui avait pris la parole. Vous avez une semaine pour rappeler vos troupes ou vous recevrez d'autres cadeaux de notre roi.

Le guerrier avait prononcé ces mots avec une légèreté qui contrastait avec la gravité de sa menace. Elle équivalait à une déclaration de guerre. Les yeux de Remy étaient constamment attirés par les visages gris et déformés gisant sur le sol de la salle de bal. Elle avait conscience d'avoir bien failli connaître le même destin à Guilford. Son cœur tambourinait dans sa cage thoracique.

Le souverain de l'Est darda longuement ses prunelles noires et perçantes sur les hommes du Nord. Remy s'attendait à ce qu'il les fasse arrêter, mais cet ordre ne vint pas.

— Sortez de mon palais. Immédiatement, finit-il par dire d'une voix basse et menaçante.

Ils esquissèrent un simulacre de révérence.

— Savourez vos présents, Majesté.

La foule s'écarta encore plus largement pour permettre aux intrus de quitter la salle. Si leurs yeux étaient masqués par les casques qui leur couvraient la moitié du visage, leurs sourires goguenards n'échappèrent pas à Remy. Personne ne les toucha, les faes leur laissant le champ libre pour quitter le château.

Un murmure parcourut l'assemblée, pourtant la voix du roi Norwood fut parfaitement audible, tranchant sur le tumulte grandissant.

— Toi ! cria-t-il en pointant un doigt.

Remy le suivit et découvrit Hale. Il avait les traits durs et les sourcils froncés. Talhan se tenait tout près de lui.

— Réunis tes soldats. J'ai à te parler. Immédiatement.

Le bruit de fond se transforma en véritable chahut. La sorcière joua des coudes pour gagner, enfin, le balcon. Elle longea les cinq têtes en décomposition sans les regarder. La fraîcheur de la brise automnale la frappa de plein fouet, l'aidant à reprendre ses esprits.

Respire, s'ordonna-t-elle.

Elle n'aurait jamais dû venir ici. À la seconde où Carys lui avait montré cette invitation, elle aurait dû retourner prendre la barge pour regagner la cour du Sud. Elle avait bâillonné son instinct de survie pour retrouver les talismans... et rester près de Hale. L'attraction qu'il exerçait sur elle finirait par causer sa perte.

Des ombres enveloppaient le gigantesque parc du château. Elle s'éloigna des fenêtres et de la lumière qu'elles laissaient passer pour se rendre dans un coin plus obscur et plus paisible du balcon. À chaque pas, son pouls ralentissait.

Elle devait quitter ce royaume sur-le-champ. Ils perdaient leur temps ici. Ils devaient mettre la main sur l'amulette d'Aelusien et retrouver Baba Morganna. Si Vostemur s'était enhardi au point d'envoyer des têtes à un de ses voisins, alors la guerre était à leurs portes. Et Norwood n'avait fait qu'apporter la démonstration du pouvoir du Nord en ne tuant pas ces hommes – par peur des représailles. On pouvait sans doute en déduire que Vostemur était sur le point de modifier, à son avantage, le lien de sang auquel obéissait l'Épée Immortelle. Remy devait absolument la récupérer.

Ces pensées l'assaillaient. Elle n'avait plus le temps de se poser des questions sur sa destinée. Le monde ne pouvait pas attendre qu'elle soit prête.

Elle s'approcha de la balustrade du balcon, sur laquelle reposait une petite lanterne en verre multicolore. Elle fixa la flamme vacillante, qui faisait danser des taches chatoyantes sur la pierre.

Elle prolongea son étude un long moment en silence, cherchant à imaginer une issue favorable au conflit avec le Nord... sans y parvenir. Tout semblait sourire à Vostemur. Chaque fois qu'elle croyait avoir trouvé un moyen, un nouvel obstacle se dressait en travers du chemin. Elle avait besoin d'être guidée par la Grande Prêtresse de l'Ordre rouge.

— Je ne te dérange pas, si ?

Elle reconnut la voix rauque sans avoir besoin de se retourner.

— Ce n'est pas ma chandelle rouge, répondit-elle sans quitter des yeux la flamme.

Le message que le roi Norwood tenait à transmettre à son fils avait été bref. Était-ce une bonne chose ?

— Je sais, souffla Hale en s'approchant d'elle.

Il remarqua le poignard qu'elle portait à la taille.

— Je vois que Carys n'est pas la seule à avoir dépensé mon argent, ajouta-t-il avec légèreté, devinant qui lui avait fait ce cadeau. C'est une très belle dague... Je devrais déduire son prix des gages de Bri.

— Non, je...

— Je n'en ferai rien, l'interrompit-il pour lui éviter des protestations inutiles. Il te sied à merveille, de toute façon.

Remy aurait bien proposé de le payer avec ses propres deniers, mais elle n'en avait pas. Il fit un autre pas dans sa direction.

— Tu es très belle.

Elle ne le regarda toujours pas. Elle ne savait pas comment réagir à ce compliment. Elle aurait dû simplement le remercier, toutefois elle en était incapable après ce qu'il lui avait avoué sur le bateau. Elle préféra changer de sujet.

— Que vous a dit le roi ?

— J'attendrai que nous soyons dans un endroit plus tranquille pour te le raconter en détail, mais ce n'est pas une bonne nouvelle.

Il se frotta les joues. Remy dut se retenir d'insister. Les murs semblaient avoir des oreilles dans ce château.

— Il a naturellement pris le temps de me réprimander pour mon comportement en général, mes excès de boisson et mon goût de la fête bien sûr. Rien de très nouveau.

Remy n'avait presque pas vu cet aspect de sa personnalité. Il n'y avait eu que la soirée à Saxbridge, et encore, c'était une comédie. Ce n'était toutefois pas la première fois qu'elle entendait parler de ses habitudes de célibataire fêtard.

— Renwick avait l'air de penser, lui aussi, que vous ne savez pas vous tenir. J'en déduis que vous avez dû mettre beaucoup de femmes dans votre lit ?

Elle n'en revenait pas d'avoir posé cette question. Peut-être que les quelques gorgées de vin lui avaient délié la langue.

— Il y a bien eu quelques batifolages avec les années, mais pas autant que ce que tout le monde semble penser.

Il gloussa.

— Avez-vous déjà couché avec Carys ?

Elle eut l'impression d'avoir sauté du sommet d'une falaise. Cette question lui avait brûlé les lèvres si souvent et elle n'avait encore jamais eu le courage de la poser...

— Non.

Hale la dévisagea un instant avant de poursuivre :

— Tu aurais dû la voir lorsque je lui ai proposé de rejoindre la bande. Elle était... Elle avait le cœur brisé. Elle a retrouvé le goût de vivre lors des batailles à Falhampton...

Il frictionna son index avec son pouce.

— J'ai peut-être eu un goût assumé pour la bagatelle à une époque, mais je n'aurais pas tiré avantage d'une femme qui avait le cœur brisé. Et puis, dit-il en rivant ses yeux gris sur Remy, elle ne m'a jamais été destinée.

Ces yeux représentaient un danger pour elle, ils lui faisaient perdre toute raison. Ils l'invitaient à mettre son âme à nu, à révéler ses secrets les plus intimes, quitte à se perdre.

— Vous ne devriez pas être ici avec moi, souffla-t-elle pour rompre le charme. Mieux vaut éviter que le roi nous voie ensemble.

Il la considéra avec dépit. La tristesse qui émanait de lui était un supplice pour elle. Elle ne pouvait pas continuer ainsi. Elle ne pouvait pas le repousser.

Elle se souvint des mots de Belenus. « Tout ce que Hale touche devient une source de déception. » Elle ne voulait pas être une déception de plus. Elle savait, à cet instant, que son choix était fait. Au diable les conséquences, elle le suivrait n'importe où, même en enfer. Elle monta sur la pointe des pieds pour déposer un baiser tendre sur sa joue. Il se tourna vers elle, surpris.

— Remy !

Carys se trouvait dans l'embrasure de la fenêtre.

— Je suis venue te sauver d'une soirée mortellement ennuyeuse. Les conseillers du roi veulent te parler, Hale, ajouta-t-elle.

Le prince voûta les épaules et la fae lui indiqua l'escalier à l'extrémité du parc.

— Partons d'ici, lança-t-elle à Remy, qui se tourna vers Hale.

— File, lui murmura-t-il. Sauve-toi !

— À demain, Votre Altesse, répondit-elle d'un ton taquin.

— Hale, la reprit-il. Pour toi, ce sera toujours Hale.
— Hale, répéta-t-elle d'une voix douce et haletante.
Elle remarqua combien il se figeait en entendant les syllabes de son prénom.

Chapitre 18

Dans le quartier humain de la ville, Carys et Remy approchaient de la maisonnette. Une subite envie de magie fit fourmiller les doigts de la sorcière. Le silence mettait ses sens en alerte ; tout était trop calme. Elles avaient emprunté des rues qui débordaient d'activité, tant il y avait de festivités pour l'équinoxe d'automne, mais dès qu'elles s'étaient engagées dans la ruelle, elles avaient retrouvé une quiétude mortelle. Toutes les portes étaient closes, et les fenêtres masquées par des rideaux. Il était encore tôt pourtant, d'autant que le lendemain était un jour de repos. La rue était comme pétrifiée.

Remy, qui suivait Carys, était sur ses gardes. Morgan ouvrit avant que la fae ait eu le temps de frapper et semblait un peu fébrile.

— Tout va bien ? s'inquiéta sa sœur en ajustant pour la centième fois le décolleté de sa robe émeraude, afin d'éviter que sa poitrine ne déborde.

— Oui. Ça s'est déroulé comme tu l'avais prédit, répondit Morgan en les faisant entrer. Ils étaient trois, je n'ai pas eu de mal à m'en dépêtrer.

Elles entrèrent dans la première pièce à droite, le salon où elles avaient passé la nuit. Leurs affaires étaient sens dessus dessous. Le contenu de leurs paquetages avait été éparpillé sur le sol.

— Que s'est-il passé ? s'enquit Remy en retenant un cri.

La halfelin était appuyée contre le cadre de la porte, bras croisés.

— Des soldats sont venus en prétextant la nécessité de procéder à une fouille, expliqua-t-elle avant de pousser un soupir retentissant.

Ils étaient à la recherche de l'anneau du Shil-de, bien sûr. Ils étaient prêts à tout.

— Je suis désolée, dit Remy.

Elle se sentait coupable. C'était elle qui avait semé la pagaille dans la vie de Morgan. Elle leva les yeux vers le plafond. *Et les enfants ?*

— Ils vont bien, la rassura son hôte, qui avait lu dans ses pensées. Carys m'avait prévenue. J'ai croisé des abrutis de faes toute ma vie. J'ai envoyé Magnus chez ses parents, avec les enfants, pour la nuit.

Personne n'avait dû broncher en voyant des soldats s'attaquer à la maison d'une halfelin. On devait même la juger responsable de ce qui lui arrivait. Morgan riva ses yeux bleus sur Remy.

— Ils n'ont rien trouvé.

La sorcière sentait le pouls magique du talisman contre sa poitrine. Elle avait emporté sa musette au bal, cachée entre ses seins, sous son corset. Elle repensa aux deux billes noires inquisitrices de Belenus. Il n'avait cessé de reluquer son décolleté. Elle comprenait maintenant que, loin d'admirer sa silhouette, il avait perçu la magie de l'anneau.

— Je suis sûre qu'ils reviendront dès qu'ils auront remarqué ton absence au bal, reprit Morgan en vrillant ses yeux sur sa poitrine.

La sorcière se demanda si son hôte sentait elle aussi quelque chose, ou si elle était simplement perspicace.

— C'est pour ça qu'on ne va pas rester, lança Carys en se dandinant pour retirer sa robe.

Le tissu forma une flaque émeraude à ses pieds, qu'elle enjamba sans la moindre gêne. Puis elle ramassa le vêtement pour le poser sur l'une des banquettes.

— Vends ces deux robes, Morg, ça te fera un peu d'argent. Désolée pour le bazar.

— Tu sais bien que je ferais n'importe quoi pour ma petite sœur.

Une tendresse maternelle infusait sa voix.

— Surtout si tu me laisses des robes qui valent plus que ce que Magnus gagne en une année, ajouta-t-elle.

Carys se tourna vers Remy.

— Change-toi, on va au Sanctuaire de la Lavande.

*

Remy avait supposé que c'était le nom d'un bar ou d'un restaurant, pourtant, alors qu'elles s'enfonçaient dans l'obscurité, elle comprit qu'elles se rendaient dans un quartier de la capitale à l'abandon. Les édifices étaient tous dans un état de délabrement avancé : toits auxquels il manquait des bardeaux, portes défoncées, fenêtres brisées... Au centre de cette zone en ruine se dressait un temple sombre. Pas un seul brasero n'était allumé et, malgré le clair de lune, Remy eut du mal à distinguer l'immense édifice, qui ressemblait à une pièce montée de cinq étages et dépassait les maisons environnantes. Des colonnes de pierre noire soutenaient l'entrée surélevée du bâtiment. Sur les deux gigantesques portes en bois étaient sculptées de magnifiques fleurs, peintes en violet et en or.

Il s'agissait d'un ancien temple de l'Ordre violet. Les sorciers qui y appartenaient, natifs de la cour de l'Est, fabriquaient des parfums merveilleux et des senteurs exquises dotés de toutes sortes de pouvoirs : envoûter un esprit, apporter fortune ou célébrité, et même guérir une mauvaise santé. Comme pour tous les Ordres, la magie se transmettait souvent de mère en fille. Les sorcières étaient en effet celles qui possédaient le plus de pouvoirs, ce qui les avait conduites à perdre de vue l'importance d'un équilibre en toutes choses. Elles avaient ainsi créé des fragrances magiques encourageant les ventres à enfanter des filles et si, dans un premier temps, leur Ordre avait gagné en puissance, une génération plus tard, il y avait si peu de sorciers mâles que leur nombre avait drastiquement chuté – en dépit des encouragements à la polygamie. On racontait même que la Grande Prêtresse violette avait jeté un sort à son Ordre dans une ultime tentative pour reprendre le contrôle, bien que Remy doutât d'une telle chose. La dernière génération de sorcières s'était opposée aux injonctions des aînées pour repeupler l'Ordre et avait refusé de se reproduire. Ainsi, le nombre de sorciers violets s'était presque réduit à néant. Ils avaient abandonné leurs temples et s'étaient dispersés dans le royaume.

Cela faisait plus de quatre-vingts ans et il ne restait de celui-ci que des vestiges.

Remy gravit les marches de pierre et suivit Carys qui poussait les énormes portes violettes.

Le clair de lune pénétrait à flots par les hautes fenêtres. Les fleurs et les symboles en mhenbic sur le plafond voûté semblaient danser dans les rayons de lumière. Des statues en marbre de sorcières violettes veillaient sur les lieux. Un tapis couleur d'améthyste coupait l'espace en deux, depuis les portes jusqu'à l'autel tout au fond. Des bannières rectangulaires mitées encadraient l'estrade recouverte de moquette. L'autel qui se trouvait en son centre était orné de bougies poussiéreuses et de pierres lisses.

Le temple avait été épargné, contrairement aux édifices voisins. Les humains auraient-ils pris les runes peintes sur les portes pour des malédictions ? Ils craignaient la magie des sorciers et ne comprenaient pas le mhenbic.

Remy suivit Carys dans la longue allée entre les bancs en bois, puis derrière l'autel, où se trouvait un petit escalier. La fae semblait avoir déjà souvent emprunté ce trajet. Elles gravirent cinq étages sur des marches raides et grinçantes. Remy grogna en ajustant son paquetage sur son dos et se demanda à nouveau pourquoi elle avait dû emporter ses affaires alors que Carys avait laissé les siennes chez sa sœur.

— Si tu trouves cette ascension difficile, tu n'arriveras jamais au sommet du Pic Perdu, se moqua la guerrière.

La sorcière se renfrogna mais se garda de répondre. Elles atteignirent un petit palier où une échelle permettait d'atteindre une trappe dans le plafond, déjà ouverte et révélant le ciel nocturne.

Sans un mot, Remy monta derrière Carys sur le toit circulaire. Des murs de pierre, qui leur arrivaient à la taille, en faisaient le tour, et au-delà... le spectacle de la ville se révélait époustouflant. Le panorama était encore plus incroyable qu'au palais. Elle s'approcha du parapet et se pencha par-dessus. Le vide se déployait sur quatre étages, et elle sentit ses jambes flageoler. Son cœur s'apaisa cependant lorsqu'elle se concentra sur les lumières scintillantes de Wynreach. Le bal continuait à battre son plein dans le château au loin, sur sa petite colline. Il était éclairé de tous côtés par d'immenses feux, et les vitraux brillaient de mille couleurs, illuminés de l'intérieur.

— C'est beau, non ?

Elle ne s'était pas rendu compte que Hale s'était approché. Elle était si fascinée par ce qu'elle voyait qu'elle n'avait pas remarqué que les Deux Aigles et lui les attendaient sur le toit.

— Ah, bonsoir...

Intérieurement, elle se maudit. C'était vraiment tout ce qu'elle trouvait à dire après leur échange sur le balcon ? Aurait-elle vraiment risqué de trahir ses sentiments sinon ?

— Bonsoir, lui répondit-il avec ce sourire moqueur qui provoquait des frissons dans tout le corps de Remy.

Il s'accouda à côté d'elle, s'intéressant davantage au spectacle qu'elle offrait qu'à celui de la ville. Elle le dévisagea : ses épais sourcils, ses lèvres pleines et boudeuses, ce menton carré et affirmé. Ils n'avaient été séparés que durant une poignée d'heures, et pourtant... elle avait souffert de son absence. Ce beau visage désormais familier lui avait manqué, tout comme le timbre grave de sa voix et son parfum d'océan.

Ils étaient dans la même situation que la veille, lors de la traversée du Crushwold. Ça lui semblait remonter à une éternité. Les derniers mots qu'il avait prononcés avant de débarquer continuaient à résonner en elle, tout comme le picotement que sa barbe naissante avait laissé sur ses lèvres, au moment où elle lui avait donné un bref baiser, sur le balcon. Il avait de réels sentiments pour elle. Elle pria pour qu'il ne puisse pas entendre les battements précipités de son cœur.

— Quoi ?

Le cri de Carys les tira de leur petite bulle d'intimité.

Remy se tourna vers les trois guerriers. Ils avaient disposé des couvertures le long du parapet opposé. Des bougies brûlaient à côté d'assiettes de nourriture et d'une bouteille de vin qu'ils s'échangeaient. Un pique-nique au clair de lune.

Le prince, qui n'avait sans doute rien raté de la conversation, se tourna vers Carys.

— Ce sont les ordres du roi, lui expliqua-t-il. On ne peut rien y faire.

— Qu'est-ce qui se passe ? insista Remy.

Elle alla s'asseoir, et Hale la suivit, se plaçant à côté d'elle.

— Le roi est un imbécile, voilà ce qui se passe, lâcha Bri en enfournant un morceau de fromage.

Talhan ricana.

— Elle n'a pas tort...

— Votre entretien s'est mal passé, alors ? fit Remy avec une grimace.

— Il nous a ordonné, à Bri, Carys et moi, de retourner à Falhampton, expliqua Talhan avant de reposer brutalement une assiette de fruits. Nous sommes chargés d'y retirer les troupes et de procéder à l'évacuation de la ville.

Elle n'en croyait pas ses oreilles. L'Aigle ne pouvait pas être sérieux, si ? Le roi Norwood acceptait de voir sa frontière reculer au profit de la cour du Nord ? Espérait-il vraiment qu'en le faisant il n'encouragerait pas Vostemur à pousser son avantage plus loin ?

— C'est n'importe quoi, s'emporta Bri. Les soldats postés sur place étaient tout à fait capables de s'occuper de cette évacuation sans nous. Il veut juste nous éloigner de Hale...

— Pour quelle raison ? s'étonna Remy.

Les quatre faes échangèrent des regards, lourds d'une conversation muette. Ce fut Carys qui lâcha le morceau, la voix vibrante de colère :

— Il veut le voir échouer.

— Mais pourquoi ?

Remy ne s'expliquait vraiment pas la raison pour laquelle le roi enverrait son héritier accomplir une mission aussi importante dans le but de le voir échouer.

— Il veut que tu récupères l'amulette d'Aelusien, non ? Et on aurait bien plus de chances de réussir tous ensemble.

— Précisément, rétorqua Talhan en remuant la mâchoire.

— Je ne comprends toujours pas, persista-t-elle.

— Il m'a demandé l'anneau du Shil-de, lui répondit Hale en se tournant vers elle. Ses conseillers sont tout aussi retors que lui, et ils l'ont convaincu qu'il devait le conserver jusqu'à ce qu'on retrouve le prince Raffiel. Il avait aussi l'intention de te garder à ses côtés à Wynreach.

Elle ne parvint pas à contrôler un mouvement de recul.

— Hale ne lui a pas dit où il se trouvait, s'empressa de préciser Bri, comme si elle lisait dans ses pensées. Et il ne t'a pas trahie, toi non plus.

Les yeux du prince étaient ombragés dans l'obscurité. « Il ne t'a pas trahie, toi non plus. »

— Et attends, intervint Talhan en roulant des yeux. Il a ajouté qu'un futur roi devait être en mesure de partir à la conquête du Pic Perdu seul.

— C'est incompréhensible...

Remy était perdue. Pourquoi le roi voudrait-il séparer son fils de ses troupes ? Parce qu'il avait refusé de lui remettre l'anneau ?

Hale s'était transformé en statue à ses côtés. Elle avait conscience que toutes ses interrogations le faisaient souffrir. Carys se chargea des explications :

— Le roi ne veut pas de lui comme héritier.

La tête de Remy se mit à tourner tandis que la fae poursuivait :

— Il avait choisi Hale à cause de la prophétie d'un sorcier bleu, au moment de sa naissance, affirmant qu'il était prédestiné à une fae de la Haute Montagne. Cette union aurait apporté des pouvoirs incommensurables à Norwood... Hale aurait eu sa place dans la cour de la Haute Montagne aux côtés de son épouse et le fils cadet du roi, Belenus, aurait hérité du royaume de l'Est.

Les mots de Carys étaient autant de flèches dans la poitrine de Remy, même si elle les avait déjà entendus. Elle se souvint de la façon dont le roi Norwood avait traité la mère de Hale.

— Après le massacre de Yexshire, son fils aîné est devenu...

Carys ne trouvait pas le mot juste.

— Une gêne, compléta Bri d'un ton rageur. Un obstacle qui se dressait entre Belenus et le trône de l'Est.

— Il vous a confié tellement de missions condamnées à l'échec au fil des années, ajouta Talhan, s'adressant au prince. Vous lui avez prouvé qu'il se trompait, à chaque fois. Mais là, vous envoyer faire l'ascension du Pic Perdu dans ces conditions...

— Il espère que je n'en reviendrai jamais, conclut Hale.

La colère enflait dans les veines de Remy. Elle voyait bien qu'il ne parvenait pas à cacher son air triste et abattu. Il s'était persuadé qu'en réussissant toutes les missions impossibles confiées par son père il parviendrait à gagner son amour. Et la fierté que le roi avait exprimée à chacun de ses exploits n'avait été que de courte durée. Comme ce serait commode pour lui que son fils aîné meure en héros ! Ainsi, il serait couvert de gloire et il pourrait enfin faire de son cadet son héritier. Remy souffrait pour Hale comme elle n'avait jamais souffert.

Elle lui prit la main et entremêla leurs doigts pour les serrer. Il répondit à son geste. Ce faisant, il retirait une petite pierre du mur qu'il avait érigé tout autour de lui, et elle perçut la douleur qui palpitait sous la surface lisse.

— Le roi a raison sur un point au moins, déclara-t-elle, attirant l'attention de ses quatre compagnons. Je suis une sorcière rouge, et je suis plus puissante qu'il ne le soupçonne. Je ne crains pas le mont Aelusien.

Carys lui adressa un hochement de tête reconnaissant. Mais Remy pensait ce qu'elle disait, elle ne cherchait pas seulement à remonter le moral de leur prince. Les sorciers rouges avaient caché ce talisman et seuls des faes étaient partis à sa recherche pour l'heure. Elle serait la première sorcière à utiliser ses pouvoirs pour le retrouver. Si quelqu'un avait des chances de réussir, c'était bien elle. Elle n'avait qu'un seul regret : les trois guerriers ne seraient pas à leurs côtés.

— Vous me manquerez, souffla-t-elle.

En prononçant ces mots, elle mesura combien elle tenait à eux, ses amis. Ces soldats qu'elle avait, à une époque, admirés étaient devenus ses proches. Elle ne pouvait se résoudre à de nouveaux adieux larmoyants.

Talhan lui décocha un petit sourire.

— On réglera rapidement la question à Falhampton et on mettra tout le monde en sécurité. Puis on vous rejoindra sur la route de Yexshire.

À l'entendre, leur mission à Falhampton n'était qu'une simple formalité. Ils savaient tous, néanmoins, qu'ils ne se reverraient peut-être pas avant longtemps, pour ne pas dire jamais. Bri déboucha une autre bouteille de vin pour remplir la collection de tasses disparates posées devant elle. Elle en donna une à chacun, gardant la bouteille pour elle. Le prince ne lâcha pas la main de Remy et il prit sa boisson avec l'autre.

— À la santé de la sorcière rouge et de notre prince, s'écria Bri. Que les dieux bénissent votre expédition !

— Bien dit ! approuva Talhan en trinquant avec elle.

Ils engagèrent alors une conversation détendue, échangeant blagues et anecdotes tout en mangeant du fromage et des fruits. Les étoiles scintillaient au-dessus de leurs têtes, les constellations étant singulièrement brillantes dans cette partie obscure de la ville. Chaque fois qu'ils vidaient une bouteille, une autre semblait surgir du sac de Talhan comme par enchantement.

Hale plaça une peau de bête autour des épaules de Remy et il lui tint la main toute la nuit.

*

La promesse du soleil se devinait, rose et dorée, dans les nuages au loin, lorsque Remy sortit des brumes du sommeil. Hale remua à côté d'elle. Elle s'était endormie, assise contre le parapet, après avoir ri et bu jusqu'à une heure très tardive. Une couverture la protégeait. Elle abandonna sa joue contre l'épaule du prince et sentit sa chaleur. L'hiver arriverait dans deux mois, et les matins commençaient à devenir frisquets.

Elle ne voulait pas ouvrir les yeux. Elle ne voulait pas bouger. Le vin de la veille n'avait pas fait de quartier. Une force invisible lui comprimait le crâne. Elle avait des vertiges et les idées éparpillées. Elle n'arrivait pas à se concentrer. Il lui aurait fallu quelques heures de sommeil supplémentaires pour espérer retrouver un peu de cohérence.

Le prince posa sa tête sur la sienne. Il lui effleura la tempe avec ses lèvres, puis lui chuchota à l'oreille :

— Il est temps de partir.

Elle finit par ouvrir les paupières. Il avait l'air de retenir un éclat de rire.

— Quoi ? demanda-t-elle en fronçant les sourcils.

— Tes yeux rougeoient...

— Ah... Oh ! ajouta-t-elle, comprenant soudain où il voulait en venir.

Sa magie s'était réveillée à cause de ce murmure à son oreille et de ce souffle chaud. Malgré la migraine, elle dut se retenir d'attirer la bouche de Hale à la sienne.

Ses joues rosirent, mais il se mettait déjà en branle. La soirée de la veille avait été, en un sens, plus intime que celle de Ruttmore. On ne pouvait pas les soupçonner de s'être emballés dans le feu de l'action. Les sentiments qu'ils avaient exprimés étaient parfaitement sincères.

Il roula les couvertures rapidement. Ils prirent leurs paquetages pour se diriger vers la trappe, et Carys attrapa Remy par la cheville, qu'elle pressa doucement. Ce fut le seul geste d'adieu que la fae épuisée donna avant de replonger dans le sommeil, mais Remy comprit le message : bonne chance.

Bri n'ouvrit pas les yeux pour murmurer :

— Je t'interdis de mourir, Rem.

La sorcière toucha le manche de son nouveau poignard ceinturé à sa taille en souriant, puis elle descendit par l'échelle.

De petites écuries en ruine occupaient l'arrière du Sanctuaire de la Lavande. Deux chevaux les attendaient. Remy observa Hale pendant qu'il s'affairait pour les seller. Comme lors de leur départ de la cour du Sud, il chargea toutes leurs affaires sur l'une des montures.

Les odeurs donnaient la nausée à Remy, convaincue qu'elle devait être livide.

— Comment faites-vous pour aller aussi bien ? gémit-elle pendant qu'il serrait les lanières.

Il avait bu une bouteille entière à lui seul, et pourtant il avait le regard clair et les idées bien en place.

— Tu as un peu de mal avec le vin ? s'esclaffa-t-il sans s'interrompre pour autant.

Remy n'était pas habituée à boire, et elle veillait toujours à avoir une consommation raisonnable d'alcool quand elle le faisait. Elle avait trop souvent dû chasser des clients ivres des tavernes où elle travaillait pour penser que se soûler était une riche idée. Néanmoins, elle comprenait un peu mieux à présent ce qu'ils devaient ressentir. Elle préféra penser à autre chose. Il lui suffirait d'imaginer un verre de vin pour que son estomac proteste et qu'elle vomisse tout ce qu'elle avait ingurgité la veille. Comment, au nom des dieux, parviendrait-elle à rester en selle ?

Elle s'approcha de la monture chargée de toutes leurs affaires et fouilla dans la poche extérieure de son sac. Elle était capable de reconnaître n'importe laquelle des fioles en verre qu'elle transportait sans la voir. Elles étaient emballées dans des chutes de tissu, et chacune différait par sa taille ou sa forme. Ses doigts se refermèrent sur celle qu'il lui fallait. Elle l'extirpa, puis la libéra des bandelettes de tissu. Il s'agissait d'un flacon de la taille du pouce en verre marron clair. Le dessin d'une étoile à cinq branches et d'une feuille de menthe s'était effacé depuis longtemps, mais Remy savait que c'était le bon élixir. Heather avait gagné la plupart de ses druni grâce à cette potion magique contre la gueule de bois. Dans les tavernes de l'arrière-pays, elle valait de l'or. Remy n'en avait encore jamais eu l'usage, mais elle en gardait toujours une fiole sur elle au cas où. Avec la vingtaine d'autres, destinées à des cas hypothétiques, et dont elle espérait ne pas avoir l'usage.

Elle avala son contenu en une seule longue gorgée et retint un haut-le-cœur. Si elle parvenait à garder le liquide dans son ventre, il lui rendrait un fier service. Son nez se plissa et ses narines se dilatèrent tant elle faisait un effort pour ne pas vomir. Elle prit une longue inspiration et son estomac finit par s'apaiser. Le tambourinement dans son crâne s'allégea un peu lui aussi.

Les dieux soient loués pour les sorciers bruns... Cette prière silencieuse était destinée à Heather. Sa protectrice continuait à veiller sur elle...

Le temps qu'ils montent enfin en selle pour traverser la ville et prendre la direction du Nord, le soleil apparaissait au-dessus des pins. De plus en plus de gens commençaient à sortir de chez eux.

L'odeur du pain frais les assaillit ; un boulanger poussait sa carriole remplie de miches et de gâteaux sur les pavés de la rue. Il avait dû se lever au milieu de la nuit pour être prêt à une heure aussi matinale.

Hale lui fit signe de la main et le boulanger comprit sa requête silencieuse. Il s'arrêta et souleva la toile légère qui protégeait sa marchandise. Il sortit deux miches de la taille de grandes assiettes. Le prince lui remit en échange une pièce d'or, et l'homme écarquilla les yeux : c'était beaucoup trop pour du pain. Il se contenta toutefois de s'incliner en marmonnant :

— Votre Altesse...

Puis il reprit son chemin. Il ne s'était montré ni admiratif ni craintif, simplement reconnaissant.

Hale tendit à Remy une miche brune et chaude parsemée de fruits secs et de cannelle. Une odeur beurrée et épicée s'en dégageait par salves, qui traversaient la croûte bien croustillante. Elle entendit son ventre gargouiller.

Hale éclata de rire. Elle avait son dos plaqué contre lui, et elle n'aurait pas été surprise qu'il ait senti le frémissement du borborygme.

Elle rompit un morceau de la miche et une volute de fumée monta dans l'air frisquet du petit matin. Lorsqu'elle l'enfourna tout entière, des saveurs délicieuses embrasèrent ses papilles. Un gémissement de plaisir indécent lui échappa. Hale se redressa derrière elle et toussa.

Elle se mordit la lèvre pour ne pas rire. Heureusement qu'il ne voyait pas sa tête ! Elle prenait un malin plaisir à savoir l'effet qu'avait eu sur lui ce simple son.

— J'en déduis que le pain te plaît, nota-t-il quand elle eut dévoré la moitié de sa miche.

— C'est un régal, reconnut-elle, la bouche si pleine qu'elle était à peine intelligible. Je n'ai jamais rien mangé de pareil.

— Je l'adore, moi aussi.

Elle sentit qu'il souriait sans avoir besoin de se retourner.

— Le boulanger du quartier nord est célèbre ici. J'ai fait un détour pour que tu puisses goûter son pain.

Elle suspendit un instant sa mastication. Hale avait tenu à partager cette expérience avec elle. Une chose simple et anodine, mais suffisamment importante à ses yeux pour qu'il ait eu envie de l'y associer.

— Merci, dit-elle en rompant un autre morceau. En tant que conseillère de Votre Altesse, je suis d'avis que vous engagiez cet homme pour qu'il devienne votre boulanger personnel et vous accompagne sur le champ de bataille avec ces merveilles.

Hale eut un rire qui n'avait rien de princier, un rire sincère. Il faut dire que la scène était plaisante à imaginer : un boulanger apportant, à cheval, une miche à son seigneur en pleine guerre. Remy gloussa. Ils poursuivirent leur chemin dans un silence agréable.

La plupart des gens qu'ils croisaient dans la rue étaient des humains qui allaient dans la direction opposée, vers le centre-ville, où ils travailleraient toute la journée. Si la plupart des faes et des sorciers étaient en congé après les fêtes de l'équinoxe d'automne, certaines tâches essentielles ne pouvaient pas être suspendues. C'étaient pourtant les moins appréciées. Quelques humains observaient Remy et le prince à la dérobée. D'autres, plus rares, s'arrêtaient pour le saluer, mais la plupart vaquaient à leurs occupations et les ignoraient. Elle fut surprise du peu de respect qu'ils témoignaient à leur futur souverain.

Devant eux, trois hommes sortirent d'un bâtiment en titubant. Ils avaient cette jovialité qu'elle avait vue dans les tavernes. Elle connaissait par cœur cette clientèle, celle qui ne voulait pas que la fête s'arrête, qui buvait, dansait, chantait et riait jusqu'au lever du soleil. Il était déjà haut dans le ciel à présent, bien au-dessus de la forêt qui couvrait les pentes. Les trois soûlards semblaient à peine majeurs. Ils n'avaient pas encore atteint leur taille adulte, ni leur carrure. Le prince fit ralentir les chevaux pour éviter d'en renverser un.

Ils reluquèrent Remy, puis Hale, qu'ils reconnurent. Ils avaient l'air renfrognés. Elle connaissait cette expression, due au soleil qui transformait les longues réjouissances nocturnes en dépit malveillant.

— Ne fais pas attention à eux, lui murmura le prince, se préparant à une remarque acerbe.

L'idée qu'il soit habitué aux quolibets de tels individus, qu'il les ait entendus toute sa vie, la révolta.

Les humains l'avaient affublée, elle, de toutes sortes de noms désobligeants au cours de son existence, des insultes parfois blessantes parce que malveillantes, d'autres plus prévisibles, et elle avait appris à les laisser glisser sur elle. Pour une raison inexplicable, le fait que ces attaques puissent viser le fae dont elle sentait la chaleur dans son dos et le souffle dans sa nuque les rendait très différentes.

Le plus grand et le plus audacieux des trois compères attendit que leurs montures soient à leur hauteur pour cracher par terre.

— Bâtard, lâcha-t-il.

Bâtard.

Le mot le plus simple et le plus blessant. Remy savait au fond d'elle que Hale était persuadé de correspondre à toutes les définitions contenues dans ce terme. Il avait non seulement été conçu en dehors des liens du mariage, mais il n'était pas non plus digne de tout ce qu'il possédait, ce qui justifiait tous ces persiflages cruels et cinglants. Et Remy y avait participé elle aussi, puisqu'elle l'avait traité ainsi à plus d'une reprise. Elle était aussi coupable que ces imbéciles imbibés d'alcool.

Les deux autres ivrognes poussèrent un rire si méchant et agressif qu'il provoqua une réaction en Remy. Avant qu'elle sache ce qu'elle faisait, sa jambe se tendait pour passer par-dessus la crinière noire du cheval. Elle sauta à terre et ne sentit ni l'impact de la chute ni la miche entière qui alourdissait son abdomen. Elle ne sentit pas non plus ses pieds ni sa main dégainant le poignard à sa ceinture.

Elle se retrouvait là, comme si elle avait simplement cligné des yeux et que c'était arrivé : l'homme était tombé sur les fesses et elle le plaquait contre le mur, la lame appuyée sur sa gorge.

Il écarquillait ses yeux bleus, son souffle précipité. Ses comparses restaient aussi immobiles que deux statues autour d'eux.

— Excuse-toi, cracha-t-elle en s'accroupissant devant lui.

— Remy, l'appela Hale.

Elle refusait de l'écouter. Elle vit ses prunelles rouges se refléter dans celles de l'humain. Ses mains aussi rougeoyaient, animées par ses pouvoirs.

L'homme devint d'une pâleur fantomatique. Remy grimaça lorsque sa vessie le trahit. Elle n'était plus une petite fille faible qui se planquait, mais une sorcière qu'on devait craindre. Elle décocha un sourire glacial en répétant :

— Présente tes excuses à ton prince.

— Je suis désolé, chuchota l'homme d'une voix qui tremblait tellement qu'il en était incompréhensible.

Remy éloigna son poignard, conservant toutefois une pression avec sa magie sur le cou de l'homme.

— Plus fort.

— Je suis désolé, prince Norwood, pleurnicha-t-il. J'implore votre pardon, Votre Altesse.

Elle crut apercevoir des larmes dans ses yeux.

— Je te pardonne, répondit Hale d'une voix puissante et stoïque.

Remy se releva et rengaina sa dague. Elle posa un dernier regard rougeoyant sur chacun des humains. Ils frémirent, comme s'ils craignaient d'être maudits par ce simple geste. Elle refusa le bras tendu du prince et s'accrocha au pommeau de la selle pour se hisser dessus. Elle le fit avec autant de grâce que pour en descendre. Elle n'écoutait pas les protestations des muscles de ses jambes. Elle devait leur montrer combien elle était forte.

Hale retint un rire devant ces acrobaties, puis se tourna vers les trois ivrognes terrifiés.

— Vous voilà prévenus, tonna-t-il d'un ton intraitable. Si je tolère le manque de respect, ce n'est pas le cas de ma conseillère personnelle.

Ma conseillère personnelle.

Les yeux de Remy rougeoyèrent de plus belle en réaction à ces mots. À entendre Hale, ils formaient un duo inséparable. Elle leva le menton un peu plus haut et se redressa sur la selle.

Ils gardèrent le silence le temps de mettre assez de distance entre les malotrus et eux. Le bourdonnement dans les globes oculaires de la sorcière disparut, et la lueur rouge aussi. Le cœur du prince battait fort dans son dos.

— Ton petit numéro était impressionnant... Idiot, mais impressionnant, lui susurra-t-il à l'oreille.

— Comment ça, vous n'êtes pas capable de sauter d'un cheval au pas en dégainant un poignard ? lui lança-t-elle avec un sourire taquin.

Le rire de Hale se réverbéra dans tout le corps de la jeune femme.

— Bien joué. Si je ne te connaissais pas aussi bien, je te soupçonnerais d'être à demi fae.

— Une autre suggestion de votre conseillère personnelle.

Elle ramenait délibérément la conversation sur ces hommes. *Votre.* Elle aimait les sonorités de ce mot, et l'idée de lui appartenir.

— Tous ceux qui osent vous manquer de respect méritent qu'on presse un couteau en travers de leur gorge.

— Je me félicite de t'avoir recrutée pour t'en charger, alors.

Il serra les bras autour de sa taille en faisant passer les rênes d'une main à une autre.

Elle en était capable. Elle égorgerait tous ceux qui le traiteraient de bâtard. Elle savait que c'était la vérité, que cette force provenait d'une part de son être qui ne répondait pas à la logique. Une part sauvage et instinctive. Qu'il serait inutile de faire taire.

Ils dépassèrent les dernières habitations, puis traversèrent de vastes champs avant d'atteindre les remparts de la ville, constitués d'énormes troncs d'arbres taillés en pointes et plantés dans le sol. Les grilles en fer forgé étaient ouvertes sur la forêt au-delà. Il n'y avait pas d'ennemis à combattre ici.

Tandis qu'ils quittaient la capitale pour s'enfoncer dans les bois, Remy savait que leur prochain ennemi ne brandirait aucune épée – c'était une montagne escarpée et dangereuse, située sur l'autre flanc de cette forêt.

Chapitre 19

Ils cheminèrent toute la journée, ne faisant que quelques pauses au bord de cours d'eau pour remplir leurs outres. Après être montés pendant une heure sur les chemins d'une pinède, ils débouchèrent dans une forêt fraîche aux immenses arbres, où il n'y avait plus de sentier à suivre. De toute évidence, l'Est avait planté les pins pour les exploiter, et la navigation était aisée entre les arbres disposés à intervalles réguliers. Les montures avaient la place nécessaire pour passer. Ce fut une tout autre histoire lorsqu'ils eurent atteint le sommet de la côte.

La pinède était remplacée par des bois ondoyants, de plus en plus ardus et sauvages à mesure qu'on se rapprochait des sommets de la Haute Montagne, côté Est. Ils étaient encore très éloignés. Au milieu des monts enneigés se dressait un monolithe noir accidenté : le mont Aelusien, le Pic Perdu.

Il était comme leur étoile du berger, les attirant à lui, retenant l'attention dans le ciel. De l'autre côté de la forêt, très loin vers l'Est, de la fumée montait de plusieurs cheminées, provenant des villes et villages qui ponctuaient la route principale. Entre les pentes maudites de la chaîne de montagnes et eux, il n'y avait aucune habitation. La pestilence attendue d'une mort par putréfaction leur parvenait déjà par effluves malgré l'éloignement, et Remy savait que, d'ici quelques heures, ces relents morbides lui donneraient des haut-le-cœur.

— Cette odeur..., gémit-elle en fronçant le nez et en remontant sa tunique sur le bas de son visage.

— Tu la sens déjà ?

Elle ne lui répondit pas.

— On va passer la nuit dans la clairière juste au-dessus, reprit-il. Il faut qu'on fasse un feu avant la fin du jour.

Percevant l'urgence dans sa voix, elle lui demanda :

— Le froid tombe si vite ?

Les cimes enneigées étaient encore très loin et la douceur estivale restait perceptible autour d'eux. On devait néanmoins se méfier des soirées d'automne, traîtresses, durant lesquelles les températures dégringolaient rapidement.

— Ce n'est pas pour nous réchauffer, mais pour éloigner les bêtes qui rôdent dans cette forêt.

— Les bêtes ?

Remy regarda alentour : en dehors de quelques oiseaux qu'elle avait entendus chanter et de lapins, elle n'avait pas aperçu un seul animal du trajet. Et personne ne lui avait jamais parlé des bêtes de l'Est.

— Celui dont nous devons nous méfier est le puma oriental.

Remy ricana.

— On a aussi des pumas à l'Ouest, vous savez. Ils attaquent parfois le bétail, mais ils craignent la magie. Il n'y a pas de quoi s'inquiéter.

— Nous ne sommes pas à l'Ouest, riposta-t-il avec une pointe d'agacement. Et vos pumas sont aussi gros que des chevaux aussi ?

Remy avait du mal à en croire ses oreilles. Il ne pouvait pas s'agir de la vérité, si ?

— Ils sont vraiment de cette taille ?

L'éclat de rire de Hale la poussa en avant.

— On raconte qu'ils se sont nourris de biches et de petit gibier pendant des siècles jusqu'à ce que les anciens faes de la Haute

Montagne viennent cacher leur précieuse amulette dans ce lieu, ce qui a réveillé la magie qui y était associée. Des villes ont commencé à pousser sur le flanc est, et leurs habitants se sont mis à consommer la nourriture des pumas, si bien que ceux-ci ont pris l'habitude de s'attaquer aux humains aussi. Il n'y a pas même un village dans ces régions du royaume désormais, mais les pumas n'ont pas oublié ce que les humains ont fait à leurs forêts... et combien ils étaient savoureux.

— Formidable, marmonna-t-elle.

— Ce sont des chasseurs nocturnes, qui comptent sur l'élément de surprise. Ils n'aiment pas les flammes.

Remy observa le soleil qui disparaissait déjà derrière la cime des arbres. De longues ombres s'étiraient sur le sol de la forêt.

Elle frissonna en imaginant une bête de la taille d'un cheval.

— On y est presque, voulut-il la rassurer en riant.

Lorsqu'ils atteignirent la clairière, Remy s'empressa d'aller ramasser du bois pendant que Hale sortait son silex pour faire jaillir une étincelle. Ils avaient tous les deux une grande expérience dans ce domaine. Ce ne fut que quand les flammes montèrent lécher le ciel qu'ils déchargèrent les chevaux et installèrent le camp pour la nuit.

Remy s'était accoutumée à ce mode de vie nomade maintenant. Elle savait précisément où chaque chose était rangée, quelle poche contenait ses rations. Sa couche et sa couverture étaient toujours roulées sur le dessus de son paquetage, avec ses vêtements dessous, pour les empêcher d'être mouillés. Elle avait emporté certains des habits que Bri lui avait achetés à Ruttmore, même si elle avait laissé l'essentiel chez Morgan à Wynreach. C'était de belles pièces, et la halfelin les méritait plus qu'elle. Et puis, ce n'était vraiment pas pratique de porter un tel attirail en pleine forêt, surtout si elle se retrouvait à affronter un puma de la taille d'un cheval.

Elle sortit des affaires propres. Elle se tourna dos à Hale pour les enfiler. Elle avait pris l'habitude de se changer en public, aussi. Bri ne voyait aucun inconvénient à se mettre nue devant tout le monde, mais Remy avait préféré adopter la méthode de Carys. Elle gardait sa tunique le temps de changer de chausses, et ensuite elle se retournait au moment de la remplacer. Le prince eut beau se détourner pour préserver sa pudeur, elle sentait bien sa présence et en avait des picotements dans le dos.

Elle alla suspendre ses vêtements sales et incrustés de sueur à une branche en veillant à ne pas sortir du cercle de lumière créé par le feu. Les chevaux semblaient savoir d'instinct qu'ils ne devaient pas s'en éloigner pour paître.

Hale s'affaira pendant qu'elle se changeait. Elle crut qu'il s'occupait de leur dîner et pourtant, en se retournant, elle constata qu'il avait déballé toute une panoplie d'armes : des poignards, des couteaux à lancer, un carquois rempli de flèches et une petite faux.

— Sérieusement ? s'exclama-t-elle. Vous pensez vraiment avoir besoin de tout ça ?

Il avait gardé ses deux épées à la taille. Elle n'avait que la dague offerte par Bri et son arc, elle.

— Je préfère être prêt, lui répondit-il. La plupart de ces armes seront trop lourdes pour les monter jusqu'au pic, mais une fois que nous aurons l'amulette nous entrerons dans le royaume du Nord... où nous ne trouverons aucun ami.

Remy observa l'arsenal d'un air renfrogné. Gravir une montagne pestilentielle serait finalement la partie la plus facile de ce voyage, apparemment...

Le prince de l'Est avait emporté assez de nourriture pour quelques jours, toutefois ils firent un repas léger par précaution – il valait mieux se préparer à tenir plus longtemps. Le voyage avait éreinté Remy. Elle était fatiguée et courbaturée, et elle devrait grimper le lendemain matin.

Hale déroula sa couche près du feu. Ils avaient ajouté suffisamment de bois pour s'offrir quelques heures de sommeil.

La sorcière s'apprêtait à aller se coucher lorsqu'un hurlement strident déchira la forêt. Elle fit volte-face pour se saisir de son arc, si vite qu'elle faillit trébucher. Elle encocha une flèche et patienta, fouillant l'obscurité du regard. Le cri ressemblait à celui d'un chat en plus grave et plus puissant. Son écho faisait trembler les arbres. Remy serra les dents : elle n'allait pas beaucoup dormir cette nuit.

Elle souleva son paquetage et sa couche. Puis elle fit le tour du feu pour venir les poser juste à côté de Hale. Posant son arc et sa flèche à portée de main, elle se rallongea.

Il étouffa un rire derrière elle.

— Taisez-vous.

Il ne se moqua pas davantage. Prise en tenaille entre son arc et le prince, elle se sentait en sécurité.

— Tu es prête pour demain ? lui chuchota-t-il.

— Non.

Elle roula sur le flanc pour le voir. L'obscurité lui mangeait les yeux, mais elle aperçut, à la lueur des flammes, le léger sourire qui dansait sur ses lèvres.

— Et vous ?

— Sans doute pas, non, confessa-t-il en ricanant.

Le ventre de Remy se contracta quand il lui sourit. Ses cheveux lui tombaient sur le front, et elle se souvint qu'elle les avait écartés dans le parc de Saxbridge. Elle se remémorait parfaitement leur douceur soyeuse. Elle savait que, si elle les touchait, sa main sentirait l'océan.

— Rappelez-moi pourquoi nous sommes ici déjà ? préféra-t-elle demander.

— Vostemur détient l'Épée Immortelle, lui répondit-il comme si elle avait posé une véritable question. Et pour que le dernier fae de la Haute Montagne, le prince Raffiel, ait une chance de la récupérer, il lui faudra la protection des deux autres talismans de ses ancêtres.

— L'anneau du Shil-de et l'amulette d'Aelusien, murmura Remy.

L'arbre de prière qu'ils avaient vu dans le Sud ressurgit soudain dans sa mémoire, avec tous les rubans qui s'agitaient au vent. Combien d'autres personnes pleureraient des proches s'ils échouaient ? Elle repensa aux têtes sur le sol du palais de l'Est. Vostemur s'enhardissait de jour en jour. Il cherchait à repousser la frontière de la cour de l'Ouest. Les soldats de Hale, qui étaient devenus les amis de Remy, allaient participer à l'évacuation de villes frontalières eux aussi. Ils devaient retrouver ce talisman pour espérer pouvoir contrecarrer la menace du Nord.

Elle percevait la magie qui irradiait de l'anneau, où étaient réunis les pouvoirs de faes de la Haute Montagne et de sorciers rouges. Elle effleura sa musette sur sa poitrine.

— Vous devriez porter l'anneau demain, Hale.

Il sourit en l'entendant prononcer son prénom. Elle le faisait si rarement, c'est vrai. Il semblait se délecter de ces sonorités.

— Ça irait à l'encontre du plan de départ, rétorqua-t-il.

Une fois qu'il aurait glissé la bague à son doigt, il ne pourrait plus la donner à quelqu'un d'autre.

N'importe qui pouvait la porter, contrairement à l'Épée Immortelle, qui était liée aux faes de la Haute Montagne par la magie rouge. Une fois que quelqu'un se rendait maître de l'anneau, c'était pour toujours, à moins de le retirer... alors, toutes les morts que le talisman avait repoussées venaient réclamer leurs droits. Il n'avait le pouvoir de protéger son porteur que d'une mort violente. Le temps et la vieillesse finissaient toujours par avoir raison de ce dernier.

— De toute façon, ajouta-t-il, s'il était pour quelqu'un, ce serait pour toi.

Elle sentit qu'il cherchait son regard dans le noir.

— Pourquoi ? murmura-t-elle, espérant qu'il n'entendrait pas les battements de plus en plus forts de son cœur.

Un nouveau cri secoua la terre. Les chevaux hennirent. Remy se retourna, cherchant à identifier l'origine du bruit, mais il provenait encore de trop loin. Combien de temps s'écoulerait avant que les pumas remontent leur piste et arrivent ici ?

De dépit, elle se rallongea sur le dos. Elle avait l'impression d'être un appât. Elle chercha le bras musclé de Hale dans le noir et se glissa dessous. Il la serra contre lui en riant, posant une main chaude sur le tissu rêche de sa tunique.

— Taisez-vous, lui répéta-t-elle.

Elle remonta la peau de bête sur eux deux, puis plaça son paquetage plus près d'elle, pour se sentir protégée.

Oui, bien sûr, ce sac t'évitera d'être attaquée par un puma attiré par l'odeur de la chair humaine.

Hale souriait toujours derrière elle, elle le sentait.

— Dormez, maintenant, lui ordonna-t-elle.

Il l'attira contre lui si bien que la chaleur de son torse se diffusa dans le dos de Remy. Le mouvement de sa respiration la berça, tant elle s'y était habituée après plusieurs jours de voyage sur la même monture. Elle connaissait le rythme des battements de son cœur aussi bien que les siens.

*

Elle se réveilla en pleine nuit. Avait-elle imaginé le rugissement d'un puma ? Elle ignorait si elle avait rêvé... Le feu continuait à produire de grandes flammes. Elle n'aurait pas su dire exactement combien de temps elle avait dormi. Les deux chevaux étaient toujours là, toujours calmes. Elle fouilla la nuit noire du regard à la recherche de grands yeux félins réfléchissant la lumière, et ne vit rien. Elle avait roulé sur le ventre dans son sommeil, une jambe passée sur son paquetage. Ce faisant, elle avait piégé le bras de Hale sous son corps, quant à sa main...

Celle-ci se trouvait entre son sac et le haut de sa cuisse.

Elle se tendit aussitôt de la tête aux pieds et perdit toute envie de dormir. Cette main... Cette maudite main placée à un endroit aussi délicat. La chaleur qui s'en dégageait irradiait en elle. Le souffle profond et régulier du prince déferlait tel le ressac sur sa nuque. Et son odeur si merveilleuse d'océan l'enveloppait tout entière, aiguisant les sensations qui la traversaient. Elle ne savait plus très bien où s'arrêtait l'odeur de Hale et où commençait la sienne.

Et cette main...

Elle voulut soulever son bassin pour le libérer mais s'interrompit aussitôt. *Oh dieux !* Ce si bref instant de friction délicieuse avait suffi à l'embraser. La main du prince remua dans son sommeil. Elle se mordit aussitôt la lèvre en retenant un soupir frémissant.

— Ça te plaît ? lui susurra-t-il d'une voix rugueuse encore endormie.

— Vous ne dormez pas...

Elle se sentit rougir. Elle voulut se dégager, mais il bascula sur le côté pour la plaquer contre le sac et l'empêcher de bouger. Ses lèvres remontèrent le long du cou de Remy jusqu'à son oreille.

— Ton odeur pourrait réveiller un mort.

Elle frémit alors que des milliers de minuscules éclairs crépitaient dans son corps. Elle poussa son bassin vers l'avant, et la main du prince, alors qu'il continuait à murmurer à son oreille. Il pressa ses doigts contre elle et elle retint un cri.

Elle ne s'était jamais sentie aussi excitée. Jamais. Elle avait eu quelques rendez-vous avec un garçon dans l'une des villes où ils avaient séjourné. Des relations brèves et divertissantes, mais décevantes. Là, c'était tout autre chose. La seule présence de la main de Hale à travers ses chausses faisait affluer une chaleur liquide entre ses jambes.

— Est-ce que je continue ? lui chuchota-t-il à nouveau.

Sa voix à elle seule faillit l'achever.

— Oui, soupira-t-elle sans réfléchir, tant elle s'abîmait dans les sensations de son corps.

Hale glissa sa main entre ses jambes tandis qu'elle accueillait son geste de tout son être en étouffant une plainte. La redressant sur le flanc, il retira sa main pour l'introduire sous la ceinture de ses chausses. Ses doigts calleux dévalèrent le long de son ventre jusqu'à trouver le point chaud et humide au sommet de ses cuisses. Remy cacha son visage au creux de son bras, alors qu'il continuait son exploration du bout des doigts.

— Tes gémissements, soupira-t-il sans s'arrêter, me conduiront à ma perte.

Elle sentit qu'il durcissait contre elle. Elle tendit un bras pour le toucher, et il protesta.

— Pas ce soir. Il y a des bêtes dans cette forêt, et je n'ai aucune intention d'être silencieux lorsque je te posséderai pour la première fois.

Alors que cette promesse lui caressait l'oreille, il enfonça un doigt en elle. Elle mordit le tissu de sa manche pour retenir un cri de plaisir et il lui mordilla le cou.

C'était si délicieux, trop délicieux.

Il poussa un grognement en ajoutant un second doigt, qui la fit se cambrer.

— Tu es toujours aussi excitée quand tu penses à moi ?

Il s'immobilisa le temps qu'elle lui réponde.

— Oui.

Remy ne reconnaissait pas sa propre voix, elle l'implorait avec une férocité sauvage d'accélérer ce mouvement.

Il s'exécuta, allant et venant en elle tandis que le talon de sa main appuyait sur une zone d'où irradiaient toutes les sensations. De son autre main, il se mit à lui caresser délicatement le sein. Elle se cabra contre lui. Dans le silence, on n'entendait que ses halètements. L'odeur entêtante de Hale l'enveloppait, la poussant vers l'apogée de cette vague. Elle s'ouvrit davantage encore à ses doigts, pour qu'ils la pénètrent plus fort. Plus fort et plus vite. Elle ne pensait plus qu'à cela. Ce mouvement. Encore et encore.

Il lui mordilla l'oreille alors qu'un autre cri lui échappait.

— Remy...

Au son de sa voix, elle vola en éclats. Se mordant le bras, elle fut balayée par une vague extatique. Hale continua jusqu'à ce que les derniers gémissements de Remy se transforment en halètements.

Elle n'avait jamais, de sa vie tout entière, rien ressenti de pareil. Des échos de l'extase qu'elle venait de ressentir continuaient à se diffuser dans tout son corps, alors que sa respiration s'apaisait. Hale retira sa main et l'attira contre son torse puissant avec un soupir de contentement.

Il déposa un baiser léger sur sa tempe.

— Rêve de moi, murmura-t-il avec un petit ton satisfait.

Ce qu'elle fit.

Chapitre 20

Chaque inspiration laborieuse était comme une lame glacée plantée dans ses poumons. Remy avait depuis longtemps perdu le compte des marches en pierre. Taillées à flanc de montagne, elles se comptaient par centaines. Ils étaient montés bien au-dessus de la cime des arbres. Elle avait les lèvres engourdies à force d'aspirer de l'air frais et des flocons tourbillonnaient tout autour d'eux. Une poudre blanche recouvrait les sommets environnants, mais c'était comme si la neige elle aussi craignait le Pic Perdu.

Remy avait renoncé à garder la bouche fermée pour lutter contre la puanteur. Elle n'osait pas jeter un regard plus bas. L'ascension de cette montagne était une activité réservée aux soldats les plus robustes. Ils n'auraient jamais pu transporter ni armes sophistiquées ni outils, tant l'effort fourni était long et ardu. Et aucune bête de somme n'aurait pu emprunter ce passage étroit et abrupt.

Elle avait envisagé à plus d'une reprise de se délester de son poignard. Hale avait laissé ses épées avec les chevaux, ne gardant qu'une dague et la petite faux. Et pourtant, ils sentaient le moindre gramme de ce poids supplémentaire à présent. Le sommet n'était plus très loin, néanmoins l'escalade semblait interminable. Les souvenirs du plaisir qu'elle avait connu la nuit précédente avaient depuis longtemps déserté son corps, vaincus par cette montée difficile. Elle savait qu'ils devraient en parler un jour... s'ils survivaient. Peut-être valait-il mieux qu'elle meure sur le versant de cette montagne plutôt que d'avoir à lui mentir à nouveau... Peut-être la mort était-elle préférable à la vérité, oui.

La poitrine de Remy était en feu. Ses jambes étaient comme lestées de plomb. Elle convoqua un soupçon de magie pour trouver la force de continuer à avancer. Ils avaient abandonné leurs outres vides en chemin. Son unique objectif était d'atteindre le sommet.

Atteindre le sommet, atteindre le sommet, se répétait-elle.

Car, une fois en haut de la montagne, ils trouveraient l'unique passage menant à ce que cachait le mont Aelusien : un lac magique. Les ancêtres des faes de la Haute Montagne lui avaient transmis leurs pouvoirs afin de protéger leur talisman. Le roi Vostemur pensait contrôler toute la puissance de ce royaume mais il se trompait.

Les anciens sorciers rouges avaient créé l'amulette d'Aelusien et l'avaient offerte à la cour de la Haute Montagne durant une épidémie. La maladie avait balayé le continent à l'époque. L'Ordre rouge s'était inquiété de ce qui arriverait à Okrith si tous ses habitants étaient exterminés, il avait craint l'extinction de son pouvoir. Il avait donc créé l'amulette d'Aelusien, un collier qui donnait à celui qui le portait le pouvoir de la magie rouge, une magie amplifiée, bien plus dévastatrice que celle détenue par les meilleurs sorciers, même Baba Morganna. Avec ce collier, n'importe qui pouvait acquérir cette force, en apprenant à la manier. Sorciers, faes et même humains. Il s'agissait de l'assurance des sorciers rouges que leur magie survivrait à l'épidémie. Les faes de la Haute Montagne l'avaient caché dans ce massif, où l'amulette se trouvait encore à ce jour.

Les anciens étaient conscients que celui qui entrerait en sa possession détiendrait un pouvoir incommensurable. Ils l'avaient donc rendu pour ainsi dire inaccessible. Seul le plus courageux, le plus fort et le plus rusé des guerriers était capable d'y parvenir. Autrement dit, une personne digne de ce talisman.

À chaque pas, Remy envisageait de renoncer. Elle savait pourtant qu'une pause trop longue signerait la fin de son voyage.

Elle avait dit à Hale que la mort était plus probable qu'une victoire, et chaque fois il lui avait rétorqué qu'ayant le secours d'une sorcière rouge il réussirait. Elle entendait la respiration laborieuse du prince loin derrière elle. Il avait grommelé, plus tôt, que c'était plus facile pour elle qui pesait la moitié de son poids, mais à présent il n'avait plus assez de souffle pour se plaindre.

Le temps avait usé les dernières marches et ils durent bientôt escalader la paroi rocheuse à mains nues. La pierre sur laquelle ils prenaient appui n'était plus solide, c'était du schiste friable. À chaque avancée ils reculaient presque d'autant. Un supplice éreintant, qui visait à les décourager, et cependant ils continuèrent leur progression vers le sommet, même s'ils allaient de plus en plus lentement.

Enfin, Remy atteignit une altitude suffisante pour apercevoir le trou noir taillé dans la roche.

L'entrée n'avait rien de grandiose, ce n'était pas la belle arcade majestueuse à laquelle elle s'était attendue, à l'image du faste de la cour du Nord. Non, ce qu'elle découvrait, c'était un petit tunnel sombre, trop petit pour y pénétrer à quatre pattes. Ils devraient se mettre à plat ventre et avancer centimètre après centimètre, en se tortillant comme des crocodiles dans le noir le plus complet. Cette perspective ne la réjouissait guère. Et c'était sans doute voulu.

Elle se reposa sur l'étroite plate-forme à côté de l'entrée du tunnel, adossée au flanc de la montagne. Elle étudia la distance qu'ils avaient parcourue. La forêt s'étirait à perte de vue, mais elle parvenait à distinguer, au loin, un petit cercle de fumée, signalant la présence d'une ville et de ses cheminées. En plissant les yeux, elle pouvait même deviner l'océan à l'horizon. Elle cilla plusieurs fois pour tenter d'identifier l'endroit où la mer et le ciel se rencontraient, sans y parvenir. Ce serait peut-être la dernière fois qu'elle la verrait. Car, même s'ils survivaient au Pic Perdu, ils s'enfonceraient ensuite dans les terres vers Yexshire.

Hale se hissa à son tour et s'assit à côté d'elle. Tandis qu'il aspirait de grandes goulées d'air, elle regretta de ne pas avoir un peu d'eau à lui proposer. Peut-être que celle du lac était potable ? Connaissant les sorciers rouges, elle ne prendrait toutefois pas ce risque...

Avant qu'elle s'engage dans le boyau, il la retint d'une main sur l'épaule.

— Attends-moi, pantela-t-il. On y va ensemble.

Ils patientèrent plusieurs longues minutes dans un silence contemplatif avant qu'il retrouve un souffle suffisamment calme. Même sur un fae en excellente condition physique, l'ascension laissait des traces. Elle se demanda combien avaient échoué à arriver ne serait-ce qu'ici... Combien avaient rebroussé chemin en découvrant l'escalier interminable ? Des épées et des armures à l'abandon jonchaient la côte de la montagne à l'endroit de la dernière montée abrupte. Ceux qui avaient renoncé étaient sans doute les plus sages de tous.

Hale voulut contourner Remy pour accéder à l'entrée. Elle l'arrêta.

— Je dois passer en premier, insista-t-il.

Il s'était penché si près d'elle qu'elle sentait ses cheveux sur son visage. Malgré l'épuisement, elle éprouvait un désir toujours aussi intact pour les lèvres du prince. Un bref souvenir de la veille la parcourut dans un frémissement, avant qu'elle baisse les yeux.

— Non, c'est moi, rétorqua-t-elle.

Ne laissant pas le temps au prince de protester, elle ajouta :

— Ce n'est peut-être même pas la vraie entrée. Nous ne savons pas si ce tunnel mène quelque part. Il devient peut-être plus étroit. Je suis la plus petite, c'est logique que j'y aille d'abord.

— Très bien, dit-il en fermant à demi les yeux. Mais si ça devient trop étroit pour toi, préviens-moi. On cherchera un autre passage.

Comme elle restait silencieuse, il lui demanda :

— À quoi penses-tu ?

Son haleine caressa la joue de Remy, et elle remarqua les mouchetures plus foncées dans ses yeux gris argent. Elle ne lui dit pas ce qui lui traversait l'esprit, à savoir qu'elle n'avait aucune envie de posséder l'amulette d'Aelusien. Elle garda ce secret avec tous ceux qui lui nouaient déjà la gorge et improvisa une réponse :

— Je vous ai proposé mes services, et nous n'avons pas encore discuté salaire. Je veux dix pièces d'or par mois.

Il éclata de rire.

— Tu es sûre que le moment est idéal pour négocier ?

Il baissa les yeux vers le vide sous leurs pieds.

— Bon, d'accord, reprit-il. Je te donnerai ton premier salaire lorsque nous aurons retrouvé les chevaux. Maintenant, promets-moi de ne pas chercher à me semer.

— Oui, je promets de ne pas vous laisser en plan.

Elle roula les yeux. Elle savait très bien, au fond d'elle, qu'elle était incapable de l'abandonner, même si elle en avait envie, même si ça pouvait lui sauver la vie.

Elle se mit à plat ventre et se faufila à l'intérieur du tunnel. Elle se rendit rapidement compte qu'elle pouvait tenir à quatre pattes sans toucher le plafond avec son dos. Hale, lui, devait ramper. Le sol descendait en pente douce, ce qui facilitait leur avancée. Son visage croisa plus d'une toile d'araignée en chemin et elle s'efforça de ne pas penser aux bestioles qui pouvaient tomber dans ses cheveux. Elle venait de gravir un mont invincible, elle n'allait tout de même pas se laisser impressionner par un petit insecte de rien du tout. Elle chassa cette pensée de son esprit et poursuivit son chemin. Elle ne pouvait pas s'enfuir, car Hale lui bloquait la sortie. Mieux valait éviter de réfléchir à l'étroitesse du tunnel dans ces conditions, si elle ne voulait pas paniquer. Elle souffla longuement par le nez et reprit sa route.

Une minute plus tard, ils progressaient dans le noir le plus complet, et l'inclinaison du sol s'accentuait. Remy avait du mal à freiner sa descente avec ses seuls avant-bras. Et elle craignait que le prince y parvienne encore moins et l'entraîne avec lui.

Une discrète lueur verte apparut soudain devant elle. Peu à peu, elle discerna plus précisément les contours du tunnel comme la lumière s'intensifiait. Il formait un coude brusque pour se terminer dans le vide. Jetant un coup d'œil dans le trou, elle aperçut le fond.

— Arrêtez-vous le temps que je descende ou vous allez m'écrabouiller.

Elle pria pour que la chute ne soit pas trop brutale et pour qu'elle ne s'écrase pas tête la première sur de la roche. Elle se rapprocha du trou centimètre après centimètre. Ses muscles déjà bien éprouvés protestaient de toutes leurs forces. Elle vit que le sol n'était pas trop loin, elle pouvait presque le toucher en tendant le bras...

Sa main glissa, et avec un grognement elle dévala dans le vide. Elle eut l'instinct de se tourner pour permettre à son épaule, et non son visage, d'amortir le choc. Son corps produisit un son mat grotesque.

— Ça va ? lui cria Hale.

— Oui, grommela-t-elle en s'époussetant.

Elle devait être couverte d'égratignures, mais rien de très grave.

— Voyons voir si vous réussissez un atterrissage plus élégant, Votre Altesse.

Le rire de Hale se réverbéra sur la roche alentour. Il se laissa glisser vers l'avant. Une première main apparut, suivie d'une seconde, tendues vers le bas. Les muscles de ses bras et de ses épaules saillirent lorsqu'il passa d'une position de poirier à une planche, avant de descendre à plat ventre. Remy contint un soupir d'exaspération pendant qu'il s'asseyait, rechignant à admettre qu'elle était impressionnée et séduite. Le prince était, de toute façon, accaparé par la lueur verte sur sa droite.

Le lac bioluminescent s'étendait en effet à perte de vue devant eux. Sa lueur éclairait les parois de l'immense grotte, si hautes qu'elles disparaissaient dans l'obscurité de la montagne. Au centre du lac se trouvait une petite île avec une grosse pierre rectangulaire et, dessus, une coupe avec un collier rouge étincelant. L'amulette d'Aelusien.

Hale fut pris d'une quinte de toux et remonta le tissu de sa tunique sur son nez. Ce fut alors que Remy fut assaillie à son tour par l'odeur pestilentielle. Elle qui pensait s'être habituée dehors... C'était bien pire ici. Se masquant elle aussi le bas du visage, elle observa les rives du lac et les découvrit. Des cadavres. Par dizaines, à divers stades de décomposition, ils jonchaient le sol de pierre irrégulier. Beaucoup étaient déjà des squelettes, vieux de plusieurs siècles. Baissant les yeux vers ses bottes, elle vit qu'elle marchait sur un morceau de tissu... Une sorte de manteau, sans corps à l'intérieur. Elle frissonna. De nombreux vêtements déchirés et abîmés étaient éparpillés autour d'eux. Elle se demanda si tous ces gens s'étaient déshabillés avant de tenter la traversée du lac à la nage, pour aller plus vite. Il y avait bien plus de vêtements que de morts.

Hale lui donna un coup de coude.

— Tu arrives à lire ça ?

Il avait les yeux rivés sur la paroi au-dessus d'eux. Des mots en mhenbic y étaient gravés. Remy n'en avait encore jamais vu, toutefois les lettres étaient suffisamment proches de celles de l'ific pour qu'elle s'essaie à une traduction :

— *Si c'est l'amulette que tu désires, alors nage. Mais méfie-toi des eaux toxiques. Atteins l'antidote avant que le poison ait eu raison de toi. Il peut sauver une vie. Seul l'être qui en est digne atteindra la coupe. Seul l'être qui en est digne deviendra maître de l'amulette. Que la magie rouge te bénisse.*

Elle frissonna. Un lac empoisonné. Aux eaux pensées pour tuer. Beaucoup avaient visiblement, dans leur quête de l'amulette, paniqué et regagné les rives, où le poison les avait, malgré tout, vaincus.

Hale retira sa tunique.

— Qu... qu'est-ce que vous faites ? bafouilla-t-elle sans pouvoir s'empêcher d'admirer son torse musclé.

Si le lac ne la tuait pas, ce corps s'en chargerait.

— J'y vais, lui répondit-il, comme si c'était elle qui avait perdu la tête.

— Vous êtes un bon nageur ?

C'était sans aucun doute le cas. Il lui avait parlé de ses nombreux séjours dans le village de pêcheurs où s'était retirée sa mère et où il avait appris à affronter des vagues puissantes. Toutefois, cela n'impliquait pas qu'il était rapide, or la vitesse était ce qu'exigeait la situation présente.

— Tu t'inquiètes pour moi ? lança-t-il avec un sourire.

Il se montrait terriblement cavalier avec sa propre vie. Quant à Remy, elle avait beaucoup de difficultés à détacher ses yeux de son torse.

— Évidemment ! fulmina-t-elle, ce qui ne servit qu'à élargir le sourire du prince.

— Si je n'y arrive pas, alors l'argent et les chevaux sont à toi, poursuivit-il en lui faisant un clin d'œil. Tu auras les moyens de retourner dans le Sud et, une fois là-bas, de t'offrir une petite taverne rien qu'à toi.

— Formidable, lâcha-t-elle avec amertume en le voyant retirer ses chaussures.

Elle considéra à nouveau l'avertissement gravé dans la roche.

Que la magie rouge te bénisse.

— Attends !

Hale se tourna vers elle et elle le saisit par le bras. Elle pressa sa paume sur le torse du prince, juste au-dessus de son cœur.

— Qu'est-ce que tu...

— Chut !

Elle puisa en elle et convoqua autant de magie que possible, la concentrant dans sa main. Récitant des paroles en mhenbic, elle invita ses pouvoirs à se diffuser en lui.

Elle plongea alors ses yeux dans les siens. Ils étaient écarquillés par la surprise. Elle se demanda ce qu'il ressentait.

— C'est un sort de protection, plus puissant que ce fil rouge, lui expliqua-t-elle en soutenant son regard pour répéter les mots taillés dans la montagne. Que la magie rouge te bénisse.

Avant qu'elle ait eu le temps de comprendre ce qui se passait, Hale lui prenait le visage à deux mains pour attirer sa bouche vers la sienne. Remy s'accrocha à lui de toutes ses forces pendant qu'il lui rendait grâce avec ce long baiser révérencieux.

Il s'écarta à peine pour pouvoir appuyer son front contre celui de la sorcière. Rivant ses prunelles argentées aux siennes, il murmura :

— Merci, Remy.

Elle ouvrit puis referma la bouche. Elle savait ce que cela signifiait. Il s'agissait peut-être d'un adieu.

Elle résista à la tentation de l'empoigner pour l'embrasser à nouveau, pour le convaincre de renoncer à cette quête insensée dès à présent, avant qu'elle les sépare à tout jamais, avant qu'ils aient une chance de découvrir ce à quoi mille autres baisers pourraient mener.

Son cœur faisait des bonds dans sa cage thoracique, lui hurlant de tout lui avouer. De prononcer les mots qu'elle gardait enfermés au fond d'elle.

Elle le laissa partir, pourtant.

Poussant un lourd soupir, elle se résolut à l'inévitable.

— Bonne chance, murmura-t-elle alors qu'il plongeait son pied dans l'eau lumineuse et toxique.

*

Elle aurait dû tout lui dire. Elle aurait dû lui ouvrir son cœur, plutôt que ses réserves de magie rouge. À la seconde où il pénétra dans l'eau, elle fut rongée par le regret.

À peine avait-il glissé un pied dans l'eau verte qu'il y plongea tête la première. Il ne perdait pas un seul instant. Les mouvements de ses bras étaient rapides et puissants, les battements de ses pieds vifs. Il allait vite. Tant mieux. Peut-être qu'il atteindrait l'île.

Remy suivait sa progression en retenant son souffle. Chaque fois qu'il sortait un bras de l'eau, sa peau avait perdu un peu de sa couleur, ses muscles un peu de leur rondeur. Il s'arrêta brusquement, remontant la tête à la surface. Un gémissement lui échappa.

Remy retint un cri. Il perdait ses cheveux et son visage se creusait. Le poison était en train d'aspirer son souffle vital, de le transformer lentement en cadavre.

— Non, il faut continuer ! lui cria-t-elle.

Cette vision d'horreur la paralysait tout entière, seul son cœur continuait à battre.

Hale se remit en route. À cause de ses muscles affaiblis, son rythme était ralenti, pourtant il continuait à avancer. Il avait fait plus de la moitié du chemin à présent. Il pouvait réussir.

Remy l'aperçut alors : une ombre dans l'eau. L'immense silhouette noire se déplaçait sous la surface en direction du prince à la peine. La peur planta ses griffes dans la poitrine de la sorcière. Elle ramassa un poignard oublié par terre. La créature remonta à la surface, ne dévoilant que ses yeux et sa queue. Elle était recouverte d'écailles noires. Remy n'avait jamais rien vu de tel.

— Sur la droite ! hurla-t-elle au moment de lancer le couteau.

Il manqua la bête. *Argh !*

— Attention !

Ses cris rebondissaient sur les parois de la grotte.

La créature n'était plus qu'à quelques mètres de Hale maintenant. Remy chercha une arme parmi les affaires éparpillées autour d'elle, et ramassa une lance. Elle regrettait amèrement de ne pas avoir pris son arc... L'arme atteignit la bête dans le dos, mais la pointe glissa sur ses écailles, trop épaisses.

La bête ouvrit une gueule immense, révélant plusieurs rangées de dents acérées. Le nageur paniqué qui se tourna alors vers elle n'était plus le prince que la sorcière avait connu. Sa peau était plaquée sur ses os, il ressemblait à un cadavre qui se décomposait déjà depuis une semaine. Il était si près du but... Il fallait qu'il sorte de l'eau pour prendre l'antidote... La créature se jeta alors sur lui.

Remy fit pleuvoir sur elle toutes les armes qui lui tombaient sous la main, couteaux, haches, pierres. Hale utilisa son poignard pour la frapper sur le museau. La bête poussa un cri et recula, pour mieux lancer une nouvelle attaque avec sa queue, aussi agile qu'un fouet. Il réussit à esquiver le coup, mais la queue l'assaillit sur le flanc opposé et réussit à le désarmer. Remy lança un autre couteau qui, enfin, se planta dans l'œil jaune du monstre. Celui-ci poussa un hurlement, alors qu'une substance visqueuse de couleur ambre s'écoulait de la plaie. Il montra à nouveau ses crocs pourrissants au nageur squelettique, rivant son second œil sur lui.

Hale fit mine de partir sur la gauche, et la créature tomba dans le piège. Brandissant la faux dans sa main droite, le prince l'abattit sur le museau. La bête, dont la mâchoire se retrouvait bloquée par l'arme, fut parcourue d'un tressaillement, puis elle replongea dans les profondeurs du lac.

Remy respira pour la première fois depuis plus d'une minute.

Hale se remit à nager avec de faibles mouvements. Sa main se tendit et toucha le rebord de l'île. Il hissa son torse décharné sur la pierre au moment où deux autres paires d'yeux jaunes apparaissaient à la surface du lac vert.

— Hale ! le prévint Remy, alors que les serpents noirs se jetaient sur ses jambes.

L'un des deux se dressa au-dessus de l'eau tel un aspic s'apprêtant à frapper. Le prince voulut se protéger avec son bras amaigri, mais il n'avait plus aucune force, plus aucune arme. La bête referma sa gueule dessus et l'attira vers le fond.

— Non !

Le hurlement de Remy était si puissant que des bouts de roche tombèrent du plafond de la grotte.

Sans réfléchir un seul instant, elle retira sa tunique et ses chaussures. Alors qu'elle courait vers le lac, elle dégaina son poignard.

Se jetant dans l'eau, elle se maudit de ne pas avoir gardé un peu de magie pour elle. Elle implora les dieux d'avoir suffisamment de pouvoirs malgré tout pour être protégée. Hale et les deux serpents n'étaient pas remontés à la surface, même si l'eau continuait à bouillonner près de l'île.

Elle devait se dépêcher.

Elle priait pour que Hale ait appris, à force d'être malmené par des vagues gigantesques, à retenir son souffle. Elle n'était pas une bonne nageuse, pourtant une force surnaturelle la propulsa vers la partie agitée du lac. Dieux, pourvu que d'autres serpents n'y aient pas élu domicile...

Peut-être était-ce ses pouvoirs, peut-être était-ce son sang, quoi qu'il en soit, elle fit fuir les monstres. Semblant la sentir approcher, ils libérèrent Hale, dont le corps remonta à la surface.

Il était mort.

Chapitre 21

Un rugissement guttural monta du plus profond de ses entrailles.

Non, non, non !

Elle nageait encore vite, alors que l'une des créatures remontait à la surface. Ses yeux jaunes se rivèrent sur elle tandis que la seconde repartait en direction du corps de Hale. Remy puisa dans ses dernières réserves de magie, et le serpent replongea dans le lac. L'autre était si focalisé sur sa proie qu'il lui tournait le dos. Elle l'empoigna par son impressionnante queue noire et tira dessus juste avant qu'il puisse refermer ses crocs sur le prince.

Enragé, le serpent fit volte-face vers elle, mais elle était trop près de lui pour qu'il puisse réussir à l'atteindre avec sa gueule. Il se débattit, et elle tint bon. Les écailles tranchantes lui entaillèrent le ventre et les bras, pourtant elle ne céda pas.

Elle finit par réussir à l'attraper sous la gorge et elle planta profondément son poignard dans un de ses yeux. Elle retira la lame luisante de la substance ambre et s'écarta vivement. Le coup n'était sans doute pas mortel, mais il devrait lui permettre de gagner un temps précieux.

Le temps.

Elle craignait que le leur soit déjà écoulé malheureusement. Elle chercha aussitôt le corps sans vie de Hale, qui flottait à la surface, visage tourné vers le haut. Les vagues produites par son duel avec le serpent l'avaient repoussé contre l'île. La table en pierre, avec son remède, était juste au-dessus de lui.

Se déplaçant avec frénésie, elle l'atteignit en un seul mouvement de bras. Elle saisit son corps pâle et inerte sous les aisselles, et elle le hissa hors de l'eau. Sa poitrine ne bougeait plus.

Elle récupéra la coupe sur la table en pierre et se laissa tomber lourdement à genoux près de lui. Elle écarta, de force, ses lèvres violettes pour verser le liquide d'un rouge sombre dans sa bouche. Elle la lui referma précipitamment pour que l'antidote puisse couler jusqu'à son estomac.

— Allez, allez...

Hale déglutit alors, comme s'il l'avait entendue. Sa poitrine se souleva et il avala une immense goulée d'air. Suivie d'une deuxième et d'une troisième.

— Les dieux soient loués, murmura-t-elle.

Elle se rendit alors compte que son propre corps tremblait.

Devant elle, son compagnon reprenait figure humaine et son corps retrouvait son énergie. Une force invisible lui répara le bras. Ses paupières s'ouvrirent et il promena des yeux affolés autour de lui, avant de se poser sur elle.

— Vous êtes en vie, tout va bien, le rassura-t-elle.

Le regard de Hale s'emplit pourtant d'horreur. Il la dévisagea puis observa sa poitrine ensanglantée et, enfin, la coupe vide dans sa main.

— Qu'as-tu fait ?

Sa voix vibrait de terreur. Il lui prit la coupe pour regarder à l'intérieur.

— Tu m'as tout donné ?

Il passa un doigt tremblant au fond du récipient pour récupérer la dernière goutte rouge et la poser sur les lèvres de Remy.

— Comment se fait-il que tu sois toujours vivante ? chuchota-t-il, les yeux écarquillés.

— J'ai espéré que ma magie me permettrait de vous rejoindre.

À ces mots, elle se plia en deux. Une douleur fulgurante venait de la saisir au ventre. L'adrénaline refluait, cédant la place au poison.

— Récupérez vite l'amulette, lui enjoignit-elle. On doit redescendre du Pic Perdu et trouver plus de potion.

— Plus de potion ? répéta-t-il dans un râle, terrifié de la voir agripper son abdomen.

Il récupéra le collier en or serti d'une gemme rouge posé sur la dalle. Au moment où il le fourrait dans sa poche, un grondement retentit. Sur leur gauche, un long bloc de roche émergea de l'eau pour constituer un passage.

Remy serra les dents. Un incendie se propageait dans ses veines.

— Quelle petite imbécile intrépide, tu fais, dit-il en passant son bras autour de sa taille.

Il la porta presque pour traverser le pont.

— C'est comme ça que vous me remerciez de vous avoir sauvé la vie ?

Elle étouffa un gémissement.

— Tu aurais dû me laisser mourir.

— Jamais, grogna-t-elle au moment où ils atteignaient l'entrée du tunnel.

Lorsqu'il la lâcha, elle s'effondra sur le sol. Il ramassa leurs tuniques et lui enfila la sienne à la hâte.

— Je vous avais promis de ne pas vous abandonner.

Il venait de l'aider à glisser son bras dans une manche et il s'interrompit pour la regarder dans les yeux. La peur qui en émanait par ondes successives lui rappela celle que, quelques minutes plus tôt à peine, elle avait éprouvée.

— On trouvera un antidote, lui certifia-t-il. On va te sortir d'ici.

Il la releva puis la hissa vers l'ouverture verticale du tunnel, la soulevant par la taille jusqu'à ce qu'elle puisse atteindre la partie horizontale. Elle se faufila à l'intérieur, suivie de près par le prince. S'efforçant d'aller toujours plus vite, elle ne sentait pas les blessures sur ses bras ou son buste. Ses lèvres et ses orteils étaient parcourus de fourmillements.

Arrivée enfin à l'extérieur, elle se roula en boule et considéra la descente périlleuse qui les attendait. Elle ferma aussitôt les paupières, vaincue.

Elle ne réussirait pas.

Hale sortit à son tour du tunnel et bondit sur ses pieds.

— On ne peut pas se reposer... on doit y aller.

Elle ravala un cri de douleur. Elle haletait, se concentrant pour résister de tout son être au venin qui se diffusait en elle.

— Le poison se propage trop vite, pantela-t-elle. Je ne...

— Remy, répliqua-t-il d'un ton menaçant, nous allons descendre au pied de cette montagne.

Elle hocha la tête, reprenant son souffle entre chacun des mots qu'elle prononça ensuite :

— Quand nous aurons rejoint les chevaux, il y a une bougie rouge dans mes affaires. Allumez-la et convoquez Baba Morganna. Elle vous dira quoi faire.

Ses paupières papillotèrent, et le prince lui agrippa violemment le visage.

— Garde les yeux ouverts, Remy, lui ordonna-t-il.

Elle obtempéra sans grande conviction.

— En route.

Les yeux mi-clos, elle se positionna pour glisser le long de la pente en schiste. Hale la retint par la ceinture pour l'empêcher de dévaler jusqu'en bas et contrôler son atterrissage. Elle s'affala en tas sur la première marche de pierre, s'y cognant violemment le visage, mais n'éprouva aucune douleur.

— Ouvre les yeux, Remy.

Hale pensait lui donner un ordre, et pourtant son ton était surtout implorant.

— La bougie rouge... Morganna.

Il essaya de la relever, mais elle s'effondra aussitôt. Ses membres ne lui répondaient plus, elle ne sentait plus que le supplice qui dévorait ses entrailles. Elle ne survivrait pas. La Grande Prêtresse devait être informée de sa mort malgré tout. Tous les espoirs qui reposaient sur ses épaules seraient réduits à néant. Elle redoutait la réaction en chaîne que sa mort provoquerait. Cependant elle ne regrettait rien. Elle aurait sauté dans ce lac même si elle avait pu remonter le temps. Elle était heureuse d'avoir sauvé son compagnon.

— Hale ?

Elle soufflait des râles humides sur la roche. Il se décomposa en la voyant à l'agonie.

— Apportez des fleurs à votre mère de ma part.

Ses paupières se fermèrent et elle s'abandonna au poison qui incendiait son corps.

— Ouvre les yeux ! insista-t-il d'une voix qui se brisa. Ouvre les yeux, enfin !

Elle sentit à peine la gifle sur sa joue. Le venin avait pris le contrôle de ses muscles. Ses yeux ne répondaient plus. Son corps n'était plus qu'un poids mort.

Il poussa un hurlement désespéré.

— Je refuse de t'enterrer !

Elle l'entendit se relever d'un bond, sentit vaguement qu'il la soulevait par le bras pour la mettre en travers de son dos. Elle recevait un coup à la poitrine à chacun de ses pas. Il dévalait les marches quatre à quatre.

Il avait beau être hors d'haleine, il lui souffla :

— Reste avec moi, Remy.

Elle s'était transformée en une poupée de chiffon qu'il secouait.

— Tu viendras avec moi offrir ces fleurs à ma mère. Elle va t'adorer. Et tu verras l'océan.

Sa voix s'étranglait un peu plus à chaque pas.

Elle sentit à nouveau l'odeur puissante des pins, de la mousse et de la forêt. Étaient-ils vraiment descendus aussi vite ? Hale courait comme si la déesse de la Mort était sur ses talons... Elle entendit les chevaux hennir alors qu'il la lâchait sans cérémonie sur le sol tapissé de feuilles.

Il fouilla dans ses affaires à la recherche de la bougie, et elle songea qu'elle était reconnaissante à l'idée que Baba Morganna soit présente pour son trépas, de même qu'elle avait été présente la nuit où sa famille avait péri.

Le bruit du silex. Il allumait la bougie.

— Baba Morganna...

Sa voix tremblante paraissait distante, aussi lointaine que s'il se trouvait sous l'eau.

— J'en appelle à vous, Grande Prêtresse de l'Ordre rouge.

— Je suis là, Votre Altesse.

Une voix aussi ancienne que les montagnes alentour résonna dans toute la forêt. Une voix qui éclaira les pensées de Remy.

Baba Morganna était là.

La jeune sorcière exhala son dernier souffle et perdit connaissance.

*

Remy n'avait plus de corps. Elle existait ailleurs, dans un endroit souterrain où se cachait l'âme de la terre.

Elle était là, dans la matrice de la vie, et elle regardait sa dépouille au-dessus d'elle. Sa vision était trouble, comme si elle gisait au fond d'un lac et suivait la scène qui se déroulait à la surface. Son corps inconscient reposait sur un tapis de feuilles mortes. Agenouillé à côté d'elle, Hale lui serrait la main si fort que les veines de ses bras saillaient. À côté de lui, une silhouette translucide ondulait : Baba Morganna.

La vieille sorcière avait envoyé son esprit sur le lieu où gisait sa disciple. Un tour qui requérait une grande quantité de magie et laisserait sans doute la Grande Prêtresse exsangue pour un long moment.

Son visage brun clair était sillonné de rides profondes. Ses cheveux blancs et ondulés flottaient sur ses épaules. Même dans sa version spectrale, ses yeux brillaient autant que du bronze poli. La magie rouge crépitait sur ses mains. Elle n'était pas voûtée, au contraire, elle se tenait raide comme un piquet. On aurait pu croire qu'elle portait une couronne invisible tant elle avait le menton altier, son ample cape rouge couvrant le reste de son corps.

On aurait dit qu'elle s'adressait à Hale, même si Remy n'entendait pas les mots qu'elle prononçait. Il lui répondit en hurlant, toutes dents dehors, avant d'empoigner le corps sans vie de sa compagne, l'âme réduite en miettes.

La voix de Baba Morganna surgit alors de l'obscurité. Elle enveloppait Remy, se diffusant à travers la terre.

— Il y a bien longtemps que je n'ai pas vu ton visage, Petit Moineau.

Son double fantomatique continuait à s'adresser au prince à la surface, tandis qu'elle parlait à travers la terre simultanément.

Ne m'appelez pas ainsi, protesta mentalement la jeune femme, sans émettre le moindre son. Elle n'avait plus de bouche, ce qui ne l'empêchait pas de communiquer avec la Grande Prêtresse.

— Tu voudrais nier ton identité jusque dans la mort ?

La voix de Baba Morganna était éraillée et plus aiguë que celle dont la sorcière avait conservé le souvenir.

Alors je suis morte ? Elle le savait et pourtant elle ne pouvait y croire. Elle était incapable d'intégrer cette vérité : c'en était terminé de son existence.

— Cela dépend de toi, lui déclara Baba Morganna. Tu es face à un choix désormais. Y retourner, reprendre tes droits sur ce corps, reprendre la place qui te revient dans ce monde ; ou partir, tourner le dos à toute cette souffrance et toutes ces destructions, oui, mais renoncer à tout avenir, par la même occasion.

Comment savoir si mon avenir mérite autant de souffrances ? Elle en doutait au plus profond de son être. Si elle survivait, il y aurait une guerre.

— Le sait-on jamais ? Les choses qui nous procurent le plus de joie sont celles qui nous demandent le plus d'efforts. Quels que soient ceux que tu devras déployer, tu seras récompensée à leur hauteur, prophétisa-t-elle.

Et si je ne veux plus me battre ?

Si Remy avait encore eu un corps, elle aurait versé des larmes, mais elle se réduisait dorénavant à une voix qui résonnait de façon sinistre dans les ténèbres.

— Voici ce que je te répondrai. Tu crois peut-être que plus rien ne t'attache à ce monde, cependant les répercussions de ton choix te dépassent bien plus que tu ne l'imagines. Il y aura des conséquences sur le monde des vivants, et toi, Petit Moineau, tu seras condamnée à les observer depuis l'au-delà, sans pouvoir intervenir.

C'est si cruel...

Remy souffrait dans le noir.

— C'est le fardeau de ceux qui trépassent : observer, devenir les témoins de ce qui advient des existences qu'ils ont menées, constater ce que provoquent leurs actes passés. Avec le temps, cela s'estompera. Tu deviendras un esprit de la nature, suivant le cours des choses depuis la terre, les rivières et les arbres, murmurant et réagissant autant que la nature te le permettra.

La vieille sorcière s'exprimait avec un calme teinté de chagrin.

— J'ai vu tant de membres de ta famille tomber...

Ils sont tous morts...

Remy ne s'était jamais sentie aussi seule. Même son corps l'abandonnait à présent. La voix de Morganna transperça le vide.

— Pas tous, non. Ruadora a survécu.

Rua ?

Remy avait pleuré la mort de sa petite sœur si longtemps...

— Une sorcière rouge l'a sauvée cette nuit-là. Elle l'a cachée dans la forêt avec elle. Petit à petit, elle a retrouvé des compagnes et elles ont rebâti l'Ordre. Nous nous sommes cantonnées aux forêts les plus denses autour de Yexshire, sans oser nous aventurer dans la vallée, même si les yeux du Nord qui la surveillaient autrefois se détournent déjà. Rua est avec ces sorcières. Va à Yexshire. Suis le chemin qui part du temple. Il te conduira à notre campement... Si, bien sûr, tu choisis le retour à la vie, ajouta-t-elle en parlant soudain plus lentement. Je serai très triste de perdre un autre membre de ta famille, mais je respecterai ta décision et trouverai le moyen de la supporter.

Pourquoi donc ai-je le choix ? chuchota-t-elle. Elle sentait qu'elle commençait à se dissoudre dans l'éther. *J'imagine que rares sont ceux qui peuvent trancher entre le retour et le départ...*

— Quelqu'un te lie encore à ce monde.

La voix de Baba Morganna s'était réchauffée.

Qui ?

Remy entendit le sourire dans la voix de la sorcière.

— Tu le sais très bien. Tu sais ce qu'il représente pour toi.

La jeune femme regarda son corps. Hale avait relevé sa tête sur ses genoux. Il sanglotait, front pressé contre le sien. Il serrait ses longs cheveux noirs dans ses poings et ses larmes coulaient sur les joues de Remy.

Elle comprit alors qu'elle n'avait jamais eu le choix. Elle se raccrocherait à la vie ne serait-ce que pour sécher les larmes du prince. Car elle l'aimait à ce point.

— Bonne chance, Petit Moineau, conclut Baba Morganna, devinant qu'elle avait pris sa décision. Veille à jeter autant de galets que possible dans l'eau avant de partir, pour pouvoir observer les ricochets qu'ils formeront à la surface pendant les siècles et les siècles...

Elle leva les yeux vers le visage de Hale, et quelque chose en elle se réveilla. Elle sentait les pouces qui lui caressaient les joues. Elle entendait des sanglots déchirants. Ce son l'ancra de nouveau dans le monde des vivants. Embrassant son destin, elle résolut de faire de nombreux ricochets avant que son heure vienne pour de bon.

Que les dieux me viennent en aide, songea-t-elle.

Elle ouvrit les yeux en grand et prit une immense inspiration.

*

— Remy...

Il répétait, dans un murmure, son prénom à la nuit, comme une prière qu'on récite.

Une fièvre s'était emparée d'elle pendant ces longues heures ténébreuses. Elle demeurait à demi inconsciente, frissonnant dans le noir, incapable de parler.

Il était trop tard pour envisager de quitter la forêt, d'autant que la jeune femme était dans l'incapacité de se déplacer. Hale avait établi leur campement au même endroit que la veille.

Il l'avait tenue dans ses bras toute la nuit, ne la quittant que le temps d'ajouter du bois dans le feu rugissant. Lorsque sa fièvre finit par retomber, elle avait les vêtements imbibés de sueur. Elle sentit qu'il desserrait légèrement l'étreinte de ses bras – il n'avait plus besoin de retenir sa chute, ainsi qu'il l'avait fait toutes ces heures au sommet du Pic Perdu. Le sommeil finit par s'emparer de lui, alors que l'adrénaline refluait et qu'il avait la certitude qu'elle survivrait à cette nuit.

La promesse d'un nouveau jour éclairait le ciel quand le corps de Remy élimina les derniers vestiges de poison brûlant dans ses veines. Elle avait survécu aux eaux toxiques sans avoir besoin d'antidote. Son sang avait réussi ce qu'aucun autre n'aurait pu accomplir. Elle avait tant à dire à Hale. Des choses qu'elle regrettait d'avoir gardées pour elle si longtemps, mais dans l'immédiat, il fallait dormir.

Elle s'inquiéterait de la vérité au matin.

Chapitre 22

À son réveil, Remy constata que son compagnon n'était pas là. Ses vêtements trempés de sueur avaient séché. Son corps semblait en grande partie remis. Elle vida la moitié d'une outre d'eau tant elle avait la gorge sèche, puis elle démêla ses cheveux avec ses doigts.

Elle devait parler à Hale.

Elle s'équipa de son arc et de flèches, pour le cas où des pumas rôderaient encore, et remonta sa piste entre les arbres. Elle le trouva en contrebas, à l'entrée d'une petite grotte, agenouillé devant un feu de fae. Il portait la capuche de sa cape gris charbon, qui dissimulait son visage. La base des flammes était verte et non bleue, signe qu'elles étaient produites par la magie des faes. Remy ne put s'empêcher de grimacer en remarquant que la couleur ressemblait à celle du lac qui avait bien failli les tuer tous les deux.

Une voix gutturale s'élevait du feu.

Elle patienta à la lisière de la clairière, cachée derrière un arbre. La conversation était trop sérieuse pour qu'elle l'interrompe. Elle convoqua un soupçon de sa magie pour amplifier son ouïe et entendre la voix douce du prince malgré la distance.

— Oui, père, disait-il.

Il était donc en communication avec le roi de l'Est, ainsi qu'il l'avait fait lors de leur périple à travers les royaumes de l'Ouest et du Sud.

La voix qui montait des flammes était déformée.

Ma patience s'épuise. Les pouvoirs de Vostemur grandissent de jour en jour, il est tout proche de maîtriser l'Épée Immortelle. Celle-ci doit passer sous le contrôle de l'Est. Et pour cela, le prince de la Haute Montagne doit mourir.

Elle dut déployer des efforts surhumains pour contenir un cri.

Mourir ?

La vérité écrasante s'abattit sur la jeune sorcière d'un coup. Ils n'avaient jamais eu pour but d'aider la Haute Montagne. Norwood souhaitait simplement retrouver l'héritier de cette cour pour le tuer. Une fois qu'il serait mort, l'Épée Immortelle n'aurait plus aucun lien avec cette lignée. Et celui qui s'en rendrait maître posséderait un pouvoir incommensurable sur les autres royaumes.

Norwood la voulait pour lui. Hale le savait, il l'avait toujours su, et n'en avait rien dit à Remy.

— Nous nous rapprochons un peu plus du but chaque jour, le rassura-t-il.

Remy ne reconnut pas sa voix, inquiétante. On aurait dit qu'il parlait une langue étrangère.

Tu es trop tendre avec cette sale petite sorcière, lui rétorqua son père. *Force-la à te conduire au prince. Immédiatement. Si tu n'es pas à la hauteur de cette mission, j'enverrai un de tes frères s'en charger à ta place.*

— Ce ne sera pas utile.

Mais qui était l'homme caché sous cette cape grise ? Ce ne pouvait être son compagnon d'aventure.

Bien, crépita la voix alors que les flammes diminuaient. *Ne me déçois pas. Tue-le et apporte-moi l'épée. N'oublie pas, fils, dès que tu auras retrouvé le prince, mets fin aux jours de cette maudite sorcière. Il ne faut rien laisser au hasard.*

— Oui, père.

Le feu s'éteignit complètement.

Aux derniers mots de Norwood, l'échine de Remy s'était brusquement redressée. Il avait l'intention de la faire tuer. Elle ne parvenait pas à intégrer cette idée. Hale lui mentait-il depuis le début ? Alors qu'elle avait choisi de revenir à la vie pour lui, serait-il celui qui la lui ôterait définitivement ? Comment se faisait-il qu'elle n'ait rien vu ? Avait-elle été si aveugle ? Elle avait toujours été consciente que la force d'attraction qu'il exerçait sur elle risquait de la conduire à sa perte... Elle n'aurait pourtant jamais imaginé qu'il pourrait lui porter le coup fatal.

Son sang bouillonnait dans ses veines. Elle devait s'éloigner de lui.

C'était une véritable torture. Les sorcières qui avaient sacrifié leurs vies pour la sienne seraient si déçues de voir qu'elle avait eu une confiance aveugle en l'ennemi. Chaque respiration était un coup dans la poitrine. Elle était tombée amoureuse d'un homme qui voulait la tuer.

*

Elle se mit à courir, et une brindille craqua sous son pied.

Malédiction ! Elle n'avait pas été assez prudente.

Hale se redressa et fit volte-face.

— Remy ? lança-t-il en fouillant les bois du regard. C'est toi ? Comment tu te sens ?

Alors il comptait continuer à lui mentir ? Il ne soupçonnait donc pas qu'elle ait pu l'espionner.

Elle entendit les feuilles mortes crisser sous son pas et il s'arrêta lorsqu'il ne fut plus qu'à quelques mètres d'elle. Il lut sur son visage qu'elle savait tout.

Ils s'observèrent en chiens de faïence un long moment, aucun d'eux ne voulant être le premier à céder.

— Tu es vraiment un beau bâtard, finit-elle par lui lancer en retenant ses larmes.

Elle vit que ses mots le transperçaient telle une flèche avant qu'il retrouve son masque impassible.

— Puisque tu as l'intention de me tuer, pourquoi tu ne m'as pas laissée mourir ? ajouta-t-elle.

— Alors tu as entendu ma conversation avec mon père, dit-il d'un ton presque amusé.

Pourquoi n'était-il pas furieux ? Pourquoi ne semblait-il pas lui en vouloir ? Elle avait le cœur en mille morceaux, et lui restait d'un calme olympien.

— Oui, je t'ai entendu comploter avec ton père contre la cour de la Haute Montagne et contre moi.

Elle accompagna sa réponse d'un ricanement, même si elle sentait un gouffre de tristesse s'ouvrir sous ses pieds, menaçant de l'engloutir tout entière.

— Intéressant, rétorqua-t-il avec un sourire.

Sous la capuche grise de sa cape, ses yeux paraissaient encore plus sombres.

— Pourquoi ça ? demanda-t-elle.

Ses doigts la démangeaient, elle était prête à saisir son arc.

— Seuls les faes peuvent communiquer grâce aux flammes. Tu n'aurais pas dû pouvoir entendre nos échanges.

Argh !

— Je me suis servie de mes pouvoirs de sorcières, se justifia-t-elle en reculant.

Elle avait conscience de se trahir encore un peu plus en battant ainsi en retraite, mais elle devait mettre de la distance entre eux.

— Ce n'était pas tes pouvoirs de sorcière, persista-t-il, ses yeux gris s'assombrissant encore alors qu'il se rapprochait à pas lents.

Elle pensait être capable de le semer si elle convoquait toutes ses réserves de magie.

— Je sais qui tu es, Remy... ou devrais-je dire Votre Altesse ?

Sans prendre le temps de réfléchir, elle empoigna son arc, encocha une flèche et le visa. En moins de temps qu'il n'en fallait pour cligner des yeux. S'il avait deviné sa véritable identité, à quoi bon continuer de lui cacher l'étendue réelle de ses capacités ?

Il l'avait percée à jour.

Il la fixait, ébahi par la vitesse dont elle venait de faire preuve.

— Tu es incroyable.

Il avait un sourire jusqu'aux oreilles.

Pourquoi semblait-il aussi heureux, et impressionné, même ? Il la fixait comme il l'avait toujours fait, alors que, quelques secondes auparavant, il avait promis à son père de la tuer. Pourquoi continuait-il à faire semblant ?

— Qu'est-ce qui te fait sourire ? rétorqua-t-elle avec rage, cillant pour chasser les larmes dans ses yeux.

Elle ne les essuierait pas. Elle ne lâcherait pas son arme, même d'une main. Qu'il voie à quel point il avait détruit sa confiance !

Elle ne lui laissa pas le temps de répondre. Consumée par la colère, elle décocha sa flèche.

Elle avait visé son front, sachant qu'il esquiverait facilement l'attaque. Elle pouvait même prévoir son mouvement précis, tant elle le connaissait bien. Ainsi qu'elle l'avait prévu, la flèche se planta dans le tronc d'arbre derrière lui, emportant avec elle sa capuche.

Il considéra Remy avec surprise. Il voulut se dégager et elle décocha deux autres flèches coup sur coup. Il était si prévisible... Elle embrocha ses manches, l'une au-dessus de sa tête, l'autre le long de son flanc. Il se libérerait rapidement, mais elle aurait malgré tout une petite longueur d'avance. Elle tourna les talons et remonta vers le camp.

— Attends...

Elle détestait que la voix de Hale ait autant de pouvoir sur elle.

— Pourquoi ?

Le nœud dans sa gorge se serra de plus belle lorsqu'elle se retourna vers lui et qu'elle constata que son masque calme et amusé se fissurait lui aussi.

— Tu as promis à ton père de tuer l'héritier de la Haute Montagne et la « sale sorcière », et maintenant tu sais que je suis les deux. Mon frère aîné, Raffiel, n'est plus qu'un fantôme, j'en ai la certitude. C'est à cause de moi que Vostemur ne peut pas devenir le maître de l'Épée Immortelle... Et tu me tueras à la seconde où tu seras libre.

— Non, protesta-t-il en serrant la mâchoire. J'ai menti à mon père pour gagner du temps, et te permettre de retrouver l'Épée. Je ne te ferai jamais de mal.

— Menteur ! cracha-t-elle d'un ton cruel alors que d'autres larmes lui montaient aux yeux. Et pourquoi ça ?

— Parce que tu es ma Prédestinée.

Le trémolo dans sa voix trahit qu'il était, à son tour, submergé par l'émotion.

Remy en eut aussitôt le souffle coupé. Et pourtant elle le savait, elle aussi, depuis bien plus longtemps qu'elle n'était prête à se l'avouer. Le soir où Carys lui avait appris que la Prédestinée de Hale venait de la Haute Montagne, elle s'était posé des questions. Une pensée comme une petite lueur en elle, un murmure – *si seulement c'était moi* –, un souhait qu'elle ne s'était jamais autorisée à formuler dans son esprit. Ce qui ne l'avait pas empêchée de l'espérer.

Oui, elle l'avait espéré, car elle avait conscience de ce lien évident entre eux. Elle lui avait porté un amour irrationnel dès l'instant où elle avait plongé ses yeux dans les siens.

— Et pourquoi je te croirais ? insista-t-elle alors qu'une nouvelle larme traîtresse coulait sur sa joue.

— Tu sais au fond de toi que c'est la vérité, Remy.

Il la dévisageait avec un soupçon de désespoir dans le regard.

— Pourquoi ne pas me l'avoir dit plus tôt alors ?

Elle se mordit la lèvre inférieure pour l'empêcher de trembler.

— Parce que j'avais peur que tu prennes la fuite ou que tu me plantes une flèche dans le cœur...

Il leva les yeux vers celle qui se trouvait à quelques centimètres de sa tête, avant d'ajouter :

— Et j'avais vu juste, apparemment. Tu t'appelles Remini, je me trompe ? Remini Dammacus, troisième enfant du roi et de la reine de la Haute Montagne.

La jeune femme s'agita face au prince cloué au tronc d'arbre. À quand remontait la dernière fois qu'elle avait entendu son nom entier ? Elle ne s'en souvenait pas.

Le soleil se levait dans le ciel et les oiseaux chantaient.

— C'est bien toi, non ?

La pomme d'Adam de Hale tressaillit.

— Tu es ma Prédestinée...

Les larmes se mirent à couler avec profusion sur les joues de Remy à ce mot, *Prédestinée.* Voilà pourquoi elle ne pouvait rien lui refuser, pourquoi elle se précipitait vers lui lorsque son cerveau lui disait de garder ses distances. Le destin les avait réunis.

— Quand l'as-tu su ? lui chuchota-t-elle, en pleurs.

— Tu te déplaces trop aisément dans les bois, trop rapidement. Tu es capable de chasser dans le noir. Mais mes véritables soupçons ont commencé le soir où l'anneau du Shil-de a rougeoyé dans tes mains. Cette bague est à toi, à ta famille.

Il déglutit avant d'ajouter :

— Pourtant si je sais que tu es ma Prédestinée, c'est pour une autre raison, en réalité. La seule qui vaille.

Elle ne respirait plus.

— Laquelle ? souffla-t-elle.

— Parce que je suis fou amoureux de toi, confessa-t-il alors que les larmes lui montaient aux yeux.

Un sanglot étreignit Remy.

Hale libéra ses bras de ses manches toujours rivées au tronc, abandonnant sa cape, qui évoquait un fantôme. Il courut jusqu'à elle. La saisissant brutalement, il la pressa contre un arbre et colla ses lèvres aux siennes. Il l'embrassa avec une fureur à laquelle elle répondit.

C'était donc vrai. Son Prédestiné.

Elle ne savait plus très bien à qui appartenaient les larmes qui mouillaient ses joues. Elle serra ses bras autour de son compagnon, l'attirant contre elle jusqu'à ce que le moindre centimètre de leurs corps soit en contact. Elle avait besoin de cette étreinte, elle avait toujours eu besoin de lui. Il était la seconde moitié de son âme. Leur amour existait depuis longtemps, avant leur naissance, même.

— Tu as failli mourir, sanglota-t-il sans décoller ses lèvres des siennes.

Il finissait enfin par prendre la mesure des événements de la veille. Elle repensa à son visage, déformé par le chagrin, lorsqu'il avait tenu son corps sans vie, et elle l'embrassa avec plus de passion.

— Je suis là, lui susurra-t-elle en posant une main sur sa joue.

Il agrippa ses hanches plus fermement. Elle ouvrit la bouche pour lui permettre de l'explorer avec sa langue. Il poussa un grognement avide. Elle l'attrapa par le cou et noua ses jambes autour de ses hanches. Il la plaqua contre l'arbre et elle gémit alors qu'il étudiait son corps avec ses mains. Elle ne se sentirait pas entière tant que leurs âmes ne seraient pas entrées en fusion.

Un cri fendit soudain l'air et ils se figèrent. Les hennissements inquiets des chevaux leur parvinrent. Il ne semblait pas s'agir de pumas mais d'une autre créature qui se considérait chez elle dans la forêt.

Ils échangèrent un regard résigné : l'union de leurs corps devrait encore être repoussée ; il leur fallait quitter la forêt. Hale donna un dernier baiser tendre à Remy avant de la reposer. Il lui prit la main et entrecroisa leurs doigts sur le chemin du campement. Il ne voulait plus s'éloigner d'elle.

Ils entreprirent leur long voyage pour quitter les bois, dans le silence matinal, mus par une seule certitude : ils étaient prédestinés.

*

Ayant vendu leurs montures à la frontière avec le royaume du Nord, ils poursuivirent leur route à pied. Ils avaient l'intention d'acheter des chevaux sur place, habitués aux basses températures et à la neige, une fois qu'ils auraient trouvé un logement à Andover. Remy savait que Rua était en vie, ils n'avaient pas de temps à perdre. Ils étaient passés si près de la mort... Au cauchemar de la veille succédait un soulagement infini, mais qui s'accompagnait d'une prise de conscience terrible. L'adrénaline ne circulait plus dans ses veines et elle devait affronter la vérité de celle qu'elle était : l'héritière du trône de la Haute Montagne.

Comment pouvait-elle prétendre à un titre pareil ? Et porter sur ses seules épaules les espoirs de tout un royaume ? Sa sœur et elle étaient peut-être les dernières faes de cette cour, mais elles étaient aussi des sorcières rouges. Il lui faudrait reconstruire la ville de Yexshire, dont de nombreux humains, sorciers et faes avaient été chassés par la guerre. Et pour cela, elle devait reprendre l'Épée Immortelle à celui qui avait assassiné sa famille, le roi Vostemur. Une tâche trop immense, trop impensable pour qu'elle soit prête à l'envisager.

— Est-ce que ça va ? s'inquiéta Hale.

Il lui parut si loin de l'endroit où elle s'était assise pour se reposer. Il émergea du brouillard tel un esprit. S'agenouillant près d'elle, il posa une main chaude sur sa joue. Elle n'avait pas réalisé à quel point elle était frigorifiée avant de sentir sa chaleur. Des flocons parsemaient l'air, et la terre serait bientôt recouverte d'une couche de neige. Le prince retira sa veste pour la lui mettre sur les épaules, son odeur marine et salée l'enveloppant doucement.

— J'ai cru que tu étais mort, moi aussi, murmura-t-elle en produisant un petit panache de vapeur.

L'image de son visage décharné et squelettique surgit dans son esprit. La peur n'avait pas tout à fait fini de l'étreindre, au souvenir de ces monstres couverts d'écailles surgissant des eaux troubles du lac. Une larme coula bien malgré elle sur sa joue. Maintenant qu'elle avait commencé à pleurer, elle n'était pas certaine de pouvoir s'arrêter un jour.

— Hé, dit-il en l'essuyant avec son pouce. Je vais bien. Nous allons bien. Nous sommes en sécurité maintenant.

Ces mots eurent raison des dernières digues, et les sanglots affluèrent à nouveau.

— Allez, murmura-t-il en la serrant contre lui avec un mélange de fermeté et de tendresse.

En sécurité…

Elle ne s'était jamais sentie en sécurité ces treize dernières années. Elle savait qu'elle n'était pas à l'abri du monde, même à cet instant précis. Et pourtant dans les bras de Hale, dont elle sentait irradier la chaleur et l'amour, elle n'avait jamais été aussi proche de cette sensation.

— Je devais sauter dans ce lac. C'était comme si je n'avais pas le choix, sanglota-t-elle contre son torse. Je ne pouvais pas rester là, à regarder mourir une autre personne que j'aime.

Il la serra un peu plus fort, façon de dire qu'il comprenait. Elle entendit l'écho de sa voix dans son torse.

— Je t'aime aussi, Remy.

Délicatement, il passa une main dans ses cheveux noirs emmêlés, puis lui caressa le dos. Il décrivit des cercles lents, tendres, pour chasser la souffrance de son corps.

Il l'aimait.

Elle s'écarta pour le regarder. Il était si beau. À l'instant où elle l'avait rencontré, elle avait pensé qu'il était le plus bel homme qu'il lui ait été donné de croiser. Dès qu'elle se plongeait dans ses yeux d'un gris si étincelant, elle avait du mal à respirer.

Elle savait qu'ils étaient prédestinés, et pourtant cette déclaration réduisit en miettes la dernière petite barricade qui entourait son cœur. Elle l'aimait, elle aussi. Elle l'aimait, et c'était terrifiant. Car le roi du Nord lui avait toujours pris tout ce qui comptait pour elle.

Remy se tourna vers les collines enveloppées de brume. Du givre recouvrait l'herbe. Des moutons bêlaient au loin, et le soleil livrait bataille avec les nuages, les vainquant grâce à ses rayons puissants.

— Je n'étais pas dans le château ce soir-là, confia-t-elle au brouillard qui commençait à se dissiper.

Elle sentit que Hale posait les yeux sur elle.

— J'aurais dû assister à ce banquet. J'aurais dû mettre une jolie robe et me pavaner au milieu des courtisans, recevoir des compliments de la part du roi du Nord et de ses soldats, sur ma tenue et mon physique, sur le fait que j'étais une princesse parfaite qui deviendrait peut-être un jour une bonne reine. J'aurais dû être là pour tenter de négocier un mariage avec Renwick...

Il poussa un grognement.

— Le conseil en parlait depuis des semaines avant l'arrivée de la cour du Nord. Mon père savait que Vostemur était un homme ambitieux... Mais pour lui, cela voulait dire qu'il chercherait à conclure une alliance avec la Haute Montagne à travers des noces princières, pas...

Elle ne pouvait se résoudre à dire : *pas qu'il comptait massacrer tout le monde.*

— J'avais six ans, poursuivit-elle en reniflant. J'étais tellement têtue !

— Je vois que certaines choses n'ont pas changé, se moqua-t-il.

Elle lui donna un coup de coude.

— Je connaissais tous les passages secrets pour sortir du château, toutes les fenêtres suffisamment basses pour être escaladées. Les serviteurs m'adoraient. Ils s'amusaient en roulant les yeux avec attendrissement. Je me croyais si maligne, alors qu'en réalité ils savaient tous ce que je faisais et me laissaient faire.

Elle rit.

— J'avais pris le chemin du temple de l'Ordre rouge... il n'était pas très loin, au pied du mont Lyconides, il fallait passer par la vallée.

— Je m'en souviens bien, rétorqua-t-il, perdu dans ses propres souvenirs.

— J'oublie que tu es déjà venu au château. Évidemment, soupira-t-elle.

Ils s'étaient sans doute rencontrés il y a bien longtemps, même si elle l'avait oublié. Le roi Norwood avait dû saisir une opportunité de présenter son fils à la cour de la Haute Montagne, d'en faire le futur gendre du roi et de la reine.

— Tu étais dans le temple quand c'est arrivé ? lui demanda-t-il en se penchant pour appuyer ses coudes sur ses jambes.

— Non, je venais de quitter le château. Je m'étais déguisée en humaine pour tromper les gardes. Je ne m'étais pas inquiétée du nombre de soldats en dehors de l'enceinte. J'ai pensé que le roi du Nord était d'une prudence excessive... Je ne me doutais pas qu'ils étaient là pour se battre. Ça m'a paru un peu étrange, mais pas alarmant.

Elle prit une lente et profonde inspiration avant de poursuivre :

— J'étais presque arrivée au chemin bordé d'arbres qui conduit au temple lorsque Baba Morganna... enfin, elle n'était encore que Morganna... a surgi des bois en courant. Quelques secondes plus tard, les cris ont commencé.

— Elle avait eu sa première Vision ?

Hale se rappelait ce que Remy leur avait raconté autour d'un feu de camp, plusieurs semaines auparavant, dans l'Ouest.

— Oui. Elle avait vu les portes condamnées, les premières flammes... Elle avait entendu les cris avant qu'ils résonnent et elle courait prévenir les gardes. Au lieu de cela, elle est tombée sur moi. Elle s'est arrêtée pour me sauver... Si elle avait poursuivi son chemin...

— Arrête, la mit-il en garde.

Elle se raccrocha à sa voix pour ne pas être aspirée dans l'abîme de cet horrible souvenir.

— Tu seras forcément perdante à ce jeu-là, continua-t-il. Elle n'aurait rien pu faire, Remy. Elle a saisi la chance de te sauver, toi.

Elle baissa la tête. La culpabilité continuait à lui nouer l'abdomen. Elle avait toujours cru qu'elle était la seule rescapée de cette terrible nuit. À présent, elle savait que Rua s'en était sortie, elle aussi.

— Elle m'a dit de courir. Elle m'a pratiquement traînée dans les bois, malgré la neige. J'ai voulu rebrousser chemin quand j'ai vu les incendies qui faisaient rage et que j'ai entendu les hurlements. La fumée était si épaisse, même à cette distance. Et l'odeur...

Elle tenta de ravaler la boule dans sa gorge.

— Nos gardes se battaient contre les leurs. J'entendais le fracas des épées, les cris d'agonie... Tant de gens sont morts ce soir-là.

Hale posa une main réconfortante dans son dos alors qu'elle ordonnait aux larmes qui lui embuaient les yeux de ne plus jamais couler. Elle aurait voulu les maudire. Elle n'en avait jamais autant versé de toute sa vie.

— Beaucoup se sont réfugiés dans les bois... mais les soldats du Nord s'y attendaient, et ils étaient postés en embuscade, prêts à tailler en pièces tous ceux qui passeraient près d'eux. Quelques autres sorciers rouges nous avaient rejointes, Morganna et moi, et nous avons pris la fuite ensemble. Nous n'avions qu'une solution : franchir le col d'Eulotrogus, mais l'ascension était difficile.

— Tu n'avais que six ans, protesta-t-il en secouant la tête.

— J'ai reçu l'aide des sorciers. Grâce à leur magie, mon corps était quasiment en lévitation. Malheureusement, les soldats nous avaient pris en chasse, ils avaient deviné par où nous passerions. Ils torturaient déjà les membres de l'Ordre bleu pour connaître leurs visions.

Elle expulsa une partie de sa colère dans un lourd soupir, puis poursuivit :

— Les soldats étaient si nombreux... Baba Morganna a décidé de leur faire face. Je l'ai vu décapiter ce sommet grâce à ses pouvoirs, et j'ai vu les rochers dégringoler pour bloquer le col.

— On a raconté qu'elle avait réussi à défaire une centaine de soldats, les rochers s'abattant avec une telle précision qu'elle avait été la seule survivante, souffla-t-il. Personne n'a jamais dit qu'une princesse était parmi eux.

— Je n'ai pas su que Baba Morganna avait survécu avant de nombreuses années. Je croyais qu'elle avait accompli son *midon brik*...

Le sacrifice ultime d'un sorcier ou d'une sorcière, échangeant sa destinée contre celle d'un ou d'une autre.

— J'ai cru qu'elle l'avait fait pour moi, reprit-elle. Les cinq autres sorcières n'ont pas eu le choix. Une par une, elles se sont interposées pour que j'aie la vie sauve. Heather était présente lorsque la dernière a trouvé la mort, et elle m'a prise sous son aile. Elles m'ont toutes donné leur vie.

La douleur était insupportable, même après toutes ces années.

— Elles l'ont toutes fait pour un espoir qui, treize ans plus tard, reste encore lettre morte, conclut-elle.

— Non, répliqua-t-il d'un ton catégorique. Pas lettre morte. Elles ont juré sur leur vie de protéger ta famille, et elles sont mortes avec les honneurs, en tenant leur promesse. C'est un sacrifice qui a du sens.

— Seulement si je réussis à lui en donner un, s'entêta-t-elle, animée d'une rage tranquille. Et jusqu'à présent, je n'ai fait que me cacher. Je n'ai pas revêtu ma véritable apparence depuis mes six ans.

Il écarquilla les yeux en entendant ces mots.

— Quoi ? s'alarma-t-elle.

— Je n'avais pas pensé que ce n'était pas ta véritable apparence, confessa-t-il en secouant la tête.

Elle n'aurait jamais pu se faire passer pour une simple humaine, mais elle avait réussi à faire croire qu'elle n'était qu'une sorcière.

— Je ne me sens pas fae. Je ne suis même pas sûre d'avoir envie de me sentir fae.

Elle s'adressait davantage à elle-même qu'à Hale.

— Peux-tu essayer ? Peux-tu retrouver ta véritable apparence ? Tu es prête à le faire ?

Elle eut un sourire triste.

— Je ne suis pas sûre d'être jamais prête à le faire.

Renoncer à cette protection revenait à affronter celle qu'elle était réellement, et qu'elle avait dissimulée, niée pendant treize années.

Il lui posa une main sur le genou et le serra. Il n'avait pas besoin d'ajouter quoi que ce soit. Elle savait très bien qu'il se moquait de son apparence, qu'il était tombé amoureux de son âme, de son essence. Il était mieux placé que quiconque pour savoir ce qu'affronter sa vérité signifiait.

Elle chercha l'étincelle de la fae en elle, mais malgré ses efforts, elle eut l'impression d'activer un muscle fantôme. Le souvenir de son ancienne apparence était aussi brouillé et distant que ceux de sa famille massacrée. Elle n'était plus qu'une ombre pour elle-même. Cette quête était vouée à l'échec.

— Il faut du temps pour s'accepter, la rassura Hale, comme s'il avait lu dans ses pensées. Autorise-toi cette bienveillance envers toi-même.

Il lui caressa de nouveau le dos.

— Et quand tu seras prête, je serai là, ajouta-t-il.

Le cœur de la jeune femme se serra. Il serait là. Il voulait être là. De nouvelles larmes lui montèrent aux yeux. Chaque fois qu'elle pensait les avoir épuisées, d'autres affluaient.

— C'est trop, reconnut-elle en s'étranglant. Je suis la seule personne à pouvoir me dresser entre le roi du Nord et l'Épée Immortelle.

Elle pensa à ses frères aînés, Raffiel et Rivitus, ainsi qu'à sa petite sœur, Ruadora, au poids que celle-ci devait aussi sentir sur ses épaules. Remy était prête à tout pour la préserver.

— J'ai si longtemps gardé l'espoir de retrouver Raffiel, murmura Hale.

Une larme dévala la joue de Remy à son évocation. Il avait douze ans à l'époque du siège. Le souvenir de son visage s'était estompé, comme si à présent il se reflétait dans un miroir voilé.

— Raffiel était quelqu'un de bien, observa-t-il. Contrairement aux aînés des autres royaumes. Il était le seul à me traiter en égal.

Les larmes continuèrent à affluer sur son visage lorsqu'elle chuchota :

— Et tu te rappelles ma mère ?

Il lui enlaça les épaules.

— Elle avait le pouvoir de soumettre une pièce entière d'un seul regard, et pourtant elle était douce et généreuse. Le genre de souveraine dont un royaume rêve. Dure, mais juste. Elle accaparait toute l'attention lorsqu'elle entrait quelque part... comme sa fille.

La jeune femme s'autorisa à sangloter. Elle pleura jusqu'à ce qu'elle ait épuisé toutes ses forces. Alors la voix de Baba Morganna lui revint en mémoire. Elle l'avait invitée à faire des ricochets qui dureraient des siècles et des siècles...

Voilà la mission qu'elle devait embrasser. Si elle voulait protéger son Prédestiné, si elle voulait protéger cet amour qui avait pris place, à présent, dans sa vie, elle devrait se battre pour lui. Et si elle échouait, au moins se serait-elle défendue jusqu'au bout avec sa dague, au moins ne serait-elle pas restée terrée dans une taverne minable. Le monde continuerait à venir la débusquer, à lui apporter des souffrances, quoi qu'elle fasse. Alors elle irait débusquer le monde, elle aussi, elle se démènerait pour obtenir son droit au bonheur.

*

Le ciel s'assombrissait déjà alors qu'il n'était pas encore l'heure de dîner. Ils étaient presque arrivés. Remy rêvait de la chaleur promise par son compagnon, dans l'auberge où ils logeraient. Elle voulait un repas bien riche, un bain brûlant et un lit moelleux, qu'elle partagerait avec lui.

Le claquement de sabots assourdi par la fine couche de neige sur le sol leur parvint. Quatre soldats dont l'armure portait le blason de la cour du Nord venaient à leur rencontre.

— Maudits soient les dieux, murmura-t-elle en baissant la tête pour que sa capuche noire descende plus bas sur son visage.

Hale posa une main tendre dans son dos.

— On avance, lui chuchota-t-il.

Un autre cavalier, en atours raffinés vert forêt, apparut alors. Remy aurait pu le reconnaître à plusieurs kilomètres rien qu'à son maintien arrogant sur sa monture. Des cheveux blond cendré et des yeux verts, grand et agile, le dos très droit sur son étalon alezan. Renwick, le prince héritier du Nord.

— Argh, pesta Hale en serrant le poing. On va jouer le jeu.

Pendant qu'elle remontait le haut de sa cape sur son cou pour cacher qu'elle ne portait pas de collier, il prit les devants et alla saluer l'héritier du Nord, jouant à la perfection celui que cette rencontre fortuite enchantait.

— Renwick ! s'écria-t-il en agitant la main.

Le cavalier arrêta son cheval devant eux. Un sourire cruel étira ses lèvres. Ses yeux se tournèrent sur Hale avant de se poser sur Remy. Sans l'aide de l'alcool et de sa robe rouge, elle craignait de s'effondrer sous la brutalité de ce regard.

— Ah, tiens ! lança-t-il après avoir pris le temps de marquer un silence.

Il scruta la cape de Remy comme s'il parvenait, malgré tout, à voir son cou nu. Elle redouta qu'à la lumière du jour, même déclinante, il comprenne qui elle était réellement.

— J'ignorais que tu venais à Andover, reprit-il avec ce ton de courtoisie que les grands de ce monde maîtrisaient si bien, ni réellement enthousiaste ni complètement indifférent, quelque part entre les deux. Qu'est-ce qui arrive à ta sorcière ?

Il dardait sur Remy un regard insistant, et elle se rendit alors compte qu'elle se sentait très affaiblie. Elle devait être livide. Elle se redressa, convoqua ce qu'il lui restait de répartie et s'exclama d'un ton mordant :

— J'ai trop forcé sur la bouteille hier soir.

— Elle s'en remettra, ajouta son compagnon, impassible.

Renwick rit.

Tant mieux, songea-t-elle. Qu'il pense que le prince de l'Est ne tenait pas à elle. Qu'il pense qu'elle n'était qu'un jouet dont on pouvait disposer.

— Qu'est-ce qui t'amène dans ce coin du royaume ? s'enquit alors Hale, qui s'étonnait de le croiser si près de la route menant à Yexshire et à la frontière de la cour du Nord.

— Un petit voyage de dernière minute, expliqua Renwick avec un soupçon d'ennui. Nous devons nous occuper de certaines personnes pas loin d'ici.

Le ventre de Remy se serra.

— Nous ? s'étonna le prince de l'Est en frottant son index avec son pouce.

Renwick sourit. Ses yeux émeraude luisaient lorsqu'il dit :

— Oui, mon père m'accompagne.

Comme un fait exprès, quatre autres gardes du Nord surgirent au galop d'un virage du chemin, suivis par quatre chevaux noirs tirant un carrosse richement orné et identifiable à ses couleurs, bleu et argent. Quatre cavaliers supplémentaires fermaient la marche.

Le vide se fit dans l'esprit de la jeune femme. Hale se rapprocha d'elle. Chaque battement de cœur était un coup de marteau dans sa poitrine. Elle sentait le regard scrutateur de Renwick sur elle. Rien ne lui échappait.

C'est une pure coïncidence. Ils ne savent pas qui je suis. Ils me prennent pour une simple sorcière rouge.

Ce qui était déjà problématique en soi. L'homme qui voyageait dans ce carrosse collectionnait les têtes de sorciers. Il avait réduit en esclavage tout un harem de sorcières bleues qu'il torturait pour les forcer à employer leurs pouvoirs à son service. Elle avait envie de vomir.

Elle compta à nouveau les soldats qui accompagnaient les souverains du Nord. Ils étaient douze. Soit beaucoup trop. Impossible de faire face à autant d'hommes armés et, avec leurs chevaux, il était inenvisageable de les semer. Elle était prise au piège.

L'escorte royale s'arrêta devant eux. La fenêtre du carrosse s'ouvrit.

— À quoi devons-nous cette halte ? pesta une voix tonitruante.

Quelque part dans ses souvenirs les plus lointains, Remy retrouva les traits de celui à qui elle appartenait. Hennen Vostemur, roi du Nord. Une tignasse rousse grisonnante et une barbe de la même couleur. Des yeux verts injectés de sang et larmoyants, qui rappelaient ceux de son fils. Une peau rougeaude et couperosée, conséquence d'un excès de boisson ou de cris. De grosses joues, et une corpulence qui l'informa qu'il n'était plus en état de soulever son épée. Il passait ses journées à ordonner à d'autres de tuer pour lui pendant qu'il se prélassait dans son palais, où il mangeait une nourriture riche arrosée de vin. Et pourtant, alors qu'il avait le corps d'un bon vivant enjoué, ses yeux de serpent lui donnaient l'aspect d'un prédateur. Il était trop immobile, trop inquisiteur. Son regard avait glissé sur Hale pour se river sur Remy.

Elle ne put le supporter. Elle avait l'impression qu'un millier d'araignées lui couraient sur la peau. Un tisonnier brûlant lui remuait le ventre. C'était l'homme qui avait gâché sa vie. L'homme qui avait massacré toute sa ville par jalousie et soif de pouvoir. Elle savait que lui n'était pas hanté par ces souvenirs de sang, de fumée et de cris. Il l'avait privée de tout ce qui comptait pour elle, simplement parce qu'il en avait le pouvoir, et parce qu'il le voulait. À cause de lui, elle avait dû camoufler son apparence pendant treize années, se cacher dans des tavernes reculées et misérables, ne jamais adresser la parole aux inconnus, ne jamais attirer l'attention d'admirateurs, se rendre ordinaire pour ne pas se faire remarquer.

Elle se demanda un instant si elle pourrait être assez rapide pour le tuer. Réussirait-elle, grâce à ses pouvoirs magiques, à l'empaler sur son épée ou à le jeter sous les roues de son carrosse ? Elle n'avait pas encore reconstitué toutes ses réserves, mais peut-être était-ce possible... et ensuite ? Elle se retrouverait à nouveau impuissante, alors qu'ils seraient face à douze soldats faes, sans oublier Renwick, qui serait ravi d'occuper la place laissée vacante par son père. Elle remarqua alors les protections inscrites sur le carrosse. Elles étaient très discrètes, peintes ton sur ton et se mêlant à la dentelle de métal. Un sorcier avait protégé le véhicule comme cette salle de jeu à Ruttmore. Elle ne pouvait rien contre le roi. De toute façon, elle le savait, elle n'avait pas le droit de mettre Hale dans cette situation. Désormais, leurs deux destins étaient inexorablement liés et elle ne pouvait pas jouer sa vie de la sorte, le sacrifier pour accomplir une vengeance personnelle.

— Regarde un peu sur qui je suis tombé, père.

La voix de Renwick interrompit les projets meurtriers de Remy.

— Le prince de l'Est, précisa-t-il.

Elle récita en silence une prière pour remercier les dieux de ne pas avoir été mentionnée.

— Ah oui, le bâtard de Gedwin, lâcha Vostemur.

La jeune femme dut retenir un grognement.

— Le seigneur d'Andover nous accueille ce soir, joins-toi à nous.

Ce n'était pas une proposition, pourtant Hale répondit :

— Cela aurait été un grand honneur, Majesté, si seulement j'étais arrivé un jour plus tôt. Nous devons malheureusement poursuivre notre route vers l'Ouest.

Le roi prit le temps d'observer le fae de l'Est avec cette immobilité de prédateur, évoquant un cobra se préparant à attaquer. Remy avait l'impression qu'à tout instant un soldat risquait de dégainer son épée pour les transpercer.

— Dommage, lâcha-t-il en inclinant lentement la tête.

Il riva alors ses yeux de serpent sur Remy.

— Tu possèdes le don de Vision, sorcière ?

Pétrifiée par la peur, elle répliqua :

— Non, Majesté.

Vostemur lui tendit une main charnue.

— Approche, voyons voir si tu peux prédire l'avenir du roi.

Elle remarqua qu'il n'avait pas dit « d'un roi », comme s'il était le seul, comme s'il était le leur. C'était son ambition secrète, et tout le monde le savait. Il ne s'arrêterait que lorsqu'il aurait conquis la totalité d'Okrith.

Hale se transforma en statue de marbre. Remy savait qu'elle ne pouvait pas refuser et s'avança d'un pas chancelant, alors que Renwick l'observait avec un sourire barbare.

Plaçant sa paume moite sur celle du roi, elle s'efforça de ne pas trembler.

— Que vois-tu ? lui demanda ce dernier de son lent staccato.

— Rien, murmura-t-elle. Je suis désolée, Majesté.

Vostemur prit sa main dans la sienne et la retourna. Il passa son pouce soyeux sur le poignet de la jeune femme, suivant chacune de ses taches de rousseur.

— Aucune importance, observa-t-il, davantage pour lui-même que pour elle.

Il la libéra avec un sourire vicieux, et elle rejoignit Hale.

S'il décidait de s'en prendre à eux, elle savait que leurs morts resteraient impunies. Personne ne les vengerait, car Vostemur laissait, dans son sillage, un bain de sang d'une violence imprévisible. Il ne rendait jamais de comptes.

Hale s'inclina devant lui, et elle l'imita. Il plaça ensuite une main dans le bas de son dos pour la pousser à avancer.

— Ne cours pas, lui murmura-t-il.

Sa main chaude était un phare dans la nuit apeurée. Le roi n'en avait toutefois pas terminé.

— Oh, mon garçon ! Prends bien soin de ta sorcière.

Le corps entier de Remy fut traversé d'une décharge à ces mots, mais Hale l'encouragea à poursuivre, un pied après l'autre. Le fracas du carrosse et le martèlement des sabots reprirent alors que l'escorte s'éloignait, semant un silence dévastateur derrière elle.

— Continue, l'encouragea-t-il tout bas, exerçant toujours une pression sur elle. Jusqu'au virage.

Le bruit des chevaux finit par s'évanouir alors qu'ils atteignaient le tournant. Elle ordonnait à ses jambes flageolantes de la porter, même si elle ne sentait plus ses pieds. Elle tremblait comme une feuille, autant que si un soudain blizzard venait de s'abattre sur eux.

— Respire, lui conseilla-t-il avec une tendresse infinie.

Elle ne s'était pas rendu compte qu'elle haletait, incapable de prendre une profonde inspiration. Une fois qu'ils furent hors de vue, le prince la guida vers un arbre.

— Là, assieds-toi.

S'il ne l'avait pas aidée, en la soutenant par les bras, elle se serait écroulée par terre. Son souffle était saccadé à présent, et elle claquait des dents.

— Cet homme, balbutia-t-elle alors que sa gorge se contractait.

Hale posa la main sur sa joue glaciale.

— Je sais, Remy.

Il la serra contre lui, enveloppant son corps raide.

— Je suis là, ajouta-t-il.

Elle n'avait pas besoin de plus pour laisser libre cours à un déluge de sanglots désespérés. Dans ses bras, elle pouvait évacuer sa peur.

— Tu n'es pas seule, lui susurra-t-il. Je suis là. Laisse-toi aller.

Elle pouvait déverser sur lui des torrents de souffrances, il les accueillerait. Comme elle accueillerait les siennes. Ensemble, ils affronteraient ce qu'ils n'étaient pas capables de supporter seuls.

La jeune femme sanglota longtemps, jusqu'à ce que ses muscles soient exsangues. Elle devint une poupée de chiffon, s'abandonnant contre son compagnon. Elle appuya sa joue contre son torse et écouta sa respiration, lente et régulière. L'air qu'il aspirait dans ses poumons, les battements de son cœur. C'étaient eux qui lui donnaient le courage dont elle manquait. Sans son Prédestiné, elle aurait tourné le dos aux orages qui se présentaient à elle.

Pressant ses paupières de toutes ses forces, elle serra les poings et ordonna à son corps de reprendre son aspect naturel.

— Que fais-tu ? lui murmura Hale.

— J'essaie de retrouver ma véritable apparence, répliqua-t-elle en foudroyant la neige du regard.

Elle s'écarta de lui pour pouvoir le dévisager.

— Qu'est-ce que tu ressens quand tu redeviens fae ?

Il gratta son menton barbu, réfléchissant un instant à sa réponse.

— Du soulagement. Comme lorsqu'un muscle contracté se détend.

Elle soupira. Depuis le début, elle était dans une forme d'opposition à elle-même, alors qu'elle devait chercher une libération.

— Tu trouveras quel levier actionner. Donne-toi le temps...

— Je n'en ai pas !

Une branche craqua derrière eux, sous le poids de la neige. Elle sursauta aussitôt. Chaque son mettait ses nerfs à vif. Ce n'était pourtant qu'une branche.

— C'est terminé, lui chuchota-t-il en prenant ses mains entre les siennes pour les réchauffer.

— Non, gémit-elle. Ce ne sera pas terminé tant qu'il ne sera pas mort.

Elle s'étrangla sur ces derniers mots. Ils la remplissaient d'une telle terreur... Elle avait à peine survécu à cette brève entrevue avec le roi du Nord. Un seul de ses regards l'avait réduite à néant, elle s'était dissoute dans des sanglots convulsifs. Comment pouvait-elle espérer le tuer ?

Tout ce que cet homme avait détruit lui était revenu en mémoire dès que la fenêtre de ce carrosse s'était ouverte. Le secret qu'elle portait depuis des années était un poids qui lui écrasait la poitrine. Si Vostemur avait su que c'était elle qui se dressait entre l'Épée Immortelle et lui, il l'aurait décapitée. Ses yeux de serpent avaient cherché à lire dans son âme.

— Tu le tueras un jour, Remy, et je serai là pour te regarder faire, lui dit Hale en l'embrassant légèrement sur les lèvres. Maintenant, allons à l'auberge.

La stratégie du prince fonctionna à merveille, car son baiser occupa soudain le premier plan dans les pensées de la jeune femme.

Chapitre 23

Ils avaient pris une chambre dans une jolie petite auberge. Ils n'avaient pas choisi la plus luxueuse, de peur d'y croiser des faes du Nord. Celle-ci était tenue par une humaine, et la chambre était très agréable.

Depuis que Baba Morganna lui avait appris que Ruadora était en vie, cette pensée tournait en boucle dans l'esprit de Remy. Elle se trouvait de l'autre côté d'un col, à moins d'un jour de cheval.

Toute sa vie, elle avait cru être la seule survivante de sa famille, le seul membre de la fratrie Dammacus à avoir réchappé du massacre de Yexshire. Elle regrettait de ne pas avoir allumé cette bougie rouge il y a bien longtemps, de ne pas avoir contacté la Grande Prêtresse lorsqu'elle était encore une enfant. Elle aurait su que sa sœur était en vie, et qu'il y avait un endroit où les sorciers rouges étaient en sécurité. Elle les aurait aussitôt rejoints. Elle se serait épargné des années de travail dans les tavernes, à se cacher.

Se cacher, c'était tout ce qu'elle savait faire.

Dans la salle de bains, en chemise de nuit, ses longs cheveux noirs dévalant le long de sa poitrine, elle croisait le reflet d'une humaine dans le miroir. Elle avait revêtu cet aspect depuis treize ans à présent. Et parfois l'humaine passait pour une sorcière, à cause des pouvoirs qu'elle possédait. Oui, il lui était arrivé de convoquer une toute petite partie de sa puissance de fae, pour courir plus vite ou voir plus distinctement dans le noir, mais elle ne s'était jamais autorisée davantage.

Elle aurait souhaité chevaucher toute la nuit pour voir Rua plus tôt, toutefois elle avait laissé Hale la convaincre de se reposer avant. Il lui avait jeté un regard implorant, la suppliant de s'accorder un peu de répit, au moins pour une journée. Il l'avait crue morte la veille encore, et il ne voulait pas qu'elle s'épuise. Elle aurait pu refuser et insister pour le faire céder... cependant elle avait accepté pour la raison précise qui expliquait sa présence à présent devant le miroir de la salle de bains.

Il avait raison : elle serait beaucoup plus en sécurité si elle prenait un aspect de fae. Son apparence la protégerait. Malheureusement, elle ne parvenait pas à trouver le fameux levier qui lui permettait de la contrôler.

Elle ne connaissait pas son véritable visage. Son masque d'humaine avait pris sa place. Elle l'observa avec concentration, contractant chaque muscle de son corps, appelant la transformation de tous ses vœux.

Rien.

Elle essaya plus fort, en fermant les yeux.

— Allez, bon sang !

Rien.

Elle n'y arrivait pas. Elle imagina son entrée à Yexshire, sous sa forme humaine. Elle traverserait, à cheval, les ruines du château où ses parents avaient été assassinés, et elle continuerait à se cacher. Elle était si lâche. Comment pourrait-elle revendiquer le trône de la Haute Montagne ? Comment pourrait-elle prendre la tête de la renaissance de son peuple alors qu'elle se défiait de son propre reflet ? Comment supporterait-elle de lire le désappointement sur le visage de sa sœur ? Elle décevrait tout le monde.

Elle prit une longue inspiration irritée et serra les poings, puis tenta de nouveau. Le bourdonnement qu'elle percevait derrière ses yeux et dans ses mains provenait de sa magie rouge, pas de ses pouvoirs de fae. La pièce entière tremblait.

Hale frappa à la porte.

— Remy ?

Elle ne lui répondit pas. Elle ne pouvait pas montrer à son Prédestiné combien elle était, encore et toujours, brisée.

Brisée. Oui, c'était bien le terme. Une lâche brisée et insensée. Ses parents auraient été si déçus... Ses parents, courageux et endurants. Qui n'avaient jamais caché au monde ce qu'ils étaient.

Le miroir en pied se mit à trembler dans son cadre, mais elle ne pouvait se résoudre à rouvrir les yeux.

Elle n'avait même pas essayé de les sauver. Elle n'avait même pas essayé de se sauver elle-même. Elle avait laissé la vie advenir, mené une existence banale et sans intérêt, sans jamais se rebeller.

Le verre se fissura, mais elle refusait toujours d'ouvrir les yeux.

Elle n'était en rien une princesse, comment aurait-elle pu en prendre l'aspect ? Elle n'avait pas la bravoure de ses parents. Son corps le savait. Un corps humain qui ne connaissait que la peur, qui ne savait que se terrer.

Elle n'avait pas mérité de devenir celle qu'elle était vraiment.

Des éclats de verre dévalèrent sur le sol alors qu'elle s'effondrait devant eux. La porte de la salle de bains s'ouvrit aussitôt à la volée.

— Tu es blessée ? s'inquiéta Hale en se précipitant vers elle.

Il écarta délicatement les mains derrière lesquelles elle cachait son visage.

— Que s'est-il passé ?

— Je vais bien, répondit-elle d'une voix qui se brisa. Non, je ne vais pas bien, en fait.

Elle avait le visage brûlant de colère.

— Qu'est-ce qui s'est passé ?

Elle sentait son regard, à la recherche d'éclats qui auraient pu la couper, mais elle savait qu'aucun ne l'avait atteinte.

— Je n'y arrive pas, murmura-t-elle en serrant les poings.

— À faire quoi ?

— À changer d'apparence. Je ne peux pas redevenir une fae.

Elle se mordit l'intérieur de la joue si fort qu'elle faillit se faire saigner.

— Remy...

Hale parlait tout bas. Elle refusait de voir l'expression de pitié qu'elle était certaine de découvrir sur ses traits. Il lui prit le visage à deux mains.

— Regarde-moi.

Elle garda les paupières closes. Comment pouvait-elle le regarder ? Comment pouvait-elle décevoir encore une autre personne ? Elle sentit son souffle chaud sur ses lèvres juste avant qu'il lui donne un baiser tendre. Ce baiser était si doux, si délicat. Comme s'il lui disait qu'elle n'était pas si décevante, au contraire.

— Je suis ici. Nous sommes ensemble.

Il articulait les mots contre la bouche de Remy, respirait en elle. Puis il s'écarta pour presser son front contre le sien.

— Ouvre les yeux.

Elle finit par céder. Les iris gris du prince scintillèrent pour elle. Il avait l'ébauche d'un sourire aux lèvres. Il lui caressa les joues en la dévorant du regard.

— C'est beaucoup, Remy, lui chuchota-t-il avec tendresse, avant d'effleurer sa bouche de la sienne, comme s'il ne pouvait pas s'en empêcher. C'est tellement demander... Ce sortilège dure depuis treize ans. Tu ne peux pas considérer que tu échoues parce que tu n'arrives pas à t'en débarrasser au premier essai.

— Je...

Sa voix s'étrangla et elle prit une inspiration de rage. Ses mains tremblaient toujours.

— Je ne suis pas sûre de vouloir m'en débarrasser. Pas totalement.

Il hocha la tête.

— C'est normal d'avoir peur.

Il comprenait.

— Je ne mérite pas mon apparence de fae.

Elle tremblait. Hale lui caressa le bras d'un geste puissant. Sa chaleur se diffusa en elle.

— Je suis lâche, murmura-t-elle.

— Non, dit-il plus fort.

Il l'avait traitée de lâche, une fois, et ce souvenir était encore douloureux. Elle savait cependant qu'il se le reprochait, comme elle s'en voulait de l'avoir appelé « bâtard ».

— Est-ce que tu penses que je suis lâche, moi ? Je n'ai pas empêché mon père de traiter ma mère sans aucun égard. J'avais trop peur d'aller la voir...

— Non, je ne le pense pas. Jamais de la vie, protesta-t-elle en lui touchant la joue et en attirant son front contre le sien.

— Tu ne peux pas affirmer que je n'en suis pas un, mais toi oui, rétorqua-t-il en plantant ses yeux dans les siens. Tu es tellement plus courageuse que moi, Remy. Tu es forte et rusée, tu en as dans le ventre ! C'est de toi que le monde a besoin.

Elle secoua la tête. Elle ne voulait pas l'entendre, pourtant il insista, entremêlant leurs doigts, la forçant à croiser, de nouveau, son regard.

— C'est la vérité, Remy. J'aimerais que tu puisses te voir comme moi je te vois.

Elle n'eut aucun chemin à parcourir pour presser ses lèvres contre celles de son Prédestiné. Elle lui donna un baiser plus brûlant que les précédents, légers comme des caresses. La bouche de Hale était chaude, elle l'attirait hors de son gouffre de désespoir. Elle le pressa tout contre elle et lécha la commissure de ses lèvres, pour qu'il les ouvre davantage. Il caressa sa langue avec la sienne.

Un frisson la parcourut. Il n'était dû ni à la colère ni au froid cette fois.

Il interrompit le baiser pour poser sur elle un regard enflammé.

— Je vais te montrer qui tu es, souffla-t-il, d'une voix presque implorante alors qu'il approchait à nouveau sa bouche de la sienne. Je vais te montrer à quel point je te vénère.

Une vibration se diffusa dans le ventre de Remy et elle hocha la tête. Il la souleva dans ses bras et se releva comme si cela ne lui demandait aucun effort. Il éparpilla des éclats de miroir sur le sol de la salle de bains en se dirigeant vers l'immense lit.

Il la déposa dessus pour mieux l'embrasser avec ardeur. Ils ne s'interrompirent que pour permettre à Hale de retirer sa chemise blanche. Elle l'avait déjà vu torse nu, mais à présent elle pouvait se laisser aller à caresser son corps sculpté. Elle suivit des doigts le contour des muscles bien dessinés de ses bras, alors qu'il la déshabillait elle aussi, lui retirant sa chemise de nuit.

Elle s'allongea sur le lit et recula pour s'adosser aux coussins. Il poussa un grognement en découvrant son corps dénudé. Ses seins se durcirent au contact de l'air frais et de son regard de braise. Une chaleur pulsait entre ses jambes sous l'effet de ces yeux argent. Elle y lisait la férocité d'une promesse tacite : il allait la dévorer.

Il ne perdit pas de temps pour retirer ses bottes et ses chausses, et ce fut au tour de Remy d'être hypnotisée. Sa bouche s'arrondit alors qu'elle l'observait. Elle avait deviné son anatomie cette fameuse nuit dans la forêt, mais le voir ainsi nu devant elle, avec ses abdominaux si puissants et son désir si patent... Son excitation en fut aussitôt redoublée. Et il le sentit, car ses narines palpitèrent. Son corps entier fut parcouru d'un frémissement. Remy, elle, vibrait d'impatience.

Hale monta sur elle et chercha à nouveau sa bouche avec la sienne. Ces baisers étaient une symphonie dévorante de lèvres, de dents et de langues, comme s'ils cherchaient à se fondre l'un dans l'autre. Remy brûlait d'impatience que cette union soit totale, et elle se mouvait contre lui avec une lascivité incontrôlable. Il s'interrompit pour lui adresser un sourire malicieux.

— Qu'est-ce que tu veux ? murmura-t-il en lui effleurant le cou des lèvres, avant de lui mordiller le lobe.

Elle ne voulait qu'une seule chose. Elle espérait qu'il y aurait d'autres occasions, où ils prendraient leur temps pour faire l'amour, où ils s'exploreraient avec leurs mains et avec leurs bouches, mais son désir pour lui était si grand à cet instant précis, si débordant, qu'elle le voulait tout entier et sans attendre.

— Je veux que tu viennes en moi, susurra-t-elle alors qu'elle tentait de le plaquer contre elle.

Sa voix exprimait une impatience qu'elle n'avait même pas honte de ressentir.

Au moment de la pénétrer, il lui décocha un de ces sourires arrogants et princiers dont il avait le secret. Quand il sentit combien elle était excitée, il le perdit aussitôt. Il poussa un nouveau grognement et l'embrassa alors qu'il s'enfonçait de quelques centimètres supplémentaires.

Il s'écarta pour la regarder lorsqu'il s'introduisit entièrement. Elle avait les yeux mi-clos. En le sentant ainsi en elle, toutes ses pensées volèrent en éclats, et elle ne fit plus qu'un avec cette pulsation de jouissance au cœur de son ventre. Toutes les cellules de son corps se connectaient à ce point.

Alors que Hale commençait de lents mouvements de va-et-vient, toutes les sensations de Remy furent décuplées. L'odeur musquée de son Prédestiné, son cœur qui tambourinait dans son torse, ses pupilles dilatées. Le goût de sa sueur et de son parfum d'océan. Ses iris paraissaient pailletés. Il écarquillait les yeux en la regardant, comme s'il avait soudain une révélation. Éprouvait-il la même chose qu'elle ? Cette impression qu'une porte vers un autre monde s'ouvrait ?

Ils prirent le temps d'échanger un long regard émerveillé ; ils étaient à leur place, ils étaient faits pour s'unir de la sorte. Puis Hale reprit le mouvement de va-et-vient qui la fit gémir.

— C'est tellement incroyable, gronda-t-il. Tu es incroyable.

Elle avait les jambes qui tremblaient. Elle souleva son bassin pour aller à sa rencontre, exigeant plus de chaque coup de reins. Il haletait et les veines de ses bras étaient gonflées. Il accéléra.

— Hale, susurra-t-elle.

Ce fut ce son, dans sa bouche, qui le fit basculer.

Il se retira pour mieux la pénétrer de nouveau. C'était si bon, si puissant... Les grognements de désir du prince se mêlèrent à ses cris de plaisir, tandis qu'il recommençait, encore et encore, toujours plus vite, jusqu'à ce qu'elle se retrouve au bord du précipice.

Il se pencha pour mordiller la pointe durcie de son sein tout en continuant ses assauts intraitables.

Elle enfonça ses ongles dans son dos au moment d'éclater en un million de morceaux, hurlant son nom. Il donna un dernier coup de reins avant de tendre tout son corps et de se répandre en elle. L'orgasme les traversa, les laissant pantelants.

Des étoiles dansaient devant les yeux de la jeune femme.

Ils s'étreignirent longuement, attendant que leurs respirations s'apaisent, que leurs cœurs se tranquillisent. Hale finit par retrouver l'énergie nécessaire pour se retirer et rouler sur le flanc. Il lui embrassa l'épaule, toujours plongé dans les souvenirs de son extase. Elle ferma les yeux, se livrant à ce baiser.

— Mon Prédestiné, chuchota-t-elle.

Comme il ne répondait rien, elle se tourna vers lui. Il avait un regard d'adoration qui donna à Remy la sensation de rayonner.

— Toi..., dit-il avec une vénération qu'elle n'avait jamais entendu dans aucune autre bouche. Tu es la personne la plus belle, la plus éblouissante, la plus incroyable que j'aie croisée.

Il suivit du bout du doigt le contour de sa joue, de son nez, le lobe de son oreille en pointe...

— Attends...

Il attrapa le cadre argenté sur la table de nuit et le retourna pour qu'elle puisse s'en servir de miroir.

Elle fronça les sourcils en découvrant le reflet déformé... ce n'était pas elle. Une fae lui retournait son regard. Elle avait des yeux marron étincelant mouchetés d'émeraude, des cheveux onyx en bataille et des joues d'une belle couleur brune, couvertes de taches de rousseur. Ses lèvres étaient plus pleines, plus roses. Son visage était plus anguleux, et elle semblait rayonner de l'intérieur. Sans oublier ses oreilles en pointe.

Un souvenir de sa mère surgit soudain de sa mémoire. Elle retint ses larmes. Elle verrait Baba demain et elle pourrait la remercier pour tout ce qu'elle avait fait... Elle se détourna alors de son reflet.

— Ma Prédestinée, reprit Hale, les yeux brillants de larmes, submergé par l'émotion de ce que ce moment signifiait pour eux deux.

Ils étaient liés à tout jamais. Une part de son âme à lui existait en elle, et inversement. Lors de cette première vraie union, elle lui avait dévoilé son véritable être. Elle ne pourrait être pleinement elle-même que pour lui, son Prédestiné. Ce qui la rendait à la fois vulnérable, belle et digne de lui. Elle voulait rester là, à ses côtés. Elle s'était d'abord sentie liée à ses yeux, puis à ses lèvres, et maintenant à chaque partie de leurs corps qui avaient été unis. Les trames de leurs deux êtres étaient si étroitement entremêlées qu'ils ne pourraient plus se séparer l'un de l'autre.

*

Remy était agenouillée dans la neige avec sa robe de chambre en satin noire. Bri la lui avait achetée pour le climat plus clément du Sud, pas pour les frimas du Nord. Ses longs cheveux l'enveloppaient comme une couverture. Ses boucles étaient plus brillantes et mieux dessinées dans leur version fae. Sa peau continuait à ressentir le froid, mais il était moins mordant. Elle aimait ce corps... son corps véritable. C'était comme si elle avait eu la migraine pendant treize années et qu'elle ne découvrait que maintenant ce qu'elle était censée ressentir dans son état normal. Ce corps était confortable. Elle était plus puissante, plus rapide, plus résistante, même aux choses intangibles. La vie aurait été tellement plus simple si les circonstances lui avaient permis de retrouver cette apparence plus tôt.

Elle scruta la flamme vacillante de la bougie devant elle, ses fétiches disposés à la lueur de la pleine lune. Elle avait écarté la feuille morte récoltée lors de la précédente lune pour la remplacer par une petite branche de pin. Elle en avait ajouté un nouveau également, dont elle n'avait pas l'intention de se débarrasser de sitôt : un éclat du miroir brisé. Il lui rappellerait qui elle était vraiment, non pas une sorcière mais une fae capable d'utiliser la magie rouge. Elle ne fuirait plus son reflet. Rua et elle étaient les derniers membres de la famille royale de la Haute Montagne. Remy avait hésité à se livrer à ce rituel de la pleine lune, se demandant si elle devait le délaisser maintenant qu'elle avait retrouvé sa véritable apparence. Mais elle aimait les prières. Réciter les mêmes paroles, mois après mois, lui donnait un sentiment de stabilité.

L'auberge se trouvait dans son dos, et une forêt de sapins s'étirait devant elle. Elle fixa la flamme de la bougie. Aucun de ses ancêtres ne pouvait s'adresser à elle par cette lune paisible, mais l'écho des paroles de sa mère continuait à résonner en elle.

Remy se renfrogna. Comment pourrait-elle un jour prendre la place de la reine assassinée ? C'était une tâche impossible.

Le vent froid souleva ses cheveux, découvrant sa nuque. Un bref soupir lui parvint alors. Son ouïe de fae était bien plus performante que celle de n'importe quel prédateur nocturne. Elle se retourna vers l'auberge, sachant déjà qui elle trouverait accoudé au rebord de la fenêtre à l'étage.

— Tu es là depuis longtemps ?

Hale exposait son torse nu à la brise glaciale. La lune faisait luire ses yeux dans la pénombre.

— Depuis aussi longtemps que tu es descendue, répondit-il avec un sourire qui réveilla en elle l'écho du plaisir des dernières heures.

Elle avait attendu qu'il se soit endormi pour sortir prier la lune. Elle devait encore un peu travailler sa discrétion, apparemment.

— Il n'y a que toi pour t'aventurer dans la neige avec une tenue aussi légère.

Elle sentait, sur sa peau nue, la marque brûlante de son regard.

— Je suis assez grande pour me débrouiller toute seule tu sais, lui rétorqua-t-elle d'un ton qui n'avait rien de mordant.

— Je sais.

Il lui sourit et ses deux fossettes se creusèrent.

— Mais dès lors que ma Prédestinée est seule avec un talisman hors de prix, il me semble sage de prévoir des renforts.

Il chercha du regard l'anneau du Shil-de dans la neige.

— Et puis, tu es à moitié nue. Si un homme venait à passer par là, je me verrais contraint de lui arracher les yeux.

— Ah oui, vraiment ? s'esclaffa-t-elle.

— Je ne veux pas prendre de risques te concernant... Bon, tu viens te coucher ?

Elle aimait tant son sourire chaleureux et honnête, ses yeux plissés et joyeux. Elle aimait tout, absolument tout chez lui.

Cette pensée en fit venir d'autres, et elle se mordilla la lèvre.

— Oui, j'ai terminé.

Elle se retourna pour marmonner à la hâte la fin de sa prière et souffler la bougie blanche.

— Tant mieux. Tu as trois secondes pour remonter ici, sinon...

Son ton était taquin.

— Sinon ? lança-t-elle en haussant un sourcil provocateur, car elle connaissait déjà la réponse.

— Sinon je saute de cette fenêtre et je te fais l'amour dans la neige.

Les vibrations rauques qui accompagnaient ce simulacre de menace résonnèrent en elle jusque dans ses cuisses.

Elle aurait juré que la neige se mettait à fondre sous ses jambes tandis qu'elle rassemblait ses fétiches dans sa musette noire. Elle espérait qu'il y aurait bien des nuits futures où ils pourraient faire l'amour sous les étoiles, mais pas ce soir, pas dans la neige du Nord. Après avoir ramassé la bougie, elle se tourna vers la fenêtre à l'étage. Elle jaugea la hauteur et le mur. Avec son aspect d'humaine, elle n'aurait jamais pu l'escalader, cependant maintenant qu'elle était redevenue fae...

Elle courut jusqu'à la façade puis bondit, prenant appui sur une brique qui formait une légère saillie pour se propulser vers le haut et atteindre le rebord de la fenêtre. Elle l'agrippa d'une main – elle tenait la bougie et sa musette dans l'autre. Elle se hissa sans mal et atterrit à quatre pattes dans la chambre. Cette puissance nouvelle était source d'émerveillement.

— Tu es sublime, la complimenta son compagnon, qui se dressait devant elle comme un dieu inquiétant, nu à l'exception du drap enroulé autour de sa taille.

Il la regarda se relever. Les pans de sa robe de chambre en soie, nouée à hauteur de ses hanches, formaient un V profond qui descendait jusqu'à la ceinture.

Les yeux de Hale étaient deux braises ardentes, et elle sentit son ventre se contracter. Un désir soudain et inattendu l'étreignit : elle le voulait encore. Elle lâcha la bougie et la musette par terre. Plus rien n'avait d'importance. Il n'y avait que lui. Qu'eux.

Il se mit en mouvement à la seconde où la bougie heurta le parquet. Il agrippa Remy par la nuque et l'attira contre lui. Il l'embrassa avec fougue, saisi lui aussi de ce désir brusque. Ils échangèrent des baisers, animés d'une passion plus dévorante que celle qu'elle avait pu ressentir jusqu'à présent. Une chaleur humide se diffusa aussitôt entre ses jambes.

— Cette odeur... ton odeur...

Il ne parlait pas, il geignait.

— Elle a été inventée pour moi, ajouta-t-il.

Il crocheta un passant de la ceinture avec son index et l'attira d'un geste brusque contre lui. Se dirigeant progressivement vers le lit, il défit adroitement le nœud de satin. Il n'avait jamais cessé de la regarder droit dans les yeux, bouche entrouverte et souffle court, troublé par son désir. Le satin effleura la peau brune et chaude de la jeune femme en glissant sur le sol.

Les mains de Hale tremblaient sous l'effort qu'il faisait pour se contrôler. Il les plaça sur les hanches de la Remy et la poussa. Elle s'allongea en travers du lit, frémissant sous le regard de prédateur du prince. Elle fut parcourue d'un frisson lorsqu'il se laissa tomber à genoux et embrassa l'intérieur de sa jambe.

Il remonta lentement, la couvrant de baisers. Arrivé à hauteur de sa cuisse, il prit le temps d'y décrire des cercles avec sa langue. Elle s'agita, impatiente de sentir cette bouche plus haut. Elle le sentit sourire contre sa peau. Avec son nez, il effleura ses poils noirs, puis prit une profonde inspiration avant de pousser un grognement de bête féroce.

Elle crut qu'elle allait exploser rien qu'en imaginant ce qui allait suivre.

Au premier contact de cette langue fiévreuse, son corps entier fut saisi d'un spasme. C'était déjà l'extase. La langue de Hale se remit à bouger, de haut en bas, lentement. Elle poussa un cri sauvage, décuplé par la multitude de sensations.

— Tu as encore meilleur goût que je ne l'imaginais, gronda-t-il en lui agrippant les cuisses pour les écarter davantage.

Elle emmêla ses doigts dans les cheveux de son compagnon alors qu'il se baissait de nouveau. Il continua son exploration et elle hurla. À ce son, il perdit tout contrôle, et les mouvements de sa langue se firent plus rapides. Elle sentit alors qu'il introduisait un doigt en elle. Ses muscles se tendirent autant qu'un arc : elle était déjà arrivée sur les rives de la jouissance.

— Hale, gémit-elle.

Il émit un son inarticulé contre le sexe de Remy, qui dut retenir un nouveau cri sous l'effet de ces vibrations.

— Je te veux tout entier, implora-t-elle d'une voix de possédée.

Il retira aussitôt sa langue brûlante et rampa sur elle tel un lion à l'affût, avant de l'embrasser avec passion. Elle sentit le goût de son propre désir musqué sur la langue du prince. Il s'écarta à peine d'elle pour effleurer son sexe en fusion avec le sien. À ce contact, les yeux de Remy roulèrent et ses paupières papillonnèrent. Elle fut aspirée par une tornade de sensations.

— Ouvre les yeux, lui ordonna-t-il d'une voix rauque.

Elle lui obéit et faillit atteindre l'apothéose en se perdant dans son regard. Il y mettait tout, la moindre émotion. Il n'y avait pas de mots pour décrire tout ce qui passait entre eux. Il saisit dans son poing le drap près de la tête de Remy au moment de s'introduire en elle. Elle prit une immense inspiration tandis qu'il s'enfonçait profondément en ayant un air émerveillé.

— Je t'aime, Remy, lui dit-il avec une vulnérabilité qu'elle ne lui avait encore jamais vue.

— Je t'aime, Hale.

Elle aurait voulu que cette seconde se prolonge jusqu'à la fin de sa vie. Elle n'aurait voulu connaître que cet instant renouvelé indéfiniment.

Lentement, il se mit à aller et venir, douces vagues déferlant vers sa rive. Elle attira sa tête vers la sienne. Il déposa un baiser tendre sur ses lèvres, alors qu'elle faisait glisser une main sur ses reins. Elle les sentit se contracter à chaque mouvement. Ils faisaient l'amour. Elle avait déjà couché avec un autre garçon, mais ce qui se passait entre Hale et elle était unique. Il était le premier et le seul avec lequel elle ferait l'amour désormais. Leurs âmes fusionnaient, à l'image de leurs corps. Ils n'étaient plus deux êtres distincts, ils ne faisaient qu'un. Les dernières frontières qui les séparaient s'abolirent au moment où ils atteignirent l'extase : une seule âme partagée entre deux corps.

Chapitre 24

Le long hiver s'était déjà abattu sur le Nord, toutefois, dans la Haute Montagne, le manteau blanc était plus fin. Quelques flocons légers tombaient parfois à Yexshire à cette période de l'année, mais les vraies chutes de neige attendraient encore un mois ou plus.

Remy sentait le désir de Hale contre ses reins, malgré son épaisse cape. De son côté, la friction de la selle entre ses jambes la rendait folle. Ils avaient encore deux heures de route vers le Sud, et elle n'était pas sûre de tenir. L'odeur du prince l'enivrait. Depuis qu'elle avait retrouvé son nez de fae, les effluves musqués et piquants qu'il dégageait lui tournaient la tête. Elle l'entendit prendre une profonde inspiration et elle sut qu'il avait, lui aussi, senti son désir.

— Tu repenses à la nuit dernière ? murmura-t-il en mordillant la pointe de son oreille, particulièrement sensible.

Son souffle chaud la fit se cambrer, et elle poussa un petit soupir de frustration. Elle était prête à l'accueillir tout de suite. Constamment. Indéfiniment.

— Est-ce que le son de ma voix t'excite ?

Il glissa une main sur son ventre, écarta les pans de sa cape, puis l'introduisit à l'intérieur de ses chausses. Ses doigts furent aussitôt mouillés et il retint un soupir. Remy accompagna le mouvement de sa main sans la moindre honte, tant elle était avide de ses caresses.

Il eut ce rire rauque qui mettait en émoi chacune des terminaisons nerveuses de la jeune femme. Il continua son exploration avec ses doigts, et elle gémit, abandonnant l'arrière de sa tête contre son épaule, yeux mi-clos.

— C'est ça que tu veux ?

Il lui mordilla le cou.

Il avait lâché les rênes, et les chevaux poursuivaient au pas. Avec le mouvement de la selle, qui s'ajoutait à celui des doigts de Hale, Remy avait bien du mal à garder le contrôle de la situation. Il glissa deux doigts en elle et elle poussa un cri.

— Et ça ? ronronna-t-il.

— Mmh, susurra-t-elle, incapable d'articuler un seul mot.

Elle allait et venait contre ses doigts, qu'elle plaquait entre la selle et elle. Elle se cambra au moment où il pressa le talon de sa main contre elle. Elle se frotta alors contre son sexe en érection et il gémit à son tour.

— Je te conseille de tenir ton joli petit cul tranquille si tu ne veux pas avoir d'ennuis, grogna-t-il en accompagnant son mouvement.

— J'adore les ennuis, le provoqua-t-elle d'une voix suave, rejetant la tête en arrière pour croiser son regard.

Elle se frotta de nouveau contre lui.

— À quels ennuis penses-tu précisément ?

Il retira ses doigts avant de les introduire d'un coup brusque en elle, lui tirant un petit cri qui les fit tous deux frémir.

— Je suis tout près de descendre de ce cheval et de te faire l'amour contre cet arbre, la menaça-t-il.

Il n'eut pas besoin d'insister. Elle sauta à terre, comme elle l'avait fait à Wynreach.

Elle le voulait tout de suite. Entièrement.

Elle lui jeta un sourire provocant. Il le lui retourna avant de nouer les rênes des chevaux à une branche basse et de descendre à son tour.

Il l'empoigna et la retourna pour qu'elle ait la poitrine plaquée contre le tronc de l'arbre. Puis il descendit d'un coup sec ses chausses, exposant ses fesses à l'air froid.

« Ton joli petit cul », avait-il dit.

Elle eut à peine le temps de se préparer que, déjà, il la prenait. Elle poussa un hurlement, submergée par la sensation de son membre puissant en elle. Avec un grognement, il se retira pour la pénétrer plus profondément encore. L'écorce entama les paumes de la jeune femme qui prenait appui contre le tronc pour accueillir chacun des coups de reins. Elle sentait monter le plaisir et elle mordit dans sa main pour retenir encore l'explosion. Hale l'empoigna par les hanches tandis qu'il allait et venait si fort qu'elle crut bien que l'arbre allait céder. Le claquement de leurs deux chairs moites et chaudes était le seul bruit dans la forêt. Remy se dirigeait vers l'orgasme à un rythme insensé, et elle ne put plus y tenir. Elle vola en éclats avec un hurlement qui fit frémir toute la forêt. Après deux autres à-coups, le prince explosa à son tour en feulant son nom.

Le corps de Remy continua à frémir et à être saisi de spasmes, jusqu'à ce que ses dents, enfin, libèrent sa main. Elle aurait une vilaine morsure mais ça lui était bien égal. Sa respiration finit par s'apaiser.

— Vous aimez vraiment les ennuis, princesse, s'esclaffa-t-il dans son cou. Je crois bien que vous êtes encore plus intenable que moi.

*

Les forêts aux alentours de Yexshire étaient étrangement familières. On y trouvait surtout des cornouillers, des buis et des aulnes, dont le feuillage touffu laissait à peine filtrer la lumière. Des arbustes résistants, violets et dorés, poussaient sur le sol tapissé d'aiguilles. Une mousse épaisse drapait les troncs d'arbres, et un fouillis de fleurs sauvages tentait d'accaparer les maigres rayons de soleil. Leurs beaux tons de rouge et de bleu ajoutaient quelques notes vives dans ce décor forestier bien sombre par ailleurs. Un concert de la faune sauvage, dominé par des chants d'oiseaux, résonnait dans l'air. Grâce à son ouïe fine de fae, Remy entendait, derrière cette symphonie, les grenouilles qui coassaient dans les mares voisines.

La forêt débordait de vie et grignotait la route que plus personne n'empruntait. L'axe principal pour rejoindre Yexshire était méconnaissable. Des troncs d'arbres le bloquaient par endroits. À plus d'une reprise, ils furent contraints de mettre pied à terre pour contourner les obstacles.

Au détour d'un virage, des maisons à l'abandon surgirent devant eux. Yexshire, qui avait autrefois été une cité florissante à la population dense, était devenue une ville fantôme. Un silence sinistre s'y était installé, et seul le craquement des branches au vent l'interrompait. Même les oiseaux qui avaient élu domicile dans les décombres n'osaient pas chanter ici. Certaines portes avaient disparu, détruites par des pilleurs ou des bêtes sauvages, au fil du temps. La plupart des toits s'étaient affaissés en leur centre, entraînant parfois la totalité du bâtiment avec eux. D'autres édifices étaient encore dans un état correct, malgré la saleté et la prolifération de mauvaises herbes. La fontaine au centre de la place principale était remplie d'eau, bien que celle-ci fût verte et envahie d'algues.

Hale serra Remy contre lui. Elle entendait son cœur battre dans ses oreilles. Des bribes de souvenirs surgissaient dans sa mémoire à chaque coin de rue : les décorations pour le solstice d'été, la foule amassée pour saluer la famille royale lors de l'un de ses déplacements, l'agitation plaisante les jours de marché...

Tout avait disparu.

Rue après rue, les bâtiments à l'abandon faisaient surgir des pensées effrayantes : chacune de ces maisons avait, autrefois, abrité une famille, et à présent elles étaient toutes désertes. Remy savait que, même s'ils parvenaient à retrouver l'Épée Immortelle, cet endroit ne serait plus jamais le même. Beaucoup de ses anciens citoyens avaient disparu pour toujours.

Sa poitrine se serra encore davantage lorsqu'ils s'engagèrent sur le sentier à flanc de montagne qui montait au-dessus de la ville. Le château de Yexshire avait, à une époque, fièrement dominé ses sujets. Aujourd'hui il n'était plus que ruines.

La jeune femme se rappelait encore le palais de son enfance dans le moindre détail. Des tours de pierre noire reliées par de hautes murailles l'entouraient. Les murs étaient ponctués, à intervalles réguliers, de petites fenêtres ainsi que de meurtrières pour les archers et les artilleurs. Un château autant qu'une forteresse. Pour ce que cela leur avait servi...

Les faes royaux de la Haute Montagne possédaient la demeure la moins fastueuse de tout le continent, conçue pour affronter les hivers rigoureux. Remy se souvenait des gigantesques cheminées où crépitaient des feux, des rideaux épais et des tapis moelleux. Elle se demanda néanmoins si elle n'en avait pas exagéré la taille avec ses souvenirs d'enfant.

Les lourdes portes de métal gisaient sur la route, les empêchant de se rapprocher davantage des ruines.

— Tu veux y aller ? lui demanda Hale dans un murmure recueilli.

Il n'aurait pas osé parler plus fort dans ces lieux.

— Oui, répondit-elle tout bas, comme si la montagne avait des oreilles. Reste avec les chevaux, je n'en ai pas pour longtemps.

Il hocha la tête, comprenant qu'elle avait besoin de s'y rendre seule.

Elle gravit la côte abrupte qui conduisait aux décombres. Elle escalada des murs effondrés et des tas de pierres instables. Lorsque, sous ses semelles, elle sentit que les pavés étaient remplacés par des dalles grises, elle sut qu'elle se trouvait à l'endroit de la salle de réception. Tout avait disparu. Le moindre tapis, la moindre hampe, le moindre chandelier en or. Il n'y avait évidemment plus ni lustre, ni table, ni fauteuil. Le trône de la Haute Montagne n'occupait plus le centre de l'estrade devant elle. Celle-ci, autrefois couverte de marbre blanc, était réduite à une structure de briques. Une grande fenêtre perçait autrefois le mur du fond, qui s'était effondré. Elle laissait passer un rayon de lumière qui atteignait, à la perfection, cette estrade, éclairant toute la famille royale. Ils avaient pour habitude de programmer tous les événements importants en fonction de l'angle du soleil, qui variait selon les saisons, pour être toujours baignés de sa lumière. Remy se rappelait l'avoir sentie sur elle. Elle se rappelait s'être tenue si droite, le menton si haut, si fière de son nom et de sa famille du haut de ses six ans.

Du verre crissa sous ses bottes quand elle s'en approcha. Des décombres roulaient sous ses semelles, mais elle poursuivit son chemin et monta pour se poster à l'endroit exact de l'ancien trône. Elle retrouva la place qu'elle occupait enfant, tournée vers l'immense salle qui n'existait plus. La route était trop pentue pour qu'elle puisse apercevoir Hale, néanmoins elle savait qu'il l'attendait derrière cette côte.

Elle promena son regard sur la ville à l'abandon. Des plaines s'étiraient sur sa droite, jusqu'à la forêt, en lieu et place des champs qui avaient fourni d'abondantes récoltes, permettant aux habitants de Yexshire de tenir toute une année. À présent, le terrain envahi de hautes herbes et d'arbrisseaux était progressivement grignoté par les bois. Elle avisa ensuite le col entre la ville et les montagnes.

Sur le flanc de l'une d'elles, à la même altitude que le château et trônant tout aussi fièrement, se trouvait le temple de Yexshire. Contrairement au palais en ruine, il était resté debout.

Sa construction remontait à plus de cinq cents ans. Ce monolithe surgissant de la forêt touffue rappelait l'alliance entre la cour de la Haute Montagne et l'Ordre rouge. Les positions respectives du château et du temple visaient à signifier qu'ils étaient égaux. Aucun des deux ne prenait l'autre de haut. La source du pouvoir de Yexshire se situait dans cette union entre les faes et la magie.

Le temple était un large bâtiment de pierre blanche en forme de flèche. Édifié avec des matériaux coûteux, provenant directement d'une carrière à proximité, sa couleur formait un contraste voulu avec celle d'ébène du château, de l'autre côté de la vallée.

L'immense mât continuait à se dresser sur la plus haute tourelle, mais aucun ruban rouge ne battait plus au vent. Les sorciers avaient pour habitude d'en accrocher de nouveaux à chaque saison, pour symboliser les prières de tous. Ces bandes de tissu qui ondulaient dans la brise étaient comme les cœurs battants de toute une ville, exprimant rêves et aspirations pour l'avenir. Pas un seul ruban ne subsistait treize ans plus tard.

Remy aurait juré avoir aperçu un éclair rouge par l'une des fenêtres du temple. Elle plissa les paupières, réduisant ses yeux à deux fentes étroites.

Elle retint un cri. Une silhouette rouge encapuchonnée se tenait là : une prêtresse de l'Ordre. Baba Morganna avait mentionné les collines au-delà de Yexshire. L'Ordre avait-il repris sa place ? Avait-il assez de membres pour protéger le temple contre les soldats du Nord ? La jeune femme cligna des paupières et la silhouette rouge disparut, la fenêtre redevenant un trou noir. Elle secoua la tête. Elle avait sans doute des visions. Et pourtant... Baba Morganna lui avait promis qu'ils étaient là, dans les bois juste derrière le sanctuaire. Et, en effet, qui aurait l'idée d'aller les chercher là-bas ?

Remy était prête. Elle devait aller les trouver. Elle devait voir sa sœur.

En voulant redescendre de l'estrade, elle buta sur une racine qui poussait dans une fissure. Elle tendit les bras devant elle pour se rattraper, mais elle retrouva l'équilibre avant de tomber. Elle étudia la racine, une épaisse liane épineuse en réalité, qui s'était immiscée entre les dalles. Remy allait poursuivre son chemin quand un scintillement retint son attention. Elle se baissa et, veillant à éviter les piquants, souleva la lourde plaque noire, libérant ce qui était emprisonné dessous : une paire de lunettes dorées. La monture, déformée et tordue, avait été cassée en deux. Une monture beaucoup trop petite pour être portée par un adulte.

Un sanglot lui échappa. Elle savait à qui ces lunettes avaient appartenu.

Son frère aîné, Raffiel, attirait tous les regards parce qu'il était beau et fort, si bien que son cadet passait souvent inaperçu.

Rivitus. Riv, pour ses proches.

Il avait neuf ans le jour du massacre de Yexshire. Remy n'avait jamais connu une telle intelligence. Leurs parents n'avaient d'ailleurs de cesse de la louer, même si le reste de la cour n'avait d'yeux que pour Raffiel. Le roi et la reine savaient que Riv serait là pour son grand frère le jour où celui-ci monterait sur le trône de la Haute Montagne.

Riv avait montré, dès son plus jeune âge, un intérêt marqué pour le conseil du roi. Il assistait, à sa demande, aux réunions et couvrait de questions les conseillers de son père. Il passait le reste de son temps dans la bibliothèque, où il se plongeait dans tous les manuels d'histoire et de politique sur lesquels il parvenait à mettre la main. Ses devoirs de représentation, comme les bals, les fêtes et autres mondanités, tenaient pour lui du calvaire. Le roi et la reine l'avaient réprimandé si souvent pour avoir apporté des livres lors d'une cérémonie...

Remy ramassa les lunettes en reniflant. Des larmes coulaient sur ses joues. Il devait être malheureux et renfrogné le soir où il avait trouvé la mort, contraint d'être présent aux divertissements donnés en l'honneur de la cour du Nord. Elle se demanda ce qu'il avait vu avant d'être assassiné et pleura de plus belle. Elle espérait qu'ils l'avaient tué rapidement, ce que laissait supposer la présence de ses lunettes à cet endroit. Elle pria pour qu'il n'ait pas souffert.

Elle poussa un soupir douloureux. Elle ne pourrait plus jamais serrer ses frères dans ses bras. Elle ne pourrait plus jamais les suivre à la trace comme un chiot agaçant, les assaillant de questions auxquelles ils n'avaient aucune envie de répondre. Elle ne reverrait jamais leurs sourires, elle n'entendrait plus jamais leurs rires, elle ne sentirait plus jamais leur amour. Il y aurait, pour toujours, un énorme trou béant dans son cœur, à l'endroit que sa famille occupait auparavant... Pas toute sa famille, néanmoins. Ruadora était toujours en vie, et elle vivait à un jet de pierre de là, dans les bois.

Remy sécha ses larmes et prit une inspiration pour se calmer. Elle rangea les lunettes de Riv dans sa poche et quitta ce lieu hanté. Au moment de s'engager à nouveau sur le chemin abrupt qui menait aux ruines du palais, elle vit Hale qui l'attendait près des chevaux. L'inquiétude se lisait sur ses traits. Il tenait un bouquet de fleurs, qui poussaient le long des routes de montagne.

Il le sépara en deux pour en tendre une partie à sa compagne.

— Je crois que c'est la tradition à Yexshire de déposer des fleurs blanches sur les tombes, expliqua-t-il alors qu'elle acceptait sa moitié du bouquet. Je n'ai trouvé que ça.

Remy se remit à pleurer, mais elle confirma d'un hochement de tête. Elle aurait aimé lui dire que c'était parfait, toutefois les mots lui manquaient. Elle se tourna à nouveau vers les décombres, seuls vestiges de sa famille. Dans la montagne au-dessus du château, on accédait aux tombes de ses ancêtres par un sentier étroit et caillouteux. Ils reposaient à même la terre. Elle se souvenait d'avoir fait ce chemin difficile pour aller fleurir les sépultures de ses grands-parents, le jour des Esprits. Leurs âmes veillaient sur le château et la ville de Yexshire. Scrutant les sommets, elle eut la certitude qu'ils la regardaient à cet instant précis. Et cela affermit sa détermination à surmonter les obstacles qui, elle le savait, l'attendaient. Leur héritage ne s'arrêterait pas ici.

Hale s'avança en premier et mit un genou à terre, avant de déposer le petit bouquet sur le bord de la route.

— Que le vent emporte leurs esprits pour que nous puissions les croiser dans les herbes qui ondulent, les feuilles mortes et les vagues infatigables de l'océan. Puissent-ils connaître un repos éternel.

Il se releva et vint se placer à côté d'elle.

Elle n'avait jamais entendu cette prière. Peut-être était-elle spécifique à la cour de l'Est.

Ils restèrent longtemps debout côte à côte. Hale ne dit rien, il ne la pressa pas. Il demeurait stoïque, ancre dans la tempête. Elle savait qu'il patienterait toute la nuit si elle en avait besoin. Il supporterait tout pour alléger sa tristesse.

Elle finit par faire un pas en avant pour s'accroupir à son tour. Elle posa les fleurs, effleurant la terre du bout des doigts, qu'elle porta ensuite à son front.

Elle tenta de se rappeler sa langue maternelle.

— Créateurs immortels, gardiens de l'au-delà, ventres qui avez enfanté ce monde, écoutez ma prière, murmura-t-elle, retrouvant les sensations étranges du yexshiri sur sa langue. Soyez les guides de ces esprits dans l'au-delà. Apportez-leur votre bénédiction pour qu'ils se sentent en paix. Emplissez-les de votre lumière éternelle. Amen.

Chapitre 25

Ils traversèrent la forêt obscure avant de retrouver le soleil de l'autre côté et de monter vers le sanctuaire. Remy avait la gorge nouée par l'impatience. Elle allait revoir Ruadora. Sa petite sœur qui avait quatre ans le jour où elles avaient été séparées. Elle n'en gardait qu'un souvenir très flou et ignorait à quoi elle pouvait bien ressembler à présent qu'elle était presque adulte. Elle fêterait ses dix-huit ans quelques semaines plus tard et deviendrait une femme.

Le temple du Yexshire les dominait de sa présence imposante et tranquille lorsqu'ils attachèrent les chevaux. La clairière au milieu de laquelle il avait été érigé était envahie de hautes herbes.

Remy leva les yeux vers le sommet de l'immense bâtiment blanc.

— Approche-toi des arbres, tu devrais trouver un indice de la direction où ils ont établi leur campement.

— Oui, je vais passer par là-bas.

Elle fendit les herbes qui lui arrivaient à la poitrine, trébuchant à quelques reprises sur le sol irrégulier. La végétation était si dense qu'elle ne voyait pas plus bas que ses cuisses. Elle essaya de se souvenir à quoi ressemblait cette clairière autrefois. Une petite barrière en bois, qui faisait le tour du temple, avait fini soit par tomber en ruine, soit par être engloutie sous les herbes dorées.

Au-delà de cette clôture se trouvait un troupeau de chèvres, mais celles-ci avaient aussi disparu. La jeune femme se demanda si des voleurs ou des chasseurs de sorciers les avaient mangées après le massacre de Yexshire.

Il y avait également une plate-bande d'herbes aromatiques qui coupait en deux l'allée de gravier conduisant aux marches du temple. Elle se rappelait les parfums de la menthe et de la sauge qui l'assaillaient à l'approche du perron.

Elle n'en voyait plus la moindre trace. Peut-être qu'en creusant, elle en retrouverait des vestiges. À moins que des pillards aient aussi emporté ces herbes sacrées avec tout le reste. Les années n'avaient pas été tendres. Plusieurs grosses tempêtes étaient passées par là, provoquant la chute d'arbres dans la clairière.

Remy se trouvait enfin dans l'axe de l'entrée du sanctuaire, grande ouverte. Elle s'était hissée sur un tronc d'arbre quand elle entendit un bruit. Comme une agitation à l'intérieur de l'édifice. Elle se demanda si un renard ou un ours avait réussi à s'y introduire. Les gelées matinales, annonciatrices de l'hiver imminent, avaient dû les pousser à trouver un abri.

Elle observa de nouveau le bâtiment. Elle eut alors la certitude qu'elle n'avait pas eu une vision. Une silhouette vêtue d'une cape rouge se tenait derrière l'une des fenêtres et la regardait.

L'Ordre rouge était bien de retour. Elle s'élança vers l'entrée.

Les sorciers avaient dû reprendre leur place légitime au sein du temple de Yexshire. Rua se trouvait à l'intérieur de cette tour, Remy n'était plus qu'à quelques pas de sa sœur...

Elle gravit en courant les marches qui se désagrégeaient. Elle venait de traverser le perron lorsque le cri de Hale déchira le silence.

— C'est un piège ! Fuis !

Elle fit volte-face et découvrit une douzaine de soldats du Nord surgissant des herbes. Deux d'entre eux immobilisaient déjà le prince à l'orée de la forêt. Comment avait-elle pu passer à côté d'eux sans rien remarquer ? Comment n'avait-elle rien senti ? Dieux, l'un d'eux se trouvait droit devant elle, à l'endroit de l'ancienne allée. Elle avait dû l'enjamber en le prenant pour un tronc...

— Fuis ! répéta Hale, alors qu'elle demeurait pétrifiée par la panique.

Il reçut un violent coup dans le visage, qui visait à le faire taire.

Elle lança alors une attaque magique par réflexe, et les deux hommes qui le tenaient volèrent aussitôt dans les airs. Elle balaya la clairière devant elle avec un arc de magie rouge qui assomma tous les soldats. Son compagnon courait déjà vers elle. Ils pourraient traverser le temple, ressortir de l'autre côté et s'enfoncer dans la forêt pour semer les soldats du Nord avant leur réveil.

Hale trébucha à plusieurs reprises mais il resta debout. Ce ne fut que lorsqu'il atteignit le pied des marches que son regard déterminé fut modifié par l'effroi. Remy n'eut pas le temps de se retourner que, déjà, un énorme bras la saisissait par la taille et l'entraînait dans l'obscurité du temple. Elle se débattit, lançant des étincelles de magie dans la panique, sans réussir à atteindre sa cible.

Un tissu imbibé d'une substance acide lui recouvrit soudain le nez et la bouche. L'odeur puissante lui brûla la gorge. Elle avait déjà des fourmis dans les membres et des taches noires dansaient dans son champ de vision, tandis que les cris paniqués du prince tournoyaient autour d'elle.

Avant d'être engloutie par les ténèbres, elle projeta sa jambe en arrière et frappa son assaillant au genou. Il relâcha suffisamment son étreinte pour lui permettre de dégainer le poignard qu'elle portait à la taille. Elle ne prit pas le temps de réfléchir, il était trop tard pour ça. Ainsi que Bri le lui avait promis, son instinct prit le dessus et, d'un geste vif, elle se retourna, plantant la lame dans le cou de son agresseur. Elle n'attendit pas de le voir tomber et retira aussitôt son couteau, du sang jaillissant dans les airs, alors qu'elle prenait la fuite.

Ses pieds se rappelaient la configuration du temple et ils la dirigèrent instinctivement vers l'escalier en colimaçon sur sa gauche. Elle gravit les marches de pierre quatre à quatre. Ses muscles lui rappelèrent qu'elle était une fae, et elle tira plus fort sur ses jambes. Elle entendit le pouls du soldat qui attendait au sommet, prêt à frapper. Il ne la vit pas arriver et elle put lui embrocher le pied avec sa dague. Tandis qu'il hurlait sa douleur, elle le dépassa et le fit tomber à la renverse vers le soldat lancé à ses trousses. Elle ne réussit pas à le ralentir autant qu'elle l'avait espéré. Elle accéléra encore, mais les soldats du Nord se rapprochaient.

Au moment de s'engouffrer sous une arcade blanche, elle lança une attaque pour détruire celle-ci et bloquer l'escalier qui montait un palier plus haut. Atteignant le troisième étage, elle prit le temps de respirer.

Par une minuscule fenêtre, elle aperçut Hale. Une épée dans chaque main, il se battait avec bravoure et concentration. Il affrontait quatre soldats. Six autres étaient morts autour de lui. Il était aussi terrifiant qu'un dieu vengeur. Il repoussait certains de ses assaillants pour mieux s'attaquer aux autres, parant les coups et manipulant les soldats sans qu'ils s'en rendent compte. Dès que l'un d'eux se trouvait à portée d'une de ses deux lames, il le transperçait. Une douzaine d'autres soldats se trouvaient dans les bois, hésitant à donner la charge.

Dieux, à combien étaient-ils donc venus ?

Remy repéra soudain la cape rouge dans la forêt. Ce n'était pas du tout une sorcière de son Ordre qui la portait. De là où elle se tenait, elle put voir distinctement les traits de la femme ainsi que ses mains nimbées d'une lueur bleue et ses lèvres de la même couleur. Ils avaient fait venir une sorcière bleue.

Elle jura.

La femme avait les yeux clos, mais elle leva son visage vers la fenêtre depuis laquelle Remy l'observait. Si son don de Vision était puissant, elle avait peut-être déjà vu l'issue de cette embuscade. La fae allait devoir la prendre de vitesse si elle voulait avoir une longueur d'avance. Elle ne devait surtout pas opter pour la première chose qui lui viendrait à l'esprit. Au contraire, elle devait favoriser alternativement son second et son premier choix. C'était une ruse que Heather lui avait enseignée, pour brouiller le don de Vision. Néanmoins, si Remy voulait qu'ils aient une chance de s'en sortir, il lui faudrait surtout éliminer la sorcière bleue. Ainsi, elle pourrait semer les soldats dans les bois.

Un coup violent s'abattit soudain sur l'arrière de son crâne et elle fut projetée sur les dalles de pierre. Un soldat brandissait son épée au-dessus d'elle et, d'une attaque magique, elle le désarma. Elle entendit un pas lourd derrière elle. Elle s'était distraite trop longtemps en voulant regarder Hale. Elle tenta de se relever, mais son adversaire la plaqua au sol avec sa botte épaisse. Il avait donné un coup si violent qu'une douleur sourde irradia dans tout le bras de Remy. Elle lança une nouvelle attaque, à la puissance décuplée par la souffrance. Il tomba à la renverse.

Elle bondit sur ses pieds. Son bras gauche l'élançait, et elle remercia les dieux qu'il ne soit pas cassé.

Elle le laissa pendre mollement le long de son flanc alors qu'elle se retournait. Une douzaine de soldats du Nord se trouvaient face à elle sur le palier, épées au poing. Celui qu'elle avait fait tomber se releva et lui sourit en essuyant le sang qui coulait de sa bouche. Ils l'acculèrent contre le mur. Son premier réflexe fut de s'engager dans les escaliers sur sa gauche. Elle ne le fit donc pas. D'un geste précis de sa main, elle provoqua l'effondrement de l'arcade qui se dressait derrière les soldats. Seuls trois d'entre eux furent ensevelis sous les lourdes pierres. Elle fit alors mine de gravir l'escalier et tous les hommes se précipitèrent dans cette direction. Les prenant à contrepied, elle dévala les marches. Elle savait pourtant qu'un étage plus bas elle serait bloquée – par un obstacle qu'elle avait elle-même créé. Le fracas métallique des hommes cuirassés la suivait dans l'escalier. Elle fila vers la gauche.

Elle courut à toute allure vers la fenêtre ouverte, retenant son souffle, ne se laissant pas l'occasion de réfléchir alors qu'elle demandait à ses jambes d'aller plus vite, puis elle se jeta dans le vide.

Elle fit une chute libre, le vent lui fouettant les cheveux. Le monde parut ralentir sa course tandis qu'elle calculait la distance qui la séparait du sapin le plus proche et la trajectoire qu'elle devait suivre. Elle pria pour que les branches amortissent son atterrissage tout en se préparant à l'impact. Des aiguilles l'attaquèrent lorsqu'elle percuta l'arbre. La douleur se réveilla dans son bras gauche, pendant qu'elle dévalait de plusieurs mètres entre les branches. Elle réussit à arrêter sa dégringolade avec son second bras.

Elle leva aussitôt les yeux vers la fenêtre. Les hommes du Nord l'observaient, la bouche arrondie par la surprise. Ils portaient tous de lourdes armures et aucun d'eux n'oserait l'imiter.

Elle se hissa d'une branche à une autre pour atteindre un deuxième arbre et s'enfoncer dans la forêt. Elle passa ainsi par deux autres sapins avant de redescendre. Puis elle se rappela la sorcière bleue et changea d'avis, remontant pour rallier un dernier pin et retrouver, enfin, la terre ferme.

Elle devait rejoindre Hale pour récupérer son arc et ses flèches, restés avec les montures. Tout comme l'amulette. Elle regrettait de ne pas l'avoir écouté et gardée pour elle. Ses pouvoirs montraient déjà une baisse de régime, et elle sentait ses réserves s'épuiser.

Elle contourna la clairière avant de prendre une grande inspiration et de se diriger, à pas de loup, vers les chevaux. Dissimulée dans les bois, elle guettait les cris provenant du haut du temple. Les soldats coincés là-bas hurlaient à leurs comparses qu'ils devaient dégager l'escalier et que cela prendrait du temps.

Elle entendait tous les sons : cliquetis des armures, craquement des branches et bruissement des feuilles mortes causés par les renforts qui approchaient.

Soudain, quelqu'un hurla :

— Nous tenons le prince !

Le cœur de Remy arrêta de battre.

Redoublant de prudence, elle s'approcha de l'endroit où ils avaient attaché leurs chevaux. Elle se cacha derrière un buisson d'épineux le temps d'évaluer la situation. Elle était comme un limier avec Hale, elle pouvait sentir son parfum d'océan à travers les bois.

Il était bâillonné et attaché au pied d'un arbre, surveillé par trois gardes. Sa tête ballait en avant et du sang coulait de son front. Elle se concentra sur le bruit de son cœur, qui battait lentement. Sa respiration était régulière. Il était inconscient mais vivant.

Deux faes du Nord fouillaient les sacoches. L'arc et les flèches de la jeune femme se trouvaient toujours à leur place, sur la sienne. Ses doigts brûlaient de se poser dessus. Un soldat mit la main sur la longue chaîne de l'amulette d'Aelusien.

Elle serra les dents pendant qu'il sifflait un de ses compagnons, posté dans les hautes herbes près du temple. Il avait des cheveux gris et une cape azur qui apprirent à la sorcière qu'il s'agissait du commandant de ce détachement. Il hocha la tête en voyant le collier.

— Bien, continue à chercher l'anneau, ordonna-t-il.

Un de ses hommes s'approcha de lui.

— Je t'écoute, lui dit le commandant.

— Vingt-deux blessés et huit morts, annonça-t-il. Nous attendons encore les chiffres précis à l'intérieur du temple, ils n'ont pas fini de dégager les décombres.

Remy grimaça. Elle était responsable de ce décompte macabre... enfin en partie. La plupart des morts étaient tombés sous les coups de son compagnon. Elle fut, une fois de plus, ébahie par sa force. Il avait affronté seul une troupe de soldats professionnels et avait bien failli en réchapper.

— Amenez-moi cette sorcière bleue, grogna le commandant. Tout ce qu'elle avait prédit s'est révélé faux. Le roi Vostemur sera très déçu d'apprendre qu'elle a failli.

Son rictus cruel était éloquent. Ils la tueraient ou ils lui feraient regretter de ne pas être morte, non parce que son don de Vision était défaillant, mais parce que Remy savait comment le duper.

— Vous avez retrouvé la sorcière rouge ? ajouta-t-il en levant la tête vers la fenêtre d'où elle avait sauté.

La sorcière... N'avaient-ils donc toujours pas compris qui elle était ? Comment était-ce possible ? Elle avait désormais l'apparence d'une fae utilisant la magie... Les gens ne voyaient donc vraiment que ce qu'ils voulaient voir. Les faes de la Haute Montagne n'étaient plus. Et le Nord était persuadé que c'était Raffiel, et non Remini, qui avait survécu. Ils la traquaient en tant que sorcière rouge, pas en tant que princesse.

— Elle s'est enfuie dans la forêt, commandant, mais nous la retrouverons, répondit l'un de ses hommes.

Ils n'allaient pas tarder à remonter sa piste. Ils auraient d'ailleurs déjà pu la sentir s'ils s'étaient concentrés sur leur odorat – ils partaient du principe qu'elle s'était éloignée du temple. Ils n'auraient jamais pu imaginer qu'elle rebrousserait chemin pour affronter une troupe de soldats aguerris. Et elle aurait sans doute mieux fait, d'ailleurs. C'est ce que Hale aurait voulu. Mais elle ne pouvait pas l'abandonner.

Elle ne le pourrait jamais.

L'affrontement dans le temple avait sérieusement entamé ses réserves de magie. Elle se demanda si elle réussirait à récupérer l'amulette... Elle envoya ses pouvoirs dans sa direction, et elle sentit la chaîne dans la poche du soldat qui continuait à fouiller les sacoches. Le collier ne répondit pas. Elle ne perçut pas même une vibration. Les sorciers avaient prémuni le talisman contre ce genre de manipulations. Il aurait été bien trop facile de la récupérer si un des membres de l'Ordre avait pu la faire voler au-dessus du lac empoisonné... Elle se mordit l'intérieur de la joue. Que pouvait-elle faire ? Essayer d'aller récupérer Hale et de hisser son corps sur un cheval, tout en repoussant une douzaine de soldats ?

Les choses auraient été plus faciles s'il avait été conscient. Non, elle avait besoin de son arc et de ses flèches. Elle pourrait éliminer plusieurs hommes tout en restant sous le couvert des arbres et gagner du temps jusqu'au réveil de son compagnon.

Elle convoqua à nouveau ses pouvoirs. Il lui fallut une concentration infinie pour dénouer le lien en cuir qui retenait son arc sans attirer l'attention. La magie le maintint en place pendant qu'elle s'occupait du carquois. Elle ferma les yeux pour mieux se focaliser sur les sensations du résultat qu'elle visait à obtenir. Renverser des murs et des arbres était plus impressionnant, et pourtant accomplir de petits gestes précis à distance était bien plus épuisant. Les armes demeuraient suspendues dans les airs comme si elles étaient toujours attachées à la sacoche.

La tête de Hale remua. Il commençait à sortir de sa torpeur. C'était le moment.

Elle prit une grande inspiration et convoqua ses derniers pouvoirs pour attirer son arc et son carquois à elle.

Des soldats réagirent aussitôt, hurlant et faisant volte-face dans sa direction, mais elle avait déjà mis son carquois sur son épaule et encoché la première flèche. Paupières plissées, elle campa ses pieds dans la terre et visa un homme dans l'œil. D'autres cris résonnèrent. Des renforts accouraient. Elle continua à envoyer des flèches et atteignit trois autres soldats.

Hale rouvrait progressivement les yeux. Elle devait gagner encore du temps.

Elle prit une autre flèche avant qu'une douleur fulgurante lui transperce l'avant-bras et qu'elle hurle. Elle avait reçu un trait. L'attaque venait de derrière elle. Elle tourna la tête juste à temps pour en voir un autre voler dans sa direction et elle s'accroupit pour l'éviter.

L'archer recula de plusieurs pas. Il était accompagné de la sorcière bleue, qui lui murmurait des instructions au sujet des réactions de Remy.

La princesse rampa derrière un buisson. Elle était accroupie, prenant son élan pour partir en courant quand une autre flèche lui transperça la cuisse. Elle vagit, voulut se relever mais s'effondra et s'agita sur le sol comme un poisson paniqué hors de l'eau.

Vite, vite, ordonna-t-elle à son corps alors que six soldats se précipitaient dans sa direction. Elle entendit un autre trait fendre les airs et elle se jeta à plat ventre. Elle releva la tête juste à temps pour voir un poing s'abattre sur son visage.

Chapitre 26

Remy ouvrit les yeux. Le martèlement dans son crâne était intolérable. Elle avait la bouche et la gorge aussi sèches que du papier de verre. Elle sentait le goût métallique du sang sur sa langue. Elle tâta avec précaution son œil enflé, qui restait fermé. Son bras gauche l'élançait au moindre petit mouvement de doigts. Le sang avait coagulé et formé une croûte sur les plaies laissées par les flèches. Combien de temps était-elle restée inconsciente pour avoir guéri à ce point ?

Que lui était-il arrivé exactement ? Elle avait l'impression d'avoir reçu bien plus de coups que dans son souvenir.

Elle étudia les murs de pierre gris et humides autour d'elle. Un donjon sombre. Une odeur plus nauséabonde que celle du Pic Perdu agressa ses narines. Un mélange d'urine, d'excréments et de chair en décomposition. La jeune femme eut un haut-le-cœur, mais elle n'avait rien à vomir. Depuis combien de temps était-elle ici ?

Elle avait si soif qu'elle fut tentée de lécher les gouttes sur les pierres moussues dans un angle.

Des menottes étaient accrochées au mur le plus éloigné, néanmoins elle demeurait libre de ses mouvements dans la petite cellule. Les dalles de pierre sales étaient jonchées de crottes de chauve-souris et d'os de poulet... Dieux, elle espérait que ce n'était pas autre chose que des os de poulet.

Sa cape avait disparu. On lui avait aussi retiré ses bottes et son poignard pour ne lui laisser que ses chausses et sa tunique tachée de sang et de terre.

Elle se tapota la hanche et sentit la poche secrète cousue dans sa tunique. Sa musette s'y trouvait toujours et, à l'intérieur, l'anneau du Shil-de qu'elle sentait vibrer contre sa paume.

Elle envisagea un instant de le mettre à son doigt. Il la protégerait de tout danger de mort imminent, mais... et Hale ?

Elle voulait garder le talisman pour lui, ou pour Ruadora. Deux êtres qu'elle aimait et qui avaient besoin de protection. Car elle les reverrait peut-être. Elle attendrait d'avoir confirmation de l'endroit où ils se trouvaient... s'ils étaient encore en vie.

Elle chassa aussitôt cette pensée.

Un couloir sinistre menait à la grille en fer forgé qui fermait sa cellule. Une torche qui brûlait d'une flamme vacillante était fixée au mur.

Elle eut beau scruter les ténèbres, elle n'aperçut personne. Elle aurait voulu crier, pour savoir si Hale était près d'elle, mais elle se ravisa : mieux valait éviter d'attirer l'attention. Elle comprit à son odorat et à sa vue exacerbés qu'elle avait toujours son apparence de fae. Avaient-ils compris qui elle était ? Et Hale ? L'avaient-ils arrêté au prétexte qu'il l'avait aidée ?

Elle se concentra sur ses sens pour tenter de repérer sa présence. Elle identifia son odeur et elle se rendit rapidement compte que celle-ci se trouvait sur elle. Le parfum entêtant du prince l'avait imprégnée lors de leurs ébats passionnés. Dieux, elle devait vraiment le retrouver.

Utilisant ses pouvoirs, elle tenta d'ouvrir le verrou de la porte.

Rien.

Pas même un frémissement. Elle s'approcha des barres en fer et remarqua les symboles mhenbic gravés dessus. Ils avaient bien entendu protégé ce cachot contre la magie. Elle n'aurait pas dû être surprise. La cour du Nord emprisonnait et torturait des sorcières depuis treize années. Ils avaient eu le temps d'apprendre à les neutraliser.

Ses pouvoirs ne lui donnaient plus aucun avantage... Toutefois, Remy s'était fait passer pour une humaine pendant l'essentiel de son existence, elle possédait donc d'autres talents comme celui de crocheter une serrure.

Elle observa à nouveau les os qui jonchaient le sol. Elle choisit le plus gros et ravala la bile qui lui montait à la gorge.

Les courtisanes employées dans les tavernes ne lui avaient pas seulement appris à se maquiller. À huit ans déjà, la jeune femme ouvrait des portes pour elles. Elle pria pour que l'os ne casse pas lorsqu'elle l'introduisit dans la serrure, le fit jouer à l'intérieur, le tourna un peu plus... Là.

Elle donna la force nécessaire à son ultime mouvement et un *clic* retentit au moment où la serrure cédait.

Elle attendit de voir si ce bruit provoquait une réaction. Au bout d'une minute, elle eut la certitude que personne ne viendrait.

Elle ouvrit la grille lentement, ce qui n'empêcha pas les gonds rouillés de grincer. Elle se figea et guetta un mouvement. Pas un seul bruit de pas au loin. Elle écarta suffisamment la porte pour se faufiler dans le couloir, avant de refermer la grille et de récupérer l'os de poulet à travers les barreaux.

Elle en aurait besoin pour ouvrir d'autres cellules.

Elle avança prudemment dans le couloir. Une succession de cachots se trouvaient sur le mur à sa gauche. Elle s'arrêtait devant chacun d'eux. Beaucoup étaient vides, mais quelques-uns... quelques-uns étaient occupés. Elle aurait juré que certains prisonniers étaient morts. Et d'autres en si piètre état qu'ils ne redressèrent même pas la tête sur son passage. Qui étaient-ils ? Que leur était-il arrivé ?

Elle pensa au temple de Yexshire. Les soldats du Nord avaient-ils trouvé les sorciers rouges ? Ou ceux-ci étaient-ils encore dans la forêt, bien à l'abri ? Où se trouvait Ruadora ? Elle avait été si près de serrer sa petite sœur dans ses bras...

Alors qu'elle dépassait un autre cadavre, une colère dévorante se diffusa dans ses veines. Voilà à quoi s'employait le roi du Nord. À détruire des vies. Après avoir vu sa ville natale à l'abandon, les restes calcinés du château et maintenant les entrailles obscures de ce donjon, elle était plus déterminée que jamais à lui trancher la gorge. Il paierait pour ce qu'il avait fait à sa famille.

Elle atteignit le bout du couloir et la dernière cellule avant une gigantesque porte en bois. Malgré la puanteur envahissante, elle reconnut aussitôt ce parfum d'océan estival. Son Prédestiné était bien là.

Elle retint un cri en le découvrant. Il était assis dans ce cachot, sans rien d'autre que ses chausses. Des contusions violettes lui couvraient le torse, mais c'était surtout son visage... Il était si gonflé qu'elle pouvait à peine repérer l'emplacement de ses yeux. Une lèvre ouverte, le cou plein de sang à cause d'une oreille entaillée. Que lui avaient-ils fait ?

Elle n'aurait su dire s'il l'avait sentie ou s'il avait perçu le chagrin et la rage qu'elle éprouvait en le découvrant. Si elle était déjà décidée à tuer le roi, le spectacle de Hale roué de coups signa définitivement son arrêt de mort.

— Remy, chuchota-t-il, d'une voix rauque et irritée.

Elle introduisit l'os de poulet dans la serrure.

— Qu'est-ce que tu fais ? demanda-t-il en mangeant la moitié de ses mots.

Souffrait-il d'une commotion cérébrale ?

— Tu dois t'enfuir, Remy. Tout de suite... Avant que quelqu'un vienne...

— Je te l'ai déjà dit, rétorqua-t-elle en tournant l'os, je ne t'abandonnerai pas.

La douleur lui nouait la gorge.

— Remy...

La serrure bougea un peu, et elle voulut accélérer le processus en forçant. L'os se cassa.

— Non ! ragea-t-elle.

Elle donna un coup d'épaule dans la grille qui demeurait close. Elle essaya de tourner le fragment resté dans la serrure et ne réussit qu'à se blesser avec les éclats.

— Laisse-moi, Remy, l'implora-t-il.

— Non, s'emporta-t-elle en ravalant ses larmes. Je viens seulement de te trouver, tu ne peux pas me demander de t'abandonner.

Elle scruta le sol de la cellule. Il n'y avait rien qui pouvait l'aider à ouvrir la serrure.

— Il y a d'autres os dans la mienne...

Elle entendit un bruit de pas sur sa droite.

— Fuis, la supplia-t-il.

Elle tournait les talons lorsque la porte sur sa droite s'ouvrit à la volée.

*

Remy n'était pas certaine d'avoir perdu connaissance ; elle était dans un état intermédiaire. L'un des deux gardes solidement bâtis lui avait asséné un coup suffisant pour l'envoyer valser par terre. Elle ne savait s'il fallait l'attribuer à ses blessures ou au manque de nourriture, mais elle ne réussit pas à faire rougeoyer ses yeux. Avec le tintement dans ses oreilles, elle n'entendit que vaguement Hale crier son nom.

Elle ne sentit pas ses bras et ses jambes lorsqu'ils la ramenèrent à sa cellule. Ses pieds inertes traînaient sur les dalles du sol.

Quand elle eut regagné son cachot, l'odeur de putréfaction la revigora un peu. Elle retrouva la vue, malgré les taches noires qui gênaient sa vision. Elle n'aurait su dire si c'était une bénédiction ou une malédiction de renouer avec les sensations de son corps.

Deux gardes se trouvaient avec elle dans la cellule. Ils portaient des armures différentes de celles qu'elle avait pu croiser dans les autres royaumes. Les leurs étaient principalement constituées de métal, ils n'avaient pour ainsi dire pas de cuir dessous. Elle jaugea ses deux adversaires. Elle ne pouvait pas laisser l'un de ces immenses monstres utiliser son poids contre elle – avec tout ce métal, ils devaient peser chacun une tonne.

Leurs casques, aplatis sur le dessus, étaient pourvus d'une protection en forme de M à l'avant, si bien qu'une fine bande de métal leur protégeait le nez. Des picots métalliques recouvraient leurs épaules et descendaient dans le haut de leur dos. Le blason du Nord était presque méconnaissable. Il avait été gravé avec maladresse sur leur plastron et il y avait assez d'entailles sur le métal pour qu'elle sache qu'ils avaient livré de nombreux combats.

Elle repérait déjà les endroits de leur corps laissés sans protection, qui ne résisteraient pas à une lame : joues, parties de cuisses et de mollets, sans oublier leurs aisselles.

Ce serait son premier objectif : trouver une arme. Les épées des gardes étaient aussi grandes qu'elle. Elle ne pourrait donc pas leur en prendre une pour la retourner contre eux. Elle se demanda néanmoins si, en réussissant à les attirer près d'elle, elle parviendrait à en éborgner un avec un os de poulet. Sauf que, dans ce cas, il en resterait un pour s'en prendre à elle.

Non, ce n'était pas une bonne idée.

Celui qui l'avait envoyée à terre sourit. Le bleu glacial de ses yeux était à peine visible sous l'ombre projetée par son casque.

Remy sentit un liquide chaud s'écouler de son œil gauche, et elle comprit qu'elle saignait.

Elle observa les deux hommes, se demanda pourquoi ils étaient entrés avec elle dans sa cellule et pourquoi la grille était restée ouverte. La réponse arriva peu de temps après, annoncée par des bruits de pas sur les dalles de pierre.

Une assiette de nourriture à la main, Renwick surgit soudain devant le cachot.

Il semblait si peu à sa place dans ce lieu lugubre. Plus majestueux que jamais, il n'avait pas un seul grain de poussière sur ses vêtements. Il portait une veste bordeaux, à manches larges qui lui recouvraient entièrement les mains. Le décolleté rectangulaire dévoilait une chemise blanche attachée autour de son cou par un nœud sophistiqué. Ses longs cheveux blond cendré étaient retenus par un lien grenat.

Il offrit l'outre d'eau dont il était aussi muni à la jeune femme, en guise de salutation. Elle voulut l'attraper, mais avec son bras blessé et son œil gonflé, elle la manqua de peu et celle-ci lui tomba sur les genoux.

— Regarde dans quel état tu t'es mise, observa-t-il.

Ses traits semblaient encore plus cruels à la lueur vacillante de la torche.

Elle ricana et ouvrit l'outre pour renifler son contenu. Renwick éclata de rire.

— Tu penses vraiment que je t'empoisonnerais maintenant ?

Elle ne manqua pas de noter qu'il avait précisé « maintenant », ce qui signifiait sans doute qu'il n'hésiterait pas plus tard.

Décidant de prendre ce risque, elle avala une longue gorgée. Le liquide frais apaisa sa gorge irritée. Elle fit tourner une seconde gorgée dans sa bouche avant de l'avaler, heureuse de se débarrasser du goût du sang.

Renwick prit une petite pomme sur l'assiette en argent qu'il apportait. Il mordit dedans, pour prouver qu'elle n'était pas empoisonnée, elle non plus, puis la lança à Remy, qui réussit à l'attraper cette fois.

— Qu'est-ce que vous voulez de moi ? lui demanda-t-elle la bouche pleine.

— Je te demande pardon... Où sont passées mes manières ?

Il se livra à un simulacre de révérence et dit :

— Votre Altesse.

Elle se raidit. Comment avait-il su ?

Renwick parut lire la question de la jeune femme sur ses traits, car il ajouta :

— Tu es beaucoup plus belle sous ton apparence de fae, princesse Remini, même dans ton piètre état actuel... Je note toutefois que, lorsque tu te faisais passer pour une sorcière, tu conservais cette marque de naissance unique sur ton poignet.

Il inclina la tête en direction de la main de Remy. Elle la retourna pour observer l'intérieur de son poignet. Cinq petites taches de rousseur s'y trouvaient.

— J'en ai sur tout le corps, répliqua-t-elle.

— C'est aussi ce que tu nous as répondu quand tu étais encore une enfant ! s'esclaffa-t-il.

Nous. Son père et lui.

Remy se remémora alors sa rencontre fortuite avec le roi du Nord, sur la route. Il avait remonté sa manche tout en lui parlant pour regarder son poignet. Ce geste lui avait paru étrange mais elle n'en avait pas compris la raison.

— Le Petit Gavial, lâcha le prince, la tirant de ses pensées.

— Comment ?

— C'est le nom d'une constellation. On la voit surtout dans le grand Nord. Tu as peut-être remarqué qu'il y en avait une sur le blason de notre royaume, non ?

Elle observa celui qui était gravé sur le plastron des gardes. Il se composait pour l'essentiel d'une épée traversée de trois flèches, autour desquelles s'enroulait un serpent. Elle n'avait jamais accordé beaucoup d'importance aux cinq étoiles au second plan.

Elle considéra son poignet. Renwick avait raison, elle avait deux taches de rousseur côte à côte, puis une autre sur la gauche, et les deux dernières formaient une ligne verticale en bas à droite. Une reproduction parfaite de la constellation. Comme il était étonnant que le roi ait remarqué ce détail insignifiant toutes ces années auparavant et se le soit rappelé. Elle ne gardait aucun souvenir de la conversation à laquelle elle avait participé dans son enfance.

— Mon père a envisagé de t'arrêter ce jour-là, sur la route, mais il était curieux de voir où tu irais ensuite. Ton comportement des heures suivantes n'a pas été particulièrement instructif... bien que très divertissant.

Ses yeux émeraude luisaient dans la pénombre.

Les joues de Remy rougirent au souvenir de cette journée de chevauchée jusqu'à Yexshire. Y avait-il des espions dans les bois ?

— Mon père a pensé que cette marque était un signe, que ta place était dans le royaume du Nord, poursuivit Renwick. Il a tenté d'arranger un mariage entre nous deux, simplement parce qu'il avait remarqué cette constellation et qu'il croyait au destin.

Elle se renfrogna.

— Plutôt mourir que de vous épouser !

— On peut s'arranger, ironisa-t-il en se frottant la tempe. Et puis les oracles bleus avaient prévu ton union charnelle avec le Prince Bâtard... ce qui n'a pas découragé mon père, au contraire.

— Hale n'a rien à voir là-dedans, Tueur de sorciers ! Libère-le tout de suite.

— Je vois que tu n'as pas tout oublié de tes origines royales, tu sais encore poser des exigences. Ton compagnon, ajouta-t-il d'une voix pleine de dégoût, nous a caché ton existence. Il a menti à la barbe du roi du Nord. Son crime ne sera pas sans conséquence. Sans oublier qu'il y a peut-être des informations à tirer de lui.

Un sourire cruel déforma son visage alors que Remy écarquillait les yeux, comprenant qu'il avait l'intention de le torturer.

— Il ne sait rien que vous ne sachiez déjà, insista-t-elle d'un ton implorant.

Il la jaugea.

— Peut-être pas. Mais toi si, Remini. Et garder ton Prédestiné sous le coude pourrait être le meilleur moyen de te faire parler.

— Que voulez-vous savoir ?

Il se rapprocha d'elle pour déposer l'assiette et elle enfourna aussitôt un petit pain dans sa bouche.

— Qui aurait pu se douter que les enfants Dammacus étaient aussi rusés ? lâcha-t-il avec un mépris non dissimulé. Vous êtes au moins deux à avoir survécu.

Elle écarquilla davantage les yeux. Il savait que Rua était en vie ? L'avaient-ils capturée aussi ? Elle ne dit rien, de peur de trahir une information capitale.

— Maintenant, dis-moi, Remini... Où se cache ton frère ?

Elle contint un soupir de soulagement.

— Il est mort. Je suis la seule rescapée.

— Allons, allons, nous savons aussi bien l'un que l'autre que ce n'est pas vrai, riposta-t-il avec un nouveau sourire. Une sorcière bleue l'a confirmé à mon père il y a quelques jours seulement... Deux enfants Dammacus s'en sont tirés.

Damnation !

Elle secoua la tête. Voilà pourquoi ils la gardaient en vie. Ils voulaient qu'elle leur dise où trouver son frère. Ils savaient que s'ils la tuaient l'Épée Immortelle resterait liée à la famille royale de la Haute Montagne.

Elle se renfrogna.

— Je ne sais pas de quoi vous voulez parler.

— En es-tu certaine ?

Il posa un regard appuyé sur l'assiette vide.

— Pourquoi est-ce que je ne te laisse pas quelques jours pour réfléchir à la question ? Si tu veux un autre repas, il me faudra une réponse.

— Je n'en ai pas ! s'écria-t-elle d'un ton implorant qui lui fit horreur.

Il la toisa.

— Peut-être pas. Mais nous allons faire circuler l'information que nous détenons la princesse Remini. Quand Raffiel l'apprendra, il accourra pour te sauver, j'en suis certain. Et nous l'attendrons.

Sur ce, il lui tourna le dos et quitta la cellule. Il lui jeta un dernier coup d'œil par-dessus son épaule.

— Essaie de rester en vie, princesse, lâcha-t-il avant de disparaître dans le couloir.

Les gardes verrouillèrent la grille, puis ils lui emboîtèrent le pas.

*

Le grondement constant de son estomac était son seul compagnon. Le cachot obscur ne lui fournissait aucune indication sur l'heure qu'il était. Combien de temps s'était écoulé ? Le froid s'insinuait dans ses os. L'épuisement pesait sur ses paupières, mais le silence à l'autre bout du couloir était la pire des tortures. Elle ignorait si Hale se trouvait encore dans sa cellule, ni même s'il était encore en vie. Enfonçant son poing dans son abdomen qui criait famine, elle se réprimanda en silence. Elle ne pouvait pas se laisser glisser sur cette pente.

Une porte grinça au loin. Elle entendit alors un pas lourd et le cliquetis d'une armure approcher. Deux gardes ouvrirent sa cellule et se postèrent de part et d'autre de la grille. Lorsque Renwick fit son entrée, elle dut se tordre les mains pour s'empêcher de se jeter sur l'assiette de nourriture qu'il lui apportait. Peu importait si celle-ci était empoisonnée – au moins mourrait-elle le ventre plein.

— Tu m'as l'air plus disposée à parler, princesse, lui dit-il avant de pincer les lèvres.

Elle ne pouvait pas croiser son regard, toute son attention était accaparée par le repas qu'il lui présentait.

— Tu es pire que nos chiens, grommela-t-il.

Les pièces des armures s'entrechoquèrent quand les deux géants qui montaient la garde s'esclaffèrent. Renwick s'approcha d'elle sur les dalles crasseuses. Il n'avait pas encore posé l'assiette que déjà elle s'était emparée d'un morceau de pain rassis. Tout en le mastiquant frénétiquement, elle fourra un morceau de fromage dans sa bouche. Avalant le tout sans avoir fini de mâcher, elle enfourna des bouts de poulet gras et salés qui envoyèrent des décharges de soulagement dans tout son corps.

Le prince du Nord se dressait au-dessus d'elle en ricanant et la regardait dévorer l'assiette entière avec une satisfaction mauvaise.

Quand elle eut terminé, il s'accroupit, en veillant à ce que ses beaux atours ne touchent pas le sol. L'émeraude de ses yeux luisait dans la pénombre et il les planta dans ceux de Remy.

— Es-tu prête à répondre à mes questions ?

Il plissa les paupières tandis qu'elle léchait le sel sur ses lèvres.

— Je n'ai aucune information concernant Raffiel, souffla-t-elle avant de grimacer à cause d'une douleur qui lui tordait le ventre.

Elle avait mangé trop vite après de si nombreux jours de jeûne.

— Ce n'est pas la question que je t'ai posée.

Le pouls de la jeune femme tambourinait dans son cou et elle leva les yeux vers les sentinelles postées à l'entrée du cachot. Si elle n'avait aucune réponse à lui apporter, cette fois, combien de jours devrait-elle tenir sans rien avaler ?

— Où est l'anneau du Shil-de, Remini ?

Sa voix n'était plus qu'un murmure rauque.

— Nous avons trouvé l'amulette d'Aelusien dans vos sacoches. Ce n'était pas une cachette idéale pour un objet aussi précieux, si je puis me permettre.

— Je n'ai pas l'anneau, Tueur de sorciers, riposta-t-elle.

Elle releva le menton, se forçant à croiser le regard incendiaire de Renwick.

— Nous savons tous les deux que c'est faux, insista-t-il avec un sourire sadique. La bague que j'ai remportée à Ruttmore était une fausse. Le Prince Bâtard et toi, vous êtes repartis avec le véritable talisman. Tu refuses de me dire où il est ?

Elle le dévisagea, mâchoire serrée.

— Très bien, lança-t-il en palpant sa tunique.

Elle voulut s'écarter, mais il l'agrippa par son bras blessé. Retenant un hurlement de douleur, elle lui cracha au visage. Surpris, Renwick cessa de la palper pour la gifler du revers de la main. Elle sentit que la plaie au-dessus de son œil s'était rouverte.

— Je vais devoir procéder à une fouille plus poussée, reprit-il avant de la plaquer contre le mur avec son avant-bras.

Elle tenta de se débattre sous le regard moqueur des gardes complices. Le prince du Nord possédait une force surprenante pour une silhouette si fine et élancée.

Il glissa sa main libre à l'intérieur de la tunique de Remy. Elle hurla lorsqu'il lui effleura la poitrine. Puis il atteignit sa hanche et la poche secrète contenant la musette.

Ils se figèrent tous deux un instant. Renwick soutint son regard alors qu'elle sentait quelque chose glisser à l'intérieur de son vêtement. Un objet qu'il avait dû cacher dans sa longue manche et qui atterrit sur son ventre. À sa forme allongée et pointue, elle devina qu'il s'agissait d'un poignard. Le prince du Nord lui adressa un bref clin d'œil.

Elle demeura pétrifiée alors qu'il s'écartait et ajustait sa veste.

Il venait de lui remettre discrètement un couteau. Pourquoi ?

Affichant à nouveau une expression de dégoût, il cracha aux pieds de Remy.

— Sale sorcière, éructa-t-il, provoquant derechef l'hilarité des gardes. Nous finirons par trouver cet anneau, tu peux me faire confiance.

La jeune femme avait du mal à croire au numéro auquel elle venait d'assister. L'espace d'un instant, elle se demanda s'il ignorait qu'elle avait le talisman sur elle. Mais c'était impossible. Il avait palpé la poche secrète contenant sa musette, et il avait fait semblant de ne rien remarquer.

— Sais-tu quel jour nous serons demain, princesse Remini ?

Elle détestait entendre ce nom dans sa bouche.

— Nous fêterons les quatorze ans de cette grande soirée, ajouta-t-il.

Cette grande soirée. Elle frissonna, alors que l'image des ruines calcinées du château de Yexshire surgissait dans sa mémoire. Les lunettes de Riv... Elle tâta ses poches. Elle avait dû les perdre lors de sa capture.

— Pourquoi votre père a-t-il agi ainsi ? demanda-t-elle en ramenant ses genoux sur sa poitrine pour cacher le poignard pressé contre son ventre en proie aux crampes. Pourquoi détestait-il autant ma famille ?

— Le roi et la reine Dammacus se prenaient pour les souverains de ce continent, enfants chéris d'Okrith avec leurs talismans et leurs pics montagneux comme forteresse naturelle. Nous leur avons donné une leçon.

Les sentinelles bombèrent le torse, pourtant Remy percevait combien les mots du prince sonnaient creux. Il avait sans doute répété ces phrases une grande partie de sa vie, à en juger par le ton monotone sur lequel il les débitait.

— Nous avons pris votre Épée Immortelle et nous avons dispersé l'Ordre rouge, qui aurait pu vous en fabriquer une nouvelle.

La poitrine de la jeune femme se serra, la boule dans sa gorge grossit.

— Vous ne les avez pas tous dispersés, Tueur de sorciers.

Elle noua ses bras autour de ses genoux, résistant à la tentation de récupérer le poignard et d'embrocher sur-le-champ ce prince si arrogant. Elle signerait son arrêt de mort, avec les deux gardes postés si près, mais dieux que cette sensation serait plaisante...

Les dents blanches de Renwick étincelèrent alors dans l'obscurité, à croire qu'il avait lu dans ses pensées.

— Le Nord possède plus de richesses, plus de talismans anciens et plus de sorciers puissants. Si quelqu'un doit régner sur Okrith, c'est bien nous.

— Votre père serait prêt à tout détruire pour pouvoir se proclamer roi des ruines, murmura-t-elle.

Les yeux verts du fae s'arrondirent. Il soutint le regard de Remy un instant de plus, comme un signe muet, avant de se détourner.

— Où est Hale ? lui cria-t-elle. Est-ce qu'il va bien ?

Il s'arrêta le temps de se retourner brièvement. La lumière vacillante éclaira ses traits acérés.

— Il est en vie... pour le moment.

Elle ne parvint pas à retenir les larmes qui jaillirent de ses yeux, et poussa un soupir tremblant : il était en vie.

Le garde chargé de fermer la porte à clé sourit en la voyant pleurer. Renwick, lui, s'éloignait déjà dans le couloir.

Elle attendit de ne plus entendre leurs pas pour sortir le poignard. C'était le sien, celui que lui avait offert Bri. Au moment d'extraire la lame du fourreau, un petit morceau de parchemin tomba.

Son pouls tambourinait dans ses oreilles lorsqu'elle le ramassa. Le bref message qu'il contenait lui humecta à nouveau les yeux : *Attends que je sois là pour l'utiliser. Je t'interdis de mourir. B.*

Chapitre 27

Remy ne s'était pas rendu compte du froid qui régnait dans le donjon jusqu'à ce qu'on vienne l'en extraire. Elle y avait passé une autre journée, avec un seul repas et deux outres d'eau. Ses blessures cicatrisaient, mais lentement, à cause de l'épuisement et du manque de nourriture. Sans parler du manque de sommeil.

Elle s'attendait à voir le soleil, mais ce fut la nuit qui l'accueillit lorsque les deux gardes la traînèrent jusque dans la salle du trône. Elle sentit le fourreau de son poignard contre son flanc quand ils la lâchèrent brutalement au milieu d'une grande réception. Les gens tout autour d'elle retinrent un cri. L'orchestre s'arrêta de jouer. Elle identifia aussitôt les effluves d'un banquet de nourriture sur sa gauche, auxquels se mêlaient les parfums puissants de l'hydromel et du vin. Et elle, elle se retrouvait au milieu de ces réjouissances avec sa crasse.

Elle remarqua que les courtisans assemblés dans la salle portaient de beaux vêtements en velours et en fourrure doublés de satin, ainsi que le climat rigoureux l'exigeait. Lorsqu'elle avait imaginé ce royaume, elle s'était figuré un endroit froid et sinistre, et c'était le cas de ce château, mais pas des gens qui y étaient réunis. Elle n'avait jamais envisagé qu'il y aurait autour de ce monstre de Vostemur une cour de flagorneurs prêts à faire la fête avec lui. Elle n'avait jamais songé qu'il avait reçu des soutiens dans sa quête pour détruire la famille Dammacus.

Scrutant les visages, elle ne parvint pas à repérer Bri parmi les convives. Les fêtards joyeusement échauffés formaient un contraste frappant avec la peur qui lui tordait le ventre. Elle aperçut alors des braseros en argent au pied de colonnes d'albâtre. Ils éclairaient la pièce d'une lumière pâle et froide. Leurs flammes projetaient des ombres dansantes sur les bannières aux murs. Entre chacune d'elles se dressait un pilier en pierre recouvert de bougies blanches.

À travers ses cheveux gras et emmêlés, elle vit Hennen Vostemur, affalé sur son trône d'argent, surmonté d'un blason en or et posé sur d'épais pieds en marbre blanc. De gros coussins en velours azur protégeaient son corps massif de la morsure glaciale du métal. Trois grands fauteuils en bois accompagnaient ce trône. Il devait y en avoir un pour Renwick... Quant aux deux autres, elle ignorait à qui ils étaient destinés.

Un majestueux lustre en argent éclairait derrière une longue table étroite, sur laquelle étaient posées deux couronnes en or. Remy les reconnut aussitôt. Elles avaient appartenu à ses parents. À côté, une épée, dont la poignée en rubis brillait. La magie qui en émanait était si puissante qu'elle déformait l'air qui l'entourait – on avait l'impression de la voir à travers une vitre en verre soufflé.

L'Épée Immortelle.

Elle se trouvait là, derrière le roi du Nord. Si seulement Remy avait pu s'en emparer !

Les dalles de marbre blanc de l'estrade qui scintillaient à la lumière lui parurent familières... Elle pâlit quand elle comprit qu'elle les connaissait. Celles-ci provenaient en effet du château de ses parents.

Elle foudroya Vostemur du regard tandis qu'il lui souriait, parfaitement conscient des pensées qui occupaient son esprit. Il avait non seulement emporté les couronnes de ses parents, mais il avait eu la cruauté de recréer à l'identique l'estrade sur laquelle ils trônaient.

Il avait un verre de vin à la main et présidait sa fête, les joues roses. Il se mit à jouer avec le pendentif autour de son cou : une pierre rouge. L'amulette d'Aelusien.

— Bienvenue à la cour du Nord, princesse Remini.

Toute l'assemblée retint son souffle. Une surprise ravie éclaira les visages des courtisans. Quels imbéciles !

Où était Hale ? Elle ne l'avait pas aperçu en quittant les geôles, et elle ne le distinguait pas dans la foule. La panique s'empara d'elle. Elle pria pour qu'il ait réussi à s'enfuir et repensa à Bri, qu'elle ne voyait toujours pas.

— Sais-tu quel jour nous sommes, Remini ?

Le roi Vostemur avait le même regard vicieux que le serpent sur son blason.

— Il y a quatorze ans, jour pour jour, vous avez assassiné ma famille et toute notre ville.

Elle cracha dans sa direction. L'assemblée était en effervescence : la princesse était visiblement l'attraction de la soirée.

Le roi eut un rire à la légèreté intolérable, comme s'ils discutaient du temps qu'il faisait et pas d'un massacre.

— Il y a quatorze ans, jour pour jour, je suis devenu le souverain le plus puissant de tout Okrith.

Il avait à peine terminé sa phrase que l'assemblée de courtisans l'acclamait.

Oui, ils l'applaudissaient. Ces maudits moutons encourageaient un fou dangereux qui avait exterminé un royaume. La jeune femme leva les yeux pour les poser sur chacun d'entre eux et leur faire baisser la tête. Leurs rires se tarirent, comme s'ils craignaient qu'elle puisse les maudire d'un simple coup d'œil. Se rappelant ce que Hale avait dit de l'ancienne reine de la Haute Montagne, à savoir qu'elle pouvait soumettre une salle entière d'un regard, elle eut un sourire satisfait. Elle ne les laisserait pas oublier qui elle était.

Elle s'accroupit et glissa une main dans sa poche. Ses doigts effleurèrent l'anneau.

En dépit de sa crasse et de ses pieds nus, elle s'efforça d'adopter une posture royale et s'assit avec une décontraction qui reflétait celle du roi. Elle savait que cela le mettrait hors de lui.

— Vous ignorez comment utiliser ce collier, je me trompe ? lui lança-t-elle en inclinant la tête vers l'amulette d'Aelusien, qu'il portait autour du cou.

S'il avait maîtrisé son pouvoir, il en aurait déjà fait étalage, et Remy voyait bien qu'il n'avait pas appris à convoquer la magie rouge.

Il la considéra avec dureté. Il n'était pas habitué à ce qu'on le rabaisse.

— Je pense que mes invités d'honneur pourront me donner un coup de main.

Un sourire sadique fendit son visage tandis qu'il adressait un signe à un valet posté près des grandes portes en bois, derrière elle.

— Faisons-les entrer, qu'en dites-vous ?

Cinq gardes escortèrent cinq personnes dans la salle. Celles-ci portaient des capes rouges. Remy eut du mal à retenir un cri.

Ils avaient capturé cinq sorciers rouges et les faisaient parader dans la salle du trône. Ils les firent se placer entre Remy et le roi, face à elle. Un par un, les gardes les forcèrent à s'agenouiller. L'un des prisonniers poussa un petit cri de douleur lorsque ses genoux heurtèrent le sol.

Les grands soldats casqués dissimulaient en partie le roi, dont elle ne voyait plus que le sommet du corps, à partir des épaules. Son sourire était plus cruel que jamais.

Il se tourna vers la droite de son estrade. D'épais rideaux bleus masquaient de grandes arches, de part et d'autre du trône. Cinq soldats, cuirassés de la tête aux pieds, montaient la garde devant chaque rideau. Elle jeta un coup d'œil vers le fond de la salle. Dix autres gardes s'y trouvaient. Et d'autres encore étaient présents parmi la foule d'élégants courtisans.

En somme, le roi était protégé par une armée entière. Le ventre de Remy se serra. Le poignard caché sous sa tunique ne la sauverait pas.

Une personne traversa le rideau bleu vers lequel le roi s'était tourné. Elle portait une robe indigo et une cape assortie. Un faible halo bleu enveloppait ses mains.

La sorcière bleue se posta près du trône.

— À nous, princesse, reprit le roi. Dis-moi où se trouve ton frère Raffiel.

— Il est mort, répondit-elle, s'efforçant de contrôler le trémolo dans sa voix.

— Je n'étais pas un enfant il y a quatorze ans, ma petite. Je me souviens parfaitement des événements. Ton lâche de frère aîné a réussi à atteindre une fenêtre et il a sauté.

Lâche ? Elle frémissait de rage.

— Et il a dû être assassiné par l'un de vos hommes postés à l'extérieur, répliqua-t-elle.

— Non.

Il avala une longue gorgée de vin avant de développer :

— Les seuls membres de la famille Dammacus que j'ai vus mourir étaient tes parents et leur mauviette de fils cadet.

Riv. Elle se concentra pour ravaler l'énorme boule qui lui nouait la gorge.

— Ce n'est pas parce que vous n'avez pas retrouvé son cadavre qu'il a survécu, cingla-t-elle.

Le roi se tourna vers la sorcière.

— Dis-lui, lui ordonna-t-il.

Elle leva ses mains bleuissantes pour retirer sa capuche et dévoiler son visage. Remy dut se retenir de crier. Elle avait entendu dire que Vostemur torturait les membres de l'Ordre bleu, mais là... Des marques de brûlure lui recouvraient entièrement la tête, sa peau formant un étrange patchwork de cicatrices indiquant qu'elle n'avait pas été victime d'un seul accident mais de plusieurs au fil des ans. Elle n'avait plus ni cheveux ni sourcils et ses paupières étaient closes. On les lui avait cousues.

Les narines de Remy palpitèrent et elle étouffa un haut-le-cœur. Les mutilations de la femme n'avaient pas provoqué une seule réaction dans la foule. Le silence ambiant était bien la preuve que ces sorciers torturés étaient monnaie courante à la cour du Nord.

Lorsqu'elle prit la parole, son collier en cuir serré autour de son cou tressauta. Ses fines lèvres bleues articulèrent les mots suivants :

— J'ai eu une Vision hier soir, celle de la princesse Remini et de son frère aîné, le prince Raffiel, adultes, dans cette salle.

Un bruissement de surprise parcourut la foule.

— C'est ridicule, s'emporta la concernée en roulant les yeux. Je ne pense pas que vous puissiez vous fier aux visions d'une sorcière que vous avez torturée.

— Tout ce qu'elle m'a annoncé s'est avéré, rétorqua-t-il en tendant son verre de vin pour qu'un valet accoure et le lui remplisse. À moins d'intervenir sur le cours du destin, bien sûr. Ce qui sera le cas une fois que nous t'aurons tuée... Mais dis-moi d'abord où se trouve ton frère.

— Pourquoi vous dirais-je quoi que ce soit si vous avez l'intention de me tuer de toute façon ? s'emporta-t-elle.

— Ah, je te remercie de me poser la question.

Son rire sinistre l'atteignit avec la violence d'un coup à la tête.

— Parce que si tu ne le fais pas, Remini, je tuerai les autres membres de ton Ordre.

Il fit signe aux soldats postés derrière les sorciers rouges agenouillés, et d'un même geste ceux-ci leur retirèrent leurs capuches. Deux hommes et trois femmes. Le regard de Remy se posa aussitôt sur la dernière : Baba Morganna. La vieille prêtresse soutint le regard de la princesse avec un sourire en coin, comme pour tenter de la rassurer. Elle l'avait sauvée de la mort ce matin-là, au pied du Pic Perdu, et quelques jours plus tard à peine elles se retrouvaient à affronter de nouveau la grande faucheuse, ensemble.

— Ils sont tous là ? demanda-t-elle.

— Nous en avons trouvé trente derrière le vieux temple de Yexshire, répondit Vostemur avec son sourire inamovible. J'ai jugé que je n'en avais pas besoin d'autant pour faire passer mon message.

Sur trente sorciers, il n'en avait épargné que cinq. La jeune femme observa la rangée de prisonniers qui lui faisaient face, et elle croisa les yeux de sa mère, d'un marron doré, moucheté de vert. Ruadora était agenouillée devant elle.

La princesse ne s'autorisa aucune réaction visible, mais elle comprit au regard de sa petite sœur que celle-ci l'avait reconnue. Rua avait les yeux de leur mère et les cheveux de leur père, d'un châtain chaleureux, contrairement à ceux, noirs, de Remy. Elle était un mélange parfait entre leurs deux parents. Elle ressemblait tellement à Riv.

Elle avait revêtu une forme humaine. Elle n'avait ni les oreilles en pointe ni les traits à la finesse inégalée des faes. Remy brûlait de la voir sous son véritable jour. Elle était si tentée de se jeter sur elle et de l'étreindre qu'elle en avait les bras qui tremblaient. Elle ne pouvait toutefois pas prendre le risque de mettre sa sœur en danger.

Sans aucun avertissement, le premier soldat, qui se tenait derrière un des cinq prisonniers, dégaina son épée et, d'un geste brusque, le décapita. La tête vola dans la foule.

Des cris résonnèrent. Les courtisans réagissaient avec un mélange de plaisir et d'effroi. Rua, qui avait le visage éclaboussé de sang, ne parvint pas à garder son calme.

— Silence ! hurla Vostemur.

On lui obéit aussitôt. Remy frissonna en sentant, sur elle, son regard excité par autant de violence.

— Et maintenant, Remini, veux-tu bien me dire où se trouve ton frère ou devons-nous poursuivre ?

Elle écarquilla des yeux terrifiés, la bouche grande ouverte.

— Tu préfères que nous poursuivions ? insista-t-il.

Avant qu'elle ait eu le temps de crier, le deuxième soldat avait sorti et abattu son épée.

Son coup fut moins net, cependant, car la lame se retrouva coincée par une vertèbre. Il n'avait pas réussi à trancher la tête, tant son geste manquait d'adresse. Il prit appui sur le dos de la sorcière avec sa botte afin de libérer son arme ensanglantée. Celle-ci tomba à terre et agonisa en ouvrant et fermant la bouche comme un poisson hors de l'eau. Remy ne pourrait jamais oublier cette vision, elle le savait. Si elle survivait, elle garderait le souvenir de cette mort jusqu'à la fin de ses jours. D'autant qu'elle avait le visage et le buste éclaboussés du sang de cette deuxième victime. Elle sentit un goût métallique sur ses lèvres.

Rua était prise d'un tremblement incontrôlable. Des larmes coulaient sur ses joues mouchetées de sang. Elle était la suivante. Elle était secouée de sanglots, attendant son tour.

Remy referma le poing sur l'anneau dans sa poche. Elle fondrait sur sa sœur et le lui enfilerait. Elle pouvait au moins faire ça. Elle se préparait à l'action lorsque les pans du rideau bleu s'écartèrent de nouveau, faisant entrer Renwick.

Il affichait son habituel air blasé et détaché quand il prit place dans le fauteuil à la droite de son père.

— Nos visiteurs viennent d'arriver, Majesté, dit-il à son père.

Remy fut surprise de l'entendre utiliser ce terme déférent.

— Parfait, s'écria Vostemur en jouant avec l'amulette. Amenez le prisonnier !

Les portes en bois s'ouvrirent une fois de plus sur des gardes qui traînaient le corps inerte de Hale. Ils le lâchèrent à côté de sa compagne. Il gardait la tête baissée, comme s'il avait renoncé à se battre. Deux soldats se postèrent de part et d'autre de lui, attendant des instructions.

Ils lui avaient rendu sa tunique sale, mais il était pieds nus. Elle se demanda s'ils avaient préféré cacher les contusions sur son torse.

Il releva enfin la tête et la secoua pour chasser les ondulations châtains qui lui tombaient dans les yeux. Son visage portait encore les traces violacées des coups qu'il avait reçus, cependant il avait l'air en meilleure forme.

— Ça va ? murmura-t-il à Remy.

Elle hocha la tête, contenant ses larmes. Elle n'aurait su expliquer pourquoi cette question l'émouvait autant. Il était condamné à mort et il s'inquiétait toujours pour elle. Elle n'allait pas bien, non, mais pour lui, elle voulait en donner l'impression.

— Le Prince Bâtard, tonna le roi Vostemur, qui pactise avec l'ennemi.

— Libérez-moi sur-le-champ, exigea Hale, en se redressant de son mieux sur ses genoux.

— Sinon quoi ? ironisa le souverain, invitant la foule à se moquer avec lui.

— Ou vous tâterez de la colère de l'Est.

Le regard de Hale s'assombrit.

— Je vois, eh bien... je ne suis pas très inquiet.

Vostemur avait un sourire si large que ses yeux se plissèrent.

— Mon père ne laissera pas ce crime impuni, insista le jeune homme d'un ton cinglant.

Les yeux du roi pétillèrent tandis qu'un rictus retors dévoilait ses dents luisantes.

— Posons-lui la question dans ce cas, non ? proposa-t-il en inclinant la tête vers le rideau bleu sur sa gauche.

Hale se figea en découvrant Gedwin Norwood, roi de l'Est. Le prince Belenus l'accompagnait. Il était le portrait craché de son père, du nez porcin aux yeux noirs.

Il toisa avec mépris les prisonniers avant de s'asseoir à côté de son père. Quel sale enfant gâté !

Norwood considéra à son tour les prisonniers, fronçant ses épais sourcils gris avec gravité. Il portait une couronne en métal sombre. Le blason de l'Est était gravé sur la pointe à l'avant.

Remy se tourna vers son Prédestiné. L'horreur le paralysait, les traits tordus par une souffrance infinie. Les deux corps décapités continuaient à se vider de leur sang sur les dalles de pierre, mais avaient cessé de bouger. C'était si étrange de penser que la soirée poursuivait son cours alors que des corps gisaient, là. Rua n'avait pas cessé de trembler, guettant l'instant où le garde derrière elle finirait par frapper.

— Qu'avez-vous fait ? hurla Remy.

Elle s'adressait au roi de l'Est.

— Vous sacrifieriez la vie de votre fils...

— Ce n'est pas mon fils, l'interrompit-il avec un rictus de dégoût aux lèvres.

Des murmures parcoururent l'assemblée.

— Comment osez-vous dire une chose pareille ?

Les doigts de la jeune femme la démangeaient, elle se retenait de dégainer son poignard. Par tous les dieux, où était Bri, enfin ?

— Parce que c'est la vérité, et il est grand temps qu'il la connaisse.

Norwood avait une voix épaisse et sirupeuse. Il ponctuait ses phrases de raclements de gorge déplaisants. Il pointa un doigt noueux sur son aîné.

— Je n'ai pas engendré ce garçon. J'ai surpris sa mère avec un autre. Une femme de naissance commune, dont j'étais pourtant prêt à faire ma reine, cette sale ingrate.

Hale sortit de sa stupeur pour réagir.

— Pourquoi m'avoir reconnu alors ?

— Tu le sais très bien. À cause d'elle.

Les yeux noirs du roi se rivèrent sur Remy.

— L'oracle avait annoncé que tu étais son Prédestiné. Tu aurais dû partir pour la cour de la Haute Montagne dès qu'elle aurait été en âge de se marier, et j'aurais été débarrassé de toi. Tout en obtenant une alliance puissante grâce à cette union. Voilà pourquoi je t'ai reconnu.

Norwood coula un regard en biais à Vostemur, à demi soûl.

— Ça me semblait une sage décision à l'époque, ajouta-t-il.

— Ha ! Je suis désolé d'être intervenu dans ce projet bien rodé, Gedwin, s'esclaffa le roi du Nord en s'affaissant sur un de ses bras. Je loue tes efforts courageux pour te débarrasser du garçon, mais même le Pic Perdu n'a pas réussi à le tuer. Je suis heureux que tu m'aies fait confiance, mon ami, pour terminer le travail.

— Tu t'es allié à lui simplement pour me tuer ? s'emporta Hale. Tu es fou !

— Mes motivations ne te regardent pas, rétorqua son père. Toutefois, le premier venu sait bien qu'une alliance avec le Nord est une garantie de sécurité pour notre royaume. Tu crois vraiment que je ne me suis rendu compte de rien en la voyant ? Elle est le portrait craché de Rellia Dammacus, revenue d'entre les morts ! Et tu crois aussi que je n'ai pas lu dans tes yeux que tu avais enfin trouvé ta Prédestinée ? Une compagne que mon roi serait très heureux d'avoir en sa possession.

Hale parut s'étouffer en l'entendant dire « mon roi ». L'Est était donc passé sous la coupe du Nord, de peur d'être balayé par la tempête qui se préparait.

Vostemur sourit de ses dents tachées par le vin. Il balaya d'un regard les corps décapités, avant de se concentrer sur la princesse.

— Je vais te poser cette question une dernière fois, Remini. Si tu ne me réponds pas, je te forcerai à assister à l'exécution de ton Prédestiné, puis je retournerai l'arme contre toi. Raffiel te trouvera en morceaux.

— Non ! cria-t-elle en se précipitant vers Hale.

Il la serra contre lui de toutes ses forces et lui murmura :

— Je t'aime.

Elle n'eut qu'une seconde dans ses bras avant d'en être arrachée par des gardes, mais elle n'avait pas besoin de plus. Il la dévisagea, ébahi par ce qu'elle venait de faire.

Elle se débattit de toutes ses forces.

— Arrête, lui chuchota le garde.

Elle se tourna vers lui et n'aperçut que brièvement ses yeux bleu clair. Il la jeta par terre. Elle connaissait ces yeux. Elle les avait déjà vus dans une salle de jeu de Ruttmore.

Bern.

Le fae qui les avait prévenus qu'Abalina était à leurs trousses. Que faisait-il ici ?

— Comme c'est romantique...

La voix de Vostemur était aussi tranchante qu'une arme létale. Avec Norwood, ils surveillaient leurs prisonniers tels deux oiseaux de proie.

— Maintenant, dis-moi où est ton frère ? reprit-il.

Remy secoua la tête. Malgré elle, des larmes recommencèrent à couler sur ses joues.

— Je ne sais pas, avoua-t-elle.

Le roi du Nord haussa les épaules d'un air de suggérer son indifférence. Il fit signe au second garde posté près de la jeune femme. Elle hurla en le voyant dégainer son épée et s'étrangla dans un sanglot alors que Hale lui adressait un sourire défaitiste. C'en était sans doute terminé pour eux.

Le soldat leva son épée très haut au-dessus de sa tête alors que des « oh ! » et des « ah ! » d'impatience résonnaient à travers la salle. La moindre cellule du corps de Remy se tendit, prête à recevoir le coup fatal. Pourtant l'homme baissa lentement son arme et retira son casque pour dévoiler son identité à l'assemblée.

— Si vous aviez tant envie de me parler, Hennen, il suffisait de le demander.

Raffiel Dammacus, prince héritier de la cour de la Haute Montagne, se tenait devant le roi du Nord.

Chapitre 28

Le monde suspendit sa course lorsque Remy découvrit son visage. Il ressemblait tellement à l'image qu'elle avait gardée de lui. Il était devenu un homme à présent, et il dépassait amplement en taille leurs deux parents. Comme sa sœur, il avait la peau brun chaud et les boucles noires de leur mère. Si, à douze ans, il aimait avoir les cheveux longs, à présent il les portait courts. Ils semblaient d'ailleurs fraîchement taillés, à l'image de sa barbe. La jeune femme n'en revenait pas qu'il puisse en avoir une.

Il ressemblait à un roi.

Un instant, elle couvait son frère du regard, et le suivant c'était la cohue générale.

Bern dégaina la dague qu'il portait à la taille pour la lancer à Hale.

— Maintenant !

Remy se retourna vers la personne qui avait crié ce mot, et découvrit Bri, en tenue de domestique. Talhan était juste à côté d'elle et adressa un clin d'œil à la princesse de la Haute Montagne, malgré le chaos autour d'eux, avant de se jeter dans la bataille.

Ils étaient venus les sauver.

Remy se souvint aussitôt du poignard caché sous sa tunique alors que des gardes surgissaient de tous côtés.

Les courtisans raffinés du Nord se transformèrent en masse hurlante, chacun cherchant à rejoindre la sortie la plus proche pour s'échapper de la mêlée. La salle résonnait du fracas assourdissant des épées. Des ordres fusaient dans toutes les directions, en ific, mhenbic et yexshiri.

Les cris stridents de blessés et de mourants ponctuaient le vacarme ambiant.

Baba Morganna lança un éclair de lumière rouge et les trois gardes derrière elle s'écroulèrent. Les survivants de l'Ordre rouge se ruèrent sur l'estrade vers un des rideaux bleus, mais cinq gardes leur barrèrent le passage. Leurs mains rougeoyaient déjà, ils étaient prêts à se battre.

À vouloir embrasser la totalité de la scène, Remy avait la vision brouillée. Elle aperçut une tresse blonde fouettant l'air et elle comprit que Carys était là. Toutefois le mastodonte qui fondait sur elle devait être sa première préoccupation. Bern et Raffiel se battaient dans son dos, elle pouvait se concentrer sur son adversaire. Il avait une partie du visage masqué, mais elle lisait la menace dans son regard. Elle concentra tous ses pouvoirs sur la lourde épée dans sa main, qui lui échappa pour aller se fracasser sur les dalles. Elle profita de ce qu'il se retournait pour la ramasser et attaqua.

Elle se laissa glisser, à genoux, dans la mare de sang au sol, et lui planta son poignard dans l'arrière de la jambe. Elle retira aussitôt la lame pour sectionner le tendon de sa seconde jambe. Elle ne fut pas assez rapide, toutefois. Tout en tombant, il lui asséna une gifle puissante sur l'oreille. Elle n'entendit plus rien qu'un tintement aigu dans ses tympans, ce qui ne l'empêcha pas d'aller au bout de son geste.

Le soldat tomba comme une pierre. À présent que sa tête était à la portée de Remy, elle agit sans réfléchir, glissant la lame de son poignard entre le casque de l'homme et la partie de son armure qui lui protégeait l'épaule. Elle sut qu'elle avait réussi en l'entendant pousser un cri entre le grognement et le gargouillis.

Elle devrait ajouter ce son à la liste des choses qu'elle ne pourrait jamais effacer de sa mémoire.

Elle agrippa fermement le manche de son poignard et chercha Rua dans la salle. Sa sœur était toujours sur l'estrade, affrontant des soldats qui ne cessaient de surgir, toujours plus nombreux. Renwick se trouvait derrière le trône ; il avait dégainé son épée mais il n'affrontait aucun ennemi. Les deux rois et le jeune prince s'étaient réfugiés à l'autre extrémité de l'estrade et ils avaient tous une épée à la main. Un mur impénétrable de gardes les entourait. Ils ne tentaient pas de fuir, tant ils étaient certains de sortir vainqueurs de ce carnage.

Remy, elle, n'était pas si sûre de leur victoire. De nombreux affrontements se déroulaient dans tous les coins de la pièce, soldats entre eux, courtisans contre des domestiques... Combien de renforts Raffiel et Bern avaient-ils amenés ?

Les yeux de Remy se posèrent alors sur la sorcière bleue scarifiée. Elle n'avait pas bougé d'un centimètre depuis le début de la bataille. Le désordre l'entourait de toutes parts, mais elle demeurait immobile, attendant que cet enfer prenne fin, avec un léger sourire aux lèvres. C'était une vision terrifiante.

Rua se tenait loin derrière elle et attaquait un soldat avec ses pouvoirs. Sa magie rouge crépitait tout autour de ses mains, signe des efforts qu'elle devait fournir. Elle était presque arrivée au bout de ses réserves. Un autre homme se jeta sur elle et la frappa avec le manche de son épée. Elle poussa un cri, perdit l'équilibre et bouscula Renwick.

Les yeux écarquillés, piégée par les combats qui faisaient rage partout, Remy vit le prince du Nord attraper sa sœur pour la placer derrière lui, contre la table avec l'Épée Immortelle et les couronnes, avant de s'en prendre au soldat.

Autrement dit, un de ses propres hommes.

Les corps de deux gardes traversèrent alors la salle en volant.

Le pouvoir de Baba Morganna était d'une puissance éblouissante. Elle comptait bien leur rappeler qu'elle avait réussi à déplacer des montagnes.

L'épais rideau en velours bleu s'effondra, emprisonnant dans ses plis plusieurs gardes qui accouraient et bloquant tous ceux qui les talonnaient. La sorcière ne cessait de faire voler des soldats et de les jeter à terre, si brutalement que leurs armures, loin de les protéger, les écrasaient. Les survivants prirent la fuite.

La Grande Prêtresse entassait les corps devant toutes les sorties. Elle empêchait de nouveaux renforts d'arriver. Elle se battrait jusqu'au bout. Son regard était dévoré par une soif de mort, une promesse de vengeance pour tous les siens assassinés.

Un hurlement transperça le vacarme.

Remy fit volte-face et découvrit Bern, à genoux. Dans ses bras se trouvait le corps de Raffiel. Le prince avait perdu un œil et du sang jaillissait de son crâne. Le temps parut se figer, les armes se suspendant dans les airs, chaque combattant voulant voir le mort. Ce n'était pas un cadavre de plus, il s'agissait de l'héritier de la cour de la Haute Montagne. Et elle ne l'avait pas vu tomber.

Elle sentit son esprit voler en éclats. Elle n'avait pas eu l'occasion d'apprendre à le connaître. La lueur d'espoir venait brusquement de s'éteindre, ils ne connaîtraient pas de fin heureuse. Une heure plus tôt, elle ignorait qu'il était encore en vie et à présent il était là, mort, sous ses yeux.

Le cœur en miettes, elle chercha frénétiquement quelqu'un pour le sauver, mais tous leurs alliés étaient loin et en difficulté. Bern lui-même fut contraint de lâcher le corps du prince pour reprendre son épée, au risque de perdre la vie.

Remy accorda un dernier coup d'œil à son frère défunt avant de se jeter derechef dans la mêlée.

Les soldats du Nord étaient beaucoup plus nombreux qu'eux. Elle scruta la salle en quête de Hale. Il jouait de son épée pour se frayer un chemin jusqu'à l'estrade. Tout en éliminant un soldat sur son chemin, il ne quittait pas des yeux l'homme qu'il avait jusqu'alors considéré comme son père.

Elle se pressa dans sa direction, bousculant des domestiques qui couraient s'abriter derrière des tables renversées et des courtisans qui s'agrippaient les uns aux autres en hurlant. Le brouhaha ambiant était moins fort à présent. Tant de cadavres jonchaient les dalles de la salle, qui empestait le sang et la bile.

Remy rejoignit Hale. Elle adopta d'instinct le tempo de sa danse guerrière, à coups de lames et de poings. Ils atteignirent ensemble l'estrade. Les gardes qui entouraient les deux rois et le prince Belenus formaient un bloc trop compact pour pouvoir utiliser leurs épées.

Depuis les marches de marbre, la jeune femme se trouvait à la hauteur de leurs genoux. Elle profita de ce qu'ils étaient concentrés sur les assauts magiques de Baba Morganna pour leur trancher les tendons. Elle les repoussait vivement au pied de l'estrade dès qu'ils s'écroulaient, l'un après l'autre.

Hale atteignit la dernière marche et tua du premier coup le dernier garde qui se dressait entre lui et son père. Remy le rejoignit, hors d'haleine, alors que Belenus s'interposait entre Norwood et son aîné. Son épée tremblait dans sa main, mais son regard était empli de haine.

— Tu détruis tout ce que tu touches, frère, cracha-t-il en faisant une vilaine grimace. Tu n'as jamais fait partie de cette famille, et pourtant tu as toujours tout fait pour la détruire.

— Écarte-toi, Bel, soupira Hale en secouant la tête. Je ne veux pas te blesser.

Remy en eut les larmes aux yeux. En dépit de tout, il continuait à voir dans Belenus son petit frère.

D'un geste vif, ce dernier donna un grand coup d'épée dans celle du prince, et profita de l'avoir déséquilibré pour se rapprocher de lui, avant de dégainer une dague qu'il lui planta dans le cœur.

*

Remy hurla.

— Bel ! haleta le prince blessé dans un râle.

Colère, horreur et désespoir se succédèrent rapidement sur les traits de Belenus. La jeune femme voulut soutenir son Prédestiné, mais il restait debout. Elle retenait son souffle, et les tambourinements de son cœur bloquaient tous les autres sons.

Hale releva la tête.

Il arracha la dague plantée dans sa poitrine et la lança au pied des marches dans son dos. Soulevant sa main droite, il examina l'anneau du Shil-de qu'il portait à l'annulaire.

— Impossible..., gémit son assassin en reculant d'un pas.

— Je suis désolé, petit frère.

Sa voix avait acquis une dureté inédite. Avant que Belenus ait eu le temps de brandir son épée pour se protéger, Hale lui tranchait le cou avec la sienne.

Du sang imbiba les beaux atours du jeune prince tandis qu'il s'étouffait, se tenant la gorge en ouvrant de grands yeux qui ne voyaient déjà plus.

Hale laissa échapper un sanglot déchirant en voyant son cadet tomber.

— Non ! rugit le roi de l'Est, dévasté.

Pour la première fois depuis son arrivée, il exprimait une émotion. Aveuglé par la rage, il chargea son fils aîné en hurlant.

Remy voulait surveiller les arrières de son Prédestiné, lorsqu'un sifflement l'avertit d'un danger. Elle se baissa juste à temps pour éviter la lame brillante qui fendit l'air au-dessus de sa tête. Relevant les yeux, elle découvrit ceux humides de Vostemur.

— Eh bien, Remini, il semblerait que je doive te tuer moi-même.

Il lui sourit, conservant son calme au milieu du carnage.

Les épées des Norwood, père et fils, s'entrechoquaient derrière eux. Elle serra ses doigts sur son poignard, et le roi du Nord éclata de rire.

— Bientôt, ce sera reine Remini, vous avez ma promesse.

Elle l'avait su à l'instant où elle avait découvert le corps sans vie de Raffiel. Toute sa vie l'avait menée à cet instant. Elle ne pouvait plus se dérober et oublier qui elle était, maintenant.

— Je vais reprendre tout ce que vous avez volé à ma famille. Mais vous ne vivrez pas assez longtemps pour voir ça.

Il essuya une trace de sang sur sa main, immaculée par ailleurs, malgré la boucherie qui avait lieu.

— Tu comptes me tuer avec ce petit couteau, princesse ? Tu n'étais pas encore née que déjà j'égorgeais des gens avec cette épée, tu sais.

Il balaya l'air pour la forcer à reculer. Elle se dégagea sur un côté pour le prendre à revers, cependant chaque fois qu'elle voulait l'attaquer, elle trouvait cette maudite épée sur son passage. Pour un vieil homme corpulent et porté sur la boisson, il était encore très vif.

Elle esquiva un nouvel assaut et tenta de l'atteindre. Cette fois, elle réussit à lui entailler la jambe. Ce n'était pas une blessure mortelle, mais ça le ralentirait. Il mugit et lui donna un coup de pied avec son autre jambe.

Elle roula en arrière et s'accroupit pour se relever, sans jamais le quitter des yeux. Elle voulait qu'il lise dans les siens une promesse de mort. Elle levait la main lorsque son poignard lui échappa ; un soldat s'était approché d'elle discrètement et l'avait désarmée.

Elle se retourna et vit qu'un second homme montait les marches dans sa direction.

Malédiction !

Vostemur brandit son épée et elle se glissa dessous pour atteindre le collier à son cou. Elle effleura la pierre rouge, qui s'embrasa aussitôt. La jeune femme fut projetée sur le côté, mais ce fut suffisant. L'amulette d'Aelusien avait brusquement accru ses pouvoirs, et elle les dirigea contre les trois gardes qui approchaient à présent. Ils volèrent à l'autre bout de la salle.

Le roi écarquilla les yeux en voyant avec quelle facilité elle avait absorbé le pouvoir de la pierre. Il s'empressa de retirer le collier pour le ranger dans la poche de sa veste. Si elle voulait réitérer son petit exploit, elle devrait d'abord le tuer.

Elle esquiva une nouvelle attaque de sa part et chercha frénétiquement une arme autour d'elle.

Hale et son père poursuivaient leur duel derrière, et le roi de l'Est avait acculé son fils contre le mur. Il savait pertinemment ce qu'il faisait. En l'isolant ainsi, il l'empêchait de voler au secours de sa Prédestinée.

Elle regarda alentour, il n'y avait personne pour l'aider. Les sorciers rouges continuaient à se démener contre les derniers soldats, tandis que Bern, les Aigles et Carys éliminaient les ultimes gardes et courtisans armés au milieu d'une marée de cadavres.

Quatre autres soldats montèrent sur l'estrade pour seconder leur roi. Remy se jeta sur son poignard, et l'un d'eux le repoussa avec son pied. Trois épées pointèrent sur elle.

Celui qui se trouvait à sa droite poussa soudain un cri étouffé. Du sang coulait de son cou. Dans un fracas assourdissant, il tomba tête la première. Derrière lui se trouvait un domestique armé d'un plateau en argent déformé et d'un couteau de cuisine en sang. Non, pas un domestique.

Fenrin.

Fenrin était là, en tenue de domestique du Nord, le souffle court.

Le soulagement de la jeune femme fut de courte durée, car une douleur cuisante lui transperça le bras. Vostemur lui avait lacéré le biceps. Elle fit volte-face pour l'affronter.

— Adieu, princesse, dit-il avec un sourire.

Au moment de baisser son épée, il poussa un grognement étranglé. Ses yeux s'arrondirent et semblèrent vouloir jaillir de son crâne. Sa veste se gorgea de sang alors qu'aucune plaie n'était visible. Il lâcha son épée qui tomba avec fracas et regarda par-dessus l'épaule de Remy.

— Impossible...

Sa voix était presque inaudible avec le gargouillis du sang.

Elle se retourna et son cœur s'arrêta.

Ruadora, princesse de la Haute Montagne, tenait l'Épée Immortelle.

Une lueur blanche, céleste, émanant de l'arme, l'entourait. Un vent invisible rabattait ses cheveux en arrière, et ses yeux lançaient des éclairs. Elle souriait, possédée par la puissance du plus remarquable des talismans. Elle imprima un mouvement de torsion à l'épée scintillante et le roi du Nord poussa un cri d'agonie en tombant à genoux.

— Pour mon peuple et pour ma famille, feula-t-elle comme une panthère.

Elle décrivit un arc dans les airs avec l'arme.

Vostemur poussa un cri, mais rien n'aurait pu empêcher le coup de l'atteindre. Sa tête fut projetée dans ce qu'il restait de la foule. Remy assista, émerveillée, à la mort de leur ennemi juré, tué par sa petite sœur.

Le combat était terminé, du moins le crut-elle... Et cette erreur lui fut fatale quand elle tourna le dos au dernier soldat. Fenrin hurla son prénom.

C'était si étrange de l'entendre, d'entendre tous ces gens l'appeler, dans toutes les directions. Pourquoi ?

Le temps avait ralenti sa course, sa vision se brouilla, des sons assourdis résonnèrent dans ses oreilles comme si elle était sous l'eau. Elle sentit un liquide chaud couler sur son ventre et sur les jambes de ses chausses. Baissant les yeux, elle découvrit la pointe d'une longue épée, qui dépassait de son abdomen.

Quelqu'un retira cette épée, et le temps reprit son tempo habituel, alors qu'elle s'effondrait sur le sol de marbre blanc. Quelle ironie du sort, elle allait mourir sur les mêmes dalles que le reste de sa famille.

Une par une, les voix qui l'appelaient se turent, Rua se débarrassant des derniers ennemis avec une aisance terrifiante, l'Épée Immortelle n'ayant pas besoin de toucher ses victimes.

Puis le visage de Hale surgit au-dessus de celui de sa Prédestinée.

*

Les yeux de Hale se détachaient de son visage moucheté de sang. Il en avait aussi sur les mains. Son sang à elle, comprit-elle. Elle ne sentait plus ses jambes, il n'y avait plus que la chaleur poisseuse de la flaque qui s'agrandissait sous elle.

Il fronça les sourcils de douleur. Ses yeux étaient si embués de larmes qu'on ne voyait presque plus leur couleur. Elle était déjà morte une fois dans ses bras, mais là... c'était différent. Il était son Prédestiné. Ils étaient si intimement liés tous les deux qu'elle savait que, dans la mort, elle continuerait à vivre à travers lui.

Le supplice qu'elle traversait était la seule chose lui permettant de rester consciente. L'engourdissement lié au choc s'émoussait, remplacé par la prise de conscience brutale qu'elle avait reçu un coup mortel.

Elle fut prise d'un vertige : tout tournait autour d'elle, le visage de Hale, mouillé de larmes, se brouillait et la nausée la gagnait peu à peu. Elle savait que les Deux Aigles étaient juste à côté eux aussi, et elle souffrait à l'idée de ne pas pouvoir leur faire ses adieux.

Pourquoi avait-elle cru pouvoir renverser le roi du Nord ?

Son corps lui réclamait du repos. Ses paupières se fermèrent, pour se rouvrir aussitôt, à cause de la douleur fulgurante qui déferlait dans sa poitrine. À chaque instant de répit succédait un tourment plus violent, qui la ramenait à la vie.

Un gémissement lui échappa, et Hale blêmit. Ce ne serait pas elle, finalement, qui aurait à chasser toutes les images d'horreur de cette journée. Ce serait lui. Il n'oublierait jamais le visage mourant de sa bien-aimée.

Elle leva une main maculée de sang pour la poser sur sa joue. Son bras tremblait tellement qu'elle eut du mal à la maintenir.

Elle aurait voulu lui dire qu'elle savait que l'heure était venue. Elle aurait voulu qu'il la réconforte et lui assure que c'était faux. Elle aurait voulu pouvoir supplier les dieux d'être sauvée, dire en pleurant qu'elle n'était pas prête à mourir et qu'ils avaient encore tant de choses à vivre ensemble.

Mais elle ne pouvait pas.

Alors que des larmes coulaient de ses yeux dans ses cheveux, elle réussit seulement à articuler :

— Je t'aime.

Hale se pencha en sanglotant pour lui donner un baiser. Ses lèvres avaient le goût salé de ses larmes. Lorsqu'il s'écarta, il avait du sang au coin de la bouche mais ne l'essuya pas.

Remy toussa davantage. La fin était donc proche. Elle ferma les yeux et détendit ses muscles. Elle tenta à nouveau de prendre une profonde inspiration, puis une deuxième... Chacune lui vrillait les poumons.

Elle ne respirait plus.

Sa poitrine pesait si lourd à présent... Soudain, elle ne sentit plus rien. Ni douleur ni panique à l'idée de ne pas réussir à reprendre son souffle. Et c'était un soulagement bien doux. Bientôt tout serait terminé, et elle se reposerait pour toujours.

— Remy.

Ce n'était qu'un murmure frémissant, pourtant il ne venait pas de Hale. Elle rouvrit les yeux et découvrit Heather penchée vers elle. Elle portait une tenue de domestique comme Fenrin. Les larmes avaient laissé des traînées sur ses joues, mais elle souriait. Et Remy, en dépit de tout, lui rendit son sourire.

Voir sa mère une dernière fois. Car c'était bien ce qu'était la sorcière brune, ce qu'elle avait toujours été. Sa mère. Peu importait qu'elle partage ou non le même sang. Elles étaient liées.

La jeune femme remarqua qu'elle tenait un couteau à la main, et elle comprit ce qui allait se produire.

Elle secoua la tête alors que de nouvelles larmes jaillissaient de ses yeux et elle forma le mot « non » avec ses lèvres ensanglantées, mais aucun son ne sortit.

Heather hocha la tête avec un sourire calme et aimant. C'était la dernière fois qu'elles se voyaient, mais ce ne serait pas la princesse qui quitterait ce monde.

— Je t'ai aimée à la seconde où je t'ai vue, ma Remy chérie, lui dit sa protectrice.

Les larmes redoublaient sur ses joues alors qu'elle souriait à sa fille.

— J'étais sérieuse quand je disais que j'étais prête à donner ma vie pour toi.

La jeune femme voulut parler, et Heather posa une main réconfortante sur son épaule.

— Contribue à bâtir un meilleur avenir pour ce monde. Sois courageuse et généreuse, forte et intelligente, comme tu l'as toujours été.

Elle sourit de plus belle.

— Sois tout ce que j'ai essayé de t'apprendre à être, mais surtout, ma Remy chérie, sois aimée.

Sur ces mots, elle leva les yeux vers le ciel et, tout en récitant les mots *midon brik dzaraas*, elle plongea le couteau dans son cœur. Remy ne pouvait ni bouger ni hurler. Son corps et son esprit se dérobèrent tandis qu'elle sombrait.

Chapitre 29

Des rayons de soleil réchauffaient la peau de Remy lorsqu'elle ouvrit les yeux. Elle était allongée dans un lit immense, une courtepointe épaisse, couleur azur, remontée sur sa poitrine. Elle avait dû repousser la couverture en fourrure dans son sommeil.

Elle entendit le bruit d'un livre qu'on referme. Hale était assis à côté d'elle, adossé à la tête de lit en velours matelassé.

Il lui sourit, le soulagement se lisait sur ses traits. La jeune femme s'enfonça un peu plus profondément dans son oreiller moelleux. Sa chemise de nuit blanche avait glissé sur son épaule dans la nuit. Son compagnon la caressa du bout du doigt, puis remonta la bretelle.

— Je dois être au paradis, murmura-t-elle.

— Pourquoi ? Parce que le lit est trop confortable ou parce que ton Prédestiné est trop beau ?

Elle posa une main encore alanguie de sommeil sur son genou.

— Mon Prédestiné, répéta-t-elle tout bas en souriant.

Il lui prit la main pour y déposer un baiser, avant de remonter le long de son bras. Il s'interrompit le temps de dire :

— Promets-moi une chose, mon amour.

Elle ouvrit les yeux en grand à ces mots. Il lui lâcha la main pour lui toucher la joue.

— Promets-moi que je n'aurai plus jamais à te regarder mourir.

Il le dit sur le ton de celui qui voulait faire une plaisanterie, pourtant sa voix trahissait une grande douleur.

— Tu sais bien que je ne peux pas te le promettre.

Elle lui caressa le bras.

— Mens-moi dans ce cas.

Elle écarta une boucle châtain sur le front de son amant. Elle aimait ça, pouvoir le toucher en toute liberté, à sa guise. Elle en avait rêvé si longtemps...

— Je prie pour que nous quittions ce monde ensemble, après une longue vie heureuse, dans un grand lit aussi confortable que celui-ci, chuchota-t-elle en passant une main sur l'oreiller en satin.

— Amen, répondit-il en laissant son pouce glisser sur sa joue.

Elle se tourna vers le feu qui crépitait dans la cheminée, observa les tapis richement ornés sur le parquet, les épais rideaux en velours bleu qui rappelaient ceux de... la salle du trône de Vostemur.

— Où sommes-nous ? lui demanda-t-elle en se redressant aussitôt.

Quelqu'un avait laissé un verre d'eau sur la table de chevet. Elle le vida, puis le remplit grâce au pichet qui l'accompagnait.

— Nous avons pris possession du palais du Nord, expliqua Hale, confirmant ses peurs.

— Et nous sommes en sécurité ici ? Je sais que le roi est mort, mais son peuple ne courbera sans doute pas aussi facilement l'échine devant la Haute Montagne et...

Elle fut interrompue par un coup à la porte. Il se tourna vers elle, la laissant répondre.

— Entrez, lança-t-elle.

Elle écarta les cheveux emmêlés qui lui tombaient sur le visage et lissa sa chemise de nuit froissée, avant de remonter la courtepointe sur sa poitrine et de s'adosser à la tête de lit.

Bern pénétra dans la chambre. On aurait dit un loup blanc. Il se tenait comme un guerrier, malgré ses beaux atours et son gilet assorti à son regard, couleur de brume marine.

Il demeurait étrangement immobile. Remy lui sourit, et elle vit sa pomme d'Adam tressauter, seul signe qu'il retenait ses émotions.

— Je suis contente de vous voir en vie.

Un éclat de rire lui échappa et il s'approcha du lit. Tout ce temps, il avait été au service de son frère, songea-t-elle. C'était Bern qui avait parlé à Hale de l'Ordre rouge et des talismans. Œuvrant dans l'ombre pour Raffiel.

Elle se rappela alors les cris de souffrance que le fae avait poussés en tenant le cadavre du prince.

— J'ignorais qu'il était en vie, dit-elle.

Son bien-aimé l'enlaça par les épaules, alors qu'une vague inattendue de chagrin la balayait. Elle ne parvenait pas à croire à tout ce qui s'était passé. Raffiel était mort. Heather aussi. Une douleur brûlante l'étreignit. Ils étaient morts.

— Je ne le savais pas non plus, ajouta Hale. Pas avec certitude.

Il dévisagea Bern en plissant les yeux. Ce dernier lui avait parlé des sorciers rouges qui campaient dans la montagne, et il l'avait informé de la localisation de l'anneau du Shil-de, qu'il portait toujours à son doigt... mais il n'avait jamais été question de Raffiel.

— Je suis désolé, je ne pouvais pas tout te dire, mon ami, s'excusa le fae aux cheveux d'argent. Je ne pouvais pas courir le risque que le fils du roi de l'Est connaisse tout de nos plans. Au cas où...

Au cas où Gedwin Norwood n'aurait pas été un véritable allié de la Haute Montagne, ce qui était précisément le cas.

Bern se tourna vers Remy.

— Vous n'aviez pas entendu les rumeurs ?

Il peinait à masquer sa tristesse. Il avait des cernes sombres sous les yeux et ses traits étaient marqués, ses cheveux en bataille.

— J'imagine que c'est vous qui les faisiez courir, murmura-t-elle avec des yeux humides. C'était pour Raffiel que vous avez participé à cette partie de cartes, à Ruttmore ?

— Nous rassemblions des forces dans les montagnes entre Yexshire et la cour de l'Ouest depuis un moment. Baba Morganna nous avait informés que nous trouverions une sorcière rouge, qu'elle surnommait Petit Moineau, dans l'auberge de Harbruck.

Bern se renfrogna avant de poursuivre :

— Elle n'avait pas précisé que c'était vous. Nous savions que Hale cherchait une sorcière rouge, alors nous l'avons prévenu. Mais quand je vous ai vue à cette partie de cartes et que j'ai compris que c'était vous... nos plans ont changé.

La culpabilité l'étreignit. Ils avaient changé leurs plans pour elle, et maintenant Raffiel était mort. La capture de Remy les avait forcés à attaquer avant d'être prêts. Son grand frère avait volé à son secours et il y avait laissé la vie. Elle ne pourrait jamais se le pardonner. Elle était responsable de sa mort.

— Vous m'aviez aussi démasquée ?

Elle retourna son poignet et le considéra avec sévérité pour cacher qu'elle avait le cœur gros.

— Encore la faute de ces maudites taches de rousseur ?

Il haussa un sourcil.

— Vous pensez que c'est la seule chose qui vous trahissait ? Même avec votre apparence humaine, la ressemblance entre Raffiel et vous était frappante. Si nous avions su que vous étiez vivante, nous serions venus vous chercher plus tôt.

Son sourire contraint disparut lorsqu'il plongea son regard dans le sien et s'y perdit un instant.

— Vous avez tous les deux les mêmes yeux, murmura-t-il. Les yeux des Dammacus. Et votre sœur aussi.

— Rua, souffla-t-elle revoyant aussitôt celle-ci maniant l'Épée Immortelle. Comment va-t-elle ?

— Bien, répondit-il d'un ton un peu sec. Nous allons l'informer que vous êtes réveillée.

— Saviez-vous qu'elle était en vie ? demanda la jeune femme.

— Oui, depuis plusieurs années. Une sorcière rouge établie dans le royaume m'avait appris que Baba Morganna avait survécu. Et elle avait ajouté que Rua était avec elle et d'autres rescapés, à l'abri. Nous sommes partis à leur recherche dès que nous avons appris la nouvelle. Nous avons traqué les campements de l'Ordre rouge tout en continuant à réunir les survivants de la Haute Montagne.

Les mains de Remy tremblaient, et Hale lui en prit une. Rua avait grandi au sein de l'Ordre rouge, dans les forêts de leur terre natale. Elle avait vécu là tout ce temps.

— Combien de survivants y a-t-il ? murmura-t-elle.

— Environ quatre cents. Ce chiffre varie constamment. Nous parlons de survivants, mais beaucoup ne sont pas originaires de Yexshire en réalité. Il s'agit de demandeurs d'asile provenant d'autres royaumes. Nous avons rassemblé les meilleurs combattants possibles, les plus forts.

Quatre cents.

Elle n'aurait jamais osé rêver d'un tel chiffre, et pourtant c'était très peu comparé aux dizaines de milliers qui peuplaient autrefois Yexshire.

— Et les sorciers rouges ? s'enquit-elle, se souvenant soudain de tous ceux que Vostemur avait fait tuer pour ne garder que cinq prisonniers.

— Nous n'en savons rien, confessa-t-il en baissant les yeux. Baba Morganna et le sorcier rouge qui était avec elle sont partis dès la fin de la bataille pour retourner à Yexshire. Elle dit que quelques dizaines ont pu fuir dans les bois lors de leur capture. D'autres pourraient sortir de leurs cachettes, aux quatre coins du continent, maintenant qu'ils ne sont plus menacés.

Remy avait la gorge nouée. Les chiffres étaient décourageants, et malgré tout il y avait une étincelle d'espoir, une étincelle dont elle espérait faire naître une flamme un jour.

— Mes hommes et moi, nous partirons sans tarder. Nous allons établir notre camp à Yexshire pour superviser la reconstruction du château et de la ville. Du moins, c'était le projet de Raffiel. Vous êtes à présent la souveraine de la Haute Montagne, Majesté, et vous pouvez disposer de nous à votre guise.

— Tenons-nous-en au plan de Raffiel pour le moment.

Bern l'avait appelée « Majesté ». L'espace d'un bref instant, elle avait espéré ne pas avoir à monter sur le trône. Lorsque son frère avait rendu son dernier souffle, elle avait été, une fois de plus, privée de cette liberté.

Bern se tourna alors vers Hale.

— Je pense que tu devrais aller dans l'Est, pour asseoir ta présence au sein du royaume.

— Je ne compte pas revendiquer de droits sur l'Est. Cette cour n'a jamais été pour moi, et je n'en veux pas plus aujourd'hui.

Son ami s'apprêtait à protester mais il l'interrompit :

— Cependant, je suis également d'avis de ne pas laisser Augustus et les conseillers du défunt roi de l'Est gouverner seuls. J'enverrai des gens sur place pour établir une régence dans l'attente du choix du prochain souverain. J'ai la personne idéale pour cette mission.

Bern hocha la tête.

— Cinquante de nos hommes peuvent l'accompagner. Nous aurons besoin du reste pour reconstruire Yexshire.

— Je ferai venir mes troupes de Falhampton. Augustus serait un insensé de chercher à nous résister.

— Et la cour du Nord ? s'enquit Remy.

— Renwick en prendra la tête, l'informa le fae.

Elle dut se retenir de bondir hors du lit.

— Quoi ? Le Tueur de sorciers ? Vous comptez laisser un Vostemur sur le trône ?

— Je comprends bien que cela puisse vous paraître déraisonnable, mais Renwick est notre allié depuis un moment, Majesté. Il a dû jouer un jeu très dangereux pendant plusieurs années. C'est lui qui m'a fait entrer dans la partie. Et c'est aussi lui qui vous a remis ce poignard.

Il tendit le menton en direction du fourreau sur la table de nuit.

— Et ses sujets l'écouteront bien plus volontiers qu'un fae de la Haute Montagne.

— Et s'il cherche à nous doubler ? Il a très bien pu s'associer à vous dans le seul but de se garantir le trône de son père ou pour assurer ses arrières... Comment lui faire confiance ?

— J'ai des raisons de penser que nous le pouvons.

Elle s'apprêtait à protester, lorsqu'il ajouta :

— Je suis toutefois de votre avis, la prudence est de mise, c'est pourquoi Rua restera ici afin de surveiller son accession au trône.

— Rua ? Vous comptez laisser ma petite sœur avec notre pire ennemi ?

— C'est elle qui s'est portée volontaire ! Et je n'ai pas besoin de vous rappeler qu'elle est devenue la maîtresse de l'Épée Immortelle. Je n'imagine pas de meilleure protection. Tout habitant du Nord y réfléchira à deux fois avant de se lancer dans une mutinerie.

Remy grimaça, forcée de reconnaître qu'il avait raison. Laisser ce talisman au Nord était la façon la plus adroite d'intimider d'éventuels opposants. L'idée que sa sœur doive rester avec cette lame lui faisait néanmoins horreur. Rua savait-elle manier une arme pour commencer ?

— Donc pour résumer, je pars et Rua reste. Nous serons à nouveau séparées...

— Pas pour longtemps, espérons-le, dit-il avec un sourire triste.

Il sortit un objet de la poche de son gilet en satin.

— Tenez.

Il s'agissait d'une longue chaîne en or et d'une grosse pierre rouge luisant : l'amulette d'Aelusien. Remy secoua la tête, mais Bern insista et la lui glissa dans la paume.

— Elle vous revient. Après tout, vous avez failli mourir pour la récupérer.

Elle se tourna vers Hale. Il avait dû lui raconter comment le talisman s'était retrouvé en leur possession.

— Étiez-vous son général ? Le général de Raffiel ? lui demanda-t-elle en l'observant.

Il s'assombrit aussitôt.

— Non, chuchota-t-il. J'étais son Prédestiné.

*

Remy sortit du cabinet de toilette et regagna la chambre somptueuse. Elle avait noué un foulard bordeaux dans ses cheveux et portait une tunique dorée avec des broderies rouges, des chausses ajustées et des bottes. L'amulette d'Aelusien pendait à son cou.

Hale avait insisté pour qu'ils se reposent encore un peu alors qu'elle aurait voulu partir sur-le-champ.

Il s'était débarbouillé lui aussi. Il se tenait au-dessus d'une cuvette remplie d'eau, les manches de sa chemise blanche retroussées et s'était rasé. Il avait retrouvé son allure de prince guerrier. Il écarta les cheveux qui lui tombaient dans les yeux. Il aurait eu besoin d'une bonne coupe. Il avait des mèches trop longues sur les côtés, et celles de devant lui arrivaient au nez, si bien qu'il devait sans arrêt les écarter.

— Prête ? lui demanda-t-il en déroulant ses manches.

Elle le rejoignit et l'enlaça par la taille. Il lui déposa un baiser sur l'épaule.

— Je t'aime, murmura-t-elle contre son torse puissant.

Il l'enveloppa de ses bras musclés, la serrant plus fort avant de la lâcher. Puis il lui prit le visage à deux mains. Elle ne pensait pas pouvoir s'habituer un jour à la façon dont il la regardait. Elle aurait pu se perdre à tout jamais dans ces yeux gris.

— Je t'aime aussi.

Il était si beau, si heureux à cet instant précis.

Il déposa un baiser tendre et langoureux sur les lèvres de sa bien-aimée. Un baiser comme une promesse de nombreux autres à venir. Et d'autant de nuits à prendre leur temps pour explorer leurs corps avec passion... même si elle n'avait rien à redire à leurs ébats précipités et frénétiques. Elle voulait connaître l'amour sous toutes ses formes avec ce sublime fae qui se tenait devant elle. Une vie entière aux côtés de son Prédestiné.

Il s'écarta, la laissant avec un goût de trop peu. Ses yeux mi-clos se posèrent sur l'anneau du Shil-de, qu'il portait à la main droite, posée sur la joue de Remy.

— Tu n'aurais jamais dû me donner cette bague, soupira-t-il d'un ton plein de regret. Elle vous appartient, à toi et à ta famille, et je ne peux plus la retirer.

— Tu appartiens à ma famille, Hale...

Il plongea son regard dans le sien, et elle y lut toute la vulnérabilité qu'il contenait. Sa famille à lui n'avait été qu'un mensonge. Et lui, un pion dans les plans machiavéliques de son père adoptif, qui ne l'avait jamais traité comme un fils.

— Je ne sais même plus ce que ce mot signifie.

— Moi non plus, soupira-t-elle avec un sourire triste. Je ne sais pas si je dois me sentir proche de la sœur que je n'ai pas vue depuis quatorze ans. Je ne sais pas ce qui subsiste du lien entre nous. Mais je sais une chose, c'est que Heather...

Elle s'étrangla avec un sanglot. Les larmes jaillirent si brusquement lorsqu'elle se rappela que sa protectrice était morte.

Hale essuya sa joue avec son pouce. Elle aimait tant qu'il ne se sente pas accablé par ses larmes. Il restait là, solide, l'autorisant à vivre ses émotions, lui laissant le temps de retrouver l'usage de sa voix.

— Heather était ma famille, chuchota-t-elle en tremblant avant de baisser la tête.

Une nouvelle vague de regrets déferlait sur elle. Elle se reprochait de ne pas avoir été plus gentille avec elle. D'avoir constamment dirigé sa colère contre elle. De ne pas l'avoir appelée « maman », alors qu'elle en avait été une pour elle. Cette sorcière brune inconnue qui l'avait constamment défendue, qui l'avait élevée avec l'amour protecteur d'une mère. Elle prit la décision de faire ériger pour elle une pierre tombale dans le cimetière familial, derrière le château de Yexshire. Chaque année, le jour des Esprits, elle rendrait visite à ses deux mères.

Une main posée sur son cœur, elle releva le visage vers son bien-aimé.

— Je ne sais pas ce que l'avenir nous réserve, mais j'ai une certitude : je suis ta Prédestinée et je suis ta famille.

Elle regarda l'effet que ses mots avaient sur lui. Il hocha la tête, ému. Elle comprit qu'il n'était pas en état de parler.

Avant qu'elle ait le temps de lui demander ce qu'il faisait, il défit le fil rouge autour de son poignet, puis le coupa en deux avec ses dents. Celui-ci avait connu un lac empoisonné, un cachot et une bataille. Et il était toujours là. Elle le lui avait mis en lui disant qu'il était à elle.

— J'ai l'intention de t'acheter une belle bague plus tard, lui dit-il en mettant un genou à terre, mais je ne peux pas attendre.

Remy ne cacha pas sa surprise. Il tenait deux longueurs de fil égales. Il était son âme sœur, celui avec lequel elle comptait partager le reste de ses jours, et pourtant elle ne s'était pas attendue à cette demande.

— Remini Maescia Dammacus, reine de la cour de la Haute Montagne... veux-tu m'épouser ?

Il avait un sourire si sincère et si joyeux qu'elle sentit ses genoux flageoler. Elle avait l'impression que sa poitrine allait éclater.

— Oui.

Elle n'aurait su dire si elle avait donné sa réponse en riant ou en pleurant.

Il se releva d'un bond, son magnifique sourire s'élargissant encore tandis qu'il nouait la moitié de fil autour de son annulaire. Elle s'empressa de faire pareil pour lui.

Il attira son visage contre le sien et leurs bouches se pressèrent. Elle glissa ses doigts dans les cheveux trop longs et soyeux de son Prédestiné pour le tenir tout contre elle.

C'était un baiser désespéré cette fois. À l'horreur de tout ce qu'ils avaient traversé se mêlait l'espoir d'un avenir meilleur. Tandis que le chaos du passé entrait en collision avec le futur, ce baiser était la seule chose qui comptait.

Hale fit courir ses lèvres le long du cou et des clavicules de sa compagne, les mains posées sur ses hanches pour attirer son bassin vers le sien.

— Mais comment connais-tu mon second prénom ?

Il s'écarta juste assez pour lui sourire.

— Je l'ai cherché dans les bibliothèques de la cour de l'Est, à l'occasion de notre passage par le royaume. Je voulais connaître ton nom complet avant de te demander ta main.

— Tu en avais déjà l'intention là-bas ?

Elle pâlit. Elle se rappela la traversée du Crushwold sur la barge. Et du baiser dans l'auberge de Ruttmore. Elle l'avait désiré longtemps, elle aussi, mais apprendre qu'il avait souhaité l'épouser dès ce moment-là...

— Je veux que tu deviennes ma femme depuis que tu as failli m'écrabouiller sous ce pin à Harbruck, souffla-t-il avec ce délicieux ronronnement qui faisait vibrer le bas-ventre de Remy.

C'était bien réel. Et inévitable. Il était, depuis toujours, son Prédestiné.

Elle se libéra de ses bras pour aller vers la porte de la chambre et pousser le verrou en le regardant.

— Je croyais que tu voulais partir sans tarder ? lança-t-il avec un sourire malicieux.

— Ça peut attendre un peu, répondit-elle en fondant sur son fiancé, comme un félin sur sa proie.

Le monde pouvait bien patienter. Une seule personne comptait dans l'immédiat. Et elle avait besoin de lui tout entier. Elle avait besoin que leurs corps fusionnent autant que leurs âmes.

*

Le plafond effondré ouvrait sur un ciel gris et brumeux. Hale et Remy suivirent le couloir envahi de neige, contournant les décombres. Le château était presque entièrement en ruine après le courroux de Baba Morganna. Ils se dirigèrent vers l'entrée principale, où plusieurs voitures attendaient de retourner à Yexshire. Dans les salles désertes et déjà hantées, les traces de la bataille qui avait fait rage se devinaient partout : traînées brunes de sang séché, morceaux d'armure déformés, chaussures abandonnées et saupoudrées de neige.

— Remy ! Hale !

Leurs deux noms résonnèrent, suivis d'un cri de joie.

Ils n'eurent pas le temps de se retourner ni de se préparer à l'impact que déjà trois faes se ruaient sur eux pour les plaquer contre le mur. Dans la bousculade, la capuche de la cape de Remy retomba et elle étreignit les Deux Aigles et Carys, mue par un mélange de bonheur et de chagrin.

— Tu as été incroyable ! s'exclama Talhan, pas encore passé au vouvoiement. Vous l'avez vue ? demanda-t-il à Hale. Elle a repoussé cinq guerriers cuirassés avec ce petit poignard de rien du tout !

— C'est moi qui lui ai tout appris, intervint Bri en posant une main fière sur son épaule. Tu n'es pas morte, Rem.

— Si, marmonna-t-elle alors que Carys la prenait par la taille pour la serrer contre elle.

— Je suis vraiment désolée pour Heather, lui souffla-t-elle d'une voix tremblante d'émotion. C'était quelqu'un de formidable, nous allons tous beaucoup la regretter.

Ils s'étreignirent à nouveau tous les cinq en pensant à la mémoire de la sorcière brune.

— N'oublions pas Raffiel, dit Talhan, dont les yeux dorés luisaient de tristesse. Les corps sont prêts à être conduits dans leur dernière demeure, ajouta-t-il.

Remy se mordit la lèvre pour retenir ses larmes. Elle les enterrerait tous deux à Yexshire et leur offrirait les funérailles auxquelles ses parents n'avaient jamais eu droit. Des bouquets de fleurs blanches fraîchement coupées orneraient constamment leurs tombes. Elle veillerait à ce que personne ne puisse oublier leurs sacrifices.

— Les couronnes de tes parents sont aussi dans les voitures, lui précisa Carys, avant de poser ses yeux bleus sur Hale. Ce sont les vôtres maintenant.

Bri avisa soudain le fil rouge autour de l'annulaire de Remy. Elle donna un coup dans le torse de son frère.

— Je te l'avais dit, non ? C'était sa Prédestinée !

Elle décocha à la jeune femme un sourire triomphant.

— J'avais deviné, ajouta-t-elle.

Talhan ricana.

— Absolument pas.

— Alors nous partons pour Yexshire, soupira Remy en regardant son promis puis leurs amis. Et vous ?

— Quelqu'un doit partir pour l'Est et prendre le contrôle de Wynreach jusqu'à ce qu'un nouveau souverain soit désigné. Nous y maintiendrons la paix.

— On vient juste de se retrouver, gémit Talhan.

— Nous vous rendrons visite dans l'Est, Tal, le rassura-t-elle en pressant son épaule contre celle de son bien-aimé. Une fois que nous aurons conduit les nôtres à Yexshire.

— Vous êtes libérés du serment que vous m'avez prêté, ajouta Hale en fixant ses mains. Je ne suis plus un prince de la cour de l'Est.

Bri ricana.

— En effet. Vous êtes le futur roi de la cour de la Haute Montagne.

Talhan sourit aux deux jeunes fiancés.

— Nous sommes avec vous. À jamais.

Remy ravala la boule dans sa gorge.

— Allons, les voitures attendent, dit Briata en les entraînant dans le couloir. Et moi, j'ai besoin de faire une sieste.

— C'est du propre, observa la jeune femme, percevant les effluves d'alcool dans leurs haleines.

— Exactement, rétorqua Talhan en lui enlaçant les épaules.

Leurs éclats de rire se réverbérèrent sur les pierres froides, leur joie contrastant cruellement avec les destructions environnantes. Remy leva les yeux vers l'immense mur qui s'écroulait. Malgré la profondeur de leur chagrin, ils ressentaient également une forme d'émerveillement. Contre toute attente, ils avaient survécu.

Ils avaient traversé les cours d'Okrith ensemble, à l'exception de celle de la Haute Montagne. Elle espérait qu'il y aurait de longues veillées autour de la cheminée reconstruite du château de Yexshire, à boire et à échanger des souvenirs. Elle espérait qu'ils remonteraient tous sur le toit du Sanctuaire de la Lavande et qu'ils dégusteraient ensemble de l'hydromel dans les jardins de Saxbridge. Mais surtout, elle espérait que, pour leurs futures aventures, ils seraient plus souvent réunis que séparés.

Resserrant les pans de sa cape doublée de fourrure, elle suivit Hale dans le blizzard. Un carrosse attendait devant la porte. Seule une partie du château du Nord avait survécu à Baba Morganna. Deux domestiques dépêchés par Bern attendaient la jeune femme pour l'aider à monter en voiture.

Le fae était déjà sur son cheval. Entouré de cinquante de ses soldats, il était prêt à entrer dans Yexshire. Des montures conduiraient Carys, Talhan et Bri vers l'Est.

C'était la vie de Remy à présent : des carrosses, des domestiques...

Même dans le campement de Yexshire, le temps de reconstruire le château, ils la traiteraient comme une reine. Car c'était ce qu'elle était, même si son couronnement devrait attendre.

Son destin était tout tracé.

Pendant un bref instant, elle avait cru pouvoir échapper au trône. Raffiel serait monté dessus et elle aurait pu profiter tranquillement de sa vie aux côtés de Hale. Et pourtant, depuis quatorze ans, une autre certitude lui rongeait le ventre. Elle savait que, pour que sa ville natale puisse renaître de ses cendres, elle devrait prendre sa place sur le trône. Personne d'autre ne le ferait.

Ce n'était pas le monde qui la façonnerait, mais elle qui façonnerait le monde.

Un soldat se détacha des rangs. Il dépassait d'une tête tous ceux qui l'entouraient. Il restait grand et mince, même s'il s'était étoffé. Les pieds de Remy s'élancèrent avant même qu'elle leur en donne l'ordre.

Fenrin.

Elle le prit dans ses bras pour l'empêcher de s'incliner devant elle. Elle le serra de toutes ses forces en s'interdisant de pleurer. Tous les regards étaient rivés sur eux, mais elle s'en moquait. Qu'ils la voient étreindre un sorcier.

— Ne te torture pas pour ça, Remy, lui souffla-t-il aussitôt, devinant la culpabilité qui l'étouffait. C'est Heather qui a fait ce choix, et c'était le bon.

Elle n'eut pas besoin de dire un seul mot pour qu'il comprenne, à la façon dont elle le pressait contre elle, qu'elle l'aimait.

— Tu sais bien qu'elle ne pouvait pas faire autrement, ajouta-t-il.

Elle se mordit la lèvre si fort qu'elle crut bien que le sang allait couler. Elle ne pleurerait pas devant des gens qui avaient risqué leur vie pour la sauver. Elle devait se montrer forte.

Ils se séparèrent, et elle parcourut du regard l'escorte qui s'apprêtait à partir pour Yexshire.

— C'est trop, Fen, dit-elle.

— Tu as toujours été une reine, Remy, toujours. C'est juste que, maintenant, tout le monde le voit.

— J'aurai besoin d'un sorcier brun à mes côtés, au palais. Et je ne serai sans doute pas la seule. Tu accepterais d'occuper ce poste ?

— Bien sûr !

Son regard pétillait, et il ajouta avec un sourire taquin :

— D'autant que j'ai beaucoup de conseils à te donner pour l'aménagement du château.

— Formidable !

Depuis des années, ils rêvaient du palais qu'ils construiraient à Yexshire. Si quelqu'un connaissait ses désirs en la matière, c'était bien Fenrin.

Il jeta un coup d'œil à Hale.

— Ton Prédestiné est quelqu'un de bien, Remy. Je suis heureux pour toi.

Elle poussa un long soupir en entendant ces mots. Elle ne s'était pas rendu compte qu'elle en avait autant besoin. Elle était reconnaissante à son ami de tirer ainsi un trait sur les sentiments qu'il avait ressentis pour elle. Et elle avait besoin de son approbation. Elle espérait que Heather aussi lui aurait donné son aval.

— Majesté, dit Carys, qui se tenait à cheval derrière eux.

Remy se retourna et découvrit sa sœur, devant l'arche qui marquait l'entrée du château. Elle se précipita vers elle, des flocons de neige plein les cheveux.

Rua demeurait immobile, une main stoïque posée sur le manche en rubis de l'Épée Immortelle. Elle ressemblait tellement à Rivitus... Les mêmes taches de rousseur foncées sur sa peau d'un brun doré, les mêmes yeux marron tirant sur le vert, les mêmes mèches blond foncé dans ses cheveux châtains ondulés. À son physique svelte et aérien, elle ajoutait une posture intraitable. Elle se tenait très droite, épaules en arrière, menton levé. À dix-huit ans, elle semblait capable de conquérir le monde.

Remy hésita un instant avant de la prendre dans ses bras. Elle versa alors de grosses larmes, qu'elle ne parvint pas à réprimer. Elle tenait contre elle la seule survivante de sa famille. Elle n'aurait jamais imaginé la revoir un jour, et pourtant Rua était là, belle et forte. Celle-ci posa une main hésitante dans le dos de sa sœur, serrant toujours l'épée de l'autre.

Lorsqu'elles s'éloignèrent l'une de l'autre, Rua conservait une expression impassible que la longue embrassade n'avait pas modifiée et Remy en fut heurtée. Elle se demanda ce que sa sœur avait vécu pour être ainsi... à moins que ce ne soit un effet de l'épée.

Renwick apparut alors. Il resta en retrait pendant que la jeune souveraine séchait ses larmes. Elle lui décocha un regard haineux qui le fit rire.

Elle reporta son attention sur Rua.

— Tu n'es pas obligée de rester ici. Tu pourrais rentrer à la maison avec nous.

« À la maison. » Des mots si doux à prononcer.

Ils rentraient chez eux. Remy et les siens allaient reconstruire leur royaume. L'avenir leur souriait à nouveau. Que le continent apprenne ce dont les faes de la Haute Montagne étaient capables. Elle guiderait les siens vers une nouvelle ère lumineuse.

— Ne t'inquiète pas pour moi, lui répondit sa sœur.

Il n'y avait ni colère ni frustration dans sa voix, mais une froideur imperturbable qui soucia sa grande sœur bien plus qu'une émotion excessive. Ce n'était pas la fille qu'elle avait vue trembler et hurler pendant que des soldats décapitaient ses compagnons.

Rua adressa un grognement à Renwick. Bien. Au moins, elle ne se laisserait pas faire.

— Je leur apprendrai le pouvoir de la Haute Montagne.

Remy prit le temps d'observer plus longuement sa cadette. Elle était intrépide. La nouvelle reine de la Haute Montagne s'interrogea sur la vie qu'elle avait menée, aux côtés des sorciers rouges, en secret. Elle supposait que son existence au milieu des bois avait été très différente de celle qu'elle avait connue dans les tavernes, avec Heather. Quoi qu'il en soit, l'éducation qu'elle avait reçue avait fait d'elle la personne qui se tenait sur le seuil de ce palais et elle frémit à l'idée de ce que Rua pourrait faire de cette épée.

— Je communiquerai avec toi grâce au feu des faes, lui dit-elle. Régulièrement. Le solstice d'hiver approche, j'espère que tu viendras le fêter avec nous, à la maison... accompagnée de Renwick, bien sûr, ajouta-t-elle avec un dégoût qui fit sourire Rua.

Au moins étaient-elles d'accord sur ce point. Peut-être pourraient-elles construire un lien sur cette haine commune...

— Donne-moi des nouvelles, toi aussi, entendu ?

Pour seule réponse, sa sœur hocha la tête. Ce n'était pas les retrouvailles dont Remy avait rêvé.

Elle sentit soudain la présence d'une autre personne à côté d'elle. Un paquetage en cuir patiné atterrit lourdement dans la neige. Bri.

— J'en ai assez de l'Est, lança-t-elle. Avec votre permission, Majesté, j'aimerais rester ici et offrir ma protection à la princesse Ruadora.

Un soulagement immense envahit la jeune femme. Elle aurait pu fondre en larmes d'entendre son amie faire une telle proposition. Elle ne connaissait pas les hommes de Bern et ne pouvait donc pas placer une entière confiance en eux. Et elle ne sentait pas encore capable de donner des ordres, à quiconque, même si elle devrait sans doute en prendre l'habitude. Bri avait perçu sa détresse et avait pris les devants.

— Je n'ai pas besoin de protection, rétorqua la concernée.

— Je le sais, la rassura son aînée. Tu as prouvé ta force et ton adresse, ajouta-t-elle pour flatter son ego. Mais le Nord est encore peuplé de gens loyaux au défunt roi. Même avec cette épée, tu auras besoin de dormir. Permets qu'une paire d'yeux supplémentaire surveille tes arrières. S'il te plaît.

Remy se détestait d'avoir à supplier sa sœur. Elle aurait pu en faire une exigence, et Rua aurait dû s'y plier. Cependant, elle ne voulait pas exercer ainsi son autorité sur elle, pas alors qu'elles venaient seulement de se retrouver.

Voilà pourquoi elle l'implorait. Pour laisser croire à sa sœur qu'elle avait voix au chapitre. Leur relation était déjà beaucoup plus fragile que la jeune reine ne l'aurait voulu. La présence de Bri la rassurerait au moins sur sa sécurité.

— Très bien, lâcha cette dernière en posant son regard pailleté de vert sur la guerrière qui le soutint sans mal.

Elles allaient former un duo intéressant.

Remy adressa un dernier demi-sourire à sa sœur avant de tourner les talons. C'était terminé. Elle rejoignit Hale qui l'attendait, fièrement, près de leur carrosse.

Il glissa ses doigts chauds entre les siens et elle sentit le fil rouge autour de son annulaire.

— Sois compréhensive, lui chuchota-t-il.

Elle serra sa main plus fort.

Il voyait tout, combien elle aspirait à recevoir l'amour de sa sœur, combien elle avait besoin de ce lien.

Cela viendrait, il avait raison. Rua avait vécu un traumatisme indescriptible, et avait juste besoin de temps. Du moins, Remy l'espérait. L'idée de l'abandonner dans le Nord la répugnait, mais elle ne pouvait pas laisser Renwick sans surveillance, évidemment. Et puis, Bri serait là.

Elle considéra les tourbillons de neige qui s'abattaient sur eux. Le voyage serait long dans ces conditions, pourtant elle était impatiente. Et ceux qui l'accompagnaient aussi, elle le savait. Ils préféraient avancer au pas dans une tempête de neige pour rejoindre leur royaume plutôt que de passer une nuit de plus dans le château de leur ennemi. C'était un commencement pour eux. Un nouveau chapitre qu'ils appelaient de leurs vœux depuis quatorze années. Et Remy serait à la tête de ces nouvelles pages, avec son roi à ses côtés.

Chapitre 30

Ils se tenaient au sommet de la falaise et regardaient les plages de galets à leurs pieds, puis, au-delà, l'océan. Rien n'avait préparé Remy à l'immensité des vagues azur qui se déroulaient devant elle, à l'ampleur des rouleaux qui enflaient avant de se briser sur le rivage, au fracas assourdissant des cailloux charriés par l'eau, les entraînant dans ses profondeurs en se retirant. L'odeur, elle, lui était familière, alors même qu'elle n'avait jamais vu la mer auparavant. C'était le parfum de Hale, comme si les embruns avaient laissé leur empreinte sur son âme.

Lorsqu'elle contemplait la vaste étendue bleue écumante qui s'étirait jusqu'à l'horizon, tous les ennuis du monde semblaient dérisoires.

Les cours étaient toutes sens dessus dessous, le continent avait basculé dans le chaos après la mort du roi Vostemur. Des sorciers bleus se soulevaient dans le Nord, Augustus Norwood avait pris la fuite dans les montagnes à l'Est avec un bataillon et se préparait à revenir conquérir son trône, des rescapés du massacre de Yexshire et des réfugiés de l'Ordre rouge faisaient route vers la Haute Montagne... et pourtant ici, tout semblait calme.

Le vent fouettait les oreilles en pointe de Remy et l'empêchait d'entendre le pouls précipité de son bien-aimé. Elle se tourna sur sa gauche, vers le sentier sinueux qui menait à une maisonnette taillée à flanc de falaise, puis au village de pêcheurs de Haastmouth Beach, au-delà.

Des masures bordaient les routes étroites jusqu'à une longue passerelle en bois sur pilotis et une jetée à laquelle étaient amarrés des bateaux de pêche, réfugiés dans le port pour se protéger des vents forts.

C'était la première maisonnette, avant le village, qui accaparait toute l'attention de Hale. Il serrait un bouquet de fleurs violettes dans son poing.

Remy s'approcha pour prendre sa main libre et entrelacer leurs doigts.

— Je suis là.

Elle ne lui promettrait pas que tout irait bien, elle ne lui dirait pas des paroles de réconfort creuses. Mais elle serait là, à ses côtés. Toujours.

Ils surmonteraient toutes les difficultés qui les attendaient, ensemble.

Il lui pressa la main avant de la lâcher, puis descendit les quelques marches qui menaient à la bâtisse. Elle le suivit en silence.

La porte en bois flotté avait été malmenée par les vents déchaînés. Des touffes d'herbes poussaient entre les pierres des murs fatigués. De l'extérieur toutefois, la maisonnette semblait plus douillette que mal entretenue. Remy avait vécu dans assez de tavernes pour connaître la différence. Des guirlandes de coquillages étaient suspendues au-dessus de la fenêtre embuée à côté de la porte, elles cliquetaient dans la brise.

Hale ajusta le bouquet dans sa main, puis laissa retomber son bras le long de son flanc. Son pouce frottait son index d'un geste nerveux. À deux reprises, il leva la main pour frapper et renonça. Sa Prédestinée ne disait rien, s'efforçant de lui envoyer tout son soutien et son amour.

Elle attendrait toute la nuit s'il le fallait, ainsi qu'il l'avait si souvent fait pour elle.

Le soleil était bas à l'horizon, peignant les nuages d'un rose doré. Elle n'avait jamais vu le soleil se coucher sur l'océan auparavant, c'était un spectacle époustouflant. Le bruit d'un coup sec et déterminé à la porte la tira de son émerveillement.

Une femme mince, d'un certain âge, ouvrit sur-le-champ. Elle se pétrifia brièvement en découvrant Hale. Elle avait les mêmes cheveux châtains que lui, mais les siens étaient striés d'argent. Ses boucles étaient en bataille, ce qui lui donnait l'air d'une sirène émergeant des flots. Elle avait des yeux pâles, comme lui, d'une teinte plus proche de la sauge.

Elle cilla une fois, puis elle jeta ses bras autour du cou de son fils. Il baissa la tête et serra sa mère tout contre lui.

Remy suivit la scène les yeux humides, se souvenant de Heather et des images floues qu'elle gardait de la reine.

Le miaulement d'un chat attira son attention et elle se pencha pour caresser le félin noir, qui fit le dos rond sous sa main.

Il ronronnait tant qu'elle s'accroupit et lui murmura :

— Bonjour, toi. Tu me prends pour une sorcière ?

Il lui répondit d'un coup de tête dans la paume de sa main. Elle le gratta entre les oreilles tout en regardant le soleil qui embrassait l'horizon, dans un ciel envahi de nuages qu'on aurait dit peints à l'aquarelle. La mère et le fils restèrent enlacés un long moment. Remy sentit sa poitrine s'alléger d'un poids et elle fit ses adieux à ses doutes et à ses peurs – puissent-ils se coucher avec le soleil. Lorsque, au matin, l'astre étincelant se lèverait au-dessus de l'immensité de l'océan, elle serait prête à devenir reine.

Merci d'avoir lu l'histoire de Remy !

Le voyage continue dans *L'Épée des sorciers*, le livre 2 de la série *The Five Crowns*, à paraître au printemps 2024 aux éditions Slalom.

Remerciements

Je tiens à remercier avant tout mon merveilleux mari, Glen. Merci d'avoir encouragé mes rêves, d'avoir supporté mes petits (et gros) pétages de plombs, et d'avoir assuré la permanence pendant que j'écrivais cette histoire. Tu es un mari et un père incroyables, et je serai toujours reconnaissante à la vie de t'avoir mis sur mon chemin il y a de nombreuses années au Guatemala.

Merci à ces lumières éclatantes, brillantes et vibrantes que sont mes enfants. Je vous aime de tout mon cœur. Merci de vous montrer aussi patients avec moi, ou du moins de tenter de l'être vaillamment, pendant que je vis mes rêves. Vous ne lirez sans doute pas ces mots avant de nombreuses années, et sinon félicitations, vous savez lire !

Je pense à ma mère et à mon père ; merci de m'avoir toujours encouragée à écrire, et de continuer aujourd'hui encore à me soutenir. Je vous suis si reconnaissante d'avoir cru à mes talents de conteuse et à ma créativité dès mon jeune âge.

Merci aussi à mon frère d'avoir rêvé tout haut avec moi d'intrigues de fantasy. On a toujours eu, toi et moi, des âmes de conteurs. (Et aussi, quoi de neuf ? Appelle-moi qu'on puisse se voir !)

Ma reconnaissance va à l'incroyable bande d'amis que j'ai rencontrés sur TikTok : merci à vous tous pour votre soutien et votre accueil dans la meilleure communauté livresque qui soit ! J'ai de la gratitude pour chacun d'entre vous. Oui, d'accord, y compris pour les chansons en play-back et la déconnade. #Ily

Merci à mon incroyable équipe de bêta-lecteurs, pour vos encouragements et vos retours, qui ont fait de ce roman un meilleur livre ! J'ai tellement apprécié vos retours et réactions !

Je n'oublie pas non plus mes tout premiers lecteurs ! Merci d'avoir partagé cette histoire avec un si large public !

Un mot pour Hayley, qui a effectué une lecture critique de ce texte et s'est désignée comme présidente de mon fan-club. J'ai tellement de chance de t'avoir dans ma vie. Je t'aime, ma belle.

Je pense aussi à mes tacos chéris, qui ont toujours été là pour moi et m'ont aidée à supporter les journées difficiles ! Je ne sais pas ce que j'aurais fait sans vous.

Merci à Hannah Close de chez Reedsy pour ses formidables talents d'éditrice et pour avoir porté mon histoire à un niveau supérieur grâce à son expertise éditoriale.

Merci à Carolyn Bahm, excellente éditrice, qui m'a aidée à rendre ce roman le meilleur possible !

Merci à Norma Gambini de Normas Nook Proofreading pour son soutien et ses remarquables talents de relectrice !

Merci à ma compagne de podcast, K. Elle Morrison, de m'avoir remonté le moral et de m'avoir empêchée de craquer si souvent pendant la rédaction de ce roman ! J'ai adoré présenter notre émission *Indies Fully Booked* avec toi !

Merci à Kelli de chez KDL Editing pour son œil de lynx lors de la relecture des épreuves !

Merci à Kristen Timofeev pour la magnifique carte !

Merci à Bianca Bordianu pour sa merveilleuse couverture américaine (www.bbordianudesign.com).

Et enfin, merci à Ziggy, mon superbe labradoodle, d'être le chien le plus patient et le plus aimant au monde, qui ne s'est jamais mis en colère contre moi les fois où j'étais si plongée dans mon travail que je l'ai fait patienter pour le petit déjeuner.

À propos de l'auteurice

A. K. Mulford est un.e auteurice de fantasy à succès et ancien.ne biologiste animalier, qui a troqué l'étude des singes contre l'écriture romanesque. Iel invente différents récits pour transporter ses lecteurs dans de nouveaux royaumes, les poussant à tomber, ou retomber, amoureux du genre de la fantasy. Iel est désormais installé.e en Nouvelle-Zélande avec son mari et deux jeunes primates humains, et consacre ses journées à créer des personnages de fantasy attachants et des vidéos ridicules pour TikTok (@akmulfordauthor).

CET OUVRAGE
A ÉTÉ ACHEVÉ D'IMPRIMER
SUR ROTO-PAGE
PAR L'IMPRIMERIE FLOCH
À MAYENNE EN SEPTEMBRE 2023

Pour plus d'information :
#lisez! engagé
www.lisez.com
Imprimé sur du papier issu de forêts gérées durablement.

Toute notre actualité et nos auteurs sur :
www.slalom-editions.fr

N° d'impression : 103109
Imprimé en France